香港短篇小說
百年精華 (下)

1901 - 2000

劉以鬯　主編

策劃編輯　蔡嘉蘋
責任編輯　俞　笛　蘇健偉
封面設計　吳丹娜

書　　名　香港短篇小說百年精華（下）
主　　編　劉以鬯
出　　版　三聯書店（香港）有限公司
香港北角英皇道四九九號北角工業大廈二十樓
Joint Publishing (H.K.) Co., Ltd.
20/F., North Point Industrial Building,
499 King's Road, North Point, Hong Kong
香港發行　香港聯合書刊物流有限公司
香港新界荃灣德士古道二二〇至二四八號十六樓
印　　刷　美雅印刷製本有限公司
香港九龍觀塘榮業街六號四樓A室
版　　次　二〇〇六年九月香港第一版第一次印刷
二〇一七年三月香港第二版第一次印刷
二〇二三年十一月香港第二版第四次印刷
規　　格　特十六開（150 × 228 mm）四四八面
國際書號　ISBN 978-962-04-4107-3

目錄

序

劉以鬯

本書選取作品的期限是：一九〇一年至二〇〇〇年。

一九〇一年至一九〇六年，香港沒有文藝期刊。

香港最早的文藝期刊《小說世界》，於一九〇七年出版，現已失存。

一九〇七年年底，林紫虬主編的《新小說叢》出版。該刊第二期與第三期刊登的俠情小說《八孄秘錄》、婦孺小說《亡羊歸牧》、怪異小說《奇緣》、家庭小說《破堡怪》、艷情偵探小說《奇藍珠》、奇情小說《波蘭公主》、科學小說《盜屍》、驚奇小說《血刀緣》、偵探小說《情天孽障》、軍情小說《女奸細》、短篇小說《噩夢》，全屬譯文，只有邱菽園的歷史小說《兩歲星》是創作。邱菽園寓居星加坡，所寫《兩歲星》是長篇。

一九二一年，《雙聲》創刊，由黃天石與黃崑崙主編。黃天石在創刊號發表的短篇小說《碎蕊》，屬於半「文」半「白」的文體。

一九二四年七月一日，《英華青年》（季刊）重新創刊，發表五篇白話小說。其中，譚劍卿的《偉影》，用純熟的白話文寫譚強華拾得錢包交還原主的故事。

一九二七年，謝晨光在上海《幻洲‧象牙之塔》第一卷第十一期發表的短篇小說《加藤洋食店》，有濃厚的香港色彩。

一九二八年八月，張稚廬主編的《伴侶》創刊，被譽為「香港第一本純白話文刊物」（引自謝常青：《香港新文學簡史》，頁十九）。該刊第八期發表的短篇小說《重逢》（張吻冰作），寫舊情人「重逢」時的心思意識，手法頗新。

之後，香港新文化運動逐漸發展，文藝期刊陸續出版，值得重視的短篇小說有張稚廬的《騷動》（《小說月報》第二十二卷第一號，一九三一年一月十日）、李育中的《祝福》（《紅豆》第二卷第四期，一九三五年一月十日）等。

一九三五年九月，許地山來港任香港大學教授。他生平最後一篇短篇小說《鐵魚底鰓》，寫一個知識分子的困苦，發表後，引起廣泛的注意。

一九四〇年一月尾，蕭紅與端木蕻良離渝來港。

蕭紅在香港住了兩年多，雖然「只感到寂寞」；卻寫了《呼蘭河傳》、《後花園》、《北中國》、《小城三月》、《馬伯樂》、《民族魂魯迅》、《給流亡異地的東北同胞書》等。由於對鄉土的懷念，她在這時期寫的作品都有顯明的思鄉之情。《小城三月》是她在病床上用細緻生動的文筆寫的短篇。

一九四八年，茅盾第三次定居香港，在《小說》月刊發表三個短篇：《驚蟄》、《一個理想碰了壁》與《春天》。《一個理想碰了壁》寫兩個女人的故事，有獨特的風格與結構。

一九四九年，大批文化人離開香港返回內地；另一批文化人從內地南下香港。這一批從內地來到香港的文化人，因人地兩生，謀生不易，為了吃飯，不得不寫適應市場需求的東西。

一九五〇年，韓戰爆發，美國人將香港作為宣傳基地，發動文化宣傳戰。有些文化人為了賺取「綠背」（美元），大量生產「綠背小說」。不過，在「綠背浪潮」的衝擊中，流行小說十分流行。傑克（黃天石）的言情小說，讀者很多。

值得注意的是，有些作家雖然處在逆流中，依舊寫了具有認識價值與藝術感染力的嚴肅作品，單是短篇小說，秦牧寫了構思縝密的《情書》、曹聚仁寫了風格特殊的《李柏新夢》、葉靈鳳寫了深入淺出的《釵頭鳳》、舒巷城寫了生活氣息濃厚的《鯉魚門的霧》、李維陵寫了電影編劇人編寫電影喜劇的《喜劇》、夏易寫了深刻感人的《出賣母愛的人》……

到了五十年代後期，「美元文化」衰落，現代派文學崛起，使部分香港小說排除了政治性、商業性與遊戲性。

進入六十年代，香港短篇小說的產量增加，值得重視的作品不少。徐訏於一九六五年發表的短篇小說《來高陞路的一個女人》寫香港小人物的事情，本土意識不淡。司馬長風的《擊壤山莊》，以沙田為背景，寫一個「輾轉流離逃入香港」的老人，雖然仍有政治色彩，卻能反映某階層的情況。盧因的《颱風季》寫漁民生活，切實動人。蕭銅發表於《海光文藝》創刊號的《拋錨》，用略帶辛酸的文筆寫四兄弟在愛情路上「拋錨」，平易自然。沙千夢的《情敵》，寫「兩個女人共一個男人」的故事，耐人尋味。張君默寫《獄吏與死囚》，頗有新意……這些短篇，涵意深刻，格不近俗，清楚顯示六十年代香港短篇小說的實績與特質。

七十年代的香港，經濟起飛，文學商業化的情況十分嚴重，出版商為了爭取經濟效益，習慣用市場價值作為衡量優劣的標準。不過，情況雖惡劣，肯咬緊牙關在逆境中奔跑的文學工作者仍在繼續努力，使關心嚴肅文學的讀者能夠讀到用生鏽袋錶象徵極權者專制的《李大嬸的袋錶》、寫老寡婦悲運的《慧泉茶室》、寫香港現實社會生活的《爛賭二》、文字清新的《主角之再造》、文簡意明的《染》、寫文革時期人際關係的《姚大媽》。

楊明顯的《姚大媽》獲第一屆中文文學創作獎小說組冠軍，發表於一九七九年。

進入八十年代後，中英談判經過周密的商談，為香港的將來作出妥當的鋪設，香港文學因此有了進一步的發展。由於思想的分界與限制已被沖淡，短篇小說步入新階段，佳作頗多：金依的《吾老吾幼》寫老婆婆與良仔被困在電梯的情景；陶然的《一萬元》寫銀行女出納員抗拒總經理的誘脅；西西的《像我這樣的一個女子》寫一個常與屍體相處的女人的心態；鍾玲的《終站：香港》寫一個文人的最後；葉娓娜的《么哥的婚事》通過兩代的處境反映現實；吳煦斌的《暈倒在水池旁邊的一個印第安人》，用筆記形式寫尋找居處的原始人；辛其氏的《索驥》，憑敘述者的回憶重現五十年代到八十年代的香港現實；羅貴祥的《兩夫婦和房子》獲一九八五年中文文學創作獎亞軍；劉錦城的《人棋》獲一九八五年中文文學創作獎冠軍；施叔青的《驅魔》寫「我」在尋求內心均衡時與魔衝突；顏純鉤的《關於一場與晚飯同時進行的電視直播足球比賽，以及這比賽引起的一場不很可笑的爭吵，以及這爭吵的可笑結局》寫小市民的生活環境；林蔭的《險過剃頭》，用簡練有力的文字敘寫緊湊的氣氛。

從這些作品來看，嚴肅文學的活動空間顯已擴大。可是，文學商品化的傾向不但沒有改變，反而更加嚴重，尤其是九十年代，由於大多數讀者的接受水準越來越低，使大部分小說作者在市場的競爭下，為了適應市場的需求，大量生產沒有藝術價值的流行小說。嚴肅文學再一次跌落低谷，引起各方面的關懷，香港當局與文藝團體，通過文學期刊、報紙副刊、徵文比賽等活動，為嚴肅文學提供繼續生存的條件。在這種情形下，優秀的短篇還是有的。陳寶珍的《望海》、王璞的《扇子事件》、鍾玲玲的《細節》、伍淑賢的《父親》、陳少華的《漂泊》、董啟章的《在碑石和名字之間》、黃碧雲的《嘔吐》、關麗珊的《與天使同住》、東瑞的《一件命案》、海辛的《男花旦相親》、韓麗珠的《輸水管森林》、黃勁輝的《重複的城市》、謝曉虹的《咒》、陳慧的《迷路》、潘國靈的《莫明其妙的失明故事》等，各有各的風格；各有各的特質。

最後，需要說明的，有下列四點：

（一）本書入選作品按寫作或發表的時間排列。

（二）在過去一百年中，香港短篇小說浩繁眾多，即使每位作者只選一篇，由於篇幅有限，部分佳作依舊無法列入。此外，由於版權問題，有些優秀作品如張愛玲的《傾城之戀》亦未能列入。

（三）小說是不能用數學來計量的，鑒賞短篇小說並無一定尺度。本書所選作品，只是根據個人的主觀判斷。

（四）感謝盧瑋鑾、張詠梅的支持與幫助。

二〇〇四年七月十八日

爛賭二

李輝英

一

去年的天氣邪性，冬天了，簡直像初夏。說邪性，其實是反常。可你也想不到，聖誕節剛過，一股寒流侵襲上來，十二月二十七日的午夜時分，氣溫突然降低到攝氏八度半。好傢伙，這才真像是嘗到了冬天的滋味。冷風砭骨，真夠勁兒。多少人猝不及防，就當真吃了大虧。

吃了大虧，人們的嘴裡可就更要嚷着天氣邪性了。有的人竟至冷僵，那才是出人意表的奇事呢。爛賭二就是其中的一個。

論年紀，爛賭二不過三十七，按普通的陽壽，他未必不可以活到七老八十的。人生的旅途，他還未走完一半，你說，可惜不可惜。死有重於泰山，也有輕於鴻毛的，就這一點說，爛賭二的死去，決不比鴻毛為重；假如就朋友的立場加以論斷，把三十七歲的生命結束在攝氏八度半的寒夜裡，爛賭二又未必不是求到了解脱。一個再也不知上進，卻只知一味墮落的人，他已不能對社會有所貢獻了，有之不過是給社會上添出更多的累贅，難道還有誰願意對他一灑同情的熱淚？

是的，我應該承認，爛賭二是我的朋友，因為在他離棄人世的前一年，我們是同事，並且還是同室而居的一對，比起一般人，我知道爛賭二的多一些，雖然卻又知道的並不如何的深刻。而在他死前的那個十月裡，我確也勸他一些好話，但卻一點沒有用。輪到我動筆給他寫這篇文字時，我但覺內心受到了嚴苛的責罰：那就是我為甚麼不能狠狠的拉他一把，把他從死亡線上拉回來？難道，我只是想用這篇文字的寫作，贖取我的過失麼？……

我知道，人們對於爛賭二生前的批評，大抵分成了不同的兩面。一面的人說，爛賭二本來是好人，可惜嗜賭成性，不知改悔，最後的結局，恐怕是賭上了一條命完事。連我也持有這種的說法。不同的是，別人還只是背地批評，我卻當着爛賭二的面，聲色俱厲的指責過他。我自己對於爛賭二老實做了些與人為善的工作，只可惜，沒有收到效果。一面的人說，這樣的人，早死早利落乾淨，免得再活受罪。真的，他不再受罪了。

一九六六年十二月二十七日午夜，我們這兒一條僻巷裡，在某個樓梯口冰涼的水門汀地上，僵臥着一具三十七歲男子的屍身，他的名字叫朱有貴，是從他那口袋中搜出來的身份證上證明了他的身份的，口袋裡的全部財產——一個斗零。路倒，一段有關路倒的新聞，第二天刊佈在一份日銷六萬份的日報上。爛賭二果然賭上了他的一條命。

二

事情須得追溯到五年前。

五年前的一個寒夜，無巧不成書，讓我掐指一算，卻又正好是十二月的二十七，聖誕節剛剛過了兩天，天夠冷了——攝氏十一度。照理這不能算冷，只怨自己穿的衣服單薄。你也更明白：為甚麼人家會說「身上無衣怨天寒」。如果穿夠了衣裳，攝氏三度又算得甚麼！快十點鐘了，我們的木屋區小皮鞋作坊裡，雖然冷風颼颼，好就好在電燈通亮，工作進行得很順利。其實這是加班，再有一個鐘就收工了。我拿着鎚子、鉚頭、敲敲打打整治鞋底，忽然一個中等身材的男人，在門口邊站下了。我最先看見的是一雙張大了嘴的破皮鞋，由下向上，我這才看清了來人，他的頭髮像一堆亂草，臉上髒髒的，就像兩三天都未過水。瑟縮不前顯出了為難的樣子。不用多說我就猜到了，他以為我是補修佬，特意找我修好他那雙張嘴皮鞋的，他為難是因為袋子空空，不好意思張嘴。

我看看他，點點頭，算是打過了招呼。

「修鞋麼？」對於一個窮困的漢子，給他一點禮貌的溫暖很必要。我還想，我雖不會補鞋，只要他說明來意，我一定給他整治一下。

但他卻少氣無力的搖搖頭，兩臂抱在胸前抱得更緊，不這樣就像不能抗拒襲入心窩的冷風。

「我是想問問……問問你先生這邊……用，用不用個學徒？……」

他想當學徒？我不信我的耳朵，因為，他頂少也有三十三四的年紀，如何收得這麼大歲數的學徒？我放下手裡的工作，拍拍圍裙上的碎皮子，站起來，請他再說明一下來意。

他很靦覥，也更躊躇，後來終於還是吞吞吐吐的說了。意思是只要給他兩頓飯吃，有個地方存身，做甚麼工作都行，倒並不限定當學徒，他已經餓了整兩天，不巧天氣又冷，好一好就會變成路倒的。

同情之心人皆有之，我自然也不例外。我馬上從廚房裡搜出了剩菜剩飯，倒進一個大碗，捧給他，當我回身去拿筷子時，他早已用污黑的手指挖飯開始狼吞虎嚥了。但他還是接過了筷子，並且吃出來很大的響聲。

飽漢不知餓漢餓，當飢餓纏到你的身上，命運給你以坎坷的折磨時，憑你是位好漢，只怕也顧不得禮貌和臉面了。等這漢子呼嚕呼嚕的吃光大碗的飯菜，人的眼光顯然加添了神采。

「先生，」他的言語似乎也增加了力量，「謝謝你。可以挺到明天了。」

「明天過去呢？」我加上輕輕的一句。

「誰知道怎麼挨，所以我想給你當學徒。不是吹牛，我的一雙手可巧着呢。」

他把話頭又拉到原題目上。我一面好好的打量他，一面收回了碗筷，誠懇的説道：

「我不是老闆，不能做主，不過，你先等一等，等我們老闆回來我對他説説看，他十一點鐘就差不多，單只為了一天的兩頓飯，那總簡單。」

我搬了一個矮凳給他，他坐了，我也坐了。我繼續未完的工作，敲敲打打，兩手一直的不停。他卻精心精意的看着我，兩眼追逐我雙手的動作，看個不歇。

「抽枝煙麼？」我做了一陣停下手，銜上一枝煙。

「那敢正太好了。」他接過我給他的一枝，手顫顫的送到嘴裡。

「還沒請問貴姓呢。」煙都抽着了，我問。

「我粗心，原該告訴你的。我——我姓朱。叫——叫朱有貴，今年三十二了，渾身上下只剩一個斗零。」

三

以後的事情不用細說，朱有貴留在我們的作坊裡了，一邊做零活，一邊當學徒，本本份份的。他說的話一點都不假，他的一雙手很巧。

第二年的夏末秋初，前前後後打了幾場風，帶給木屋區嚴重的損害，風風雨雨，真怕人。結果是打風不成三日雨，卻又給受過制水苦的市民帶來了歡笑。山區的木屋，由於山澗流水洶湧奔放，朱有貴的擔水工作，取得了不少方便。苦旱的時候，澗水只剩涓滴，要用半點鐘的時間，還怕接不滿一桶水。這一來，人們扭轉了對於打風的印象，並不像先時那麼恐懼了。

可就在人們不注意中，居然打了一次「勢烈之風」，風捲着雨，雨拌着風，毀掉了我們的小作坊，總算幸運，雖然房倒屋塌，最後又為瀉下的山泥所淹沒，人卻都在極度驚恐中揀回來自己的性命。完了，完了，甚麼都完了，老闆避不見面，我跟朱有貴可不能不想後事。

「兄弟，」我心如刀絞的咬緊牙關說：「跟我走，看看還有沒有辦法？」

朱有貴呆滯得不見光采的眼球向我翻翻，然後一聲不響的跟我走了。我把他領到一個私立學校去，有個親戚在那邊教書。打大風，學校放了假，至少也可以睡教室安安身的。

十分鐘後，我們進入市區，穿行在騎樓底下，雖說有遮有擋的，風風雨雨就像水銀瀉地似的，一直淋得你渾身濕，活像隻落湯雞。忽然之間，朱有貴坐在樓梯口不走了，臉上一條水一道淚的哭道：

「我那褲袋裡還有八十元錢呢，這回，埋在山泥下，都完了，又變成窮光蛋了。……」

他坐着的屁股下，攤上了一攤水，腿腳滴下兩道水，水順着水門汀的人行道直流，流入街上的雨水裡。朱有貴說他又變成了窮光蛋，我明白內中的涵義，那是就他只剩一個斗零找我找到工作說的，好不容易八九個月存下了八十元，哪料得到又為風雨所奪？

「窮光蛋的日子，怎麼過？」他收了哭聲，卻又毅然的站起來，驀的表示出毫不屈服的態度。「走，找你的朋友去！反正天無絕人之路！」

「這就對了。」我安慰他，繼續前行。騎樓下充塞了行人，街上橫躺豎臥着一些殘破的招牌、板片和泥沙，活像遭了一場浩劫。「去年你只剩下一個斗零的時候，不是也闖過去了麼？留得青山在，不怕無柴燒，我從來都是樂觀的。你這種不屈服的態度才夠勁兒！」

親戚任教的學校，風雨破扉而入，兩三個人正和風雨苦鬥，哪裡鬥得過！我和朱有貴的出現，無異增加了生力軍，三下五除二的一陣忙，居然把兩扇木板擋好窗口，擋住了暴風和暴雨，也緩過來原本苦鬥的人們一口氣。問題不太嚴重了，親戚招呼着我們，其餘兩個離了現場。

「好多謝你們幫手，」親戚把濕透的背心脫下來，擰了一把，然後擦擦臉。「我們三個人，簡直就擋不上那兩塊板。坐，坐，屋裡的水由它，我先不忙着打掃了。想不到，這回的風打得這麼兇！受害的人一定不少。你們那木屋作坊該沒有問題吧？」

正好問到了題目上，我就此據實告訴了他。

「作坊全毀了？」親戚驚訝的問，似乎還有些不信服的樣子。

「毀了，又為瀉下的山泥埋了。」我說。

「那怎麼辦？」

「所以，我才找你，先找個可以安身的地方，然後再想辦法。」

「沒有問題，」親戚爽快的說道，「四五間教室，晚間上宿，誰也管不到。住一年住二年一個樣，保證不收租。放心罷。走，我替你們找兩件衣服換換。」

四

就這樣，我跟朱有貴都找到了下宿的地方，先解決了住的問題。後來，我們都在校內當了工友。

在私立學校當工友，待遇不算好，但朱有貴卻比在作坊時賺的多。他相當滿意，人也勤奮。到年底他已積有二百多元的存款了。朱有貴假如這樣下去，五年之後賺下一筆老婆本，也並不困難。哪裡還用得到我今天來給他寫這篇文字？哪裡會輕易送上一條三十七歲的性命？

事情壞就壞在這年過老年，他請了假，跟一個新結識的朋友去了澳門，一連住了三整天。三天之中他學會了各項賭博的投注，從那裡引發了新的興趣。一百元的賭本，經他這次的經營，居然贏了三百多，除去三天的化銷，還剩下三十多元，他回來後津津樂道，還請我吃了一餐飯。一賭之後，他彷彿成為內中的老手了，一再勸說我也該找個機會過去試試。

「真好玩，」他已然說得眉飛色舞了，「三下兩下的就贏進了四張青蟹。」

我不但不好賭，且極力反對賭博，輸了太冤枉，贏了是不義之財，不該取巧，也不該投機。正是因為這種原故，所以我對朱有貴津津樂道的樣子，寧願潑潑冷水，卻不表示苟同的意見。

「你，你贏了，對麼？」我裝出冷淡的樣子問。

「那還有假，看，多容易！」

「可你看見輸錢的人麼？」這回，我表明了自己帶有不滿的態度。「三下兩下的也許他們就輸了三四十張青蟹呢。」

「那——那——那是講輸講贏麼，」朱有貴歉然的說着，仍不忘衛護自己的見解。「你不相信麼？試一試就知道了。滿有趣的。」

「不怕你惱我，」我忍無可忍，幾乎跳起腳來。「老朱，只要你好上這一道，不要說三五年存不下老婆本，就是五十年也難免兩手空空。你聽誰說過，憑賭博賭贏了家產物業？可賭輸得無面再見江東父老縱身跳樓的新聞，你總該看見過吧？以後，你還是少賭為是。」

也許我的樣子太過嚴肅了，再不然就是朱有貴還有些懼怕我，所以，他僅只用眼角瞅瞅我，說出來極勉強的敷衍話：

「也許，你說的話有道理，我——我以後，對，我以後少賭為是。別生氣，老林，你是我的救命恩人。」

後一句，打動了我的深心。慚愧，哪裡說得上救命恩人，頂多不過是當他只剩下一個斗零的時候安置他個地方罷了，與恩人何關？

「言重了，我可愧不敢當。方才我對你的勸說，也許動了肝火，不過我可沒有惡意。」我加上一句解釋緩和氣氛。

「算了，老朋友，誰也不許再說了。」

事情就此過去了。夜裡睡不着，我頗以為自己對於朱有貴說重了而有些後悔，朋友只是朋友，留些兒分寸還是應該的。朱有貴卻似乎睡得很香甜，打出沉重的鼾聲。屋子又小又低，門窗關得嚴嚴的，那鼾聲就更顯得沉重，我心理上直認為他是用來對我勸說的抗議呢，當然這想法很滑稽，不足為憑的。

假如他當真不以我的勸說為然，我自然也沒有辦法，不過我可以肯定，當他碰了幾個釘子之後，或是遭到了幾次失敗之後，未必沒有敗子回頭的一日，眼前的勸說，只是空洞的理論，說服力很小，實際的挫敗，那才是鐵證如山，是最現實的教訓。

自然，也還有一個可能存在，朱有貴今後再也不臨賭場一步，他那新興趣在哈哈一笑之後，消褪得無影無蹤。他像從前那樣表示出毫不屈服的態度，死了那條心，這就好了。

朱有貴是個聽話的人，而且又是個善良的人，他受過苦，深知人生的艱難，一時的興趣，未必變成了賭仔。我太過慮了。我為甚麼不往好的那方面想？……

想不到燈節時發生的一件事情，使我在對於朱有貴的想法上又有了新的考慮。

五

燈節適逢星期六，朱有貴對我說，他下午要過九龍去吃喜酒，兼帶打牌，須得早些去，所以他求我照看一下他的工作。我察言觀色，看不出有甚麼特殊的地方，大大方方答應了他的請求。哪裡知道，他搭了下午的船去了澳門，又去賭場試運氣了。也許這回的運氣不曾幫上他的忙，三下兩下的輸得精光。虧他買了來回票，險一險上不得船，只怕要企在澳門街邊向人伸手乞討了。他是在星期天晚上回來的，人就垂頭喪氣，完全喪失了本有的精力。髫子滿腮，眼睛滿是紅絲，兩隻黑手一直不停的揉搓，好像揉搓的不是雙手，而是那一顆無處安放的悲憤交集的心。總算他後來說了實話：

「老林，我對不起你，我——我又去了澳門，這一回可不比那一回，真慘，全軍覆沒，幾乎上不了船。運氣沒有幫助我。」

「你去了澳門？不是去九龍吃喜酒的麼？」我問，其實我已明白了一切。

「怕你阻擋，所以撒了謊。」

「沒有甚麼，」我說，心裡老實不自在。擔心的終於發生了。「那麼你是三下兩下的輸去幾張青蟹的了？」這句話帶了一些諷刺，那是因為前次他說三下兩下就贏了四張青蟹的。

「青蟹，要是青蟹，還算好，老林，實不相瞞，這次我輸掉了全部存款……」

「全部存款？」我大吃一驚，那豈不是說他已兩手空空了？「你的全部存款，不是已有二百多元了麼？二百多元，你一夜散完？……」

「一夜？能支持一夜，我都沒有話說，實在我只是那麼三兩下子，就煙消雲散了。我去時一上船就想，應該怎麼賭，分成多少份，想得有條有路的。可是我那賭友，那勾魂鬼，偏偏他叫我分三次賭，說好一好可以贏上三五千，強起十元五元的零拉零扯！我信了他的話。我輸光了自己的錢，我丟了臉，也出不了這口氣。老林，我對不起你，沒有聽你的話；我不服氣，我得翻本。天老爺，保祐我，再給我一次機會。」

財去人安樂，這話一點都不對。朱有貴魔魔道道，嘮嘮叨叨，半天半晌沒個完。他又說，不該趕燈節去，應該看個好日子，也該事先拜拜甚麼。過一會兒又是賭友害了他，為甚麼他心迷一竅相信賭友的話，三下兩下都下了注？他又說，輸的那麼容易，現在要翻本，哪裡找得到本錢？只要找到本錢，非把前回輸掉的贏回來不可。……

這年朱有貴三十四，當校裡的人都知道了他的敗沒的故事時，不知從甚麼地方傳出來爛賭二的綽號，那綽號竟然不脛而走，大大的出了名。

爛賭二當真越賭越爛了。起先是預支薪金，然後是四處告貸，然後又是，時常的別人的皮夾不見了錢鈔，也包括我的錢鈔在內。爛賭二賭興一天比一天濃，他總認為運氣上來，他可以盡復失地，所以他想盡方法繼續的賭，而對於校內的工作，一天比一天減少了熱情，有時還得推給我替他做。他的賭友一群一群的來找他，他帶着一群一群的賭友上街去。以前他還常常說些對不起我的話，如今他甚麼都不說，要說的只是運氣還未來臨。

爛賭二爛賭之外，更學會了抽和喝，抽的白粉，喝的烈酒，這時他已活到了三十六歲。秋天，學校解了他的職，他帶着賭、粉、酒，到茫茫的人海中去廝混。

他走了，背着一身拖欠校內同事們的債走了，同事們同情他不幸的遭遇，卻又憎恨他的死不改悔。他們說爛賭二本來是好人，是甚麼力量把他趕上了爛賭的絕路？而當他又抽又喝，人連腰身也難得挺直時，誰都知道他的未來的不幸，正在走近了他的眼前。

六

一九六六年的七月，爛賭二趁晚上溜進學校向我借錢；八月，也來借過，然後是九月，十月，都伸過手。頭髮又是一堆亂草，皮鞋張了嘴，面色焦黃，顴骨高聳，眼睛遍佈紅絲，一陣疾風就可以把他吹倒。

十月的那個夜裡，我借給爛賭二最後的五元錢。我誠誠懇懇的跟他開了最後的談判。

「你聽我說，」當他伸出黑手抓到五元紙幣想走時，我把他扯住了。「我說幾句最後的知心話好麼？」

他站住了，顫顫的手，顫顫的身軀，就像患上了痙攣症。

「坐，」我幾乎是下達命令。「要喝酒我有一瓶三花，要抽麼我有香煙，就是沒有白粉。」

爛賭二坐下了，馬上增加了精神，嘻嘻的笑着。

「先喝罷。」我抓起酒瓶子，倒了滿滿一大杯，推到他面前。「你可記得我倆就在這小房間中打發不少風災後的生活？你也在這屋中積存了二百多元？」

爛賭二倒吸了一口氣，喝下一口酒，人似乎明白過來，不嘻笑了，卻隨着連連的點頭，但卻不出一聲。然後，一口又一口的，轉眼之間喝完了一大杯。

他一雙紅紅的眼睛，轉到酒瓶上。我毫不思索的又替他倒滿杯。今個晚上叫你喝個夠。希望那火熱的酒精燒醒你墮落的心，覺今是而昨非。

「記得麼，當你袋中只剩下一個斗零時的情景？那時候的日子好不好過？可你那時名叫朱有貴，人家還樂得幫幫你，現在，你是爛賭二了，還有哪個正派人敢沾你的邊兒？你是不是也說過我是你的——你的……」我打住話頭，故意停頓下來，看看他有甚麼反應。

「我的救命恩人。這話，敢正我說過。」爛賭二說是說了，似乎也未經過仔細的考慮。

「那麼你現在對我又怎樣看法？」我向他逼問一句，試探他。

「我不是聽你的麼。」他咕嘟咕嘟連嚥兩口酒，更定些了。

「那麼，我想請你聽聽我對你最後的忠告，你肯不肯聽？」

「老林，你別說了，我的心裡真難過。」他一口乾了杯，翻翻眼珠，想了足有五分鐘，然後，人便嗚嗚咽咽的嗚咽起來。「我不是人，我是個畜生，不，連畜生都不如。自從我變成了爛賭二，天天走的下坡路，我，我完了，完了，對不起你，也對不起我自己。」他伸手摸摸頭上的亂草堆，一把鼻涕一把淚的又說下去。「本來，我是一個孤兒，沒有過一天的好日子，看人家穿好吃好的，不知我多麼想，可是我自顧不暇，別的還能想甚麼！可後來，我知道賭博可以贏錢，反手為雲，覆手為雨，第一次賭博又帶給我絕大的幸運，我就心迷一竅，決心在這條路上求發展了。小錢可以贏大錢，大錢可以贏更大的錢，除此之外，再沒有第二條路可以使我翻身。我不是就一頭鑽進了這火坑！愈鑽愈深，愈深愈鑽，到今天，人不像人，鬼不像鬼，真不知要幾時鑽到我的末日。我先想，一定不賭了，好好給人家打一份工，可我的一口氣不能出，我的老本不能不翻，翻到了現在，就是眼前的下場，多慘……」大抵責備完自己，深深的動了感情，他在收了鼻涕一把淚一把的訴苦後，把酒杯厭惡的推過一邊，呆在那裡竟然像是變成了一個啞巴。

我也不知怎樣開口才好，原說對他提出最後的忠告，現在也無從忠告起了。爛賭二本是孤兒，一步走錯，誤入賭途，識迷途而不返，就因為他別着個邪勁兒，那邪勁兒老在誘引他，告訴他只要你繼續賭下去，總有獲得幸運的日子，你就可以盡復失地，由窮變富。恐怕這是所有迷戀賭博人所患的一個通病。

我想，我必得把這邪勁兒替他解開，使他清楚過來，或者才有救他的可能，不然的話，簡直不堪設想。既然他也説到了正題，我再點個明白，容易多了。話到舌邊還未開口，爛賭二這啞巴向我攤開右手晃晃，我明白他的意圖，便趕緊送上一包香煙。他抽起煙，一精神，似乎又忘記了方才自己的訴苦，卻大模大樣的開口道：

「老林，不用忠告我了，不說我也知道，你叫我戒賭，叫我別想靠好運氣翻本。……實對你說，辦不到，辦不到，一千一萬個辦不到。你借我五元錢，一走開我就會送去賭的。恩人哪，我辜負了你。」

他把香煙揣到袋子裡，拍拍屁股站起來走了，我迫到大門口，他又閃了進來，是不是他回心轉意了，想跟我商量善後的辦法？敢正好。

「朱有貴，」我喊了一聲，他卻在燈下向我揮揮手。「還有話說麼？」

他不回答，兩眼盯住大門外的人行道。我看見那裡走過一個穿制服的人。這人的影子不見了，他這才閃出身來，向我做個鬼臉。

「老林，」他說話了，「別笑我，我以為差人是來抓我的。」

「為甚麼抓你？」

「為甚麼？你看，就這一小包就行了。」他把個小紙包連晃了晃，人也跟着晃不見了。

夜深了，我關上鐵門，想到了爛賭二方才的狼狽像，反而減少了對他的同情。不可救藥的人，你還向他盡甚麼忠告？可就在這一刻，爛賭二又跑回來，急匆匆叫道：

「老林，開門，我還有兩句話跟你説。」

單是兩句話，隔着鐵門就可以交代一清二白的，他叫我開門，可能不止兩句話，也可能是他徹底覺醒了，所以要跟我做進一步的深談。否則他又何必多此一舉？

我一邊説着「歡迎」，一邊開了鐵門，放他進來。

「説罷，」一進屋，我就開門見山的問。

「敢正有話説，」他嘻嘻的望我笑，和方才鼻涕一把淚一把的情景，恰好是南北兩極。難得他回心轉意這麼快，可見我還不該放棄他。

天知道，這才是不折不扣的表錯情了。你們想，爛賭二為何回來？

「街口站了些差人，」他得意的説，「搜身，我只得縮了回來。為人不做虧心事，不怕三更鬼叫門，可我就是有那個小紙包，扔麼，捨不得，不扔麼，搜了去要坐監，老林，沒説的，誰叫我們是老朋友，只有借地生財把它報銷了完事。」

說完，他用最快的速度，抽完了那包東西。說也奇怪，他的精神立刻增加了十倍。

「老林，」他居然拍起我的肩來，手完全不顫了。「實對你說，賭，我都可以戒，酒，也可以戒，惟有這玩意兒，休想丟得掉。」

我明白了一切，只得替他搖頭。

「別替我難過，」他的精神真不小。「我覺得這玩意兒可以替你增加精神，可以替你增加勇氣，比甚麼萬靈寶丹都更貴重！你要是上了癮，也不認可丟掉的。」

「我呀，」我冷冷的說，打開鐵門請他走，「可就不喜歡這個調調兒。」

「不是一條路上的人，話也說不到一起，」他扮出一副小丑像，「老林，我走了，謝謝你。再見。」

想不到，這再見竟然是我們之間的永訣。

（選自李輝英：《名流》，海洋文藝社，一九七八年版）

吾老吾幼

金依

香港的「公共屋邨」，有「甲類」和「乙類」之分，雖然同是屋邨，「甲類」顯然比較「高級」一些，乾淨一些；而「乙類」呢？就難免骯髒些了。

所謂「骯髒」，是指一些公共地方而言，例如走廊和樓梯，垃圾是常掃常有，痰涎鼻涕不在話下，有時說不定還有孩子的便溺以及打翻在地又踏成爛泥狀的食物等等。

但這些公共地方，仍是屋邨孩子們的活動場所，大概這也是比較骯髒的一個原因吧。

冬日的中午，太陽把這海隅曬得暖洋洋的，氣溫升到二十四度，簡直是夏天一般了。

牛頭角下邨，靠牛頭角道這一邊。

七樓。隔着窗花，一個影子在晃動，而且發出稚嫩的呼喊聲；初時不知他喊的甚麼，只是重重複複地喊着，才聽出是：「出來了，出來了！」

是個男孩子，八九歲大吧，他正在走廊磚砌的窗花後面，看着前面「地下鐵」的牛頭角站，嚷着甚麼

「出來了」呢？是一列地下車。

地下車到了牛頭角站就鑽出地面，上天橋，直到觀塘。

這孩子叫着，喊着，獨自一個，沒人理睬他。他叫了一輪，手舞足蹈一輪。忽然又爬上走廊邊一截水喉管，從氣窗的鐵絲網眼中向一間屋裡窺望。

擠迫的屋裡，前面是騎樓兼廚房，一邊是廁所。後面是臥室兼客廳兼飯廳，曲尺形擺了兩張雙格鐵床，雪櫃，洗衣機，電視機，電風扇，還有五桶櫃，剩下的地方不多了，可還擺了一張摺枱，幾張摺椅。

人呢？只有一個，是個老婆婆。坐在枱邊，一個人在吃飯。枱上只有一碟魚，電飯煲也放在枱上，電飯煲旁邊，一隻貓蹲在那裡。

老婆婆邊吃飯，邊把魚骨夾在這隻貓前面，貓就吃魚骨。

屋邨本來不容許養貓，但這隻貓是老婆婆唯一的良伴，雖然屋裡牆壁上掛着的「全家福」照片，老婆婆坐在中央，子子孫孫圍繞旁邊，卻沒有這隻貓。但現在伴着老婆婆的，就只有這一隻貓了。

「咪！咪！」孩子在氣窗後面喊了。

貓警覺地看着氣窗，作狀要跳上去了。

氣窗下面，安着「岑門歷代祖先」的神位。

老婆婆放下筷子，一手按着貓，向着氣窗喊：「那個馬騮？快回去吃飯吧，莫又叫這貓去踐踏我的神！」

「哈哈，神枱貓屎呀！」孩子喊着，又跳下去了。

這孩子又跑到岑家鐵閘前，用手力搖鐵閘，搖了幾下，老婆婆放下飯碗出來，他才跑開了。

「又不知是誰家的馬騮！」岑婆婆喃喃地去收拾碗筷：「不用上學，也不用吃飯的嗎？昨晚還把我們的垃圾桶都丟到樓下去了！」

「嘻嘻，是我！」那孩子又從鐵閘下面仰起面孔，嬉皮笑臉，是扁鼻子，小眼睛，闊嘴巴，大耳朵，樣子醜得很，十足的頑皮相！

「是你這個馬騮精！」岑婆婆喊：「你是那層樓的？那一座的呢？怎麼攪到這裡？真是有爺生，沒乸教！」

「嘻嘻，嗚咪咪，貓兒出來呀！」孩子在喊：「咪，咪！」

「你還逗我的貓，我打死你！」岑婆婆頓着地，孩子卻笑得更歡，搖着鐵閘。岑婆婆向門口走了幾步，這孩子才在地下一滾，蹓掉了。

「黐線仔，白癡仔！」岑婆婆在罵：「這座樓，都是這種黐線仔，白癡仔，全是有爺生，沒乸教的！」

她一邊在罵，又聽見外面有孩子在「火牛房」旁邊踢球了。皮球砰砰的撞在牆上，好像要把牆撞穿一樣。再砰地一聲，掛在牆上的全家福照片，祖先神位全都搖一搖，真是厲害！

這回她知道是誰了，就是對面鄰家的大孩子，剛剛放學回來的。

「喂，你們要拆樓嗎？」岑婆婆隔着鐵閘喊，但是，沒有人聽見。

尚幸只是踢了一通，又跑掉了。

輪到幾個女孩子，踢踢撻撻的跑來跑去，也不知道在玩些甚麼。

這是每天例常的事了。

白天，留在屋邨裡的，除了老人，就是孩子——他們分上下午上學——此外，還有一些家庭主婦。

不過，家庭主婦到外邊做工的也多了，除非給太幼小的孩子縛住。孩子到七八歲，或者小些，那些主婦可以脫身，就跑到工廠去了。

正如岑婆婆這一家。兒子開工，媳婦也開工，孫兒孫女開工的開工，上學的上學，家裡每天都只剩下一個人和一隻貓兒。

岑婆婆七十多了，有點血壓高，又有膽石、風濕、不時發痛，頭暈肚痛時，家裡沒人照顧她。說話也沒人應答，只有同貓說話。

她在這屋邨住了好多年了，左鄰右里，孩子長大了的，父母都去做工，那些下午上學的，一早就喧鬧，那些上午上學的，中午回來就接班，真是永無寧日。

但卻並不是時時有人來騷擾岑婆婆的，就像此刻，火牛房旁邊的女孩子們發出間歇的踢踢撻撻腳步聲，嘻笑聲，並不像男孩子的足球那樣打在牆上，震人心魄，也不像剛才那個馬騮那樣，直接地在撩犯她，那麼，屋子裡仍然是安靜的，可以説靜得有點使岑婆婆發慌。

每天，她都要待好多個鐘頭，由早到晚，直到黃昏過後，人才陸續的回來。到了那時候，這屋子又會顯得過份擠迫，過份嘈雜。使岑婆婆頭暈眼花的電視機，不住地閃動着耀眼的光芒，發出震耳欲聾的聲浪。

還有，不一定每人都看電視的，兩個男孫和孫女常常吵嘴，做父母的也跟兒女吵嘴，三個孩子都出走過，都説：「沒有家庭溫暖！」

岑婆婆不知道孩子們是怎麼想的，不過，她也覺得兒媳都太「不黐家」，特別是媳婦，一直在外面做工的。孫兒自小由她這個做婆婆的照料，她這個媳婦並不當家庭主婦，而她又老了，孫兒都大了，也不聽她的話了。

正像今天一早，孫兒們開工的開工，上學的上學，他們都是出去一整天的，岑婆婆就喊：「多穿一件羊毛衫吧！」孫兒們卻嚷着：「黐線！天氣報告氣溫二十四度，還穿羊毛衫？」把岑婆婆找出來的羊毛衫一件件的丢下，穿件單衫就都跑走了。

岑婆婆喊：「今晚會涼的！」沒人應。她又喊：「今晚誰不回來吃飯？」也沒人應。都走了。

她也不知道今晚煮多少米，他們總是不一定的，有時都不回來，有時全都回來。於是，許多時，不是剩得滿滿的冷飯，就是不夠飯吃。

岑婆婆又被埋怨，說她「老懵懂」。這個說，星期幾星期幾他是不回來的，那個說星期幾星期幾他要回來的，岑婆婆那記得這許多？而且他們說了，有時又不算數。

這還罷了，還有許多煩惱的事，她好心的執拾屋子，晚上人回來了，就招埋怨，說是把他們的東西攪亂了，有些甚麼東西又找不着了，都說：「你別亂動我的東西了！」

岑婆婆越來越覺得自己老了，沒用了。早上，她到樓下曬曬太陽，活動活動筋骨，遇到的一些老人，也都在說這些：兒子不孝，媳婦不賢，孫兒不聽話。總之世道是變了。現在的後生，都不尊敬老人了。

屋邨有人組織老人去旅行，環遊新界，她也去了。大概只有這一日伴侶最多了。有一次，他們旅行時順便參觀了老人院。岑婆婆也曾想過，自己是不是也入了老人院？省得在家裡激氣。每次激氣時，她都這樣想，而且不時還說了出來：「你們送我入老人院吧！」但參觀了老人院，她又覺得老人院的生活雖然不壞，卻總像有點淒涼似的，她又不想住入了。

她不是不知道兒媳和孫兒們為甚麼這樣忙碌，而且心情煩躁，少一個錢都過不了日子，少讀點書將來也很難立足社會。但正因他們都如許忙碌，岑婆婆雖然每晚都見着他們，但他們的事都跟她越來越不相干了。她漸漸有被遺忘的感覺，除了還可以給他們弄一頓飯——而且還受埋怨之外，她在這個家裡，簡直是可有可無了。

岑婆婆洗了碗筷，坐下來，在床底下拖出一個包袱，戴上眼鏡，她開始剪線頭了。

每過幾天，就有人來交收，半個月出一次糧，糧錢不多，但卻是她賺得的，她把錢存入銀行，老人金也每月給她過戶，只有這些，她還感覺自己的「存在」。

嫁到英國的女兒很少信，做餐館實在是忙得很。另一個住在柴灣的兒子，只逢年過節才見見面，平日打電話去家，也沒人聽。

岑婆婆常常想：「我可以死了，但又死不掉！」她有一個親戚住在長沙灣，年老多病，上弔死了。她又不致於到達那個地步。

她一邊在剪線頭，一邊在冥思。貓睡在門邊，倚着鐵閘，大概那裡涼快。

岑婆婆看看鐘，還有老半天才有人回來。今天她又煮早了飯，不然，她做甚麼呢？

「貓，咪，咪！」門口又有人叫了。

岑婆婆從老花眼鏡上面看去，又是那個馬騮精，扁鼻子，小眼睛，闊嘴巴，大耳朵。只是這回，卻穿上了校服，揹着個書包，看來是要上學去，經過這裡的。

這馬騮精伸手撫着貓頭，貓也任由他撫着，岑婆婆見他只是撫那貓，沒有惡意，而且看他很快要走了，也不理會他了。但忽然，那孩子伸出雙手，把貓隔着鐵閘扯出去了。

貓喊叫起來，岑婆婆這才吃驚，丟下剪刀，脫了眼鏡，追了出來。

那孩子抱着貓，跑向電梯。

「喂，你別跑！」岑婆婆喊：「把貓還給我！」但孩子只管跑，不理她。

岑婆婆追了幾步，發覺沒有關上門，便回頭去拉好鐵閘，然後去追那孩子。

她一直追到電梯前面，那孩子剛好抱着貓走入電梯，電梯門就合上了。

「喂，喂！」岑婆婆氣得用手擂電梯門，這孩子真頑皮？沒好事做。如果把貓在樓下放了，這貓怎回來呢？不變成野貓了嗎？

她想搭另一架電梯，但旁邊的電梯還在樓下。

岑婆婆正彷徨、焦急，那孩子的電梯門又開了，孩子在裡面喊：「進來，把貓還你！」

岑婆婆連忙跑進去，只一進去，電梯門又合上了，而且往下降。

孩子把貓塞在她懷裡，一手又把電梯的緊急停止掣按住了。

電梯停了下來。

貓在岑婆婆懷裡掙扎着，牠顯然受了驚慌，不習慣這樣的環境。

「牠自己會回去的！」孩子說：「你放了牠，牠會從上面的洞裡爬出去，跳上去，然後自己回家。你試試看！」

「我不試！」岑婆婆生氣了，「你趕快送我上去，你為甚麼按停了電梯？」

「現在電梯是下去，」孩子道：「要到樓下後，你才可以上去的。」

「下去就下去，你還按停了幹嗎？」岑婆婆喊：「你這個百厭星，我拉你到管理處去。」

「拉吧！」那頑皮的傢伙笑着，又按了按下去的按鈕，但電梯卻不動。

「我們困住了。」孩子喊道：「電梯不動了。」

「唉，真是撞了邪！」岑婆婆喊：「快按警鐘吧！」

孩子便伸手按警鐘。按了一次又一次，但似乎沒聽見甚麼聲響。

「你叫吧！」岑婆婆道：「大聲叫救命，也許有人聽見。你還不叫？」

「救命！」孩子果然叫起來，但他像是開玩笑的，一邊叫，一邊笑。

岑婆婆也叫着，但她氣力不夠，自己也知道聲音很小，於是，她就用手擂電梯。

叫了一輪，擂了一輪，一點沒有反應。岑婆婆自己也覺得疲乏了。

倒是那馬騮精力氣充沛，他在電梯裡跳，把電梯跳得隆隆作響，而且使電梯強烈地震動着。

「別跳了！」岑婆婆止住他：「你把電梯繩都要跳斷了，跌下去，你我都死的。」

而且那隻貓也被嚇怕了，在岑婆婆懷裡拚命掙扎。

孩子不跳了，倚着電梯壁，作有氣無力狀喊：「救——命——」他實際上一點不緊張，當作好玩的。

書包給丟在一旁，那書包漲鼓鼓的，不齊不整的，而且又髒得很。

這時候，岑婆婆才算看清楚這個孩子，只見他的校服很皺，根本沒有熨過，現在還沾上很多泥塵。她忙用手替他去拍時，卻發覺那件白襯衫還是濕的。

「你怎麼穿濕的衣服？」岑婆婆道：「這樣會生病的，沒人教你的嗎？」

「我找不到第二件。」孩子道：「這件是今早才洗的，穿一會就乾了，不要緊！」

「是你媽給你穿的嗎？」岑婆婆想：這樣的母親，真該罵。

「不，我姊姊。」孩子道：「是她今早才替我洗的，昨晚她加班，很晚才回來。」

「又是加班！」岑婆婆道：「你家還有甚麼人？」

「爸爸，兩個姊姊，一個哥哥。」孩子道：「一個哥哥、一個姊姊都結了婚，現在家裡的是二姊姊，她也快要結婚了。」

「你媽媽呢？」岑婆婆問出了口，才想起也許不該問。

果然，孩子沒有答話，也沒有表情。

這樣看來，這孩子家裡是沒有媽媽的了。

這個媽媽是死了呢？還是走了呢？見孩子不答話，岑婆婆也不便再問，只說：

「你二姊如果也結了婚，你家豈不只有你爸和你兩個嗎？」

「我怎麼知道？」孩子喊道：「也許我爸爸也結婚呢！」

「怎麼？你爸爸也結婚？」岑婆婆詫問：「你爸爸有多大年紀了呢？」

「不知道，」孩子道：「五十多了吧。阿婆，你呢？」

「我七十幾歲了。」岑婆婆道：「你叫甚麼名字？」

「我叫阿良。」孩子道：「七十幾歲，太老了。」

「甚麼太老了？」岑婆婆道：「你這話怎說？」

「我爸爸老是想找個女人。」阿良看着岑婆婆，搖頭道：「如果你是五十幾歲就好了。」

岑婆婆又好氣又好笑，但忽然她又覺得這個沒有媽媽的孩子，身世跟自己一樣可憐。

電梯頂的電風扇，發着隆隆的聲響。這把風扇，在夏日，人們只聞其聲，就算冬天，平日上上落落，一分半分鐘功夫，電梯人又多，也只覺它微微有點氣息，助以疏疏空氣。但現在，電梯只有他們兩個人，岑婆婆跑出來時，又沒特別加衣，就發覺電風扇不停地把陰冷空氣傳送下來，一陣陣的，冷得她頻頻的打噴嚏，流鼻水。

「阿良，你冷不冷？」岑婆婆緊緊地抱着她那頭貓，又伸手摸了摸阿良身上的濕衣服。

「不冷。」阿良說：「阿婆，你冷嗎？」

「冷呵！」岑婆婆瑟縮在電梯一角：「阿良，你再按按救人鐘，讓他們快些來救我們呀！再不來，你上學也要遲到了。」

「按鐘也沒用，不響的，你聽聽。」阿良伸手去按那紅色的按鈕，果然聽不見鈴聲。但他又把另一顆按鈕按上去，隆隆聲響的風扇就停下來了，陰冷的風，也好像沒有了。阿良笑道：「阿婆，這可好些了吧？」

「沒有風，是好一些。」岑婆婆抬頭看那風扇的洞口，只看見上面有一點光，又好像很高很高的，他們現在，也不知給吊在甚麼地方。救人鐘不響，有甚麼辦法呢？

風扇雖然不吹了，但剛才身子給吹冷了，滑滑的鼻涕仍不時地淌下來，岑婆婆又沒帶手帕，只好用衫袖來拭鼻涕了。

「還冷嗎？」阿良笑看着她：「阿婆，我教你，做做運動就不冷了，你看我——」說着，他蹲下身子，把腳一伸，身子彈得高高的，又跌下來，然後他又跳高。

電梯又給他跳得震動起來，岑婆婆忙喊：「別跳了，我是跳不動的，你莫把上面的繩子都跳斷了，電梯摔下去，你我都跌死的！」

「你不跳，可以做掌上壓！」阿良又俯下身子，在電梯的地板上做起掌上壓來：「一、二、三、四——」

岑婆婆看見他做得一臉通紅，頭筋也漲起來了，還冒上一點微汗。忙喊：「別做了，你留下氣力，喊救命吧，你一定要遲到的了！」

阿良便跳起來，不做掌上壓了，喘着氣，說道：「反正今天是測驗，反正我又不懂，反正又要遲到，不上學也算了。反正給困電梯，又沒人救我們！」

「原來你安的這個心！」岑婆婆這才知道這個馬騮存心走學，發覺她似乎被騙了，她一邊喊：「我的屋門還沒關上哩。我還要去買晚上的餸菜哩。你不上學，我不能陪你在這裡玩，你這個蠱惑馬騮，你故意弄停電梯的吧？故意不按響救人鐘的吧？我來按！」於是，她又伸手去按那電梯的按鈕，按了紅色的警號鐘，又去扳勒停掣，全都沒有反應。她伸手亂按，亂扳的，不意又把風扇掣扳開了，一陣陣冷風，又吹下來了。

「阿婆，我不是故意的！」阿良這才伸手把風扇掣扳熄：「你別亂按一通了，如果漏電，電死你哩！」

「我家的門還沒關！」岑婆婆道：「我家的東西，被人偷光了，你這馬騮，害死我了！」

「阿婆，我把書包給你坐着，」阿良把他那漲鼓鼓的書包放在電梯一角的地下：「我再來叫救命，叫到有人來為止。這好了吧？」

岑婆婆無奈，她也實在疲倦了，而且身上還是冷的，她只好坐在阿良的書包上，把貓緊緊的抱在懷裡取暖。

貓咪嗚嗚的叫着，牠驚惶，不習慣。

岑婆婆擔心着她的屋子。

阿良用雙手拍着電梯四壁，不規則的，或高聲或低聲，或緊或慢的在喊：「救人呀，有人困電梯呀！」

也不知喊了多久，岑婆婆看他喊得也疲乏了。

她覺得這個孩子也算是盡力在叫喊，盡量使他們快些獲救的了。

「唉，這都聽不見，全屋邨的人都是聾的！」岑婆婆歎道：「你歇歇吧，也許他們搭不到電梯，就會通知管理處派人來修理的。」

阿良實在也疲乏，便伏在電梯一角牆壁上，閉上了眼睛，仍然低聲在喊：「救——人——呀！」

幾小時後。

岑婆婆的孫女阿碧先放學回來，到了一個電梯口，按電鈕，看燈牌沒有反應，老停在中間，不上又不下。跟着又有人來按，看燈牌，罵道：「又壞了，還沒人修理！」便去搭另外的電梯了。

阿碧也只好去搭另外的電梯。

回到家，只見木門和鐵閘都是開着的，走進屋子，卻沒人。

「阿嫲！有東西吃嗎？」阿碧丟下書包，放聲就叫。

屋子裡沒有反應，阿碧便探頭出門口，兩邊看看，沒有看見她的祖母。

「這算怎麼樣？」阿碧用力把鐵閘拉上：「連門都不關，就跑出去了，真是老懵懂了，也不知跑到哪裡去了！」罵着，便去廚房，把電飯煲、鍋、銻煲等一應都揭開過，沒發現有甚麼吃的。又去五桶櫃上面把好幾個餅罐都揭開來，也沒甚麼好吃。

阿碧只好先把校服脫了，換上家常便服，帶了匙和小錢包，到下面買東西吃。

到了那電梯門，燈牌仍然是不上下落的那一層，門卻不開，知道這電梯仍未修好，便去搭另外的電梯。

阿碧到士多買了一包即食麵，不去搭那壞了的電梯了，明知還沒修好。

另外的電梯很擠，有人說：「那邊電梯壞了半天，還沒人修。」

「有人困在裡面沒有？」

「不知道，大概沒有吧，聽不見鐘響呢！」

阿碧也不理會，兀自回家去煮即食麵。

麵剛煮好，端出來，她二哥阿松也回來了，阿松是受技術訓練學生，剛從工場回來，一入門看見那碗熱騰騰的麵，便喊：「阿嫲，是給我煮的嗎？肚子正餓呢！」

「你開胃！」阿碧剛去取了筷子，回身喝道：「是我煮的，阿嫲洞開着大門，不知跑到哪裡去了，還給你煮麵哩！快走開！」

「還有沒有，多給我煮一碗吧！」阿松只是賴在那碗麵旁邊。

「沒有，你自己不會去買？」阿碧趕忙坐下吃麵：「我也是自己買的！」

「那麼，給我吃一口！」阿松伸手來奪那碗了，阿碧忙端着碗閃開，阿松還追着，阿碧一邊把麵扒進嘴裡，一邊喊着。太着急了，湯汁潑在身上了，阿碧一氣，把碗筷往桌上一丟，發起脾氣罵道：「餓鬼，連我也吃了吧！還沒見過那麼下流的！自己會賺錢，也不買東西吃，還要搶！」

阿松也不客氣，拿起碗筷，兩口就連麵連湯都吃光了，放下碗筷，就去扭開了電視機。是卡通片，喧喧鬧鬧的，阿碧還在哭罵，屋子裡吵得拆了天。

做母親的回來了，一身沾着線頭，滿臉倦容，乏力地拉開鐵閘，便問：「吵甚麼呀？」

「小氣鬼，只吃了她一口麵！」阿松邊在換上球褲球鞋，在床底下挖了個足球出來，帶了就走。

「你大哥呢？」做母親的問。

「不知道！」阿松走遠了。

「阿嫲煮熟飯沒有？」做母親的走到騎樓，沒有看見老人家，這一角廚房，冷冷清清的。

「我回到家，門是敞開的，阿嫲不知哪裡去了！」阿碧不哭了：「也不知去了多久！」

「呵！」做母親的吃了一驚：「有外人進來過沒有？有失去甚麼東西沒有？」

「誰知道！」阿碧道：「不止一次了，上一次，阿嫲到下面買油，也沒關門，還在下面跟人雞啄不斷的說話。」

「真是老懵了！」做母親的便拿了電飯煲洗米，開了雪櫃，卻沒有甚麼餸菜，叫女兒：「下去買點豬肉，買些菜。好不好？」

「人家都換了衣服，」阿碧道：「電視快播新聞了，我想看看天氣報告。」

「唉，真是懶鬼！」做母親的只好自己拿起小錢包出去。只聽女兒在後面喊：「不要搭樓梯旁那電梯，要一直去！」

「知道了！」做母親的應着，一直去了。還在歎：「老太婆老懵了，該不是忽然到柴灣去了吧？」

屋邨的另一座，一個細小的居住單位。

一個五十多歲，頭髮半禿的中年人悶坐着在抽煙，他是阿良的父親老錢。

他看看錶，又抽煙，怎麼搞的？都還沒回來？女兒阿芬，加班還是拍拖去了？阿良呢？早該放學了，又甚麼地方玩去了？這頓晚飯，又怎麼樣了？

阿芬在熱戀中，看來也快要出嫁了。以後，家中就只有他和阿良，阿良又像個馬騮，坐都坐不定的。他現在才五十多，身體暫時雖仍沒甚麼，但來日方長，家裡沒個女人，怎麼成個家，他朝思暮想要續絃，又談何容易？

天花板上的光管淡白的光，照得這屋子有點陰沉，屋子零零亂亂，老錢也無心收拾。

門響了，是阿芬，她拿了一抽菜，一條魚，往桌上一擱，向父親說：「爸，你自己煮，跟阿良兩個吃吧，我約了阿添。」

「去吧！」老錢沒精打采，他心在想：「往後怎辦？」

「良仔呢？」阿芬換件衣服就走，臨出門問。

「不知道。」做父親的把煙蒂丟了。女兒一走，他就撿起桌上的魚和菜，往雪櫃一塞。

他又在一個櫃子裡拿起一個扁形的小酒瓶，塞在褲袋裡，出去了。

落了一層樓，到了一個電梯口，發覺電梯跟剛才上來時一樣，仍然停在那地方，搖了搖頭，去搭別一個電梯。

這時候，在岑家。

老岑和他的大兒子阿棟都回來了，他妻子在做飯。

「老太婆不會懵到迷了路吧？」老岑在問：「她今早有沒有說過到甚麼地方？」

「前幾天說過，要我帶她到柴灣一趟。」妻子說：「我說這近來沒空，她自言自語，說要自己去。」

「那不用問了。」阿棟說：「一定是找二叔去了。」

「也不該連門都不關，」老岑說：「連貓都跑了。唉，一個人老了就沒用了！」

「還常說要到養老院！」妻子說：「也難怪，家裡白天沒人，只她一個。」

老岑打電話，打去柴灣，想問問老太婆到了沒有。

柴灣電話接不通，那邊在「煲電話粥」，打得他不耐煩：「算了，如果到了，他該打來！」就把電話擱下了。

「如果不是去柴灣呢？」妻子問。

「她還有甚麼地方去呀！」阿棟說：「除非交通意外，但她又不出街的。剛才新聞報告也沒有交通意外消息。」

「吃過飯，去找找吧！」妻子說。

「那裡找？」老岑說：「去報警嗎？人家罵你小題大做呢！」

「碧，幫手開飯！」

「不等阿嫲嗎？」

「留下一點吧！甚麼時候了？還等？」

電梯裡。

風扇雖然一直沒再開，岑婆婆只覺得越來越冷。

她不住的咳嗽，重複又重複的在說：「為甚麼還沒人來救我們呢？」

那個馬騮阿良，坐在她旁邊睡着了。

她耳朵雖然不大好，但仍聽見上上下下人來人往的聲音，甚至聽見：「這電梯是壞了的。」但就是沒人來救。

阿良醒來了，他瞪着眼，問：「阿婆，你餓嗎？」

岑婆婆歎了口氣。她想：「家裡人一定四處找我，又不知我在這裡，可能找到柴灣去，我又沒到。今晚大家都沒好睡了。真是陰功呀！」

她又咳。一口痰總是咳不出來，真辛苦！

「阿婆，幾點鐘了呢？」阿良又問。

「不知道，我沒有錶。」岑婆婆道：「大概是晚上了吧！」

「我爸爸一定已經買了飯盒給我吃了。」阿良舐着又乾又硬的嘴唇。

貓也餓了，在岑婆婆懷裡叫着，掙扎着。

忽然，阿良推了岑婆婆一把，說：「阿婆，我有辦法，你讓開！」

他從岑婆婆屁股下面拉出書包，打開，取出紙和筆，寫：「阿婆良仔困電梯。」

又找兩條橡筋，把紙條箍在貓的身上。

「貓可以從上面的洞裡跳上去。」阿良道：「貓也會回家，人家見了，就來救我們。」

岑婆婆只好由他把貓放走了。

她感到辛苦，很衰弱，倚在一個角落，半躺着，她在想：「大概我也應該死了。」

阿良沒有猜錯，他父親老錢，自己去大牌檔喝了一小瓶酒，又到附近快餐店買了一個飯盒回來，準備給阿良的，但仍不見阿良回來。那瓶酒卻使他昏昏然，以為阿良晚一點就會回來的，於是把飯盒放在桌子上，倒頭就睡。

深夜十一點多鐘，屋邨裡漸漸寂靜下來了。

岑家門外，有隻貓在走來走去，在咪嗚咪嗚地叫喊。

已經上了床的阿碧，忽然喊：「好像我們的貓在叫。」

老岑夫婦從床上爬起來，老岑開門，那貓拚命的鑽進鐵閘，身上帶着一張紙條。

阿碧眼利，從床上下來，按住貓，取下那張紙條，讀：「阿婆良仔困電梯。」就喊：「原來阿嫲困在電梯裡呀！」

老岑忙跑去管理處。

擾擾攘攘，那個壞了好多個小時的電梯打開了。果然，裡頭躺着一老一少，已凍做一團。

岑婆婆的咳聲也很弱了，良仔還能瞪眼，還能說：「我很餓！」

老岑把老母送去醫院急症室，良仔看來好些，管理處的人把他送回家。

老錢睡得迷迷糊糊，應付了幾句，又睡倒了。良仔也自爬上床去，鑽進被窩裡。

阿芬回家，在樓下聽人說，電梯困人，一老一少，有大半天。她不知是那家的老少，反正不是她家的。

她回到家，父親弟弟都睡得正香，並沒有發生過甚麼事。

（原載《海洋文藝》第七卷第一、二期，一九八〇年一、二月出版）

一萬元

陶然

飛快地點着一疊疊的紙幣，簡慕貞的胳膊已經有些發酸，她也顧不得歇一歇。春節就在眼前，連續幾天，提款的客戶特別多，這一整個上午，她忙得連頭都幾乎沒有抬過一次。

突然間，從玻璃面的那邊伸進來的，除了紅皮的存摺，還有三疊一千元的紙幣。簡慕貞抬起頭來，瞟了一下站在眼前的人。那是一個穿着一套藍色西裝的男子，三十歲的樣子，微笑着說道：「存十五萬。」看到他有一口潔白的牙齒，簡慕貞的心突然一動，她頓時想到梁慶德。「這個人的笑容，太像慶德了！」她這樣想着，一股甜蜜的海潮漫過她的心田，帶着一點唯恐被別人窺破秘密的嬌羞，她忸怩地笑了。同時，她下意識地翻開那存摺，借以掩蓋自己的窘態。她看到，寫在那上面的名字，是「歐陽輝」三個字。當她再次觸到他的笑容時，驀地，面前的一切都視而不見，思緒飄飄然，她竟不知身在何處。

她實在太愛梁慶德。她認定，這一生一世，她只能夠嫁給他。她不能想像，如果失去了梁慶德，她會怎麼樣。昨天晚上，梁慶德皺着眉頭的模樣，又緩緩地顯現在她眼前，慢慢擴大，形成一種可怖的陰影，籠罩她悸動的心。「我才二十歲，拖兩年也不要緊。」她痛苦地這樣想着：「可是，慶德已經三十歲了呀，還要拖到何年何月呢？」

「怎麼辦哪？」靠在中環海傍天橋的圍牆上，梁慶德幽幽地歎了一口氣，目光茫然地望着尖沙咀海面，在夜色中，亮着一團燈火的一艘渡輪正在駛過。「你媽媽說，要一萬元禮金，一百擔禮餅，一百圍酒席，叫我怎麼籌得出來？我那些錢，全部加起來，也還差一萬元！」

簡慕貞沒有答腔，她也根本不知道該怎麼辦。梁慶德身上的熱氣傳了過來，男性的氣息剛使她把頭埋進他懷裡，她馬上就感覺到他似乎有些顫。她伸手摸了摸他的手，竟是一片冰涼。她又憐又愛地仰起頭來，猛然發現他瘦了一些；她心裡一疼，眼淚不覺冒了出來。

「告訴媽媽，我已經懷孕一個月吧！」她毅然地這麼一想，剛要開口。卻又馬上想到，她媽媽絕對不會讓步，說了也是白搭，反而會招來更多的斥責。「打掉吧！」可是這兩個字眼剛冒出來，她立刻就被這狠心的想法駭壞了；而且她也知道，梁慶德絕對不會同意。出來工作一年以來，每天與錢打交道，這一回她才頭一次感覺到，金錢的份量原來有這麼重。

那薄薄的紙幣，一張張在手指間翻過，發出清脆的聲響，游離的思潮在那客戶的灼灼目光下飄了回來，她定了定神，推開了存摺，她凝神靜氣地數開了。

當最後一張紙幣脱離她的手指時，她的心一跳；呆了一呆，才省悟過來。偷眼一望，那客戶正心不在焉地游目四顧，她的心像密集的鼓點般敲了起來。她屏着呼吸，飛快地又數了一遍，一點也不錯：十六萬。

簡慕貞深深地呼了一口氣，猶豫着不知該怎麼辦。照理，她應該提醒那客戶，她正想出聲，驀地，一個聲音悄悄而堅定地向她耳語：「傻女！你有了一萬元了！人無橫財不富，你不要太老實了！」

這聲音，若隱若現，她甚至把握不住那音色；可是它卻像一滴染料掉在水中一般迅速蔓延，很快就緊攫住她的整個大腦神經。她又瞥了那客戶一眼，趁對方不注意，她閃電般將那多出的一萬元推到一邊，然後才將打上了存款數目的存摺塞了回去。

那客戶接了過去，那微微的一笑，直刺她的靈魂，使她的心咚咚地猛跳，驚叫幾乎衝破她的牙關，幸好隨着那人轉身而去，那叫聲終於給凍結在口腔裡。她渾身精疲力盡，頹然倒在椅背上，喘了一口大氣。伸手一抹，額頭上都是汗水。

捱到午飯時間，簡慕貞偷偷地將那筆錢往衣袋裡一塞，好像出籠的小鳥，出了門，越過梁慶德工作的那座大廈，她飛快地往附近的另一家銀行奔去。看着令人心跳的五位數打入自己的存摺，她有了一種掩飾不住的興奮。這種鬆了一口氣的興奮，組成滿面的春風，把她吹向皇后像廣場。

簡慕貞遠遠就看到，梁慶德捧着兩份飯盒，正坐在那噴水的池邊張望。當他的視線掃到她時，緊鎖的眉頭馬上被笑容攻破。簡慕貞的心又是一動，她電光火石般地聯想到那客戶，滿心的歡喜好像是一團火，當場卻給一盆涼水澆熄了，一張俏臉立刻陰沉下來。挨着梁慶德坐下，她默默地接過飯盒，並不吭聲，任由那頑皮的風將她的長髮吹得飄滿一臉。

「怎麼啦？累呀？」梁慶德柔聲問道，一面伸手理了理她的頭髮。

「有一點，年關嘛！」簡慕貞勉強地笑了一笑，掩飾着說：「還是你們打洋行的工好，不像我們這樣忙亂！」

「到這個時候，你還開我的玩笑！」梁慶德苦笑了一下，拿起勺子，吃了一口。「我現在都愁得要死！」

簡慕貞知道，她勾起他那筆錢的愁緒。她很想告訴他，她已經解決了。可是，四周都是人群，她又覺得暫時不能說出來。憋在心裡的一股得意，慢慢佔了上風，她想到的盡是今後的一帆風順，而幾乎失聲笑出來。先前掠過的陰影，早就不知道趕到哪裡去了。

「下班你來接我！」分手的時候，簡慕貞輕鬆地囑咐着：「我會給你帶來好消息！」

梁慶德好像沒有聽見。只是揮了揮手，便逕自去了。回到銀行，簡慕貞坐回自己的位置，腦海裡依然搖擺着梁慶德遠去的背影，那微微縮着的肩膀，似乎在顯示對於冷空氣的畏懼；她的心河濺起一股憐惜的浪花。「不要緊，」她安慰自己說：「還有幾個鐘頭就下班了，那時再告訴他，讓他有個意外的驚喜。」

這麼一想，她像做了甚麼惡作劇的頑童一樣，淘氣地笑了。笑容剛在嘴角舒展，她忽然警覺起來，忙向兩旁一瞟，她證實了這些同事都在忙，根本沒有人注意自己，這才放了心。玻璃窗口外的人龍，就在這一分鐘內排了起來；她抬頭望了望，只見黑壓壓的頭晃來晃去，但她不再感到厭煩，心兒長出翅膀，在快樂的天空飛翔。

她正忙得喘不過氣來，練習生阿炳用貓的腳步悄聲地溜近她身旁，低聲道：「簡小姐，總經理找你。」

「總經理？」簡慕貞停了手，詫異地反問。看到阿炳點了點頭，她的心一沉，猛然掉落下去。被一種不祥的陣風猛烈襲擊着，她不安地左顧右盼了一會；在阿炳的面前，她又必須保護自己。她覺得，最重要的是，自己不能露出心虛的痕跡。她拚命地鎮定自己，並且誇張地笑了一笑，拖到不能，再拖，才勉強起身。

那一百步的距離，她用盡了全力，急速走去，似乎一心一意要盡快把阿炳拋得遠遠的。可是，當她與總經理只隔着一道門時，她突然失去了氣力，再也抬不起腳步。她怯怯地回頭一看，阿炳在那頭也正望了過來，她的心一緊，好像背上吃了一記皮鞭，不由自主地，她舉手敲了敲門，心中卻在不斷地祈禱。

那個黃頭髮高鼻子藍眼睛的總經理，端坐在沙發靠背轉椅上，看到簡慕貞走進來，便溫和地笑了笑，伸手示意她在他面前坐下。

總經理的態度，頓時使簡慕貞感到安心了一些。總經理偶然也會召見下屬，了解情況；簡慕貞就曾經有過一兩次這樣的經驗。總經理一向都相當和氣，誰也沒有見他發過甚麼脾氣；說句心裡話，簡慕貞一直認為，這個四十多歲的洋人，真是一個可敬的上司，他風趣而又客氣，與他談話，是個享受。但他又畢竟是老闆，面對面總是有些拘束，特別是今天，又更加不同。她恨不得談話趕快結束，能夠安然離開，那就太謝天謝地了。

總經理開口了，他講得很慢，彷彿在小心翼翼地尋找恰當的字眼。簡慕貞用心地傾聽着，那些英語灌入她耳膜，她理會到他在詢問一般的工作情況，她有一句沒一句地答着，只覺得他的嗓音很好聽。

在一瞬間，她忽然迷失了。她的心靈深處意識到，總經理的話鋒，正伸出靈敏的觸角，到處在試探着直刺中心的路徑，迫人而來。她恍惚了好一會，待到重返現實，她聽到總經理在說：

「……發生這樣的事情，我感到十分遺憾。你既然承認了，我們當然也不想把事態鬧大。但是，歐陽先生那邊，有點麻煩，你看……」

那男中音的嗓子，依然那樣動聽，可是，它的每一次顫動，卻使簡慕貞心驚肉跳。她木然地聽着，心在不停地下墜。總經理頓了一頓，好像在觀察簡慕貞的反應。

「我們對於下屬，從來都是愛護的。在力所能及的範圍內，我願意為你效勞。」見到簡慕貞沒有甚麼表示，總經理再度開腔，徐徐地說。

「謝謝。」簡慕貞被一種無形的力量壓迫着，她感到不能再沉默，她痛心疾首地吐出了這一句，聲音卻像蚊子叫，低得幾乎連自己都聽不清。她朦朧地瞥見，總經理鬍髭下的嘴唇，隱約閃着一絲曖昧的笑意。她的心突然一陣亂跳，頭更低垂了下去，盯着自己的裙角不動了。

總經理站起身來，右手托着下巴，在附近踱來踱去，彷彿在考慮做出甚麼重大的決心。簡慕貞的心，隨着他的步幅，悸動着像一頭驚慌的野兔。等她覺察到，總經理的一隻手已經拍着她的右肩，緩聲說道：「這種事情，事在人為。可以鬧大，也可以化了。我願意盡力，不過，麻煩在歐陽先生那邊。你知道，他找上門來了，相當棘手。」

說着，他又住了口，手也停在簡慕貞的右肩上。過了好幾秒鐘，他才繼續道：「不過，無論如何，我都要幫忙。我想，我還是有把握解決它的。」

「謝謝。」簡慕貞的腦海裡浮出一線希望，千言萬語還是化成了這兩個字，她感動地抬起眼睛，顫抖着說。

「小事一件，不用介意。」總經理獰笑着，柔和的目光忽然炯炯起來，「不過，你知道，要打發這個歐陽先生，我要費點勁。站在我們生意人的立場上，做甚麼都要有代價的，你說是不是？」

被感激溢滿了整個胸腔的簡慕貞，本來正像吃滿了風的風箏，希望飛出了胸膛，以為可以逃過了大難；乍然聽到總經理這番話的弦外之音，她整個人就好像斷了線的風箏一樣，隨風飄走，再也抓不住一絲的依靠。「我哪裡有錢？我哪裡有錢？」絕望在她混亂的思緒中翻滾，凝成兩滴未灑出的淚珠，跳到她的眼眶裡。

「我保證你沒事，只要你陪我一夜。」總經理那柔和的聲調，好像從遙遠的天邊飄了回來，驚得她全身一縮。

慌亂中，她終於摸清了他的意圖。在一秒鐘之內，一萬種的閃念交錯着轟擊她混沌的思維。忽地，她的心境好像雷電交加過後放晴的天空一樣，一片寧靜澄澈；她分明感覺到，那隻毛茸茸的手在翻山越嶺，鑽進她的衣服裡面去。猛然的暈眩，使她窒息了好一陣。湊過來的嘴巴，猶帶着一股難聞的氣息，幾乎就要貼來了，一股油然而起的暴怒在體內爆炸，她整個人跳了起來，狂叫着：「不！」

給驀然的一推而踉蹌了兩步的總經理，臉色大變，只一會，卻又恢復了泰然的神色。他笑着，依然用那好聽的柔和聲調，說：「怎麼？你不幹？」

「不幹不幹不幹不幹！」簡慕貞止不住哭泣着，受辱的感覺，把憤怒和絕望混和着，上升為狂亂的叫喊。

「那我也無能為力了！」怔了一會，總經理聳了聳肩膀，臉上的笑容並未消褪。說完，他從容地坐回他的椅子上，提起了電話筒，撥了三個號碼。

不一會，警車呼嘯而來。簡慕貞雙眼發直，在同事們驚異的目送下，跟着那兩個女警，跨出她熟悉的銀行。

她突然看到，四周都是圍觀的人群，他們在指手劃腳，嗡嗡地議論着，但她一個字也聽不清楚。她想要哭，卻再也哭不出來了；她想要叫，也叫不出聲。羞愧漲滿了心湖，她腦子裡飄揚的字眼，只有一個：「賊」。

就在舉步要跨上警車的一刹那，她淒然的眼光偶然碰到一個人影，她的腿猛然一軟，全靠身旁女警的扶持，她才不致於一頭栽了下去。她看到，就是那個歐陽輝，夾在人叢中，正咧着嘴笑，而且笑得多像梁慶德！她淒然地收回了視線，低頭鑽進車子。馬達聲中，那車子剛要啟動，卻飛一般地衝來一個人，帶着驚慌的顫音狂喊：
「慕貞！你為了甚麼？」
簡慕貞連頭都不抬，她太熟悉那嗓音了。
盤桓在她心中的，只是：下班了，他來接我了。

一九八〇年三月二十八日

像我這樣的一個女子

西西

像我這樣的一個女子，其實是不適宜與任何人戀愛的。但我和夏之間的感情發展到今日這樣的地步，使我自己也感到吃驚。我想，我所以會陷入目前的不可自拔的處境，完全是由於命運對我作了殘酷的擺佈，對於命運，我是沒有辦法反擊的。聽人家說，當你真的喜歡一個人，只要靜靜地坐在一個角落，看着他即使是非常隨意的一個微笑，你也會忽然地感到魂飛魄散。對於夏，我的感覺正是這樣。所以，當夏問我：你喜歡我嗎的時候，我就毫無保留地表達了我的感情。我是一個不懂得保護自己的人，我的舉止和語言，都會使我永遠成為別人的笑柄。和夏一起坐在咖啡室裡的時候，我看來是那麼地快樂，但我的心中充滿隱憂，我其實是極度地不快樂的，因為我已經預知命運會把我帶到甚麼地方，而那完全是由於我的過錯。一開始的時候，我就不應該答應和夏一起到遠方去探望一位久別了的同學，而後來，我又沒有拒絕和他一起經常看電影。對於這些事情，後悔已經太遲了，而事實上，後悔或者不後悔，分別也變得不太重要，此刻我坐在咖啡室的一角等夏，我答應了帶他到我工作的地方去參觀，而一切也將在那個時刻結束。

當我和夏認識的那個季節，我已經從學校裡出來很久了，所以當夏問我是在做事了嗎，我就說我已經出外工作許多年了。

那麼，你的工作是甚麼呢。

他問。

替人化粧。

我說。

啊，是化粧。

他說。

但你的臉卻是那麼樸素。

他說。

他說他是一個不喜歡女子化粧的人，他喜歡樸素的臉容。他所以注意到我的臉上沒有任何的化粧，我想，並不是由於我對他的詢問提出了答案而引起了聯想，而是由於我的臉比一般的人都顯得蒼白。我的手也是這樣。我的雙手和我的臉都比一般的人要顯得蒼白，這是我的工作造成的後果。我知道當我把我的職業說出來的時候，夏就像我曾經有過的其他的每一個朋友一般直接地誤解了我的意思。在他的想像中，我的工作是一種為了美化一般女子的容貌的工作，譬如，在婚禮的節日上，為將出嫁的新娘端麗她們的顏面；所以，當我說我的工作並沒有假期，即使是星期天也常常是忙碌的，他就更加信以為真了。星期天或者假日，總有那麼多的新娘。但我的工作並非為新娘化粧，我的工作是為那些已經沒有了生命的人作最後的修飾，使他們在將離人世的最後一刻顯得心平氣和與溫柔。在過往的日子裡，我也曾經把我的職業對我的朋友提及，當他們稍有誤會時我立刻加以更正辨析，讓他們了解我是怎樣的一個人，但我的誠實使我失去了幾乎所有的朋友，是我使他們害怕了，彷彿坐在他們對面喝着咖啡的我竟也是他們心目中恐懼的幽靈了。這我是不怪他們的，對於生命中不可知的神秘面我們天生就有原始的膽怯。我沒有對夏的問題提出答案時加以解釋，一則是由於我怕他會因此驚懼，我是不可以再由於自己的奇異職業而使我周遭的朋友感到不安的，這樣我將更不能原諒我自己；其次是由於我原是一個不懂得表達自己的意思的人，而且長期以來，我同時習慣了保持沉默。

但你的臉卻是那麼樸素。

他說。

當夏這樣說的時候，我已經知道這就是我們之間感情路上不祥的預兆了。但那時候，夏是那麼地快樂，因為我是一個不為自己化粧的女子而快樂，但我的心中充滿了憂愁。我不知道，在這個世界上，誰將是為我的臉化粧的一個人，會是怡芬姑母嗎？我和怡芬姑母一樣，我們共同的願望仍是在我們有生之年，不要為我們自己至愛的親人化粧。我不知道在不祥的預兆冒升之後，我為甚麼繼續和夏一起常常漫遊，也許，我畢竟是一個人，我是沒有能力控制自己而終於一步一步走向命運所指引我走的道路上去；對於我的種種行為，我實在無法作出一個合理的解釋，我想人難道不是這樣子的嗎，人的行為有許多都是令自己也莫名其妙的。

可以參觀一下你的工作嗎？

夏問。

應該沒有問題。

我說。

她們會介意嗎？

他問。

恐怕沒有一個會介意的。

我說。

夏所以說要參觀一下我的工作，是因為每一個星期日的早上我必需回到我的工作的地方去工作，而他在這個日子裡並沒有任何的事情可以做。他說他願意陪我上我工作的地方，既然去了，為甚麼不留下來看看呢。他說他想看看那些新娘和送嫁的女子們熱鬧的情形，也想看看我怎樣把她們打扮得花容月貌，或者化醜為妍。我毫不考慮地答應了。我知道命運已經把我帶向起步跑的白線前面，而這注定是必會發生的事情，所以，我在一間小小的咖啡室裡等夏來，然後我們一起到我工作的地方去。到了那個地方，一切就會明白了。夏就會知道他一直以為我為他而灑的香水，其實不過是附在我身體上的防腐劑的氣味罷了；他也會知道，我常常穿素白的衣服，並不是因為這是我特意追求純潔的表徵，而是為了方便我出入我工作的那個地方。附在我身上的一種奇異的藥水氣味，已經在我的軀體上蝕骨了，我曾經用過種種的方法把它們洗滌清潔，都無法把它們驅除，直到後來，我終於放棄了我的努力，我甚至不再聞得那股特殊的氣息，夏卻是一無所知的，他曾經對我說：你用的是多麼奇特的一種香水。但一切不久就會水落石出。我一直是一名能夠修理一個典雅髮型的技師，我也是個能束一個美麗出色的領結的巧手，但這些又有甚麼用呢，看我的雙手，它們曾為多少沉默不語的人修剪過髮髭，又為多少嚴肅莊重的頸項修理過他們的領結。這雙手，夏能容忍我為他理髮嗎，能容忍我為他細意打一條領帶嗎？這樣的一雙手，本來是溫暖的，但在人們的眼中已經變成冰冷，這樣的一雙手，本來該適合懷抱新生的嬰兒的，但在人們的眼中已經成為接撫骷髏的白骨了。

怡芬姑母把她的技藝傳授給我，也許有甚多的理由，人們從她平日的言談中可以探測得清清楚楚，不錯，像這般的一種技藝，是一生一世也不怕失業的一種技能，而且收入甚豐，像我這樣一個讀書不多、知識程度低的女子，有甚麼能力到這個狼吞虎嚥、弱肉強食的世界上去和別的人競爭呢。怡芬姑母把她的畢生絕學傳授給我，完全是因為我是她的親姪女兒的緣故。她工作的時候，從來不讓任何一個人參觀，直到她正式收我為她的門徒，才讓我追隨她的左右，跟着她一點一點地學習，即使獨自對着赤裸而冰冷的屍體也不覺得害怕。甚至那些碎裂得四分五散的部分、爆裂的頭顱，我已學會了把它們拼湊縫接起來，彷彿這不過是製作一件戲服。我從小失去父母，由怡芬姑母把我撫養長大。奇怪的是，我終於漸漸地變得愈來愈像我的姑母，甚至是她的沉默寡言，她的蒼白的手臉，她步行時慢吞吞的姿態，我都愈來愈像她。有時候我不禁感到懷疑，我究竟是不是我自己，我或者竟是另外的一個怡芬姑母，我們兩個人其實就是一個人，我就是怡芬姑母的一個延續。

從今以後，你將不愁衣食了。

怡芬姑母說。

你也不必像別的女子那般，要靠別的人來養活你了。

她說。

怡芬姑母這樣說，我其實是不明白她的意思的。我不知道為甚麼跟着她學會了這一種技能，就可以不愁衣食，不必像別的女子要靠別人來養活自己，難道世界上就沒有其他的行業可以令我也不愁衣食，不必靠別的人來養活麼。但我是這麼沒有甚麼知識的一個女子，在這個世界上，我是必定不能和別的女子競爭的，所以，怡芬姑母才特別傳授了她的特技給我，她完全是為了我好。事實上，像我們這樣的工作，整個城市的人，誰不需要我們的幫助呢，不管是甚麼人，窮的還是富的，大官還是乞丐，只要命運的手把他們帶到我們這裡來，我們就是他們最終的安慰，我們會使他們的容顏顯得心平氣和，使他們顯得無比地溫柔。我和怡芬姑母都各自有各自的願望，除了自己的願望以外，我們尚有一個共同的願望，那就是希望在我們的有生之年，都不必為我們至愛的親人化粧。所以，上一個星期之內，我是那麼地哀傷，我隱隱約約知道有一件淒涼的事情發生了，而這件事，卻是發生在我年輕的兄弟的身上。據我所知，我年輕的兄弟結識了一位聲色性情令人讚羨的女子，而且是才貌雙全的，他們彼此是那麼地快樂，我想，這真是一件幸福的大喜事，然而快樂畢竟是過得太快一點了，我不久就知道那可愛的女子不明不白地和一個她並不傾心的人結了婚。為甚麼兩個本來相愛的人不能結婚，卻被逼要苦苦相思一生呢。我年輕的兄弟變成了另外一個人了，他曾經這麼說：我不要活了。我不知道應該怎麼辦，難道我竟要為我年輕的兄弟化粧嗎。

我不要活了。

我年輕的兄弟說。

我完全不明白事情為甚麼會發展成那樣，我年輕的兄弟也不明白。如果她說：我不喜歡你了。那我年輕的兄弟是無話可說的。但兩個人明明相愛，既不是為了報恩，又不是經濟上的困難，而在這麼文明的現代社會，還有被父母逼了出嫁的女子嗎？長長的一生為甚麼就對命運低頭了呢。唉，但願在我們有生之年，都不必為我們至愛的親人化粧。不過，誰能說得準呢，怡芬姑母在正式收我為徒，傳授我絕技的時候曾經對我說過：你必需遵從我一件事情，我才能收你為門徒。我不知道為甚麼怡芬姑母那麼鄭重其事，她嚴肅地對我說：當我躺下，你必需親自為我化粧，不要讓任何陌生人接碰我的軀體。我覺得這樣的事並無困難，只是奇怪怡芬姑母的執着，譬如我，當我躺下，我的軀體與我，還有甚麼相干呢。但那是怡芬姑母唯一的一個私自的願望，我必會幫助她完成，只要我能活到那個適當的時刻和年月。在漫漫的人生路途上，我和怡芬姑母一樣，我們其實都沒有甚麼宏大的願望，怡芬姑母希望我是她的化粧師，而我，我只希望憑我的技藝，能夠創造一個「最安祥的死者」出來，他將比所有的死者更溫柔，更心平氣和，彷彿死亡真的是最佳的安息。其實，即使我果然成功了，也不過是我在人世上無聊時藉以殺死時間的一種遊戲罷了，世界上的一切豈不毫無意義，我的努力其實是一場徒勞，如果我創造了「最安祥的死者」，我難道希望得到獎賞？死者是一無所知的，死者的家屬也不會知道我在死者身上所花的心力，我又不會舉行展覽會，讓公眾進來參觀分辨化粧師的優劣與創新，更加沒有人會為死者的化粧作不同的評述、比較、研究和開討論會，即使有，又怎樣呢？也不過是蜜蜂螞蟻的喧嚷，我的工作，只是斗室中我個人的一項遊戲而已。但我為甚麼又作出了我的願望呢，這大概是支持我繼續我的工作的一種動力了，因為我的工作是寂寞而孤獨的，既沒有對手，也沒有觀眾，當然更沒有掌聲。當我工作的時候，我只聽見我自己低低的呼吸，滿室躺着男男女女，只有我自己獨自低低地呼吸，我甚至可以感到我的心在哀愁或者歎息，當別人的心都停止了悲鳴的時候，我的心就更加響亮了。昨天，我想為一雙為情自殺的年輕人化粧，當我凝視那個沉睡了的男孩的臉時，我忽然覺得這正是我創造「最安祥的死者」的對象。他閉着眼睛，輕輕地合上了嘴唇，他的左額上有一個淡淡的疤痕，他那樣地睡着，彷彿真的不過是在安祥睡覺。這麼多年，我所化粧過的臉何止千萬，許多的臉都是愁眉苦臉的，大部分的十分猙獰，對於這些面譜，我一一為他們作了最適當的修正，該縫補的縫補，該掩飾的掩飾，使他們變得無限地溫柔。但我昨天遇見的男孩，他的容顏有一種說不出的平靜，難道說他的自殺竟是一件快樂的事情？但我不相信這種表面的姿態，我覺得他的行為是一種極端懦弱的行為，一個沒有勇氣向命運反擊的人，從我自己出發，應該是我不屑一顧的。我不但打消了把他創造為一個「最安祥的死者」的念頭，同時拒絕為他化粧，我把他和那個和他一起愚蠢地認命的女孩一起移交給怡芬姑母，讓她去為他們因喝劇烈的毒液而燙燒的面頰細細地粉飾。

沒有人不知道怡芬姑母的往事，因為有一些人曾經是現場的目擊者。那時候怡芬姑母仍然年輕，喜歡一面工作一面唱歌，並且和躺在她前面的死者說話，彷彿他們都是她的朋友。至於怡芬姑母變得沉默寡言，那就是後來的事了。怡芬姑母習慣把她心裡的一切話都講給她沉睡了的朋友們聽，她從來不寫日記，沉睡在她面前的那些人都是人類中最優秀的聽眾，他們可以長時間地聽她娓娓細說，而且，又是第一等的保密者。怡芬姑母會告訴他們她如何結識了一個男子，而他們在一起的時候就像所有的戀人們在一起那樣地快樂，偶然中間也不乏遙遠而繼續的、時陰時晴的日子。那時候，怡芬姑母每星期一次上一間美容學校學化粧術，風雨不改，經年不輟，她幾乎把所有老師的技藝都學齊了，甚至當學校方面告訴她她已經沒有甚麼可以再學的時候她仍堅持要老師們看看還有甚麼新的技術可以傳給她。她對化粧的興趣如此濃厚，幾乎是天生的因素，以致她的朋友都以為她將來必定要開甚麼大規模的美容院。但她沒有，她只把她的學問貢獻在沉睡在她前面的人的軀體上。而這樣的事情，她年輕的戀人是不知道的，他一直以為愛美是女孩子的天性，她不過是比較喜好脂粉吧了。直到這麼的一天，她帶他到她工作的地方去看看，指着躺在一邊的死者，告訴他，這是一種非常孤獨而寂寞的工作，但是在這樣的一個地方，並沒有人世間的是是非非，一切的妒忌、仇恨和名利的爭執都已不存在；當他們落入陰暗之中，他們將一個個變得心平氣和而溫柔。他是那麼地驚恐，他從來沒有想像她是這樣的一個女子，從事這樣的一種職業，他曾經愛她，願意為她做任何事，他起過誓，說無論如何都不會離棄她，他們必定白頭偕老，他們的愛情至死不渝。不過，竟在一群不會說話、沒有能力呼吸的死者的面前，他的勇氣與膽量完全消失了，他失聲大叫，掉頭拔腳而逃，推開了所有的門，一路上有許多人看見他失魂落魄地奔跑。以後，怡芬姑母再也沒有見過他了，人們只聽見她獨自在一間斗室裡，對她沉默的朋友們說：他不是說愛我的麼，他不是說不會離棄我的麼，而他為甚麼忽然這麼驚恐呢。後來，怡芬姑母就變得逐漸沉默寡言起來，或者，她要說的話也已經說盡，或者，她不必再說，她沉默的朋友都知道關於她的故事，有些話的確是不必多說的。怡芬姑母在開始把她的絕技傳授給我的時候，也對我講過她的往事，她選擇了我，而沒有選擇我年輕的兄弟，雖然有另外的一個原因，但主要的卻是，我並非一個膽怯的人。

你害怕嗎？

她問。

我並不害怕。

我說。

你膽怯嗎？

她問。

我並不膽怯。

我說。

是因為我並不害怕，所以怡芬姑母選擇了我作她的繼承人。她有一個預感，我的命運或者和她的命運相同，至於我們怎麼會變得愈來愈相像，這是我們都無法解釋的事情，而開始的原因也許是由於我們都不害怕。我們毫不畏懼。當怡芬姑母把她的往事告訴我的時候，她說，但我總相信，在這個世界上，必定有像我們一般，並不畏懼的人。那時候，怡芬姑母還沒有到達完全沉默寡言的程度，她讓我站在她的身邊，看她怎樣為一張倔強的嘴唇塗上紅色，又為一隻久睜的眼睛輕輕撫摸，請他安息。那時候，她仍斷斷續續地對她的一群沉睡了的朋友説話：而你，你為甚麼害怕了呢。為甚麼在戀愛中的人卻對愛那麼沒有信心，在愛裡竟沒有勇氣呢。在怡芬姑母的沉睡的朋友中，也不乏膽怯而懦弱的傢伙，他們則更加沉默了，怡芬姑母很知道她的朋友們的一些故事，她有時候一面為一個額上垂着劉海的女子敷粉時一面告訴我：唉唉，這是一個何等懦弱的女子呀，只為了要做一個名義上美麗的孝順女兒，竟把她心愛的人捨棄了。怡芬姑母知道這邊的一個女子是為了報恩，那邊的女子是為了認命，都把自己無助地交在命運的手裡，彷彿她們並不是一個個活生生有感情有思想的人，而是一件件商品。

這真是可怕的工作呀。

我的朋友說。

是為死了的人化粧嗎，我的天呀。

我的朋友說。

我並不害怕，但我的朋友害怕，他們因為我的眼睛常常凝視死者的眼睛而不歡喜我的眼睛，他們又因為我的手常常撫觸死者的手而不喜歡我的手。起先他們只是不喜歡，漸漸地他們簡直就是害怕了，而且，他們起先不喜歡和感到害怕的只是我的眼睛和我的手，但到了後來，他們不喜歡和感到害怕的已經蔓延到我的整體，我看着他們一個一個在我的身邊離去，彷彿動物看見烈火，田農驟遇飛蝗。我說：為甚麼你們要害怕呢，在這個世界上，總得有人做這樣的工作，難道我的工作做得不夠好，不稱職？但我漸漸就安於我的現狀了，對於我的孤獨，我也習慣了。總有那麼多的人，追尋一些甜蜜溫暖的工作，他們喜歡的永遠是星星與花朵。但在星星與花朵之中，怎樣才顯得出一個人堅定的步伐呢。我如今幾乎沒有朋友了，他們從我的手感覺到另一個深邃的國度的冰冷，他們從我的眼看見無數沉默浮游的精靈，於是，他們感到害怕了。即使我的手是溫暖的，我的眼睛是會流淚的，我的心是熱的，他們並不回顧。我也開始像我的怡芬姑母那樣，只剩下沉睡在我的面前的死者成為我的朋友了。我奇怪我在靜寂的時刻居然會對他們說：你們知道嗎，明天早上，我會帶一個叫做夏的人到這裡來探訪你們。夏問過：你們會介意嗎。我說，你們並不介意。你們是真的不介意的吧。到了明天，夏就會到這個地方來了，我想，我是知道這個事情的結局是怎樣的，因為我的命運已經和怡芬姑母的命運重疊為一了。我想，我當會看到夏踏進這個地方時的魂飛魄散的樣子，唉，我們竟以不同的方式彼此令彼此魂飛魄散。對於將要發生的事情，我並不驚恐，我從種種的預兆中已經知道結局的場面。夏說：你的臉卻是那麼樸素。是的，我的臉是那麼樸素，一張樸素的臉並沒有力量令一個人對一切變得無所畏懼。

我曾經想過轉換一種職業，難道我不能像別的女子那樣做一些別的工作嗎？我已經沒有可能當教師、護士、或者寫字樓的秘書或文員，但我難道不能到商店去當售貨員，到麵包店去賣麵包，甚至是當一名清潔女傭？像我這樣的一個女子，只要求一日的餐宿，難道無處可以容身？說實在的，憑我的一手技藝，我真的可以當那些新娘的美容師，但我不敢想像，當我為一張嘴唇塗上唇膏時，嘴唇忽然裂開而顯出一個微笑，我會怎麼想，太多的記憶使我不能從事這一項與我非常相稱的職業。只是，如果我轉換了一份工作，我的蒼白的手臉會改變它們的顏色嗎，我的滿身蝕骨的防腐劑的藥味會完全徹底消失嗎？那時，對於夏，我又該把我目前正在從事的工作絕對地隱瞞嗎？對一個我們至親的人隱瞞過往的事，是不忠誠的，世界上仍有無數的女子，千方百計地掩飾她們愧失了的貞節和虛長了的年歲，這都是我所鄙視的人物。我必定會對夏說，我長時期的工作，一直是在為一些沉睡了的死者化粧。而他必須知道、認識，我是這樣的一個女子。所以，我身上並沒有奇異的香水氣味，那是防腐劑的藥水味；我常常穿白色的衣裳也並非由於我刻意追求純潔的形象，而是我必需如此才能方便出入我工作的地方。但這些只不過是大海中的一些水珠罷了。當夏知道我的手長時期觸撫那些沉睡的死者，他還會牽着我的手和我一起躍過急流的溪澗嗎，他會讓我為他修剪頭髮，為他打一個領結嗎？他會容忍我的視線凝定在他的臉上嗎？他會毫不恐懼地在我的面前躺下來嗎？我想他會害怕，他會非常地害怕，他就像我的那些朋友，起先是驚訝，然後是不喜歡，結果就是害怕而掉轉臉去。怡芬姑母說：如果是由於愛，那還有甚麼畏懼的呢。但我知道，許多人的所謂愛，表面上是非常地剛強、堅韌，事實上卻是異常地脆弱、柔萎；吹了氣的勇氣，不過是一層糖衣。怡芬姑母說：也許夏不是一個膽怯的人。所以，這也是為甚麼我一直對我的職業不作進一步的解釋的緣故，當然，另外的一個原因完全由於我是一個不擅於表達自己思想的人，我可能說得不好，可能選錯了環境、氣候、時間和溫度，這都會把我想表達的意思扭曲。我不對夏解釋我的工作並非是為新娘添粧，其實也正是對他的一場考驗，我要觀察他看見我工作對象時的反應，如果他害怕，那麼他就是害怕了。如果他拔腳而逃，讓我告訴我那些沉睡的朋友：其實一切就從來沒有發生。

可以參觀一下你工作的情形嗎？

他問。

應該沒有問題。

我說。

所以，如今我坐在咖啡室的一個角落等夏來。我曾經在這個時刻仔細地思想，也許我這樣做對夏是不公平的，如果他對我所從事的行業感到害怕，而這又有甚麼過錯呢，為甚麼他要特別勇敢，為甚麼一個人對死者的恐懼竟要和愛情上的膽怯有關，那可能是兩件完全不相干的事情。我年紀很小的時候，我的父母都已經亡故了，我是由怡芬姑母把我撫養長大的，我，以及我年輕的兄弟，都是沒有父母的孤兒。我對我父母的身世和他們的往事所知甚少，一切我稍後知悉的事都是怡芬姑母告訴我的，我記得她說過，我的父親正是從事為死者化粧的一個人，他後來娶了我的母親。當他打算和我母親結婚的時候，曾經問她：你害怕嗎？而我母親說：並不害怕。我想，我所以也不害怕，是因為我像我的母親，我身體內的血液原是她的血液。怡芬姑母說，我母親在她的記憶中是永生的，因為她這麼說過：因為愛，所以並不害怕。也許是這樣，我不記得我母親的模樣和聲音，但她隱隱約約地在我的記憶中也是永生的。可是我想，如果我母親說了因為愛而不害怕的話，只因為她是我的母親，我沒有理由要求世界上的每一個人都如此。或者，我還應該責備自己從小接受了這樣的命運，從事如此令人難以忍受的職業。世界上哪一個男子不喜愛那些溫柔、暖和、甜美的女子呢，而那些女子也該從事一些親切、婉約、典雅的工作，但我的工作是冰冷而陰森、暮氣沉沉的，我想我整個人早已也染上了那樣的一種霧靄，那麼，為甚麼一個明亮如太陽似的男子要結識這樣一個鬱暗的女子呢，當他躺在她身邊，難道不會想起這是一個經常和屍體相處的一個人，而她的雙手，觸及他的肌膚時，會不會令他想起，這竟是一雙長期輕撫死者的手呢。唉唉，像我這樣的一個女子，原是不適宜與任何人戀愛的。我想一切的過失皆自我而起，我何不離開這裡，回到我工作的地方去，世界上從來沒有一個我認識的人叫做夏，而他也將忘記曾經結識過一個女子，是一名為新娘添粧的美容師。不過一切又彷彿太遲了，我看見夏，透過玻璃，從馬路的對面走過來。他手裡抱着的是甚麼呢？這麼大的一束花。今天是甚麼日子，有人生日嗎。我看着夏從咖啡室的門口進來，發現我，坐在這邊幽黯的角落裡。外面的陽光非常燦爛，他把陽光帶進來了，因為他的白色的襯衫反映了那種光亮。他像他的名字，永遠是夏天。

喂，星期日快樂。

他說。

這些花都是送給你的。

他說。

他的確是快樂的，於是他坐下來喝咖啡。我們有過那麼多快樂的日子。但快樂又是甚麼呢，快樂總是過得很快的。我的心是那麼地憂愁。從這裡走過去，不過是三百步路的光景，我們就可以到達我工作的地方。然後，就像許多年前發生過的事情一樣，一個失魂落魄的男子從那扇大門裡飛跑出來，所有好奇的眼睛都跟蹤着他，直至他完全消失。怡芬姑母說：也許，在這個世界上，仍有真正具備勇氣而不畏懼的人。但我知道這不過是一種假設，當夏從對面的馬路走過來的時候，手抱一束巨大的花朵，我又已經知道，因為這正是不祥的預兆。唉唉，像我這樣的一個女子，其實是不適宜與任何人戀愛的，或者，我該對我的那些沉睡了的朋友說：我們其實不都是一樣的嗎？幾十年不過匆匆一瞥，無論是為了甚麼因由，原是誰也不必為誰而魂飛魄散的。夏帶進咖啡室來的一束巨大的花朵，是非常非常地美麗，他是快樂的，而我心憂傷。他是不知道的，在我們這個行業之中，花朵，就是訣別的意思。

一九八二年一月

翅膀

蓬草

他們在阿木的背後訕笑說：阿木是瘋子！

首先，誰是「阿木」？誰是「他們」？

阿木是一個男人，五官生得端正，只是身段比一般人高大了一點。大概阿木的父母，預感到這個孩子長大後定必比其他人高大，像樹木一般，所以，便在他出生的第三天，為他取了「阿木」這一個名字。

再說阿木。其實他只是普普通通的一個人，他有着「人」所應該有的品質：謙遜，良善，溫柔，在言談方面，他更非常謹慎，絕對不會胡言亂語。這麼普通的一個人，本不值任何人為他寫一個故事。不過，上述「人」的品質，不知從哪時哪日起，已不再為一般人所保有或重視。阿木是不幸的，因他要活在這些人的當中，這些人，便是「他們」。他們不能忍受阿木的「與眾不同」，便在阿木的背後訕笑說阿木是瘋子！

每一個早上，阿木醒來的時候，總懷着無限尊敬和感激的心情，在身旁妻子的臉頰上，輕輕地親着。

他覺得這是不可思議的，一個這樣美麗和體貼的女人，竟會睡在自己的身邊。兩人共同生活，已有長長的一段日子。阿木說感情，特別是愛情，應該隨着每一個日子加濃和增添。當然，很多人並非如阿木這樣想。他們大多有着非常複雜的感情，愛一個人，往往成了苦事。他們覺得阿木就是頭腦太簡單，很可憐他的純厚。

而整項事件，就是說，阿木竟然比一般人快樂的這樁事件，是教他們憤憤不平的。為甚麼阿木可以從早到夜，總在臉上掛着笑容？有時候，專愛搗蛋的年輕人覷着阿木從長廊的另一端慢慢走來，而故意的、飛快的衝上去，撞他一個滿懷。阿木雖然高大，也給他撞得踉蹌了幾步，但他不僅沒有發怒，反帶着驚慌的神情問：「你急着要去哪兒？希望沒有不愉快的事吧？」對方聽了這話，十分氣怒，認為阿木有意嘲諷，於是狠狠地在他的腳上踩踏了幾下，才拔足飛跑。

阿木從來不把這等事情放在心上。回抵家裡，妻子看到他那一雙污垢的鞋，問他又跑往哪兒去了？阿木已忘記給人碰撞及踐踏的事情，他轉動着一雙又大又明亮的眼睛，想了一會，歉意地和妻子笑了，「不知道！」

對於阿木的「古怪」性情，做妻子的早已習慣，並且相信她是世界上唯一可以明白阿木，而負起保護阿木的責任的人。當阿木盤着腿，光着上身，垂眉低目的在廳中的地板上「打坐」（這是阿木的一種健身、也是健心的辦法），不動、不言的達一個小時，妻子便會把一件衣服，輕輕地披在他的身上。也幸好如此，阿木才減少了受寒生病的機會。

但阿木不知道即使「打坐」這樣看來與世無爭的事，也會引起別人的反感。阿木在一間出版社裡工作，做封面設計，畫插圖，編輯太忙時甚至要替他劃版，送稿的阿伯生病沒來，阿木便要代他跑往四條街以外的排字房，這像是最自然不過的了，因為阿木對於別人加在他身上的工作，永遠不會推辭，事後，也不等待別人的感激，所以沒人覺得有對阿木表示感激的需要，一向，同事們倒也可能漠視阿木的存在——就是說，除了叫阿木替代他們做這樣那樣之外，是不會特別注意阿木的行為。只有一天，他們說起吃餐，甲認為天香樓的「五香雞」，簡直是天下第一佳餚，乙對這個說法嗤之以鼻，譏諷甲全不懂美食之道，首先，「五香雞」這一道菜式，配料甚濃，食客哪兒嚐到雞的鮮味？再說，天香樓的「五香雞」，全無特別之處，甲的舌頭一定有毛病。甲聽了，勃然大怒，反唇相譏，罵乙一副窮相，看他的寒傖樣子，他根本上更沒資格走入天香樓，也從來沒有吃過天香樓的「五香雞」，於是人身攻擊式的對答此起彼落，其他的幾個同事惟恐天下不亂，分成兩派式的去推波助瀾，可算是群情洶湧了，看來不久便要動武。阿木實在無法想像，「五香雞」竟然會成為眾人爭執的題目，當他聽着各種侮辱的、甚至下流的字眼，在辦公室裡上下飛揚時，漸漸，他白了臉孔，放下手中的筆。互相咒罵着的同事便看到一個「奇景」——阿木在辦公室的地板上坐下來，盤了腿，雙手分放在膝上，閉目打坐，像要把自己超升往另一個世界。他們先是有一下子的怔呆，然後面面相覷，各人回歸自己的座位。一種羞恥的感覺在他們的心中滋生，隨着：便是對阿木的厭恨——就是阿木，使得他們為自己的舉止感到羞愧！這個阿木真可惡！何況他又是一個瘋子！

阿木不知道在同事中，他已成為可厭的人物。但如果他知道，他是否又會介懷呢？阿木仍舊十分熱心的去做別人強交給他的額外工作，仍舊不等待一聲道謝，只是偶然地他有一個願望：看到別人的臉上，出現一個友善的笑容，那將會比窗外的陽光，更令阿木感到快活的。

同事們終於想到一個法子去捉弄阿木。某日，他們乘着阿木往洗手間的機會在他的茶裡放了三顆安眠藥丸。阿木回來，抓起杯子，把水和藥全吞下了。同事們竊竊私笑，乜着眼睛看阿木。不久，阿木的高大身子在椅上輕輕移動，手中的筆滑跌在地。阿木終於伏在辦公桌上，「呼呼」地睡過去了。他的臉頰，緊貼着一張繪了才一半的圖畫，畫中，有一隻鳥兒，正要振翅起飛，但仍缺少一隻翅膀。同事們轟然發出大笑，熱切等待總編輯從他的辦公室走出來。

這個玩笑所帶來的後果，或許不是他們所想望的。正如他們在事後所作的互相原諒，互相解釋所指出：他們不是有惡意的，只不過想和阿木玩玩罷了。但當總編輯走過阿木的身旁，向阿木大喝了幾聲，而阿木不能醒來的時候，總編輯的一腔怒火便燒燃了，其實主要的原因還是為了他自己的家事。總編輯和妻子感情不和，在家時常有爭執，那天早上，剛吵過一場架來，心情自然不好。他瞪着在桌上沉沉大睡的阿木，破口大罵，完全拒絕找出原因，並立意不考慮阿木一向的刻苦耐勞。他匆匆寫就了解僱書，擲在阿木的臉上，然後吩咐室內的一個同事，搖電話給阿木的妻子，好把阿木帶回家。「他立刻便要走！」總編輯說得斬釘截鐵。四下裡沒有聲響。是否在惡作劇的他們當中，曾有人在心內起了某種悔意，甚至想開口向總編輯解釋一切呢？但他們甚麼也沒有做出來，理由是在這個形勢下，他們委實不知道該怎樣辦。

阿木的妻子踏進辦公室，她是一個美麗而說話不多的女人。她看看睡得迷糊的阿木，又看看四周神色有異的人，立刻，她明白了一切。她不需要詢問些甚麼，他們只是怯懦的一群，不值得她記恨的。她把計程車司機喚來，二人合力把阿木扶進車子內。

以後，同事中沒有人提起阿木，這到底是一個尷尬的話題。只是他們偶而聽到，阿木和他的妻子，已離開了這個城。一個認識阿木的清道夫（因為阿木每天早晨從屋內走往街上時，總和他微笑，並向他說「早安」），力言他看到阿木和他的妻子，在一個明媚的春日，每人身上負了一個大背囊，阿木還推着一輛木頭車，車上堆着小山一般的書和畫。清道夫說他們就這樣的走遠了，他們的臉上掛着笑容，「像要去一處遙遠而美麗的地方！」他說到這兒，不禁輕輕歎了一口氣，卻不定有甚麼特別的意思了。

關於阿木，仍有一點小事。聽雜誌社的清潔女傭三姐道來，阿木在被解僱後的翌日早上，曾回辦公室。當時室內靜悄無人，因仍未到上班時間。門外的三姐，看到阿木走往自己的桌子，坐下來，在一張畫上增添一些甚麼。其實，阿木在甦醒的時候，想起那一隻未完成的鳥兒，他便跑回來，為牠加上另一隻翅膀，讓牠可以高飛，如此而已。

一九八二年四月，巴黎。

（原載《素葉文學》第九、十期，一九八二年六月）

買樓記

白洛

一

掏出一串沉甸甸的鎖匙——大廈鐵閘的、住宅鐵閘的、天台鐵閘的、寫字樓大門的、家門的、公司寫字枱的、家裡寫字枱的、信箱的、保險箱的……數一數，少說有十把八把，擠得匙扣差點像胖子的褲頭扣不上，掙得褲袋像駝子的背部突出一塊。這個城市鼠狼多，為了防範不安好心的狼胎鼠輩搗亂作祟，門窗扉櫃關鎖牢靠些，終歸是必要的措施。鎖匙多，原也不是件壞事；起碼對治安，該頗有幫助吧？

「怎麼搞的！」我用沒拿匙的左手，給了自己一記耳光；掏出鎖匙為的是開門，不開門卻盡扯鎖匙的用處做甚麼？難怪妻總愛取笑我：「人說名字不會改錯，此話不假。湖相，胡想，就是愛胡思亂想！」我姓武，武湖相，照妻子李芝音的說法，原可為自己辯白「無胡想」，然而辯來作甚？凡辯者易傷感情，夫妻上頭，犯不着。

把鎖匙插進孔眼，扭動一下，開了鐵閘。接着又把鎖匙插進孔眼，扭動一下，開了實心柚木夾板做的正門，我終於踏進了自己的家。不料迎面遞來一封信；望一眼專用信封上印着「差餉物業估價署」的幾個黑字，再瞥見妻噘起的小嘴，我心裡明白了幾分。不過，還是開口問道：「怎樣，給減了多少？」

妻倏地變作炮筒子火爆爆地嚷道：「減？誰給你減！比業主要加的租金還多批了七元六角，你每月少光顧麥當奴幾個漢堡包吧！」

「竟有這樣的事嗎？」我有點意外了。把信件抽出來，果然白紙黑字，准許加租的銀碼上打着 $417.60 的數目。業主原只要加齊頭數四百一十元，我們的百分比專家，將原租金乘以百分之三十這個新訂的最高加租額，答案顯示少了 7.6，這在數學上是絕對不能允許的大錯誤。小數點的幾個位後還得逢五進一呢，7.6 這麼大的數目怎能捨去？不減反加，把這七元六角也準確無誤地加上去，你能說不合理？

「好一個百分比專家！」把信使勁擲在茶几上，忘了襪子只脫了一邊，我氣惱地站起來，在狹小的客廳裡來回踱步。

妻坐在沙發上，一對大眼睛隨着我的踱步，滴溜溜地轉來轉去。在我停下腳步，睨向她的刹那，她的大眼珠也直勾勾地停滯住了。我把視線轉向她脹鼓鼓的肚子上，那懷的是我們「無價之寶」，萬一驚動胎氣，招致的損失，更是無法估量。我壓抑着自己，回到沙發椅那兒，脫那還沒脫的另一邊襪子。

「你倒說說該怎辦嘛！」妻見我一言不發，用怪責的口吻煩惱地問道。

「估價署照足法例辦事，批多少，付多少，爭也無謂，何必找氣來受？」我用平靜的語氣答妻，希望她不再激動。

「這我明白。」妻說道，但還有下文：「我只是想和你分析，以往估價署批回來的加租數目總比業主要求的少一百幾十，這次卻唯恐業主加的不滿新限額，你說這和重評物業稅、重估差餉是否有關係？」

「唔，也許是。」我敷衍道。反正再分析，那四百一十七元六角，仍得照付如儀；倒不如抓緊時間洗個澡，然後舒舒服服享受晚餐。

「我話還沒說完呢！」妻不讓我離開沙發，「除了提高加租限額，聽說還會進一步放寬租管，想不受加租和逼遷之苦，根本的辦法，我看，還是自己——買樓！」

我差點兒不相信自己的耳朵。買樓？那本是妻最反對的做法。因為我們說是買樓，實是供樓，先繳一筆窮我們積蓄的首期，再供十幾年的分期付款，活像拖了銀行一筆長命債。妻曾把這比作「自討黃連吃」，難道她現在甘嚐苦滋味？我搖頭道：「芝音呀，你莫學我胡思亂想吶。」

妻指着隆起的肚皮，認真地說：「我不是胡思亂想，而是為你將來的孩子着想。我們苦它十幾年，孩子可以輕鬆一輩子。要不然，每隔兩年加三成租，到孩子交租的日子，那天文學數字他怎吃的消呀！」

原來妻為未出世的孩子操心呢，難怪變得那麼有遠見；倘若只談兩口子的事，她便現實得多了。妻的可愛處，正在這裡，我情不自禁地側身過去，在她臉龐獻上一吻。

「你同意啦？」她雀躍地問道。

「不同意，我豈非成了狠心的爸爸？這可不配偉大的媽媽哩！」我故意逗妻，惹得她雙拳似鼓槌那樣敲打到我身上。

二

星期天的早晨。沒陪妻去公園散步，也沒陪妻去選購中秋月餅，洗過臉便下樓去買報紙。吃過早餐，就忙着繼續翻閱樓宇買賣廣告。

妻同樣乖乖地做着這項「作業」。

「算我們幸運，」我把手上那張報紙遞過去，「樓價確實開始下跌了，你瞧瞧這段廣告。」

「四百五十方呎，兩房一廳，特價優待三十二萬元起，地點北角算不錯，名稱最滿意——湖香大廈，湖香，湖相，這大廈像專為你而建似的！」妻看了這段廣告，情緒高漲。

往日不很喜歡妻在名字的諧音上作弄我，今兒個倒跟着莫名地興奮起來：「不錯，這很有意頭哩！再説，這幢大廈屬華恆地產公司，我們有它幾手的股票，數量雖微，也算是個小股東吧。股東買自家公司的樓宇，天經地義，就是看這一處，好嗎？」

妻沒有異議，頷首贊成。我和妻都打扮得赴盛宴般隆重；心想置業人士，總得有幾分業主的儀表風度，隨便不得。

平常上班，交通不外是電車巴士，充其量是小巴。今天妻特意召來一輛的士，馳往湖香大廈建築地盤。

地盤售樓處裡，有十來個人先我們而到。這是幢一梯兩伙二十二層高的住宅樓宇，總共只得四十四個單位，十來個人都買樓的話，就已經佔去四分之一多。我和妻都帶點緊張擠上前去，生怕白走一趟。

這幢大廈的售樓成績挺佳，A座單位據説因為方向好，早都插滿表示售出的小旗；B座單位還沒插上小旗的，也只餘一半左右。稍一遲疑，還真的會如入寶山，空手而回。

我連忙向妻使了個眼色，催她要了吧！妻卻先謹慎地問售樓先生：「這幢樓的年期，是否確屬九九九？」

售樓先生答道：「我們大公司的樓宇，還會耍花招嗎？閣下若不嫌麻煩，可以上田土廳去查。」

有了這「年期長久，子孫永享」的保證，妻終於很肯定地向我點了點頭。我趕緊跨步趨前，指着貼在牆上的售樓圖那沒掛上小旗的B座第五層說：「就要這個單位吧？」

妻略為考慮一下，也同意了。說實在的，誰不想買最高層，沒遮沒擋，空氣好，光線足；可高一層就貴好幾千塊，對我們來說不化算。妻和我的想法一致，買便宜些的吧，五樓不止高人一頭，還高人四頭，該心滿意足了。

售樓先生給我們辦臨時買賣合約，付買樓訂金五千元時，妻問道：「今天星期日，支票日期寫明天吧，好嗎？」售樓先生頗易商議，連聲說：「可以，可以，銀行今天例假，支票也得明早才能兑現嘛。」

辦妥手續，我們特地到對面街，仔細看湖香大廈屹立的雄姿。大廈已經基本建成，工人們正忙着砌外牆的玻璃紙皮石。妻心算數目，然後用手一指，欣喜地說：「喏，那就是屬於我們的四百多方呎的私人天地啦！」

受着興奮情緒的支配，我們走進裝修華麗的餐廳吃了頓豐富的午餐。結數八十多元，我付了張百元大鈔，妻闊綽地對侍應生說：「免找！」侍應生謝過後，又趕忙去給我們拉開大門，恭送貴客。

吃過一頓身心舒暢、很有滿足感的午餐後，本意和妻去看場電影。但餐廳不遠處，就是家有名的舶來傢俬店，妻這個大影迷說：「我們倒不如去瀏覽可有合意的傢俬，新樓年底入伙，眨眼便到，免得到時手忙腳亂的。」

我豈有不同意之理，連該怎樣設計，也想馬上打電話約老甘——他是開裝修公司的，請他出來當面談談。只是醒覺假日人家有自己的去處，方才作罷了。

這間氣派豪華富貴的舶來傢俬店，往日我們是不會踏足進去的。住的樓租別人的，買那麼名貴的傢俬作甚？今時確是不同往日，買了樓，豪氣得很，名貴傢俬好像也算不了甚麼。

可是前腳踏進去，後腳就想往外走。觸目的便是三幾萬元一張床，七八萬元一套真皮沙發，顯然非我輩所能享用。我拉妻一把，妻卻戀棧着那張金光閃閃的梳妝台，東摸摸，西看看，還乾脆坐下來對着鏡子照。

一位年輕貌美的女店員走過來，禮貌地問道：「有甚麼可以幫忙兩位的嗎？」我趕緊向她表白：「只是端詳端詳。」妻的氣派就不同了：「我們剛好買了層樓，快入伙了。先看看有些甚麼適合的，心中有數。」女店員聽了，很熱情地帶領我們去參觀幾款最新歐美時式，又詳細地介紹客廳、飯廳、主人房、兒童房該怎麼佈置。我們表示要告辭了，儘管那是道自動門，她還親自送到門口，揖腰説：「先多謝兩位，多謝！」

這等場合，見到對自己如此恭敬的面孔，益發感到買樓是件何等自豪的事情！妻做得很對，我真想逢人便響亮地告訴他：「我已經買樓了！我是有樓之人啦！」

三

度過一個東奔西跑的下午，回家洗過澡，吃過晚飯，興奮的情緒仍無減弱，我和妻又拿起臨時買樓合約和樓宇圖則，細細研究。

「你說，實用面積會有八成嗎？」妻問。

「一梯兩伙，電梯、走廊通道、樓梯，這些公用地方，只兩伙人攤分，實用面積怕最多得七成半？」我充內行地答道，其實這種估算辦法是老甘傳授的。

妻嘖了嘖嘴，頗惋惜的樣子。想了想，又問道：「買樓三種付款辦法，我們選擇即供分期。你說，是否最合算？」

我不會嫌妻囉嗦。我們畢竟都還年輕，三十來出頭嘛，辦事靠一股衝勁，快手快腳做了再說；欠妥的地方，事後才會發現才會研究。

我取了部計算機，依照三種辦法一一加以細算。按來按去，終於按出答案告訴妻：「一次過付款也好，即供分期也好，入伙時才供分期也好，有折扣也好，沒折扣也好，地產商都在息口的計算上，保證了售樓的基價。各人選擇何種付款辦法，端視各人具體情況而已，實際上並沒哪種辦法合算，哪種辦法不合算。」

妻在我記下的一堆數字和解釋面前，這問題總算明白過來；可是驀地，她卻驚喊道：「哎喲，糟了！我們疏漏了一樣東西！」

「疏漏了甚麼？」我嚇了一大跳，急問道。

妻低下頭，摸着隆起的肚子，泄氣地答道：「疏漏了肚裡的孩子呀……」

我吁了口氣，把前傾的身體，靠回到椅背上：「芝音呀，還以為你說甚麼呢！我們買他是兩房一廳，其中一房不是說好闢作嬰兒房嗎，哪兒有疏漏呢？」

「唉——」妻長長地歎了口氣，「湖相，你這愛胡思亂想的人吶，怎麼偏在今天沒想到這一層呢？」

我就是想不通妻愁的甚麼，不耐煩地催促她：「別賣關子嘛，你明指出來好了！」

現在，輪到妻子把計算機取過去：「你我月薪共六千五，新租一千八，扣除下來剩四千七。買樓月供四千二，扣除下來餘五百塊。再加上水電、電話、管理等雜費，豈不就……」

我並沒心慌。打斷妻子的話，向她開解道：「年底新樓入伙，我們退了這層樓，省回一千八，不就足夠了嗎？至於這幾個月，我們的積蓄還可以應付嘛。」

「這一層我想過。」妻還是愁眉不解，「可是，三個月後我就要分娩，不能上班……」

「那不過是一頭半月。」

「你有沒有想過，孩子生下來，自己不看，也得請人照顧，一千八，夠我們一家三口再加請褓姆的費用嗎？還有，我們供樓十二年長，這悠長的歲月裡，難保沒有變化？倘若生病、失業、生第二個孩子……又叫我們如何應付？」

給妻連珠炮似的發問一轟，終把我轟得心慌。我們確實沒做父母的經驗，疏漏了孩子出世後的贍養問題。我從成竹在胸，轉而六神無主地問自己：「那……那該怎辦？那該怎辦！」

妻一頭扎進我的懷裡，在低聲飲泣。夫妻倆相抱着，默默無言，刹時間客廳裡明亮的燈光，也似乎變得渾濁昏暗起來。

不知過了多少時候，妻抬起了頭，對我說：「有一個解決的辦法。」

「甚麼好辦法？」我滿懷希望注視着她。

妻沒答話，先去給我倒了杯冷開水，用意大概叫我喝了好冷靜。然後，才見她一臉複雜的表情，看似堅決，又似猶疑地說：「把……把孩子……打掉！」

「墮胎？」好一個晴天霹靂，在我的腦門炸響，震撼得手中的杯子也掉落在地，整個砸得粉碎了！我猛地立起身子，使勁地搖着站在面前的妻，喝斥道：「你瘋了嗎！你胡思亂想些甚麼呀！那是我們的第一個孩子吶！」

妻怔呆住了，喃喃自語：「要供樓，我們就不能有孩子。樓和孩子，孩子和樓……」

「你忘了嗎？」我對着妻吼叫，「為孩子的將來，我們才決定買樓的呀！倘若買樓，要扼殺孩子來到世上的權利，這層樓豈不成了地獄？你我豈不成了魔鬼？我們還供來幹甚麼！」

妻撲倒在沙發上，歇斯底里地哭叫着：「樓已經買下了，你叫我怎辦？你倒說呀！」

妻一哭，我的心軟了。怎能責怪她呢？怪只怪自己連個安身立命的地方都沒有，便學人娶妻生子。我太自私了，不能再一次自私，於是勸慰妻：「樓我們可以犧牲，孩子必須保護住。何況我們犧牲的不過是五千元的訂金，就當買個教訓吧！」

提到訂金，妻似乎醒悟起甚麼，把哭聲收住，燃起另一個希望：「那張訂金支票，明天一早我便通知銀行取消，地產公司過不了戶，我們豈不是沒損失了嗎？」

「不錯！」我也喜形於色。但回心想了想，又覺不妥：「不行呀，臨時合約上寫明，毀約訂金概不發還。要是打起官司來，麻煩可就一大堆了。」

「管他呢！」不哭鼻子的妻，嘴頭看來夠硬，「臨時合約，又不是到律師樓辦理的，哪會有正式的法律效力？再說約上注明，地產公司毀約一個子兒也無須賠償買家，我們毀約又何須白付五千大元。」

我表明誓要保住孩子的態度，妻也精神振作了；她畢竟是我的知音，她同樣珍惜我們的愛情結晶！這是位可愛的妻子，也將是位可愛的母親哩。

「喏，還有，你也算是華恆的股東吧？要是告我們，就把股票端給他們看，問他們股價跌了一大半，我們告誰去？公司和股東還有這樣計較的嗎？真笑話！」妻為說服我同意不兌現那張支票，甚麼理由都給想出來了。

五千大元，省吃儉用好一段日子，才存下來的五千大元，簽個名字就白白失去了它，誰不心疼呢？

「好，明早銀行一開門，我們搶先取消這張支票！」我緊緊抓住妻的手，讓兩股力量交流，使她感應到我堅決的附和。

其實，我心底只希望，地產公司不會為他們眼中區區的五千元鬧上法庭，何況他們根本沒損失一絲半毫呢……

四

這兩天來，我的心比褲袋裡的那串鎖匙，不知要沉甸多幾百倍。醒來，就想出門上班去；下班，反想拖晚一點返抵家門。盼只盼門不要有人敲，電話也不要響。

妻和我沒兩樣。她下班早我半小時，以往都是先回家弄晚飯；這兩天不了，在日本百貨公司苦候，等我一道上餐廳晚膳，再一道回家。她說兩人在一起，膽子總要壯一些。

漫長的兩天，總算平安無事度過。門沒人敲過，電話卻在第一天晚上十點半，和第二天早上八點半，響過兩次。我和妻都猶疑不決，該不該接呢？要來的事終要來，又怕是公司和親友急事打來的，結果還是大着膽子去接了。

「哈囉，你是蘇姍嗎？我是積奇呀！」第一個電話是妻接的，洋漢找他的女朋友，搭錯線了，惹得緊張的妻不禁失聲笑起來。

「喂，湖相，我是阿祖。今早醒來頭有點燒，麻煩你代向『波士』告個假。」第二個電話是我接的，沒搭錯，但也是虛驚一場。

接過兩次安然無事的電話，到第三天，我們情緒穩定了許多。我和妻言談間，都不期然地用了「杞人憂天」這句成語。這天早上電話響起的時候，我向妻使了個眼色，自告奮勇去接聽。心想，這大概又是阿祖的電話，要再續多一兩天假吧。

「喂，武湖相先生嗎？」誰料卻是一把嬌滴滴的陌生女子的聲音。

這把聲音，那麼悅耳動聽，那麼親熱友善，誰能拒絕回答？然而摸不清怎麼回事，難免帶點忐忑不安，細聲問道：「你是哪一位？」

「我是華恆地產公司的職員。」對方的聲音還是那麼友善動聽，我卻給嚇楞了！又想馬上掛斷電話，又怕這樣一來對方會把自己視作心虛，真的不知如何是好。妻見我這副神情，焦灼地過來，急於知道究竟怎麼回事？

「喂，喂！」對方也許聽到電話沒反應，連連呼喚幾聲。我牙根一咬，回應一句，那令人難以拒絕的女聲便又在耳筒響起：「武先生，我代表公司通知你，很抱歉，因為你的訂金支票沒兑現，兩天來又未與我們聯絡，所以我們取消你那份合約，這層樓已經轉售給另一位買主了。」

噢，我的上帝！我心裡不禁高聲歡呼，對着電話放懷大叫：「解脱了！啊，謝謝你，小姐，謝謝你！」

對方也許一點兒也摸不透我謝她甚麼；唯「心有靈犀一點通」的妻，露出抑制着的笑意問：「地產公司打來的？沒事了？」

我猛向妻點頭，她「嘩」地一聲叫，擁抱着我狂烈地跳躍，熾熱地親吻。我忽地想到她肚裡的孩子，把她按捺住，深情地告訴她：「別疏漏我們的孩子呀！這麼跳，把孩子跳掉了，你沒給我兑現支票，我可要和你打官司！」

妻笑了，我也笑了。笑得比窗外的麗日，還要燦爛。

離開住所，分道揚鑣之前，妻說：「今晚下班後，我在日本大百貨公司等你。」

「怎麼了，你還怕……」我搔着腦殼，莫名其妙。

妻給我開謎：「不是那回事。明天中秋，這兩天擔驚受怕的，連月餅都忘了買吶。」

我恍然了，答妻道：「今年中秋，特別具有團圓的意義，該和肚裡的孩子，一家三口，好好慶祝。」

妻悄聲說：「孩子出世，不管男女，起名叫團圓，好嗎？」

我吻了吻妻子作答。望了一下手錶，時間不早了，向妻招了招手，跟她道聲：「下班見！」便朝車站走去。也許趕時間走得急的關係，那串褲袋裡沉甸甸的鎖匙，一抛一抛的，打得我的腿生出麻癢酸痛的感覺。

（原載《當代文藝》復刊特大號，一九八二年九月出版）

終站：香港

鍾玲

一陣嚎咳把他震醒了。他覺得五臟六腑都翻騰上來，全塞在喉頭，急忙坐起身，用床單捂住嘴，及時接住一團一團鮮紅的血。

怎麼會吐那麼多血？他一邊喘氣，一邊思索：住院這一個星期，都只不過痰裡帶些血絲。他伸出顫抖的手，取來床頭櫃上的保溫杯，裡面一滴水也沒有。忽地他用雙手捧住杯子，見了鬼魅似地盯住杯子裡面。他的臉倒映在鍍了水銀的杯底。他不認得這張臉：不但腫得不成比例，而且紫得發黑。握住杯子的手卻那麼削瘦，只剩下幾條青色的靜脈盤在骨頭上。他怎麼一個星期下來竟變成這副德行？醫生說他患了急性支氣管炎。患氣管炎絕不是這種七分像鬼的模樣！他腦海中忽然出現這幾天妻的表情：好幾次，正說着話，她的目光突然避開他的臉，努力抹去眼中的恐懼。保溫杯噹一聲摔在地上。

一定是肺癌！他戰慄地瞪住床單上那一大灘血。它們一定把大靜脈給擠破了，此刻正張牙舞爪地順着血液入侵全身的器官。太遲了，他頹然倒在枕頭上。

他咳了兩年，一直以為是氣管炎，早知道對抗的是癌細胞，兩年前就辭去那份收入微薄的教職，好好寫出他的長篇，現在連這點心願也完成不了。

前面就是終站。活了七十年，其中三十年耗在香港，這個物質的天堂，文化的鬼域。他對這個地方一點也不留戀。他敢孤獨地活，卻有點害怕在孤獨中死去。病房裡另外七張床都躺着人，但在青蒼的日光燈下，一個個都像死屍。妻去了那裡？妻不了解他的文章，不了解他的思想，可是夫妻生活二十年，他們之間盤着幾千縷細靭的線。驀地一陣劇痛貫穿他的胸部……

他感到手背上一片溫暖，睜開眼，是妻的手。他想告訴她：「我等妳回來才走。」可是嘴唇已經張不開了。妻的臉上淌下兩滴眼淚，她的皮膚依舊很細緻。她全神貫注地望着他，這種眼神他很久以前見過，那是他們初次約會。兩個人在九龍飲完茶，他送她坐天星輪渡回香港，水上一片濛濛細雨。這位寫信求見他的女讀者，就這般全神貫注地望着他，她潤滑的臉上濺了幾滴晶瑩的雨……

前後左右都是香港文化界的知名人士，這是甚麼場合？牆上掛滿了輓聯，地上一列花圈，辦甚麼人的喪事？他朝大廳中央望去，上面赫然掛了一幅他的放大照片。哦，是他自己的喪禮？前方還跪着妻和他的姪兒，妻披着件寬大的麻衣。簡直匪夷所思！他快步趕到白幔後面，一個廣東式「四塊半」淺黃色的棺材裡躺着人，紫色的壽衾一直蓋到他下巴，那張臉枯槁得像木乃伊，根本不像他，可是那的確是他啊！那麼他真的死了！

回到大廳他楞住了，嗬，那麼多人來弔他的喪！怎麼病的時候一個影子也不見？學生來了不下一百人。看不出香港青年也有尊師重道的一天！

他走到詩人小潘身邊，聽見他悄聲對《晨報》的范老總說：「去得真快，前些天我們吃飯的時候，還說要去探病呢！」

范老總說：「肺癌嘛，當然快。所有人都知道了，只瞞着他一個人。」

沒想到這些老友知道他患了絕症，居然沒有一個來探病。香港的人情真是比紙還薄。

進來的不是棉紗大王雨樵嗎？有十年沒見他了罷！他來湊甚麼熱鬧？初到香港的時候，還以為他是十里洋場中少見的讀書人，雨樵常找他去談時事、聊文學，也常請他吃飯，其實他只不過是雨樵宴會上的裝飾品。自從向雨樵建議捐款辦雜誌，不但捐款沒有下文，宴會的請柬也稀疏了。

他聽見大嗓門的秦樹跟一個叫不出名字的出版商說：「他的確是一代文豪，文章篇篇精彩。怎麼樣，我編一套他的書，你來出，一定賺！」

秦樹上個月還在雜誌上把他的小說批評得一文不值，今天他一死，水漲船高，文章也一變而「篇篇精彩」了！真是文人無行！這對輓聯說他「紙價貴洛陽，文采照香江」，拿他開甚麼心呢！他這個「一代文豪」

沒有餓死香江已經運氣了。他厭倦地向白幔走去，還是躺在「四塊半」裡，到另一站去算了……

雖然上午轟炸過，現在交通已經恢復了。嘉陵江上暮色蒼茫，由重慶開往江北的輪渡，擠滿了下班的人潮。船上出奇地安靜，個個都埋頭看報紙。他穿過人群，伸頭瞧他們看甚麼，原來是讀他的連載小說《萬古千秋》。這才是活着啊！他心中滾滾的思潮，流入人們的心中，一如嘉陵江的波浪，滾滾溶入長江水。

（選自《美麗的錯誤》，博益出版公司，一九八三年六月初版）

么哥的婚事

葉娓娜

我抱着雙手，來回的在孩子的桌椅間踱步。孩子在上美術課，正微側着頭，笨拙、稚氣的在圖畫簿上用鮮艷怪誕的顏色塗抹着一隻、一隻鼓着翅，迎着風的小鳥。距離下課的時間還有十多分鐘，我連看了幾回手錶，這十多分鐘夠難捱的。假已請准了，上午這節課的鈴聲響後，就可以回家了。

下課鈴終於響了，孩子馬上停下筆來，開始嗡嗡的談話，嘻笑，把桌椅推得嘎嘎扎扎的，我大喝了一聲，這才稍靜了下來，把作業從後傳上，放到我的桌子上。我把一大把圖畫簿一下塞進放在椅上的大皮包裡，扔在肩上，呼的就溜出教室。

出了校門，急拐個大彎，轉到學校後面新闢的柏油路去，這是回家的捷徑。臨出門時，媽媽一再叮囑，要我一定在拜堂前趕回去，說新進門的嫂子要給小姑敬茶，人不能不在。路還沒有通車，新鋪的瀝青路面，像一帛抖開的黑緞，向前無限的伸延着，卻始終柔順的滑進一個角落。我走在路的中央，把手抄進褲袋，聳着肩。頭頂着的是沒有遮攔的一片天。

兩個姊姊結婚，都沒有在家排場熱鬧過。大姊嫁給大姊夫時，兩人還在外讀書，聽說上午還上着實驗的課，下午匆匆脫去實驗袍子，套上禮服，就雙雙往教堂趕去。參加婚禮的，計一對新人、牧師、主婚人、伴郎伴娘還不到十人。二姊只舉行公證儀式。二姊夫趕時髦，故作瀟灑的穿條磨得兩個大腿泛了白的牛仔褲，挽着昂着頭，笑得興奮燦爛極了的二姊，不像在婚禮中，倒像剛自蜜月旅行回來，看得在旁觀禮的男女方家長一楞一楞的。她們哪裡像么哥這一次，一切隆重其事；一早帶着幾個儐相迎到女家不說，待會在家，先要當着大家行鄉下的俗例：參拜天地、祭祀祖先，晚上則在大酒家筵宴親友，一切照足規矩。事前的禮數，也是按足古老的法子，送往女家的聘禮，都請專人把三牲、海味、酒食、果品等用擔挑子穿紅繩，浩浩蕩蕩的抬進女家的大門。女家還作興不作興這種禮節，不得而知，倒是家裡兩老，獨子娶媳婦，禮儀上的事，一點不肯馬虎，大小事兒，務求盡善齊全。

要怎樣籌備婚禮，么哥沒有甚麼意見，倒是未來新娘子凌姐有自己的看法。她一直力主除極必要的儀式外，一切從簡，明裡不說，暗地裡多次要么哥表態，要兩老明白結婚是他倆的事，偏偏老人家覺得這是家裡的大事，不由得年輕人自作主張，為這，么哥與兩老有過幾番爭執。

么哥告訴凌姐談判最後結果的那個下午，她已猜着幾分，自進大門那一刻起，就不大理么哥，對我也是有一句沒一句的，臉沉得見了底，只自顧自的坐在客廳一角，靠在木椅上翻畫報。么哥送茶倒水，眼睛沒有一刻離開過她，礙着我，不好說甚麼。我坐在淩姐對面，手裡吊着一支紅筆，閒閒的打圖畫作業的分數。好戲上場，我可沒有半點退席的意思。好不一會，僵不下去了，么哥才坐過去，聲音放得極輕：

「小淩，爸媽很固執，我說的他們一句也聽不下去，這次算我們讓步，以後誰也管不了我們。」么哥安撫的輕拍着淩姐的肩膀。

靜了好一會。

「甚麼管不管的，你們高興的只管去辦，我才不在乎。」淩姐霜着臉，聲音很慢很低，吐字卻清楚得不能更清楚。

「小淩，你聽我說，我不是不盡力，昨夜我跟爸媽又談了一次，弄到兩點，沒有結果，我都火了，要不是我按着，傷人的話都說到唇邊了。想想，他們到底是我的父母，我能怎樣？」么哥耐着性子，壓着聲音解釋。

「『我能怎樣？我能怎樣？』，你就只會說這句話，你要是有主見，我哪致於受人擺佈！」淩姐坐得畢直，聲音愈拔愈尖。

「小淩，話不能這樣說，他們到底是我的父母，我的婚事，多少要尊重他們的意見。我昨夜跟他們大吵，事後心裡不知有多慚愧。媽媽對我生氣傷心的樣子，我還是第一次見。」么哥眉毛結成一直線，聲音急促高亢。

「他們生氣傷心，你就慚愧內疚，我生氣傷心的樣子，你要不要看看？」凌姐側着頭，眼神充滿了憤怒的挑釁。

「小凌，禮節只是小事，一生也只不過一次，你何必一意到底，不為人想想？」

「好！我是不為人想！結婚是我一生中最重要的事，你來告訴我，為甚麼偏偏不能隨我意思做，要為人想！」

凌姐啪的猛力把畫報摔在小几上，臉上的顏色一直褪下去，眼肚下的一小片肌肉猛烈的抽搐。

「小凌，你不要氣成這個樣子……」么哥哽着，說不下去了。

「姓黃的，我不希罕。」凌姐一把挽起手提包，頭一昂，大踏步的走出客廳的大門。

么哥分開兩腿，整個人癱在木椅上，下巴垂到胸前，看不到臉孔，零亂的長髮東搭西搭的糾着結。

一連好幾天，么哥失魂落魄，不是打電話，就是上門找，凌姐一概不理。我看么哥急得沒法子，自告奮勇的陪他再走一趟。待坐在她家的長沙發上，一雙腳並在淺灰色的地氈上，輕飄飄的，我才知道自己比么哥更不知所措。凌姐始終躲着，連臥房門都不肯踏出一步，倒是邵伯伯在我們坐不住，快要走時露了面。他才踏出客廳，么哥眼睛一亮，就搶先啪的站起來，畢恭畢敬的打招呼。我靦腆的跟着么哥也站起來。邵伯伯極客氣的揮手請我們坐，自己兩手抱胸，健碩的身子往沙發一靠。

「正新，你與小凌的事，跟爸媽商量得怎麼樣了？」邵伯伯不拐彎子，一開口就直截了當的上話題。

「大致都談過了，家父家母想法比較守舊，很堅持一些習俗，也希望婚禮鋪張點，就是這點與小凌的意見不大一致。」

「那你自己的想法呢？」邵伯伯微微露着笑，可是那調侃的語調，任誰也聽得出。

「我……我是覺得……不好太傷老人家的感情……」哥哥尷尬得簡直說不下去。

「正新，小凌也不是全無道理，現在的孩子已很少能接受以前那一套，我這個家也素來不拘小節，小凌是自小自由慣的。」邵伯伯頓了頓才繼續：「不過，年輕人也不好太執拗……拜堂、宴客這些事，一兩天完得了嗎？」

「一定完得了的。」么哥答得爽快極了，沒想到事情這麼順利。

「那很好，要怎樣做，你來告訴我，好讓我有點預備。我是第一次嫁女，城市也住久了，鄉下的禮節不大懂得了。」邵伯伯歉然一笑，面上微微泛着紅光。

「我也不大懂，還得回去先問問。」么哥輕吁了一口氣，神色舒展多了。

「也不會麻煩到哪裡去，凌姐換個想法，就當它好戲連場，演完就算，這有甚麼難的？」我看話談開了，就輕鬆自如起來，竟老氣橫秋的冒出兩句莫名其妙的話，自己先大吃一驚，一片熱自兩頰橫移到耳朵。

邵伯伯錯愕了片刻，隨即頗為驚天動地的哈哈大笑起來。

「對，對，小妹說得好，換個想法，就不怕麻煩。」

么哥乾巴巴的賠着笑，兩排整齊的牙齒非常誇張的露着。可是，才不過三、四秒的光景，邵伯伯把嘴角一攏，伸手到小几取打火機點火，聲音換了一個調子：

「小淩向我提過你們要搬出來住的事，你有仔細考慮嗎？」

我眨了好幾眨眼睛，才恍然大悟。原來還有一個議題。

么哥一時不能適應過來，語無倫次的：

「我想婚禮的事先解決，家裡有住的地方……我爸媽……家裡太冷清……反正外面的房子也難找。」

終於找到一個堂而皇之的理由。

「房子有現成的，不是問題。」邵伯伯接得極快。「小淩的舅媽有一所房子，就隔這裡不遠，走路還不到十五分鐘，離你上班的地方也近，小淩前天才看過房子，很滿意。」

么哥沒有答腔，眼睛迅速垂下，稍長的睫毛在臉龐上劃過一道弧形的陰影，許久都不曾散去。

我用肘子抵着么哥。說話呀，這件事你都跟爸媽說過了嗎？你真的要聽他的？說清楚呀！我的心在大叫大嚷。分明只為一件事而來，怎麼竟橫生枝節？

「過兩天，小淩媽媽過去打點打點，先把房子租下再說。時間也不是很充裕的，還要趕裝修。」邵伯伯把煙蒂往煙灰盅一擦，迸出的星火一閃就熄了。

么哥想說些甚麼，卻始終沒有開口。我狠狠的盯着他，他把臉轉了過去，眼睛灰滴滴的，兀突的鬍渣子蓋過半片臉，蒼白的壁燈把下巴削得又尖又瘦。我的心揞了一下，軟了下去。

邵伯伯燃起第二支煙，意態悠然的朝天花板吐煙，一縷縷，一圈圈的，沒一會，沙發這一角，都是煙霧，劈頭劈面的蓋下來，罩了我跟么哥一身。

自邵伯伯家回來後，沒有人再提起么哥要搬開另住的事。不到半個月的時間，么哥就開始忙起來了。淩姐也來過兩、三趟，有一回帶了幾塊做窗簾布的樣品，說要大畫家——我——參詳參詳。爸媽也沒提起過么哥要分開住的事，只起勁的忙着籌備婚禮。家裡，大的事，我幫不上甚麼忙，小的事，卻做得不少。不說別的，光是房子內外，洗洗擦擦，就夠瞧的。不過，也不是我一個人辛苦，兩個姊姊這兩、三天，把丈夫、兒子留在家裡，老遠的被召回娘家，從早到晚，搓麵粉，上蒸籠，下油鍋的做着酬神拜祖的點食，幹得蓬頭垢臉，眉毛、髮根、指甲縫怕不黏着豬油混細麵粉。媽媽倒沒有甚麼事情可做，但她板着臉，大小事兒沒有一件放心，話說過一次不算數，得重複的再講，一次比一次詳細，屋前屋後，響的都是她嗄啞的大嗓門。一家上下就只有爸爸在閒着，仿似辦的是別家的喜事，直到昨天，婚禮的前一天，他才像樣些一兒，做了點事。才吃過午飯，就蹲在側放在飯廳，用作放雜物的大木櫃前，打開最下面的一個抽屜，小心翼翼的將不下數十卷的大小字畫逐卷抽出，攤在地上，瞇着眼細細的看，看過了又捲回去，放回原來的地方，就這樣消磨了一個下午，到近晚飯時才佝僂着背站起來，手裡拿着一卷中堂。逢年過節，爸爸總要在客廳掛上畫，無非是小幅的山水人物，節過完了，就收起來。這一幅中堂，一直存放在抽屜裡，怕也有十多年了，這次還是第一次露面。他飯也不吃，就掛起畫來：先把靠門的一邊牆壁下的小几移開，人顫巍巍的站在木椅上，兩手舉着畫，要掛到牆上去。二姊看不過眼，過來把椅子固定着，讓他從容的掛好。中堂是一幅潑墨牡丹，上題「富貴花開」，畫的篇幅很大，掛在牆壁的正中，佔去了面積的三分之一，與原來並不算寬廣的客廳不成比例，牡丹濃匀的墨色及璀璨的姿態也與已失去光澤的傢具很不相襯。爸爸亮起黃昏的燈，站在一角，細細端倪着盛開的花，他只看到壁上有畫，沒看到其他。

待畫掛好，客廳佈置妥當，已是深夜了。我伴着媽媽，到屋前屋後作最後的巡視；廚房裡，竈火已熄，各樣的食物都安放就緒。客廳裡，以向大門的牆壁為中央，懸着大紅金線喜帳，下擺一桃木桌子，鋪朱紅綢布，桌子兩邊豎着尚未燃點的大紅燭，兩把酸枝太師椅四平八穩的置在喜帳的兩側。飯廳裡，祖先的牌位掛着，「黃家門上歷代祖宗」幾個小字用金漆掃過，微微的閃着不耀眼的光。媽媽往太師椅一靠，眼睛卻眺着喜帳不放：

「這才有點辦喜事的樣子，我就這麼一個兒子，只娶這麼一次媳婦，馬馬虎虎的，像甚麼話？」

「大姊、二姊還不是馬馬虎虎的，大家還不是挺開心？你這次大攪起來，淩姐心裡不樂意呢，么哥也為難。」我數落着，為么哥抱不平。

「兩個大丫頭是胡鬧，就算了，娶媳婦，我可不讓正新胡來。他要是連這個願也不給我償，就是他不孝，我福薄。」媽媽斬釘截鐵，一句是一句。

「媽，話說回頭，你跟爸這次要是肯讓步點，淩姐也許不會堅持要搬出去。我倒希望他們住在這裡，哥不在，家裡多冷清。」我轉到飯廳側，擺弄着碗大的黃菊，護着菊花的兩片枯葉緩緩飄下。

「你不要再說了！」媽媽促着氣，沉沉的吆喝。我吃了一驚，轉過頭去：她把嘴唇緊抿作一字形，眼神深邃悲戚，半扶半坐在太師椅上，一雙手緊緊的抓着不放。也許太激動了，兩肩一抽一搐的，好一會都停不下來。我發着呆，不知該如何是好，待要轉過去，她已撐起身子，走過去「啪」的把電燈全按掉，只剩下頂在神龕上的一盞小紅燈，然後才傴着背，順着暗幽幽的亮光，細碎的挪着步回房裡去。

喜帳兩側，一列空椅子靠牆而過，客廳中間是空洞的一片。我在寂靜中聽着小掛鐘秩序的啲嗒着，心裡在擔憂這裡佈置成禮堂後，會平白的騰空了太多地方。

么哥的房門淺淺的開着，透着輕柔的黃光，我移到門邊。么哥背着門坐在書桌前，一雙手忙碌的翻動一抽屜的雜物。房間是空前的凌亂：兩個靠牆的竹書架全都空了下來，地板上，到處散放着大小裝滿書籍、雜物的紙皮箱、小木箱。書桌上，紙筆、鬚刨子、刀片、鑲着凌姐照片的茶色架子、眼鏡、太陽帽、鑰匙、小時候拍的合家福，全都擠擁的攤在那裡。我倒吸了一口氣。

「這是怎麼一回事，還沒有收拾完嗎？」

「嗨，是你。」么哥倏地一轉頭，懶洋洋的打招呼，隨即又回過頭去，專心的把一小疊照片，從右手交到左手，一張一張，細細的看。我繞到書桌前，把平放凌姐照片的架子擱起：柔軟的長髮繞過兩耳向後披着，異常高挑的身材，穿着時款，翻着兩片關刀領子的長大衣，頸上很隨便的圈上質料極佳的同色絨圍巾，那是她第一次到我家時照的。

么哥說要帶女朋友回家那一天，爸媽按着么哥的脾氣，就知道事情成了七、八分。爸爸還能不動聲色，媽可不大能沉得住氣。首先是菜單。本來只不過是一頓飯，卻想出了好幾款平日極希罕的菜式，事前張羅材料，熬湯配菜等，比過年時還來得認真，還要花功夫。待菜預備得差不多了，就又監督着我，把房子收拾得乾乾淨淨。

傍晚時分，淩姐從容的隨哥哥走進客廳，跟爸媽一一打招呼，輪到我時，等不着哥哥開口，就先淺笑着向我伸出手，清晰簡短的報上自己的名字，我彆扭的接過她的手，卻忘了也學她，自己報上名字。到廚房端茶時，我在玻璃碗櫃前暗暗照了好幾照，心裡卻想着淩姐不尋常的密棕色皮膚，不笑時，兩片小嘴唇不經意的噘起，眼珠子像住了個精靈，露出觀察猜測的顏色。一笑，眼睛彎彎的，嘴角非常圓滑的向上牽着。唯一的缺憾是下巴稍短。

晚飯時，菜團圓的佈滿了一桌。爸爸意外地拿出一瓶五加皮，要哥哥陪着喝。都不是慣喝酒的人，才不過兩小杯，父子就一臉一脖子的赤紅。飯吃到一半，哥哥醺醺的有了酒意，眼裡紅絲縷縷的，緊盯着淩姐不放。他歹裡歹氣的伸出一隻手摩挲着淩姐的後頸，另一隻手舉起筷子，往盤子裡夾起一塊豬腰子，送到她嘴邊，口裡不清不楚的：「乖乖，聽話，吃這塊好的。」「我不吃，這個脂肪多，吃多了會胖。」淩姐吃吃笑，推開了他的手。么哥硬是不肯，要往淩姐嘴巴塞，兩人把一塊腰子推來推去。爸爸把酒喝得急，一箸菜，一口酒。媽媽吃不下去，站起來到廚房去換熱湯，弄了那麼一會，才把熱湯送上。哥哥盛了一滿碗，呼嚕呼嚕的喝起來，淩姐乾脆把面前自己的一小碗菜移過去，讓么哥嚼個清光。飯吃到尾，爸媽就沒有再開過口。

一頓飯下來，我把衣袖捲起，皺着眉把堆得小山般的盤子，搬到洗碗槽裡，扭開水掣，潑拉潑拉的洗，心裡着實惱恨這磨人的家務。兩個姊姊嫁了後，瑣瑣碎碎的雜務都落在我身上，五時三刻都沒得個完，要是家裡多一位嫂嫂，起碼有個人分擔。想到這裡，我又有點擔心，與淩姐握手時，她那修長纖細的手，不曉得她在家裡是否也做家務？不喜歡家務也不打緊，她做我的伴也很好，我可以給她畫畫。一定要找一個有陽光的早晨到山頂去寫生，她那張臉屬於有太陽的日子。我把剛洗過的碗碟用白色的小方巾用力擦乾。碗碟都透着潔亮的乳白色，一切都澄明可愛。

碗碟洗過了，我把濕淥淥的手往兩腿一擦，鬆了圍裙，走進客廳。裡面靜悄悄的：電視機扭開了，花白的畫面，在自說自話，卻聽不到聲音。爸爸酒喝多了，把一頭白髮傾到椅背上，睡着了。媽媽低着頭，很專心的在削着一隻碩大的蘋果，小刀子捲起果皮，一圈一圈的繞下去。我奇怪的望了一周，么哥與淩姐在房間裡，剛可看到兩個人，頭並頭的坐在床沿，手裡捧着甚麼在看，說一陣，笑一陣，笑聲一下比一下緊。爸爸揉了揉眼睛，醒過來了，吃力的攀起來。媽媽輕歎了一口氣，放下削着的蘋果，過去扶他進房間裡去了。我一口咬着還繫着皮的蘋果，淩姐嬌俏的女高音尖刺刺的，我把電視的聲響，提到平時的兩倍。正賣着洗衣粉的廣告，我覺得很好，眼睛就再沒有離開過電視。

我啪的把照片倒覆在桌上。么哥盯了我一眼：

「你不是說要給她畫一張嗎？」隨即打開小木箱，把書桌上的物件一件一件的放進去。

畫一張？我心中有氣，她才沒有那個耐性。去年秋天，相約到小山頂寫生，就只有她和我。她把攝影機也帶去，說想趁便也拍點野黃菊。我畫架擺好了大半天，她卻坐不住，東拍西拍，拍到我的頭上來，我不習慣面對鏡頭，拿起畫板就往前擋，她當時的笑聲在遼曠的山頂，吹得比深秋的山風還要緊。

「凌姐沒有耐性讓我畫，她只喜歡八米厘。」我理直氣壯。

「現在的女孩子不得了，邵凌玩超八比用洗衣機有勁多了。」頓了頓，「你還不是，只愛畫筆。」么哥神情曖昧的笑起來。

一提到畫筆，我就心虛，眼睛不知該往哪裡投。

去年底，我二十歲生辰，爸爸起的哄，說么女兒成年，要稍有表示，把姊夫姊姊都召了回來慶祝生辰。媽媽炒了兩大盤熱騰騰的壽麵，左等右等，就是等不着么哥及凌姐，二姊夫餓得發昏，等不住就開動了。我自己還沒有動筷，先擱開一小盤，放進廚櫃裡，留給么哥。吃過麵，大姊夫興頭來了，破着喉嚨帶頭唱起歌來，幾個人堆着頭，對着一本破破爛爛的歌譜。我拉開嗓門唱，唱完一首，眼睛就看小掛鐘及大門一次。他們走後，我把留給哥哥的一塊厚蛋糕，擱在小碟子裡，搬到廚房。廚櫃裡，炒麵已冷，鋪面的油凝着白白的一層霜。我把麵及蛋糕一股腦兒搬進冰箱裡，甩着手，大力的關着冰箱的門。

躺在床上，眼睛閉着，腦子卻像上足了發條，一刻都停不下來，想么哥怎可能忘了我的生日。小時候過年，換新日曆，么哥第一件事就是把家裡各人生日的幾頁摺角，怕日子溜過了，會忘記，他自己和我的會一摺再摺，以示隆重。這許多年來，我們誰也沒有忘記過彼此的生辰，這一次我實在想不透。我推開被子，下床要去問他究竟是甚麼一回事。推開門，穿過走廊，客廳墨黑一片，靠壁長椅上依稀可見一攤人影，含含糊糊的，分不清是一個人還是兩個人。我探着頭，努力的調整視線。看清楚了，是么哥擁着淩姐，在吻着她，繞過她的長髮，圍着她脖子的一隻手背微微泛光。我一下撞進了禁地，心撲撲的亂跳，連隨躡足走回房間，一骨碌的滑進被窩，把冰冷的一雙手鎮在滾熱的面頰上。殭直的臥了好一會，平靜了些後，心裡面卻涼颼颼的，只覺無限委屈，想哭，卻也攪不清自己為甚麼要哭。

早上鬧鐘還沒有響，哥哥就來拍門，手裡拿着用包裝紙裝潢得五彩繽紛的一小包。

「猜猜是甚麼？」他故作神秘的把禮物晃了晃。

我坐在床上，被蓋到胸前，不吭聲。

「是你想了很久的。生辰快樂。」把小禮包放在棉被上。

我盯着那美麗的包裝紙，沒有伸手去接。

他繞着床，走了半圈，在研究着，不能決定我是生氣還是因為還沒有完全醒過來的緣故。

我還是悶聲不響。

「我以為生日會不會散得那麼早，所以昨夜回來晚了，來不及送你這個。」他指指禮物，終於有了結論。聲音帶有那麼一點抱歉的意思。

我狠盯了他一眼。么哥眉目分明，皮膚光滑紅潤，不笑而滿臉笑意。我真有點生氣，他夜裡也一定不曾睡上幾個鐘點，怎會看上去還是這般滿面神采？

他才走，我就急不及待的扯開包裝紙：是一套畫筆，我想了很久的。盒子的下端並簽着么哥及凌姐的英文名字。我右挑左揀，選了一枝最刺眼的青綠色，解開筆套，開始端端正正，一筆連一筆的塗抹，直至把凌姐的名字完全埋掉為止。

「我那所小房子，你沒見過，真小得連洗衣機也難安置，一房一廳，還沒有這房間大。」么哥張開手，比劃着。

「么哥，真的一定要搬出去嗎？」我試探着。

么哥沉默着，忙碌的繼續把桌上的雜物移到箱子裡去，這次放的是全家的合照。

「可是，你沒有替爸媽着想一下嗎？大家都走了，這裡也不成一個家了。」

「筠筠，我會常回來的。」

「這不一樣。」我賭氣的往小木箱一踢。

「不要再說了，我始終是爸媽的兒子，跑不掉的。」

「可是，你更加是邵凌的丈夫。」我氣往上湧。

「筠筠，妳聽妳說些甚麼話？以後妳也會嫁人，難保不要了別人的兒子。」么哥很兇，一雙手舞在半空。

「可不是，邵凌不是要定了你，全贏了嗎？」我扯起嗓子，十分激動。

「你今天晚上是甚麼回事，要跟我吵，也不爭在這晚上。」

「我只覺得你有了凌姐後，家裡都不一樣了。」我聲音黯了下去，眼角濕搭搭的。

「有甚麼不一樣？你就是閒着沒事幹，喜歡東想西想的，非把事情複雜化不可。」哥哥扭曲着臉，擠出一絲笑容，想把我的話笑過去。

「你閒着就幹了好事？還不是一天到晚往她那裡跑，怪不得她不希罕這裡，鬧着不與爸媽住。」這一說，我的怨氣又上來了。

么哥把頭垂着，半晌抬不了起來。

「筠筠，結了婚，哥哥就有自己的家，搬出去或不搬出去，都一樣。」么哥呢喃着，聲音繫上鉛，一直沉下去，沉下去。

我嚼着這句話，亂了陣，不知該怎樣戰下去了。

么哥走過來，輕拍我的肩，就像那天淩姐為婚禮的事大發脾氣時，他撫慰的拍她的肩一樣。

我呆不住，兩步當作一步的走到房門。臨帶上門，才一眼瞥到他那平臥在睡床上，用透明膠袋封好的禮服，領花淺淺的擱在一密封的小盒子裡，是非常華麗的棗紅色。

柏油路走盡，再拐個小巷子，就到家了，小巷子靜悄悄的，沒有半點聲音。兩旁人家的矮牆上開着早春的爆仗花；一小叢，一小叢的直沿着小土牆噼里啪啦的燒下去，冶艷的顏色映着白華華的太陽。我瞇着眼，迎過一度眩人刺眼的光。才轉彎，撲面一陣歌聲，片片斷斷的，聽了好一會，才知道是巷角幼稚園的小孩在上音樂課，唱的竟是小時候媽媽教我們的唯一的一首兒歌「快樂家庭」，么哥小時候吹口琴就最愛吹這首。小孩子哩哩啦啦的把好好的調子拉得又長又尖，歌詞也聽不清楚，愈聽愈不像是我家原有的一首。我把步子加快，不想再聽下去了。

（《看星星》，香港青年作者協會出版，一九八五年一月初版）

暈倒在水池旁邊的一個印第安人

吳煦斌

編者按：這些筆記原藏於加州史氏海洋研究所檔案室。本刊駐美記者取得研究所所長羅生柏教授的同意，交由本刊發表。筆記原作者據説是研究所學生，兼任深海工作人員。是所內唯一中國學生，為人善良、害羞、寡言、與同學不相往來。他的筆記放在一個灰色文件夾裡面，外面畫了一顆胡桃，右上角有「報告」二字，但內文不類學術報告。為保留學術材料以便有志者將來進一步研究，以及保存海外華人生活鱗爪，本刊謹把筆記發表，不加刪節。

發現：

他挺拔沉默如我父，我起初不曉得他是印第安人。他倒在研究所旁邊模擬海潮的池邊，手垂到水裡，踡伏在那裡像一個嬰兒。我們剛在化驗所前曬網，網上還黏着紅草和雛魚。我退後站到樹旁的陰影那兒，便看見他了，遠看他像初冬的土壤，我們走上前去，看見他上身赤裸，只穿一條麻葉的短袴，腰旁有一柄套着鹿皮鞘的短刀。他的手很冷。我們用亞摩尼亞把他救醒，然後攙他起來。他隨着我們的攙扶站起來，緩緩升高如一頭熊。

我們領他進入會客室讓他坐在沙發上，沙發的柔軟令他害怕，他狐疑地站起來，看着逐漸平伏的坐墊，然後遠遠跑到牆角蹲下來。此後他再沒有走近沙發了。他抬起頭仔細看我們。他的頭髮很短，臉孔舒坦而柔和，輪廓有點像我國北方的男子。或許遠古的時候我們曾是親近的人，他的先祖從蒙古遷徙，穿過相連的冰峽經亞拉斯加來到北美，我們因此臉上有相近的輪廓。但我們也只是猜他是也夷族吧了。他不懂英語也不懂西班牙語，我們請來了本地的印第安人當斯跟他交談，但他們亦只有「土地」（tu-wee）這字是相通的。當斯說他可能是也夷族最後一個生還者。也只有也夷族的眉是相連的。一九一一年美國步兵跟他們多次戰鬥之後把他們差不多全殺死了，只剩下五個仍在森林奔逃，他們的屍體亦相繼在河邊發現。他可能是他們輾轉許多代後成長的孩子。但他為甚麼會昏倒在白人的世界裡？這一年來森林署不斷派隊伍到奧維斯山脈勘察，是他因為要逃避他們而走錯了相反的方向嗎？他獨自在林中生活多久了？

鍾開始問他的名字，他指指自己說「鍾」，指指當斯說「當斯」，指指教授說「羅生柏」，指指我說「斌」，然後指指他，他看着鍾然後把手放在頭上。他是明白的，但我知道他不會說出來，他們的名字是尊貴的，只有親近的人才可以用來呼喚他們。

「我們叫他以思吧。」教授説。

「以思」在印第安語中是「人」的意思，我們叫他「人」。我們讓他住在會客室裡。他一直蹲在沙發對面的牆角那兒，一動也不動的看着我們，沒有害怕也沒有憤怒，只是看來疲倦極了。我後來曉得，他是不懂憤怒的。我們試驗他的各種反應，把鬧鐘放在他的身旁，突然的聲音把他嚇得跳起來，他奇怪地看着這個呆立發聲的小盒子，輕輕拿起它放在胸膛上，彷彿懷抱啼哭的小兒，這時他是出奇地溫柔的。我們發現他反應很快，但沒有激烈的行動。我們請來了本校的人類學教授施懷則和人類博物館館長寧斯。他們拿來了各種儀器測驗他的視力、聽覺、心律、肌肉及其他各種功能。他們發覺他很馴服，對加在他身上的一切毫不掙扎，最後他們拿報紙打他，把雜誌擲在他身上，用手拉他的頭髮，他也沒有作聲，只用雙手護着頭和臉，在手肘彎起的空隙中看着我們。最後鬧得兇了，他躲到書架和沙發那兒的空隙間，仍然蹲着，雙手交叉按着肩膊，手肘擱在膝蓋上，下顎抵着前臂。他沒有看我們，他垂下頭，留心地傾聽，像一隻摺合起來的小小的害怕的蛾。他沒有提出疑問，不會還擊，也不會憤怒，孤獨的人是不會憤怒的，憤怒需要對象和習慣。它從接觸中來，是燃燒的火。孤獨的世界潮濕孤獨而寒冷。它的本質是嶙峋的荒野，沒有憂鬱的空虛。他行走在自然的策律下，沒有抗衡的能力。風雨來了他在山洞中躲避，給野獸傷害了他躲在石的陰影下等候痊癒。他獨自生活，四周只有簌簌的風聲，也有零星的鳥獸掠過，他跟石的倒影説話，隨着時間的起伏伸展。你會對季節憤怒嗎？他埋藏自己的言語，他多久沒有説話了？孤獨是沉重的獸，你背負他如背負自己的戀人。我熟悉它的氣味已有多久了？

食物：

我們把他攙進會客室，他跑到牆腳蹲下，抬起頭仔細看我們。他的唇焦裂，他一定很渴了。鍾把手帕醮溫暖的水替他擦臉，再拿一罐冰凍的「可樂」給他，替他打開放在地上。他伸手拿起罐子，碰到了立即縮回來按在胸膛上，讓身體溫暖冰冷的指頭。他朝罐口的洞看進去，然後用中指按着洞，再把罐子覆轉，看看裡面是甚麼。裡面的液體慢慢滲出來，他立刻把罐子放下，看着流到手背上的棕色帶泡的液體，看泡沫一個一個的消失。他把手在羊皮袴上揩，然後把罐子遠遠推開。此後他只肯喝水。他喝大量的水。他把水盛在玻璃瓶裡喝。玻璃瓶本來是盛花的，放在書架上。他看見這室內唯一的植物，便跑過去伸手去抓彷彿在空中生長的花束。他碰到了透明的玻璃，不肯放手了。他仔細地看着它，用掌心隨着它的弧線轉動，聽它的聲音，他把臉貼近它，讓它旋過眼睛和前額，花朵在他的頭上散開像奇異的冠。最後他把瓶子提到嘴旁，羅教授連忙把它拿下來，扔掉花，給他洗乾淨，盛了清水讓他喝。他喝水的時候用雙手牢牢抓着瓶子，手指像一扇木的籬笆。他的手指很長，手心是白色的，柔軟如女子的手。他用掛小刀的繩子把瓶子繫在腰間，行走的時候它擦着羊皮的短袴有風的聲音。

我們讓他吃蛋糕和墨西哥豆。蛋糕很長，他用雙手捧着兩端像捧着玉米，一口一口專心地吃。他盤腿坐着，倚着牆，頭輕輕仰起。我這才明白，風度不是教養得來的。我站在他身旁蒼白柔軟如雨中的葉。我趕忙轉過去替他把豆弄熱。他很喜歡吃墨西哥豆，他用手指掐來吃，在碗裡從左到右刮一個半圓再放到口裡。濃的湯他用兩隻手指，稀的湯用三隻。他不碰刀叉，他不喜歡那種接觸，但喜歡調羹圓圓的形狀，他有時用調羹把麵包壓成半圓形的小丘，一個一個排在盤起的膝上，然後慢慢吃掉。他也喜歡熟雞蛋，他把殼剝開，把蛋黃掏出來吃，再把蛋白捏碎放進瓶子的水裡，是為了讓水有土地的味道？他不喜歡火腿和煙肉，是因為它們紅色，而紅色的肉仍有生命不能吃嗎？

他被發現的消息一下子傳開去了，人們從老遠的地方跑來看他，偷偷拋給他一些糖果。人們從門旁一扇小窗的窗簾夾縫窺看他，他卻看不見他們，只是回頭會發現地上多了許多糖果包，他把它們拾起來放在腰間的玻璃瓶子裡，偶爾俯身看看它們的顏色。

他很喜歡吃水果，有時整天都在吃水果。他有時把雞蛋黃塞進香蕉裡一併吃，有時夾進桃子裡。桃核他把它們儲起來，用小刀刮乾淨，在上面雕刻，是要刻下失去的事物嗎？

海洋：

人類學家施懷則帶他去看海。要觀察他的反應。會客室本來也可以看到海。海上有點點白色的浪花，波浪退去時沙灘上留下了一條淡黃的長長的線，浪湧起又再消散去。也可以聽見它的聲音，像一陣一陣撒下的沙。但他看了海卻沒有甚麼反應，不懼怕它也不受它蠱惑。他看它像看着一幅必然的景象。他從來沒有看過海，它的形態曾存在於他的想像中嗎？施懷則拉着他的手踏進海裡，他腳下的沙在波浪中移動，他給波浪沖倒在沙灘上，他茫然看着退去的海，神情像一個小小的嬰兒。然後他站起來，他看到腳旁有一隻很小的螃蟹從一個圓洞裡爬出來，他彎身把牠拾起，看着牠在空中扒撥的爪子。他把牠放在肩膊上讓牠從手臂爬回洞裡。他對海邊的生物比對海更有興趣。施懷則有點失望。他以為迷惑了那麼多人的海也會迷惑到他。

施教授駕車把他帶到市中心看高昂的大廈，但他對現代文明也沒有特別的驚歎。一切發生在大自然的東西都是理所當然的，如果石塊可以生火花，汽車當然可以行走。但他卻喜歡燈，每當我按下按鈕，他會肅穆地看着，屏着氣等待燈赫然亮起來，讓時間延長，一切繼續發生。他不喜歡電視、照片、幻燈畫片，一切沒有形體的東西。他喜歡飛機，因為接近天空，不喜歡高聳的大廈，因為笨重沒法攀爬上去，他喜歡門鈕，書衣，杯耳，椅背，袖子。他會在門旁耽一整天，握着門鈕，把門關了又開，讓風吹開垂到眼前的頭髮。

施懷則完全失望了，他期望他會震懾於現代文明，誰知他卻漠視周圍的變化，喜歡細碎的事物，沉溺於過往的情態而不能超拔。他仍然赤裸，依舊用手吃東西，彎身默默坐在地上。施懷則拿出一本傳記給他看，傳記關於一個印第安人，他一九一一年在亞里桑拿州被發現，現在在民族博物館負責搜集印第安各民族的資料，並協助管理亞里桑拿保護區的印第安人。封面上有他的照片，他穿了西裝吸着煙斗，臉上有一個穩重的微笑。以思把書推開，把手放在頭上，表示他不再是一個印第安人。他整個身體伏在地上。

言語：

我是怎樣和他親近呢？起初我們都是沉默的。我給他端來吃的東西，帶他到外面梳洗的地方。遇到人的時候他緊緊抓着我的肩膊。他的手很溫暖，比常人的溫度高得多，而那時已是初秋了。他按着我的肩膊，他的溫暖彷彿他的心意一般傳到你的身體裡。我回頭看他，他的臉柔和得不像印第安人，雖然仍帶着強烈的太陽的痕跡。他按着我的肩膊走路，我們是兩個多麼相異的男子，同樣對世界害怕，但又是基於多麼不同的理由。他是因為言語的阻隔和長久的孤獨。而我，來了這許久總仍感到格格不入，他們是堅固的牆壁把我們擋在外面，他受的是文明的隔閡，而我是文化的相異。我們是相同的異鄉人。我們這時還沒有交談，只不過他彷彿曉得了我與其他人的分別。

我們第一次交談是在一個清涼的黃昏，夕陽把房子塗上一層虛幻的紅色，天空變得很低。我剛上完課來到會客室，我把書袋放在沙發上，書本和筆記本子從寬闊的口袋裡掉出來。他看見裡面一張深海魚類的圖片，跑過來輕輕拾起。

「Ilobo？」

我點點頭，那是一條深海的鼠尾魚，我給牠繪上了顏色。我拿另一幅說：

「batfish。」

他微微笑了，這是我第一次看見他笑，他笑的時候鼻兩旁有淺淺的皺紋像一個小小的嬰兒。那是怎樣純潔的一張臉！我把我所有畫過的魚都給他看，模仿牠們的動作，巴里魚游得很快，牙齒很尖，會吃人的；石魚一動也不動的蹲在海底，像一塊古怪的石頭，身上卻有劇毒。雌的雄魚身體很柔軟，像一個泄氣的氣球，身上附着幾條小小的雄魚。我一直在扮魚，直至天全黑了，風帶着夕陽的餘溫從海上吹過來。我從袋子裡拿出一個中午吃剩的包子跟他分吃，那是一隻綠豆餡的包子，我在餡裡混了幾片菊花瓣，所以吃來有季節的芳香。他很專心的吃，把包子一片片撕下來放進口裡，他不咀嚼，當包子在嘴裡軟了他便吞下去。他一動也不動，臉頰微微鼓起，好像有嚴肅的話對我說。

我離開的時候已經午夜了。

這一夜我沒有睡。我把所有夾着資料和筆記的紙文件夾拿出來剪成小小的紙片，用顏色在上面畫上種種不同的圖畫：火焰、頭髮、太陽、手、樹、郊狼、土地、空氣、眼睛、水、落葉、悲哀、嬰兒、星星、哭泣、禿鷹、父親、尊嚴、愛、死亡、鼴鼠、美麗、哀號、月亮、擁抱、孤獨、害怕、魚、海洋、木蝶、網、禿枝、中國、印第安、書、逃避、綠豆包、鳥蛋、氣味、石塊、門鈕、牛奶、笛、名字、懷念、牛、電視、窗子、叢林、微笑等等。第二天清早，我帶着圖片找他，想告訴他我一生的故事。

我跑進會客室的時候他卻不在裡面，然後我看見他從走廊的另一端朝我走過來。這時太陽剛從背後升起，給他凌亂的頭髮添上一個浮動的柔和的光環，他瀏亮的肌膚上閃着淡淡的金色，看來像一個美麗的幻象而不像行走的人。他走到我跟前用臂環繞我的臉，他身上有淡淡的樹液的清香。我們並排坐在從大門射進來的陽光中，我們的影子遠遠攀出窗外，它們比我們更沒有恐懼。我們由於害怕而離開原來的居所，他是畏懼文明的侵襲，我是害怕十多年後的政治變動，然而我們都在新的處境裡感覺不安，我們為甚麼不回去？

我取出圖片給他，他仔細的看着，然後我取出「氣味」和「樹」，告訴他身上有樹的氣味。他開懷地笑起來，然後又輕輕的蹙着眉。

「叢林．懷念。」

他把懷念和叢林兩幅圖片放到我面前。我拍拍他的肩膊。他垂下頭，他的睫毛很長，陽光在他臉上投下了稀薄的陰影。我把手的影子變成一頭鷹，飛到他肩膊上啄他的頭髮，他的手卻變成一塊濃密的雲，追着把我吞掉。我把「名字」的圖片放在地上，再指指他。

他認真地看着我看了好久，好像是打算要把珍貴的禮物送給我。

他緩緩選了「風」和「鳥」的圖片。

我慎重地看着，牢牢記住了。我站起來模仿鳥飛的樣子，給風追趕，撲倒在山上，再旋回來，舒緩地橫過灰茫的天空。

他按按地上「名字」的圖片，然後拍拍我的胸膛。

「溫暖的太陽。」我把圖片放在地上。

這是我自己改的名字，是開始感覺外界事物的時候改的，但我常常感到寒冷。到底是我因為這樣才改光明的名字，還是我從前不是這樣子的？

他示意我唸我的名字一遍，我唸了，他按着心胸，彷彿已經默默放進裡面。他找出「雨」的圖片蓋在「太陽」上，我把「太陽」偷出來，踏在椅子上，把它擱在牆上的掛鐘頂。

「你」、「這裡」？我選了兩幅圖，問他怎麼來到這裡。

「山」、「大聲音」、「害怕」、「跑」、「許多太陽」、「渴」。

他小心地把圖片排出一個次序。圖片不夠，他用手勢補充。我想是勘察隊把他嚇跑的。他跑了那麼多天，最後來到模擬池旁一定是為了喝水，相信還未喝便昏倒了。

我把「自己」的圖片放在地上，問他是否獨自生活。

他盤腿坐着，雙手舉起，手掌相對，向天空唱一支哀悼的歌。他慢慢把圖片選出來，一張一張排好，他排好一張，我急切地等待下一張，有時猜到他的意思，便替他選。圖片一張一張終於排成一個故事：他的父親在他開始有記憶的時候給殺死了，母親、妹妹、和另外一個親人在八度落葉以前突然去世。他在一個紅色洞穴裡獨自住下來，在了無人跡的荒野裡生活。他燃亮木枝把頭髮燒短，紀念消逝的人。每想起他們，他唱哀悼的歌，讓歌聲載着他們，飄離傷害的手。

他凝視着圖片，看了許久，然後把他們推開，向後躺在地上，蓋上眼睛。一會兒以後，他慢慢起來，把「快樂」的圖片放在我前面。睜大眼睛等我回答。

我快樂嗎？快樂於我是個奇怪的字，我不明白它的含義。我在這裡幹甚麼？這國度與我互不關心，我不想回去又是害怕失去甚麼呢？這裡有最好的設備。羅生柏是溫厚仁慈的人，鍾也誠懇，我不能跟他們相處會不會是我自己的緣故呢？那麼我到哪裡不是一樣麼？

我抬頭看着他溫和的臉。我與他相近而相異，我們都棲息在偶然的土地上，但他仍在找尋安全的居處，而我處處感覺不安又無力飛翔。我把手放在頭上，這是他們說「不」的意思。他用手攀着我的頸子良久注視着我，然後擁着我的肩膊用額擦我的臉，我感到他的溫暖瀰漫我的全身，像一朵花慢慢生長。我們是兩個同族的人，我們在一個秋日早晨開啟。我們周圍是重重的畫片。在太陽下他們發出淡淡的太陽的亮光。畫裡的動植物、山群、快樂和憂愁層層環繞着我們像古老的城堡，守護我們度過悠長的一生。

他是我唯一的朋友。

土地：

我把父親的衣褲給他穿。衣服本來是遺給我的，但太大了，我瘦小的身體完全給寬闊的袍褶掩沒了。這是一套中式的衣服，淡土的顏色，布很軟，他穿了更不像印第安人了，但他臉上仍是棕紅的太陽的色澤。

晚上我們走到三里外的山裡，中午他拿「憂愁」的圖片給我看，指着遙遠的山。晚上我把他帶到這裡來，他脫下了寬闊的衣服，繞着一棵榆樹跳舞，他抱了滿懷的葉子，一面跳一面向空中散去，枯葉飄滿了他的頭髮，像棕色的冠冕，他口裡唱着：

Olluja
Kabawe
Nadochi

每句話他重複三遍，最後一遍他拉得很長，聲音很低，頭高高仰起，像呼號的郊狼。一天晚上我們聽到外面郊狼的叫聲，他把圖片一張張找出來給我看，告訴我郊狼的親人變了星星到天上去了，不肯見牠，牠每天靜夜裡仰首向天空嘯叫，呼喚牠們下來。所以他的聲音裡亦有孤獨的哀傷。呼嘯一趟之後，他重重踏在地上，雙腿張開，膝蓋彎曲，左右踏三遍，然後轉身，向前踏三遍。他唱了好久。聲音穿過搖盪的風飄散在沉默的星空裡，最後他整個撲倒在地上，他的臉陷進潮濕的泥土裡。泥土發出強烈的豆子的香氣。我走過去蹲在他身旁，拍拍他的背，他的身體在清冽的冷空氣裡仍是熱的。

他躺了好久，然後慢慢站起來，他把臉上的土壤輕輕抹去，黝黑的泥粒在他臉上蓋了一層薄膜，彷彿祭祠的面具，給他添上了沉重的神色。他把小刀從羊皮鞘中拿出來，走到不遠的岩壁前。岩壁原是小山的裂痕，裂痕下面的石塊因為風雨和太陽碎成細小的形狀滾下山腳，山壁留下一塊很長的、筆直平滑的岩面。他踏在碎石堆上開始在壁上雕刻。他專心地鑿，先刻外形，再刮平內壁做身體的輪廓。他鑿了許久，四周寂靜，只有他腳下碎石偶然滾落的聲音。在微弱的月色下，我看到石上刻了許多重疊的人形，像真人般大小。他們的手張開，像沉重的翅膀。下面有小小的圓形的獸。牠們一直伸展至岩壁終止的陰影裡。牠們是甚麼意思？

月漸漸浸入霧裡，周圍是沉重的漆黑的夜，他再看不見壁上的線條。他把刀子放進鞘內，在岩石堆上蹲下來。我走近他的身旁守候着他，一直等到黑夜過去，天慢慢地亮了。

我慢慢攙他起來，淡紅的曙光射曬在岩壁的人形上，照亮了一個初生的世界。他們在給風揚起的塵埃中彷彿會動。他慢慢行走，沒有做聲也沒有看我。我拾起衣服披在他身上，但他走了不遠它們又掉在地上，我把它們拾起圍住他脖子，讓他的手按着我的肩膊走。

我們走了許久才回到研究所。施懷則已經在了，他帶來了儀器和助手要記錄他的語言。但他一進去便跑到沙發和書架之間的空隙蹲下，沒有動也沒有甚麼表示。施懷則跑到他身旁拿儀器給他看，一面指着他的嘴巴，示意他說話。但他沒有看施懷則，他的眼睛一直瞪着地面。他的手環抱雙膝，下顎擱在膝蓋上，他在思想甚麼？

他一直蹲在地上，在書架和沙發之間，也沒吃東西，他身上漸漸長了白色的斑點，青苔一樣佈滿他全身，他發出強烈的木的香氣。然後他的外皮開始脫落。他們抓住他的臂搖他，希望他清醒過來，但他的外皮在他們手中剝脫下來，地上滿是小小的透明的碎屑。他像斑駁的樹，沉默而尊嚴，他的臉頰深陷，眼睛裡有隱約的光。羅生柏說那是憶念的斑漬，像魚，忘卻以後便會消失。

但越來越多人來看他，這最後的原始人。民族學者希望知道也夷族祭祠的儀式，他們帶了三色鼓在他跟前敲打，一個何比族的漂亮女孩子在他跟前跳舞。但他仍然看不見，他們拿東西給他吃，想記錄他的神態，他碰也沒有碰。房間越來越擠迫，他們把書架、沙發、小几及房裡一切東西搬出外面，好讓有更多空間跟他接觸。不同的研究者帶來了不同部族的印第安人，用不同的言語跟他說話，希望引起他的反應。他們敲打各樣的樂器，唱不同的歌。他們要知道他部族的語言中，男女的說話有沒有分別，女子會不會像伊同族一般把每個字的尾音去掉。他的族裡有沒有神話、象徵、圖騰、社會階級的東西。他們帶來了各種奇怪的儀器、分音器、心電儀、光儀，地上拉滿了黑色的粗大的電線。生物學家亦來研究他的骨骼，看他在人類進化中佔的位置。但他仍然一動也不動的坐着，對一切沉默，深深陷入自己的思想中。研究的人終於放棄了，攝影機裡的同是一樣的姿態，他們把他移到角落裡，開始在房間裡談話。有人吹起笛子，女孩子開始在房中跳舞。

研究所的人思量把他送往別處，一個不說話的長白斑的印第安人留在一所先進的海洋研究所幹甚麼？況且他引起的騷動也太大了。

施懷則開始搖電話給附近的印第安保護區，要找他們收容，他準備以後再研究他。但每區由不同的印第安部族管理，他們不會收容異族的人。

「讓我照顧他可以嗎？」我說。

「不，這不是私人的事，」施懷則說：「你——」這時我們聽見門外有沉重的步聲，門慢慢開啟，我們背後的光照亮了他豐厚的胸膛。他的外皮重新長出來了，光潔明亮如初長的兒童，他慢慢走過來按着我的脖子說：

「Kala。」

他要走了，他把我的臉擁入懷裡，過了一會他慢慢轉向大門走去。他比我們都高，步伐優雅，臉上有一種閒適俊逸的神情，彷彿一切再無關係。他緩緩推開大門。施懷則衝出去想把他抓住。

「你不能走，我們有地方收留你。」

羅生柏把施懷則按住。

「讓他去吧！」

但施懷則大叫，工作人員開始從外面向這邊跑過來。以思這時已經步出大門。

他莊嚴地向前走，如一座移動的山。

「跑啊！」我向他叫。

他回頭望我，停了一會然後朝北面的山跑起來，他比他們都快，遠遠超越了追趕的人，他仍穿披着我的衣服，衣服的袖子在他背後輕輕地拍動。

我也有這樣的勇氣嗎？

編者按：據本刊記者從羅生柏教授處獲悉，作者在印第安人逃跑的翌日亦失蹤了。他甚麼都沒有帶，書籍衣服都留在宿舍。不知他是突然決定回家，還是隨着他唯一的朋友消失於荒野？除了筆記本文以外，還有零碎不成篇的英文打字稿，是以思言語行動的分析，專門術語討論過多，謹從略。

（原載《香港文學》創刊號，一九八五年一月）

索驥

辛其氏

一

「何季心？」

「哪一個何季心？」

「有人認識何季心嗎？」

「對不起，我住在這層樓上也有二十年了，從來不認識這個人。」

破損的門板再一次在我身後關上，陽光驟然被困在殘舊的樓房內，把我撇留在一條陡直而黑暗的樓梯頂端，幸好門縫裡昏昏透射出幾點光，光線照着紛飛的刻着年月的微塵。我低頭看一眼雙腳，鞋幫上沾結幾塊乾掉的泥巴，鞋面覆着一層薄薄的灰。從陽光燦爛的室外，忽然再面對幽閉的長梯，眼睛卻也能很快地適應。我摸索着一步步走下去，木建樓梯「托托」地發出迴響，層層架疊的雜木板，宣示它翻補的次數，樓梯級高級低，斷裂的縫隙透出像銀線一樣的光。我扶住牆壁，手心微微沁着汗，搞不清是那邋遢粗糙而潮濕的牆，使我冒汗，還是因為孤獨地探索這黑暗的長梯，竟使心裡發毛，彷彿永遠無法走得出去；街外的市聲是這樣遙遠，這長梯似乎總也走不完。從四樓好不容易蹭到三樓，面對黑黝黝的另一條梯，荒荒歲月，極慘淡地展現眼前，我不由得生氣了，從前閉着眼也可以一口氣跑上跑下，這破歪的樓梯從來難不倒我；如今我像一個龍鍾老婦，帶着對往昔模糊的想念，巴巴地在這舊城區幾幢歷盡滄桑的樓房裡，蹭上去又蹭下來，一道道木門在眼前開開闔闔，我問着相同的問題，得到毫無例外的答案；我不過在人生的道途上繞了一圈，回到原來的地方，這城區已然捨棄了我，就像眼前寂寞坦露下陷的梯級，鬱鬱地沉默不語。當我在二層樓上一拐彎，梯級盡處那點眩目的亮光，帶着街外過路人沉黑的剪影，彷彿引領我脫離那幽幽的時光隧道，重新有了歸向。

常豐里雖然蓋了幾幢洋房，但大致上仍是三十多年前的木構建築，四層高，牆灰剝剝落落，斑斑駁駁；騎樓的鐵欄杆，拗出一個個古老對稱的迴環紋，油黑而冰涼；高大的木窗，難得有幾隻透亮，都濛濛地變了黃色，沉重地承受無數風雨。這排樓房的對過，是一座古老的天主堂。從天主堂的前門進去，後門出來，剛好到了另一條街上。我記得這所嵌着彩色玻璃窗的天主堂，耶誕和復活節的彌撒過後，我曾經列隊領過奶粉和禮物；那時候，季姐抱着我，陣陣寒風連着季姐的頭油味，有一種寒香，我頂喜歡聞，所以，常常賴在季姐身上，不肯下來。這星期天的午後，我徘徊在常豐里的街頭，背靠天主堂冰冷的石牆，遙望沿着斜坡伸展下去的樓房。一個垂着長長濕髮的少女，站在騎樓上好奇地向我張望，睡衣繃得緊緊，不經意地宣示她那惱人的春青。我曾經探問過這兒大部分的人家，反反覆覆，重重疊疊，每一次的追尋，都只教我墮入想像的虛幻裡去，幾乎疑心自己走錯了路，摸錯方向，我極度灰心，莫非那僅有剩餘的一點回憶，永遠無法得到印證！

我在斜坡上慢慢踱步，有人「霍」地把污水倒進溝渠，溝渠淤塞了，水都流到路面上，喚起我深藏腦海的一點甚麼——是一場大雨，是的，一場大雨，那場雨好像下了足有半個月，所有的樓房街道都可以擰出水來，我記得從山下引水道沖下來的泥沙，使路面泛着泥濘，溝渠嘩嘩流着水，我蹲在旁邊放一隻隻季姐摺的紙船，紙船老被垃圾擋着去路，沒有一次能夠成功地流到街角。季姐曾住常豐里，相信不會出錯，如果說這舊城區大部分是斜坡路，不獨是一條常豐里，但接連上下兩條街道的天主堂卻只有一個。季姐在毓明街十九號二樓替人傭工，母親因為要出外工作，亦請她一併看顧我，兼做洗衣洗碗，那時候我與父母住一小房間，生活大概很勉強，沒有能力像居於同一層樓的頭房人家那樣請季姐做長工。但季姐頂疼我，常時扭着我喊「妹拉」，後來我想，大概是小妹拉動她心肝的意思吧。季姐住得近，工夫做妥當後，便帶我到她的住處，一邊做家務，一邊陪我玩耍。這麼些年了，已無法記起季姐居處的街名，而印象中，好像亦從未有人告訴過我。

我確定季姐曾住在這裡，並不是一時的感情衝動。經過多次從兒時居住的毓明街出發，沿路探尋往昔依稀的景象，線索斷了又續，明裡又暗，終於在常豐里與第二街交界處，發現一座英殖民地式樣的舊建築物，堅定了我的信心。那是早年舊城區的裁判司署，現在作為青少年活動中心。建築物有三層高，地下連着院子，院子裡幾棵老榕，垂下密密的氣根；二層樓上有迴廊，圓拱形的窗洞突出幾個少年的頭顱，有些人坐在石級上看書，閒談，甚至午睡。主樓內有作迴旋狀的木樓梯，長廊裡一列房間，是各種小組活動的大本營。主樓的二樓有一條蓋頂懸空的天橋，通往另一座副樓去。副樓的邊門下了鎖，從二樓到三樓的通道亦被一塊廢置的門板隔斷，上不得去。地下大堂有乒乓球室、閱覽室和小規模的圖書館。我那樣仔細在樓房裡逡巡，完全因為我無法抗拒院中老榕和圓拱窗洞的誘惑。我記得小時曾經在一個寬闊院落的長廊裡睡覺，雨點不斷地飄進來，被風打斷的葉子和枝椏落得滿院都是；長廊裡人擠人，鋪蓋捲擺滿一地，不時傳來玻璃的碎裂聲，父母佔坐長廊一角，覺得風景永遠也不會停；季姐帶我領粥飯，沿着迴旋形的木樓梯排上去，並且隔着圓拱的窗洞，曾經不顧玻璃被風打破的危險，俯望院中的老榕，我如此深刻地記得這榕樹和窗洞，以及從院子的鐵柵門往外望，屹立眼前的天主堂。季姐的家可以看見整個天主堂和它尖尖的屋頂，她家坐落在一條雨天即順理成章地變為急流的斜坡，我愈來愈執拗地相信，季姐確曾住在常豐里，然而，常豐里差不多的人家，我都曾拜訪，似乎並沒有人認識季姐，應門的人不是太年輕，便是屋內答話的人委實太老。

緩慢而踟躕的腳步，帶我又一次停在常豐里的街頭口，對面裁縫店傳來絲竹鑼鼓之聲，細心一聽，是上海妹唱的《胡不歸》之《迫媳棄子》。季姐最喜歡看戲，每逢太平戲院演大戲，她早早理好家務事，帶着我去趕戲場；散戲回家的路上，我老蹲着不肯起來，非要季姐用她肥胖的身軀，揹着我走上坡路，她溫潤圓厚的背，往往容易使人酣睡。

裁縫店的門面破舊，櫥窗灰樸樸，裡面掛幾件式樣過時的新造長裳；一台古老衣車，踏板藏滿塵垢，裁衣枱上的一張紙板，破損了幾個大洞。店內坐着一個中年人，正在一件絲質衣裳上鎖罩綑，我道明來意之後，他倒像極認真地思索一點甚麼，然後搖一下頭，我只好失望地轉身離去，覺得這一天像過去無數個假日，白白地流逝。可是出乎意料之外，中年人忽然把我叫住，並且熱心提議不妨問一問他的老祖父。他帶領我轉入店舖的裡間，床上半躺着一個不斷咳嗽的老人。我看着他衰老的形容，不能夠想像他與牆上懸掛的相片，是同一個人，聽完孫兒的一席話，老人緩慢地轉動頭顱，蒼蒼白髮，襯着一張因回憶而泛起暗澹紅光的顏面。

「咳咳，都三十多年了，怎麼記得起來呢！你看，我是大半身已踏入棺材洞，頭腦早不管用，唉唉，倒是怎麼才能想起來呢！三十年歲月悠悠，眨眼就過去，這些年來守着這間老舖，你看，實在破得不成樣子，兒子都守不住，老叫我把店舖結束，兒孫不懂得珍惜，他們對過去一無所知，也無意了解老人的心事，我倒是要常思來處的啊。咳咳，說到哪裡去了？對對，你不要小看這間老舖，從前還是這一帶有數的名店呢。交來裁剪的厚呢花布曾經堆滿舖間，三個師傅日夜不停地車車縫縫，幫傭大嬸、小姐太太整天在我的店舖出入，幾乎一年要換一條門檻，熟客尚且應付不來，常時要把新來的主顧敷衍過去。嗯，我不記得有何季心這個人，單子上不作興連名帶姓，只簡單登記一個姓或者名，熟客嘛，單據不過是手續，我們作生意的，憑的是口實，從來沒出岔過。所以，就算何季心是我的熟客，我也不知道誰是何季心，雖然，住常豐里替人傭工的，大半與我有生意的往來。甚麼？尺寸簿？呵呵，那上面不會有顧客住址的，況且，這麼些年了，小舖鬧鼠，又經歷過幾場大水，都霉爛掉，你知道，顧客一個個漸少往來，總因為極私人的理由，慢慢失卻了聯絡，這尺寸簿留着也沒多大用處。啊，對了，我倒是認識一個叫桂姑的，木字旁的『桂』……」

我心裡不由得一緊，季姐可能不認識字，那年月，婦女讀書是極難得的，她不會懂得告訴裁衣匠自己的名字是四季的「季」，那麼，「季」成了「桂」，同樣不會是稀奇的事情。我緊緊地盯着老人的臉，從他口中吐出的語音，頓時在這破敗的房間裡，噗噗地敲擊着歲月的牆。

「桂姑在我店舖訂造的衣裳，只有兩種質地一個樣，夏天是棉織布，冬天是薄呢絨，都是一式衣褲，用原身布結的紐，大襟裁成衣角，你要是替她造了圓襟，她把衣裳摔到你眼面前，堅決不肯取走。咳咳，我還記得這個人，是因為她常時拿一點吃食請店裡的師傅，那時候，他們還背地裡起哄，取笑桂姑對我有意思呢，唉，真是哪兒的話，大家都四十幾啦，我是新喪的妻，讓孩子聽到，有多難為情。傭工？對，她似乎就在附近人家裡幹活，啊，我記起了，她老抱着個孩子，男的還是女的？那倒沒有印象，不過，桂姑好像頂喜歡那個娃娃，她是獨身的，街坊們常時建議她去問孩子的媽，索性認門乾親戚。甚麼？桂姑胖不胖？這真是個難題，從前的衣式都是寬鬆的，瘦子與胖子，不差幾碼布。至於甚麼時候起始，沒再來這個店？可記不清了。顧客輪流轉。咳咳，大概是她幫傭的那人家搬走了之後吧，她似乎要到較遠的地方去工作，漸漸少來了。大鬆辮？這我倒想起一件事情，三十多年前的女傭工，大都腦後拖一條辮；有一天，桂姑卻剪齊耳根的短髮，出現我店門前，而且，居然還穿一件洋外套；代替零吃的，這回派給師傅們的是一疊薄薄的單張，桂姑在我店裡朗聲地唸：信耶穌得永生。這在我們常豐里，是頭一等大事，桂姑信耶穌啦，她不到廟裡拜神，要入浸信會堂啦；當時女傭信教非常少，所以，當她那些姐妹們，約定在我店裡造衣裳，聚舊閒談的時候，老愛七嘴八舌談論這件事情。嗯？她老家是三水吧，準不會錯，我們也是同鄉呢，怎麼會搞錯呢，咳咳……咳……」

對於老人持續不斷的咳嗽，我覺得很抱歉，是我這不速之客，無端擾亂老人病中的安寧，要是老人無法從舊事的網羅裡解脱開來，那完全是我的罪過。在那充滿過去回憶的氛圍裡，我是那樣捨不得離開，然而，店面的中年人不斷在房間進出，有時候掃老人的背，有時候為他整頓靠背的枕頭，當老人告訴我他所認識的桂姑是三水人的時候，我不得不帶着失望的心情，離開那所裁衣店。重新踏入陽光滿道的街頭，耳際仍然繚繞着老人不斷重複的語音：「從前我這個店哪……是這一帶……」

季姐是順德人，那是母親告訴我的。而我從小到大，聽順德鄉音的人說話，完全沒有困難，那不難說是季姐對我的影響。老人提到過的大部分回憶的點滴，卻又似乎與我模糊的印象有極吻合的地方，那麼，桂姑是不是季姐呢？還是母親、老人與我都分別記着往事不真確的部分？眼看線索又斷了，但心裡卻較先前踏實，不似過去幾個月，常時疑心自己在追尋一個遙遠而虛幻的夢。

二

鑽石山華清路已不再像原先的樣子，本來清清爽爽的兩層高小房子，被加蓋再加蓋的木樓遮糊了面目。院子大都成了別人家的屋地，整條路蓋得密密麻麻，樹木砍去，從前沿途自人家院牆伸展怒放的簕杜鵑，只剩下不多幾棵。一條沿着華清路旁蜿蜒的山溪，不知在甚麼時候，已被木板封得嚴，厚木板橫跨兩岸，成為街道的一部分，上面行車行人；底下嗚咽的流，早被附近工廠排出的廢料，污染成了墨汁。當我發現遍尋不獲的山溪，原來踏在自己腳下，那一驚倒是非同小可，以至於後來隔着一道鐵柵門，瞧見舊居變得狹窄的院子裡，那口已被三合土堵死了的水井時，實在難止我的感傷。那口井水是華清路出名的好水，附近人家不惜合資購備一台摩打，把水抽上來，再輸送到各家去用。舊居院裡雖然蓋搭了新房子，但幾束黃蟬花仍舊種在那裡。小時與同屋其他人家的孩子，放學後並不甘心逗留在自家院子裡玩耍，一來害怕碰翻房東老太太放在院裡暴曬的一箕箕橘皮和藥材，二來家門外的天地，是這樣廣大而充滿生機。溪的對岸是稀疏的房舍，一叢叢的竹林和番石榴樹；石板橋附近亦是房東老太的田地，僱有人替她犁田和種菜；過了房東老太的田畦，便是兒時充滿驚悸的神秘之所——土地廟；土地廟再過，有一個小小的芭蕉林，附近有養豬的人家。通常我們撒野的地方以土地廟為界，豬欄是不去的，因為臭死了。如今這一帶都成了行車大道，摩托車噴出的廢氣。把華清路低矮的房舍抹上一層黑。

我對許多事情記得清清楚楚，光只有父親的形象，卻十分迷糊。自從毓明街搬到華清路，印象裡似乎沒有父親的部分，而季姐仍偶然來看我。剛學會走路的小弟成天病在床上，瘦伶伶的，與我是一個強烈的對比。不知當年幼小的我，如何能夠理解母親的話，她如是說：「父親撇下我們走了，像出遠門一樣，不再回來。」母親獨力挑起全家的擔子，早出晚歸，記憶中我常時在捱餓，弟弟常時在哭。不過，同居住客都疼我，也許因為同情心，也許因為我長得白胖趣致，那是母親後來告訴我的。自從我在牛池灣山上靜慧師主持的普寧學校讀書以後，生活開始有一定的模式，晨早與母親一塊出門，她去工作我上學。散學後，我沿着下山的梯級，一路搜尋新鮮物事；躲在草叢裡捉金龜，摺起褲管在山溪裡捕魚。我是同屋裡最遲一個散學回家的孩子，家永遠冷冷清清，同屋的人飯都吃過了，母親才拖着疲乏的身軀回來做飯。一個拖着兒女的女人，在五十年代人浮於事的香港社會掙一點錢，並不是易事，母親望着無盡的前路，大概茫然了。母親年輕時很漂亮，照片雖然發黃，但依然可以看出她小巧的嘴，秀氣的管鼻、瓜子臉形，儀容方正；最得天獨厚的是她天生白皙的皮膚，面上兩朵永遠的紅暈，如今雖然發胖，從前可歸入瘦挑那一類身材，穿起旗袍來另有一種動人風韻。母親是堅強的，不負責任的男人走了，餘下的人還要生活下去，她為一對小姊弟捱了不少苦，直至母親在幾個愛慕者當中挑選了願意成家而又殷實的小雜貨店老闆之後，生活才有了轉機。母親和弟弟搬離華清路，到深水埗新家的前一天，我幫忙執拾行囊，在一大堆廢棄的舊物中間，有一卷父親手書的橫幅，當時我覺得他很有學問，只是不明白他有甚麼出走的理由，此後，我便沒有再見父親的書法和上面寫上父親名字的幾本薄薄的破書。我與母親是同一天離開華清路，她送我上山到普寧學校寄宿，食住讀書都是免費的，那年我正讀小學三年級。母親在忙迫繁瑣的生意和家務中，不時抽空來看我。一年裡難得幾次回到亞爸家陪母親做節，不過，每回從母親家回返學校，必鬧肚子，大概茹素慣了，魚肉油膩已不對脾胃，所以，除了想母親外，口腹之慾並不如我的其他住讀同學那樣，具有無比的誘惑。

普寧學校是一所信奉佛教淨土宗的有心人籌辦的學校。它坐落牛池灣半山上，要走好長一排石級才到淨苑的山門，路上茂林修竹，不斷的蟲唧鳥鳴；遠望現在叫新蒲崗的海面，藍靜的海水，拍打種滿榕樹的防波堤。進入山門，左面不遠處就是普寧學校，單幢建築，那是靜慧師自擔一磚一瓦建成的，裡面四個課室，上小一至小四的課，五六年班改在一所平房裡，與低年級課室中間隔着一個鞦韆架，幾棵黃皮樹，這都是我們課餘的恩物。山門右方建有六角亭，七層寶塔，塔下就是山谷，也是淨苑天然的屏障，學生住的地方就在六角亭附近，遠離淨苑，有獨立的廚廁，一日三餐，都是住在附屬淨苑老人院中的三婆為我們炊煮。張主任管教學兼當舍監，是校長靜慧師自泰國請來的，她曾經在廣州辦學，是靜慧師的好友。我一生最重要的啟蒙階段，就是在張主任的薰陶下成長。她的監管容或過苛，以致於當年幼失怙恃頑劣難馴的其他孩子們，都恨之刺骨，直至如今一個個成家當上了慈母，才能夠明白張主任當日的一片苦心，都是愛深恨切的意思。

經過學校和宿舍，仍舊是一段山路，種有合拱的葡萄樹，枝蔓之後，潺潺流着溪澗，這是山下我家門前小溪的上游。過了溪澗，右方是一畦畦番茄和瓜棚，都是出家人的自耕地。紅頂黃磚的三寶殿屹立在左方。供奉佛法僧的正殿是在二層樓上。樓上有過道通往藏經樓和主持禪房，正殿的樓下是知客堂和大飯堂，每當香積廚的素菜準備妥當，廚房師傅便打板開飯，通知正在工作的人。學生們很少可以在大飯堂裡吃素菜，只有佛誕那天是例外。普寧學校因為沒有禮堂，但凡開學禮結業禮畢業禮，都移到正殿後面一座三層樓高的「報本堂」去。「報本堂」樓下是地藏殿，二樓是師傅禪房，三樓其實是一座高出全部淨苑建築群的望海觀音。每逢佛誕，同學們都要安坐三寶大殿的蒲團上，聽靜慧師講經；初一十五亦要唸經坐禪，我那點盤腿功夫，都是在那時候練來。課餘之後，我們只被容許在學校範圍內玩耍，過溪到淨苑去，要有張主任帶領。童年就是在這與世隔絕清幽雅緻的山頭上度過，它陪我躲避風風雨雨，艱難地成長，然而，日子也不盡是風平浪靜的，同學間的爭鬥無可避免地在我心中留下難忘的烙印！

五零年代失學孩子的年齡參差不齊，而且因為各人失養的背景不同，良莠混雜。同學當中有一個大姐姐，她儼然是壞份子的首領，如今嚴格說來，所謂壞份子，也不過是因為長期缺乏關愛，以致思想行為呈現權力的擴張，打擊別人，保護自己。張主任獨力照顧三十個成分複雜的孩子，難免有不周全的地方，大姐姐在學生群中年紀較長，張主任委派她看管班上的小孩，她萬萬沒有想到大姐姐背地裡利用她的特權，不斷欺凌弱小。寄宿的生活很清苦，三餐食用剛夠維持起碼的營養，吃素雖然單寡，孩子的發育比較不那麼壯實，但隨着年齡增長，卻漸能領略長期茹素的好處。然而，孩子嘴饞，在那個年月，節慶添加的素菜質量比較豐美，大姐姐派遣她的手下，傳令每個同學都要向她奉獻指定的分量。大姐姐又特別不喜歡成績優異的同學，變着各種法子毀掉人家的功課本子，我的四年級國語讀本就曾經受過墨汁的洗禮。暑假歇學，大部分同學又都無家可歸，張主任囑咐大姐姐統領我們在校園的菜圃裡除蟲拔草施肥，輕可的工夫她們都挑了去，餘下較重體力不討好的，諸如擔肥就歸我們。一般同學都沒有幾個零用錢，金錢在我們眼中雖然珍貴，但缺乏接觸的機會，也就沒有多少價值；代替金錢而成為孩子們的財富，卻是每月配給的二十張衛生紙。衛生紙紙質粗糙，我們仍然珍如拱璧，十八張好好收藏，餘下二張要向大姐姐納供。張主任很誇賞我，常說我又乖又漂亮，容貌端正，眉毛尤其長得好，盤腿在蓮座上，活脫像個坐蓮觀音。大姐姐可不高興了，趁着舍監出門會客，幾個人鎖上宿舍的房門，強行剃我的眉毛擰我的鼻子，我奮力掙扎，跟她們扭作一團，保住了我的眉毛；至今只要細心觀察，不難發覺我的鼻樑骨仍有些少偏歪。小學生頭腦單純，不知道反抗，也不敢告訴老師，怕遭同班壞份子的報復，畢竟主任教師都隔得遠，大姐姐卻與我們日同息夜同眠！然而，生活中撇開邪惡的部分，也有快樂的時光。忍受大姐姐那夥人不斷的欺壓的同時，我們受淩辱的一群卻加倍地團結和親愛。至今，我學會了諒解和同情，知道不幸之外，還有更不幸，都是因為在這段時期裡對友情的體會和對生活的反芻而來。我原諒大姐姐當年對我作的層出不窮的詭計，不僅因為她多年前已經自殺身死，而是因為她同是一個不幸的人！

最後一次見季姐，是在一個麗日的午後。我正在宿舍裡讀書，三婆跑來告訴我，有人看我來了。我以為是久已不來的母親，一出山門，卻看見大辮齊根剪了的胖胖的季姐，用手巾頻頻拭汗，擎着黑布傘立在那裡。自我們搬離華清路之後，這是季姐唯一一次來看我。她把我扭入懷裡，不斷地流淚；又要我坐在大樹蔭下，當她的面吃完兩個叉燒飽和蝦餃燒賣，她不停地抹面，我不清楚她是拭汗還是拭淚。臨走之前，她塞一個紙條給我，是她的住址，要我好好保存，將來長大了，記着找她去。最後，季姐不捨地推我入山門，自己仍然邊走邊回顧；我看着她蹣跚沒入遮天的樹影，慢慢自視線上消失。孩子最沒有心肝，我以為季姐還會來的，寫有季姐地址的紙條被我輕率地擺放，不知遺留在甚麼地方！這多年後回想起來，紙條上除了一個「里」字，門牌號數早已無法記得清楚。

離開普寧，也有二十年了。中學畢業以後，家裡雜貨店缺人手，我工餘之暇，幫忙看店，照顧年幼的弟妹，在亞爸家吃住，每做一事一物，我加倍用心用力，很能幫亞爸一臂。亞爸十年前已故去，母親生活漸亦寬餘，弟妹各自成長，工作讀書，已無須掛慮。歲月如流，過去生活艱困的部分，經已沉澱，回憶永遠甘甜。我愛我底母親，她如今富泰安穩，已是我莫大的安慰。

去年與普寧舊友，相約回校拜佛。沿路所見的鑽石山，面貌變化之大，實在難以辨識。普寧淨苑屈居禿山一隅，山矮樹稀，山門外已是通衢大道，車來人往，熱鬧非凡。學校已經結束，老人院勉力維持，靜慧師圓寂後，再加上客觀環境變異，淨苑規模早已大不如前，三婆故去，同學星散零落。拜佛之後，在院內蹓躂，彷彿重見當年舊事，一園子裡充滿笑聲、叫罵聲、讀書聲；而破舊的山門，再次喚起我對季姐遙遠的懷念。

三

舊城區上了歷史的浸信會堂並不多。我在常豐里附近開始，作傘狀包圍，先着手探訪開堂最悠久的浸信會堂。然而，牧師們愛莫能助，他們自己都是從別的堂區調來不久，甚至無法肯定三十多年前會堂的正確所在地，這期間已經歷過數次遷移。大部分為我所探問的人，除了寄予同情之外，幾乎都認為這是一件徒勞而虛渺的事情。一段資料不全的尋人廣告登了幾近兩月，完全沒有回音，但我絕無放棄的打算，那是由於與裁衣店老伯的巧遇，得到了鼓勵，這世上畢竟充滿荒謬的傳奇。

我發信聯絡整個舊城區的浸信會，請他們在堂區與堂區之間發佈消息，一定有人曾與季姐同屬一個堂區，只要他們還健在，只要他們還沒有放棄對上帝的崇敬，就必會燃亮希望的一點光。幾個月過去了，正當我不再熱切盼望電話鈴聲的時候，事情往往出人意表。堅道浸信會堂的牧師來電告訴我，一個剛自海外回來探親的退休老校長，可能提供到關於季姐的消息。

星期天早上，崇拜的聚會一完，我便在堅道浸信會堂的門口，牧師的介紹下，認識了退休已十多年的前播道小學校長。老校長精神奕奕，記性非常好，她的一番話無疑成了開啟過去之門的鑰匙，使我對季姐某一時期的生活有所認識，然而對於以後的路，卻又不能提出任何保證。

老校長二十多年前在般含道浸信會認識季姐，當時季姐對教會非常熱心，她入教的日子雖淺，但對於所屬堂區的活動，卻熱切地表露了求知的慾望和參與的樂趣。老校長記得她，不單單因為何季心姊妹在研經班上領禱時的一口順德鄉音，還由於季姐後來一直在當年仍只是教師身份的老校長家裡幫傭，直至老校長退休移民，才結束彼此的賓主關係。老校長回憶道：

「季姐在我家，差不多有二十年了。當初因為家母有病，孩子又不懂事，我自己教務事總很繁忙，所以請季姐去陪家母。病人脾氣都不好，她行動也不方便，季姐總是任勞任怨，輕重邋遢從不計較，多虧她照應家中老少，我才能省下心專注自己的事業，我與外子都把她當作一家人。她很疼我的兒子，常常給買玩具零吃，我們還她錢，她就生氣了。她在香港，似乎沒有甚麼親人，星期天隨我一家去禮拜堂，禮拜完畢，如果她不回舊時住過的地方，那個……喔，對，常豐里，看齣電影後便回我家。我看她憋悶得慌，尤其家母病逝之後，少了一個對話的人，雖然這個人也還是喜怒無常的，便問她為甚麼不找同鄉姐妹聊聊天，她把嘴一撅，極倔強地說不，省得人取笑，原來她的姐妹們聚在一起，老是求仙拜佛，那自然沒她一份；季姐曾經嘗試向她們傳教，限於表達能力，亦說不出個道理來，據季姐自己說的，她之所以信教，也是忽然間靈光閃耀，便決定相信了。季姐初來我家時，偶然也會到九龍探一個舊街坊，她常常對我說，要看妹拉去。妹拉是甚麼人，我們都不大清楚，只知道有一天她從九龍回來，眼睛紅紅的，晚飯也沒吃，季姐是個大飯桶，一頓飯可以吃上三大碗，那天晚上，她獨自在騎樓搧涼，我在廚房收拾碗盤炊具，她平常工作勤快，不肯讓我們插手幫忙，季姐認為，這有損她工作尊嚴，當然，她並不懂得甚麼叫工作尊嚴，這是我們從她絮絮叨叨的抱怨話歸納出來的。那是季姐唯一一次沒有做她本分的事，以後她有糖尿病高血壓症，我們要她休息，她也沒肯歇下來，老是反覆地說：受人二分四，工夫要交足。噯，回頭再說那個晚上，外子晚飯後，在客廳裡看報，季姐問他香港有沒有免費寄宿讀書的教會學校，外子搖搖頭，並且察覺到季姐失望的眼神，便問她有甚麼難題可以幫忙，季姐頭也沒抬，邊走邊說：非親非故，非親非故。這以後，沒聽她提起過要去看妹拉，也不大見她到舊街坊處走動。一年中只有春節幾天，她回鄉探親，急急又趕回來，說是擔心我過年事忙，季姐這人真是沒話說，我與外子都認為她到我家幫傭，實在是上帝的旨意。季姐在我家當了二十年的老媽子，平常沒有甚麼酬酢，吃住不用分文，她的工錢分三路支出，一份奉獻教會，一份匯給她鄉下親人，一份留作防老。我們移民投靠子女的時候，季姐已六十開外，人到底有感情，想起掉下她孤零零的，心裡很過意不去。外子要送她一層樓，算是賓主相處一場，但她執意不受，幾經周折，結果是對半分賬，她要付一半的房錢。我們到美國後，初時還與季姐通信，大概求人讀信寫信很麻煩，慢慢便失去聯絡。這次回來，時間匆忙，如果環境許可，我倒願意陪你訪查季姐的下落，老了，一把年紀，坐不了多少次長程飛機哪。」

我禁不住也要默禱一句：感謝上蒼！在尋找季姐的過程中，老校長不啻是指路的明燈，雖然她記不起與季姐通信的翔實地址，但提供了兩點線索，一是季姐退休後，有自己的樓宇，她極有可能一直住在那裡，二是物業所在地就是現今佐敦道文景樓，那時是剛入伙不久的新造樓宇，「文景」這名字，老校長一再重申，絕不會搞錯，因為這恰恰亦是她兒子的名字。

此後幾天，我奔忙於生死註冊處及田土註冊處，翻查檔案，幸而沒有季姐註銷身份證的紀錄，那即是說，季姐還在人世。我於是集中全力跑田土註冊處。註冊處的辦事人員很快便替我查到佐敦道文景樓確實有一單位的第一手業主名何季心，不過分別在一九七九年三月和一九八二年六月兩度易手，第二三手業主都姓陳。線索眼看又要中斷，但到了這樣的一種地步，更加看不出任何放棄的理由。

我在一個週日微雨的晚上，決定到文景樓六樓B座碰碰運氣。選擇這一種天氣，是希望梅雨能夠把意欲離家的人留住。門鈴響過後，一個小孩應的門，我問：有大人在家嗎？門砰然關上，重開的時候，只見一個中年婦女疑惑的目光，我道明來意，她仍然不肯開啟充當安全防線的鐵閘，我們隔着鐵枝談話，對方顯得很不耐煩，屋內有個男人一個勁地叫關門關門，要不是我死皮賴臉地用傘把撐住木門，對話便無法繼續。

「陳有妹在嗎？」

「不在。」

「那，請恕唐突，陳有妹是這單位的上一手業主嗎？」

「這是甚麼意思？我們有正式律師樓辦的契約。」中年婦乾瞪着眼。

「我們又不犯法，警察也無權問人家私事，豈有此理！」屋內莫名地憤怒着的男人大聲咆哮。

「請勿誤會，我不過想知道如果你們是直接交易的話，大概會有陳有妹的地址吧了！」

「你究竟是寮仔部還是福利署！」

「真對不起，我只想聯絡陳有妹本人，有要緊事。」

「到大窩坪護理安老院問去，真煩！」屋內的男人大概氣他妻子的無能，爆了這麼一句話，粗暴地把門關上。

當我到護理安老院探訪陳有妹的時候，護士剛在她床邊餵完稀飯，她的精神並不太差，只是無法控制抖顫的雙手。她瞇縫着眼打量我，一臉子不懷好意。我對她表示兩星期前曾到訪她從前坐落在文景樓的單位，但話還未說完，她便嚷叫着：「滾出去滾出去，我不認識你這個人！你們都是一夥的，強霸我的房子，天自然會收你，人無一世好，花無百日紅，我一定放長雙眼睇！」陳有妹情緒激動，連腳也抖起來。護士一邊規勸她，一邊向我解釋她的情況。原來陳有妹的姪兒，處心積慮騙她把房子轉名過戶，手續未辦之前，一直對她千依百順，陳有妹以為老年有靠，到底是有親人的好，誰知轉名手續搞妥當後，陳有妹的苦難才開始。她忍受了姪兒媳的諸般精神虐待，中過風，被趕出家門，最後進了安老院棲身。幸虧有護士幫忙，陳有妹終於安靜下來，我才得到表達來意的機會。

「何季心？我認識。早知有今日，當初我該聽她勸，一塊回鄉過日，有錢防身，到死也不用遭人作賤！」

「季姐甚麼時候回鄉的？」

「你是說阿季嗎？阿季和我是同鄉，幾年前她來找我，託問有無人想置業買房子，她打算返鄉下養病過世，又說人要落葉歸根，並且邀我一併同行。當時我拿不定主意，鄉下又無親無故。後來，我看過她的房子，覺得還不錯，反而自己買下來，阿季便一個人回去了。」

「你知道她地址嗎？鄉下還有些甚麼人呢？」

「地址我可不會說，她就住我隔村。至於有甚麼人，我也不大清楚。不過，她告訴過我，先回三水，再返連村阿弟家；三水是她母家，其實，人都死光了，她還要回去看看阿母的祖屋塌了不曾！」

「說起來我們不見也有好些年，信又不會寫，大家身體也不好，如今我淪落至此……唉，真後悔從前沒聽阿季的話……」

我謝過陳有妹，默默離開偏處鬧市一角的安老院，夕陽的餘暉斜照院門前幾株柏樹，日頭慢慢沉落在人家樓房背後，代之而起的是疏落的過早燃亮的燈火。

自去信順德公安局請求代查季姐下落之後，很快便收到一個署名何大為，自稱是季姐姪兒的人的來信，堅邀馬上回鄉一行。到順德鄉下去，已不比從前艱辛。大橋和公路築成後，行車平穩，也不用在江邊渡口，等待車行列隊上船過江。我在澳門拱北辦妥入境手續，買好車票，空調直通專車，便逢山過山，遇河跨河，朝目的地前進。本來車速極快，但我總疑心它走得太慢，大概心情為企盼和焦慮所折磨的緣故。

何大為果然在車站接我，他是個壯實的中年人，兩個高而圓潤的顴骨，與季姐極相似。他二話不說，抬起在信中囑我代買的收錄音機和二十四吋熒幕彩視，跟另一個同行人堅持先送我到賓館。我要求往見季姐，他們一直沒有正面答覆，只是說我旅途疲倦，入村的路不好走，村舍簡陋恐防我住不慣，還是先休息一晚，明早才去不遲。那天晚上，我請何大為在賓館吃飯，他大口大口地喝優質金牌拔蘭地，醉酒話也就跟着多了，一口順德音不時夾着幾句粗話，地道而粗獷，與周圍輕紗窗簾、藍紅相間的地氈和鍍銀細瓷的飲食器皿，顯得那樣格格不入。

「姑母是在一九七九年過了重九之後回來的。現在阿爸的房子，也是那時重建的，剛趕得及過農曆年。姑母住隔壁，那是新建的，反正豬欄久久棄置不用，糟蹋了地太可惜，便在原地蓋了所小房子，她一直住在那裡……噢，不是我說，蓋那麼小的房子，剛好夠她一個人住，還不是一樣浪費材料！」

何大為喝幾口酒，又夾起一個紅燒魚頭。

「也不能說我姑母把錢看得緊。同鄉叔伯兄弟，個個獅子大開口。要不是礙着我老子，我何至於只分得一輛摩托拖拉車！姑母也不是沒有打過本錢給我，可他媽的運滯，水貨給海關檢了，還要罰款坐牢，前幾年沒有如今政策那麼寬，時不我予，怨不得人。」

何大為低頭啃着一副魚骨架子，微細的魚骨刺，對他那運動不停的口腔和舌頭，完全沒有威脅。

「姑母就是死心眼，也不為姪兒孫想想。先幾年從香港轉來一封美國信，我慫恿她去信聯繫，她老是那句話：非親非故。這有甚麼呢，不過是找個擔保人，讓姪孫到外面見識見識，就是因為久未通信，才需要拉拉關係。可是，姪孫她也不願照顧，還下死勁撕毀信封，不給留地址。姑母這麼把年紀，就是這點食古不化，我兒子如今呆在鄉下做個泥水匠，她其實也要負部分責任。不知老人家怎麼想的，落得大家沒半點好處！」

堆在何大為面前的空碗有半尺來高，他一手撕着個白切雞腿，另一手揩抹下頜的雞油。

「錢財帶不走。姑母幾十歲，要是肯讓我們全權處理她的財產，該多省心。她倒是放着自己人不信，偏把積蓄托人捎回香港，交給一個甚麼堂的牧師。她在我老子家吃住，天地良心，我們對她可樣樣都照顧到，同村子姪，沒有不尊重她的，她這樣做，不是叫我們難堪嗎？別人不知底細，準以為我們家覷着她的財產。這樣看不開，自然不寬心，要不中風才怪……」

何大為大概酒醉飯飽，說溜了嘴，收也收不回。我靜靜看着眼前這個粗眉大眼的漢子，等着他說下去，可是，他沒有做聲，也不敢看我，仰頭喝了一口酒。我只得問他季姐現在的情況究竟怎樣。

「死啦。去了都快兩年。老頭子歸天還不夠三個月，姑母也跟着去啦。」

我似乎明白何大為為甚麼遲遲不肯帶我見季姐。這個一天在錢眼裡轉的人，以為讓我早早知道了季姐的死訊，就不可能再從我身上得到任何好處。其實，我老遠帶來的電器用品，自然不會費工夫帶走，也從來沒想過要他們付錢，這個貪婪的鄉下人，何苦利用別人熱切的感情，一再令逝去的人不安呢？

這一夜我是那樣疲倦。酸楚像細細的蟲慢慢自我全身的骨頭鑽出來，似乎茫茫然不知所歸，我情願永遠追尋一個模糊的影子，也不要知道這過程最終的結局。季姐晚年過得並不順心，一個帶病的老婦人，生活在一群勢利無知的鄉下人中間，受他們諸多壓榨，她回想過去，大概會嗟歎人為甚麼要白白辛苦走一場！季姐一定是帶着愉悅的心情步向上帝的寶座，我幾乎極固執地相信，她雖然孤零，但死時必不寂寞。

翌日我要求到季姐生前住過的地方，何大為答應帶路，一路上他纏着問我季姐放在香港的那筆款子，又說好說歹要我做他兒子的擔保人，我不勝其煩，最後只好拿外匯券和港幣通通與他換了，暫時堵住他的口。好容易拖拉車入丁村，下車走十五分鐘黃土路，沿途有人指指點點，何大為忙着跟人招呼，總算終止我與他無味的對話。

那是一所窄小的住屋。明顯看得出季姐把部分辛苦攢來的錢，為胞弟修建一座三層高而又具氣派的樓房，自己卻只是謙和地在一個偏屋裡養病。這一大一小的房子，面對河涌，門前有路通往涌邊。季姐屋前有棵龍眼樹，密密的枝葉遮蓋着瓦頂。推門入內，一陣撲鼻的霉味，窗戶顯然很久沒有打開來過，周圍鋪滿薄薄的一層灰，纍纍的蚊帳垂着，竹編的太師椅斜放門旁。我瞥見塵封的網籃裡，有一隻手柄上纏着綠絲線的「不求人」，那是季姐搔癢用的，季姐喜歡把容易紮刺的木柄竹柄，纏上絨線，我小時老愛扯着線頭，一再把絨線鬆開。何大為對於我想取走「不求人」，雖然莫名所以，卻無所謂，反正不值幾個錢。屋裡橫直各走十步，已到牆邊。窗下一張木桌，玻璃面壓着季姐年輕時與家人的生活照，左上角赫然發現了一張季姐抱着我在植物公園門前的合照，我自小東飄西蕩，童年的照片早已散佚無存，如今在這異地小屋的一角，重睹昔日留影，心頭忽覺酸酸，覺得荒荒歲月，流轉又流轉。屋子中央靠牆的地方掛着季姐的遺像，下面的几案上，放着她的骨灰甕。季姐正咧着牙在笑，圓潤的面頰脹得鼓鼓地，我彷彿感到季姐就在屋中某個角落盹睡，微微地打着鼾……

（原載《香港文學》第六期，一九八五年六月五日出版）

兩夫婦和房子

羅貴祥

一

■那是一層難以敘述的房子，夾雜在某大廈眾多個單位內，荒謬、矛盾、不易理解。四壁是隨着天氣和住客心情而不斷變色的牆，圓形的窗框上鑲着四方形的玻璃，所有光管、燈泡和客廳的吊燈都安裝在地板上，大門口的鐵閘無論費盡多少力氣，也不能拉開或推開，但只要一擰門環，鐵閘立刻像吊橋般嘭的一聲壓下來。煙塵過後，門口仍然是一堵用紅磚砌成的牆。房子內四周掛滿空的畫框，密麻麻的互相重疊，齊齊整整地異常混亂，掛不牢固偶然便掉在地上，疎疎落落的構成圖案，又變成室內嚴謹的佈置。廚房是斑斕的烏煙熏成的顏色，抽油煙機倒轉裝設，把附近工廠噴出的廢氣全數吸納過來，與油鍋裡爆得灼灼響亮的豉椒雞丁，硬生生地給摻揉在一起，造成一種奇幻的境界。廁所裡的抽水馬桶並沒有駁上任何水管，只要一沖水，就唏哩嘩啦的盡數淋落樓下的單位裡去。浴室的牆已被拆毀，泡在流線型的琉璃瓦浴缸中，可以看見對面大廈的住客清楚的臉龐和偶然在雲間無聲的飛機。在開闊的浴室中洗澡，有時會招徠和暖的陽光，有時亦會遇上一陣意外的驟雨，故此浴缸旁邊總是放着一把花碌碌的大傘。兩夫婦就住在這一層沒門、沒窗、不見牆壁、難以敘述的房子內，他們把原來掛上的鏡子全部除去，為了不想被窺視和增加人口的數目，令快樂的居室變得擠迫狹窄。

■黑色是無法溝通的地方，它是一小段時間，也佔着一小格空間，可能你無意中闔上了眼睛，更可能你周圍的環境霎時停了電，然而零星的情節仍然排列在一起，以另一個敘事時間。拼湊成一段故事，佔領着接着的一個空間。

■他們漸漸回復了平靜，卻沒有因為疲乏而朦朧睡去，恍恍惚惚的像在造夢，也不知道下一個動作是甚麼。他們不再觸碰對方的身體，亦沒有繼續剛才的接吻，兩個人並排的癱臥在鋪地的床褥上，用呼呼的鼻息作為愛撫和依偎。他侃侃而談，述說着聽後便會忘記的故事來表達他的溫柔，她聆聽着一陣子就忘得乾乾淨淨的細節，偶然也絮絮地輕聲插上嘴。跌在地上的空畫框悠悠地升回牆上去，歪斜斜的半懸在一枚釘子上。他們互相為對方脱去身上的衣服，伸手輕輕的擁抱着，她玲瓏的下顎吊在他頸項上，他用鬍子摩挲她緊緻的脖子。四壁的畫框逐漸剝落成一條條粗樸的樹枝，釘子從牆上霍的射出，正巧跌回放着釘子的鐵盒內。他揎起袖子，探手到抽屜中摸出一張大床單，兩個人説説笑笑，合力把床單吊在空中，大床單的中央有一個碗口大的窿，兩夫婦隔着床單，透過窟窿來偷看對方。她解鬆了襯衣，貼着床單露出肩膊，讓在另一邊的他只能看見一小部分的她。床單那邊傳來他的哨聲和嘬嘬的怪叫，她逐步裸露着身體的每一個小部分：頸項、手臂、乳房、耳朵、肚臍、臀部。當她雪白的臀部還在窟窿前不停地擺動時，他立即嘟起兩片嘴唇，使勁的就朝那個部位吻下去。粗樸的樹枝悄悄地長出鮮花，鐵盒裡的釘子溶成一淌黃水。兩夫婦相信整體一致的愛情，也講究片段零碎的思戀，他們認為拼湊終究可以達到完整，個別的紛雜混亂其實是構成完美的重要部分，也因為這些孤立的部分，令他們更能體諒雙方的欠缺，更珍惜對方不完美的存在。她突然從濃煙密佈的廚房走出來，伸手勾住他的脖子，笑着問要不要把她拆解。

■黑色是沒法看見的平面，是沒有拿到燈下細看的底片，也是兩夫婦照片冊的扉頁。你看過他們的照片冊嗎？那位寫詩的朋友就喜歡這樣介紹，好像在暗示照片冊便是他們的象徵，無數幀錯綜排列的相片，變幻的取景角度和技術、中西雜沓的藝術攝影，就記錄了他們敏感的性格、曲折的情感和模糊的歷史。散失不全的照片依稀是一個曾經完整現已殘缺的系統，敘述着斷續而無法發展的故事，零星的添加增補更把原來的直線壓成沒有方向的無盡迴道。

■那個時候因為天色陰慘慘的，也不易分別究竟是白晝還是傍晚，當兩夫婦正忙着用兩條電線擦亮客廳中的篝火，照片冊裡一幀幀的生活硬照就是那樣活轉過來的。先是一條黑白相片般顏色的瘦小臂膀一下把厚厚的扉頁推開，然後從照片冊內探出一個光禿的小頭顱，靈秀的眼睛眨巴着，舊時代色彩單一的臉孔給四周不斷變色的牆迷惑得目瞪口呆，他伸出手臂，憑着照片冊的兩邊顫顫的爬出來，站定了腳，舒展舒展了久經固定的四肢，便開始繞着牆壁遊走起來。兩夫婦在不停晃動的光線下認出了這個小男孩，不免吃一驚，當四道目光不期然地交接的時候，照片冊內陸續地爬出一個一個往日生活相片裡的人物，繫着小辮子的她，踢着一條闊大短褲的他，結紅蝴蝶的她，蠟了油亮亮一層髮乳的他，每個的樣子都很相像，只是差隔着一點年歲，在房子裡四處追逐吵嚷，睜眼望着周遭富色彩的事物。兩夫婦沉默地聽着自己的聲音，為那種尖細的嗓子發笑，開始褪色的初期七彩照片年代，也急切的爬出來了。憤怒的長髮垂肩，突出顴骨的臉上是一腮鼓蓬蓬的鬍子、闊腳袴拖動着照片冊，噗的從桌子上跌下來，隨後爬出的在噯喲噯喲地呼痛。屬於那個年紀的人物起初都木着臉，睥睨這個陌生空間裡的一切，在傢俬雜物的罅隙間踱來踱去，僵僵地交換談話，有意無意之中踢爆了幾個裝在地板上的電燈泡，把煙蒂隨手扔掉，不那麼規矩地互相用手臂兜着身體，重重地吻對方的嘴。兩夫婦在一旁看得出神，半晌他才俯下頭來吻她，這時候已經點上了篝火，房子內影影綽綽的，色彩鮮艷的近期硬照人物亦魚貫出場。她的長髮鉸得短短，唇上也偶然塗着油潤猩紅的唇膏，稀朗朗的漆黑眉毛顯然是經過修飾，她那皮膚的白，在加工的相紙底下，再不是那樣空洞潔淨，而是一種沉實的，不透明的白。三十年來略具代表性的人們都到齊了，高高矮矮的映像相互重疊，虛幻卻又着實地穿過對方的身體，不同層次的顏色開始爭論着顏色的問題起來。頑皮的小孩子們，不知是因為好奇還是害怕，急不及待的把原來不斷變色的牆壁，漆上厚厚的一塊黑。褪色的年青人物逐漸對室內密密層層的耀眼物件發生興趣，烏藍的半透明空酒樽、鵝黃的電話，拖着大紅流蘇的手織掛氈，淡藍玻璃背後琥珀色的熱帶魚，透明膠袋內裝着的粉紅色蝦片，窗外無邊黑暗中透出既冷冽又燦爛的亮燈。他們在物件與映像之間重拾對顏色的信仰，也因為自己的黯然失色，不惜追求誇張強烈的主觀色彩。然而顏色曾被渲染的近期相片人物，卻不斷地在説服年少的他們不要再去相信任何顏色。生活是平淡而缺乏色彩的，他們對那過分誇張的光與影存着戒心。孩子們弄得髒髒的，已經漸漸把滿屋亂糟糟地髹上黑色。兩夫婦低着頭，坐在暗處，對擾耳惑目的聲音和顏色，只是不言語。

■黑色就是現實與虛構的混淆。你閱讀着實在的故事、具體而可以觸摸得到的白紙和文字，雙手偶然翻弄書頁，你聽到窸窣的清脆聲音。故事以外你側頭看見對面的窗戶搭了竹竿，晾着五顏六色水滴滴的衣服，客廳裡的電視機播着畫面經常跳動的黑白粵語片，隔壁的擴音機裡唱着譚詠麟，樓下的汽車軋軋的像等待着誰人，還有不知從哪個方向傳來的各種聲響……這都是你生活的城市，紛紜、誇張、有趣、陌生。你已給現實與虛幻的混亂界線弄得模糊不清，不知道在閱讀過程中甚麼時候是現實的，甚麼時候是在幻想。你依然追看下去，因為渴望找到一個有它的名字、在時間和空間上都有明確位置的城市，像那些已經從地球上消失的古老城邦一樣，你希望能夠擁有一座可以作為楷模來建造的理想城市。

■他為電影院繪畫巨型的廣告畫，她幫忙着用噴漆噴背景，計算把一幅海報放大數十倍的比例呎吋。她噴漆的技術並不熟練，常常把藍藍綠綠的油彩濺到牆壁上去。每次他接到工作的時候，兩夫婦便忙着掀起床單，取出毛巾，把一件件的傢具器皿包紮起來，給裹紮了的物品蜿蜒地排成一隊，像一截迤邐地上的白蠶身軀。一條條水管如穿了闊大衣袖的骨瘦臂膀，從屋裡的這一邊摸索到屋的那一邊。原來的海報給放大後拆成了十二個兩米長的正方格，她先逐一為每個方格噴上奶油般的底色，漆油淋漓地灑到被包紮的物件上去，衣櫃、水族箱、爬山靴、石油氣罐、模型轟炸機、比堅尼泳衣，潛水面罩、避孕套、球網、手指餅、十米長的平衡桿、玩具鬍鬚和鼻子、十二隻裝的雞蛋盒、笛狀杯、踢躂舞鞋、船形醬汁碟器、從來沒有用過的痰盂、行李手推車、三十元面值的地鐵車票、自動電梯的兩截梯級、壓舌刀、膠造的肘骨和膝蓋骨、睫毛刷、單車腳踏板、即沖咖啡罐、圓規、浴缸水塞、卡薩布蘭加草帽、耳挖子、一斤馬鈴薯、理髮店標誌燈、用來煮湯的雞骨、日規、鳥籠、奶油壓榨器、鍋鏟、摺傘、油門踏板、髮刷、「不准駛入」路標、划槳、蜂窩、飛機坐椅上的安全帶、防毒面具、鸚鵡螺、麵棒、馬鐙、胡桃鉗上面包着的一層布都給澆得乳白。他拿起油掃，開始在一個正方格上畫着一排參差的牙齒。兩夫婦工作的時候，不容易聽到他們說一句話，他們的臉上既看不出高興，也看不出憂愁，就只是那樣平平淡淡的，平淡得近於木然。他細密地移動手腕，勾出了兩道呎長的眉毛，一邊濃，一邊薄。多年來他們的感情依然強烈，太強烈了便容易灼傷對方。先是激怒，繼而吵嘴，但吵得不長，兩三句就止住了，然後是漫長的沉默。他們同時在想辦法安慰對方，卻拙於言辭，彷彿想得深想得久了就更難說話，這個時候無論走到甚麼地方，兩夫婦差不多是寸步不離的，有一回，一個坐在馬桶板上看報，另一個便站在旁邊，放大了水龍頭，洗梳。她搬着一塊兩米長的畫板在一件件給包裹了的物件間經過。他們到現在仍然不懂得怎樣相處，偶然其中一個弄了一頓飯或幹點零星的家務，這並不代表她下次會繼續做下去，也不表示另一個會接手幹這些工作，每件需要立刻完成的事情來臨，兩夫婦都必定反覆商議，才決定由誰去處理，他們根本不知道怎樣扮演自己的角色，也完全不曉得丈夫妻子這些名稱背後的重重意義。他挾着一塊畫上眼睛和鼻子的畫板走過。日常的事務他們總是以嚴肅的態度對待，倒像在進行着神聖的儀式。他要在冷天洗澡，她便忙忙碌碌的燒着鍋爐、開着熱水龍頭，在水氣蒸騰的浴室裡調較一缸的泡泡沫子，拿出乾的毛巾和浴袍，他則立在門首叉腰看着。當她應允烹調晚膳的時候，他又效率地為她準備好一切器具和配料，她入廚變成了賣弄幾下莊嚴的姿勢。然而在全神貫注在工作上後，他們會為任何幫忙而大發脾氣，拒絕任何善意的援手，頑固極了，簡直碰他們不得。他托起畫着半條臂膀的彩板，她拖着一幅有巨型嘴唇的畫板，移到房子的另一端。兩夫婦對屋內構成他們感情生活一部分的每一件零碎雜物，也極之珍惜，不小心的破壞和碎裂，他們便不期然地露出自己的身體像被割傷的表情。對訪客的記憶，通常都牽涉到那些人是怎樣把他們屋裡的物件毀壞：石匠怎樣蹺起了腿，將鞋印留在牆上；樂手怎樣百無聊賴，撕下了貼在茶杯上的價錢標籤；寫詩的朋友怎樣借書不還。

他們對房子以外的同樣事物卻漠不關心，朋友賠償一隻給打碎了的同一模樣的湯匙，他們既不感興趣，且用懷疑的眼光把它束之高閣。他們分別舉起了蘸滿了黑漆的畫筆，在一個高大的鼻子下，點上兩個鼻窿。

■黑色是你打呵欠時，身體向後仰而露出的鼻孔，是你閱讀時的間歇和跳躍，也是每一次敘述中的既充實又空虛的節奏。當你為一個與你無關的故事而醒着，你和故事仍然可以在同一個世界裡，不發一點聲音，作種種荒唐的奇想，但當你睡着，你和故事裡的每個人都在他獨自的天地裡，他們不斷變色的四壁，對你來說也只是一堵渾沌的漆黑，除了几上有節奏有停頓的時鐘啲嗒啲嗒，就是呼吸和翻紙的聲音，也聽不到。

■大廈裡眾多個單位的住戶，因為被迫遷而差不多全都把他們的房子扔到窗外。兩夫婦不曉得怎樣辦，該搬到哪兒去，北上還是南渡？向左還是向右？上山還是下鄉？進城還是搬到農村？但他們堅決不把屋裡的傢具砸得粉碎。為了在搬遷的時候不讓任何一樣物件走失，兩夫婦團團轉地把所有不相干的事物，都用一條時粗時幼的繩子串連起來，洗衣機以至撲克牌，跳高撐竿以至假牙，長長的拖在地板上，瞬間又纏在窗前、垂到樓下，一直伸延到三條街以外的倔頭巷去，井井有條地亂七八糟，稍一牽動，叮噹咿嘩哼唧啦啦哈哈喔鈴嗡隆乒乓噼啾咯搭嘎嗟格呷喇叭嗟邦邦咕嘰吼荷咚咚吱汪劈啪撲呃呃的不停發響。兩夫婦在房子裡延捱了幾天，眼見其他住客已把房子扔掉，跑到街上搭起帳幕，或在十字路口一下高一下低地掘着地洞，開始重建他們的住所，然而要兩夫婦放棄這間結構傳統、沒門沒窗不見牆壁的房子，總是有點說不過去。搬遷的日子一天一天逼近，他們臉上雖然帶着笑容，神色卻很不安定。這回算是他們與房子第一次嘗到別離的滋味了，他伏在繪了一雙乳房的彩色畫板上，她伏在畫板的另一頭，看着他臉上悵惘的神色，兩人都感到一種淒涼的況味。突然他大叫一聲，撲在她身上，使勁的親了她一下。看到他這樣彷佛很詫異，但面頰上又熱烘烘起來，她心裡倒又很高興，也不知為甚麼。業主答應了兩夫婦的要求，讓他們繼續住在房子裡。他們引用了地心吸力的法則，強調了他們和房子待在地面上的權利，並要求業主提供了兩個充滿氦氣的大氣球，將房子、一切串起來不斷發出聲響的傢具和他們夫婦兩人，都裝在上面，而兩個巨型氣球都用一根繩子拴住。這樣他們就安安定定地住了下來，雖然兩人都染上輕微的暈眩症，但彷佛感到一種單純的滿足，唇上也泛起一絲微笑。兩夫婦決定在這裡生根，只是有時因為風向和氣流的問題，影響了他們吃飯和做愛的姿勢。

■黑色是上廁的時候，是你的另一半突然從後面掩蓋着你的眼睛，在耳邊柔聲地要你早點睡覺的時間。在床第和故事之間，你必須選擇一個空間，從幻覺到現實，從封閉到開闊，有時候是直線，有時候卻同時並存。你或者已經開始了另一個故事。又或者在閱讀的時間亦發生着同樣的故事，然而兩夫婦的敘述將會世世代代地持續下去，像那些宏偉磅礴的家族史詩般，只要他們停止服食避孕藥丸。

一九八五年十一月

（分體小說的一個組合）

驅魔

——香港的故事之九

施叔青

跨入客廳，第一句話就問顧延是不是要搬家，或者已經搬了一半。他的家可謂家徒四壁，連窗簾都沒有安。兩張博物館的展覽海報，傍着尼泊爾的兇神面具堆在牆的一角。

兩年前，他結束了第二次婚姻，搬進這公寓，不知道多少戶人家用過的公家傢具，堆得滿坑滿谷，散發着一股倉庫的霉味，顧延第二天就叫人事處整批運走，只留下一張沙發，他總不能坐在地板上。

這張沙發打斜，面對陽台，由於夏天西曬，原本深綠的顏色，褪成奄奄一息的鹹菜色。大晴的時候，下班回來，顧延坐在褪色的沙發，一杯在手，趕上日落。他的公寓是坐落在半山腰的盡處，對着一大片海，來訪的客人，從客廳的擺設找不到話題，只好站在陽台上，連聲讚歎一覽無遺的海景。

那天晚上臨走，我發現一隻黑釉的紹興酒罈，蓋了一塊圓形砧板，用來當茶几，顧延隨口答應哪天帶我到赤柱找空酒罈。

我們就這樣相熟起來。

「……三十歲的生日，是個大熱天，我躺在床上流汗，心裡想，就是這樣，等着一天天肥胖下去、老去，變成一個乏味的女人……」

我懷疑的自問：

「我已經是個乏味的中年女人了，不是嗎？」

我歇斯底里的笑着，手上的香煙差點燃燒披垂下來的一綹頭髮，煙灰掉了一裙子，也不去拂拭。

我們坐在「騎師」酒吧喝酒，我的聲音因為思緒混亂、加上初識他的興奮而提高了半音階，我喃喃訴說我的半生。

顧延靜靜地聽着，他是個很好的聽眾。我其實是在說給自己聽。酒吧裡這個又陌生又認識的男人是我的回音板，我聽見自己在說，我是如何病態地眷戀已逝的青春，怨懟少女時代細緻鬼氣的感覺已離我遠去。

最近我的心靈粗糙乾涸，像海浪退去的岩岸上暴曬的一條魚，陽光灑下，燒炙得發疼。

離家以前，每當難耐烈日下的陰影，因煩悶厭倦而無以自遣，我就趴扶在書桌上喃喃自語。我試着寫詩，也寫小說，描繪鬼氣夢魘的故鄉風情，開始在同人雜誌上發表作品。

以後生活過程中發生了種種變化，我走在永遠日蝕一般的異地，過去連根切斷，我拋棄了故鄉，「出賣」自己，為的是去適應一種種的生活方式。

當故鄉的街道在夢中飄浮了起來，我知道這一輩子再也回不去了，我失去依憑，只有在此地浮沉。

在香港要見人，就只有去餐廳。香港的女人集中在一個餐廳裡，危機四伏。

半個世紀前艷光四射的女歌星，還是得依照她過慣了的方式活下去，她斜睇着眼線劃入鬢腳裡的眼，噴出一口口煙，織成一層網，把自己罩在裡面。

她不時用鞋尖輕輕踢着年輕男人的椅子，他們無話可談，也不用說話。她拿出錢包付賬，年輕的男人表情坦然到無恥。

離開時，他為她拎購物袋，跟在她身後走出。

「來來來，趁熱吃，鰣魚冷了不好，」小商人夾了塊魚肚擺到對方盤子裡。「用我的筷子，不怕吧？

嘻嘻。」

他戴了一條粗俗不堪的領帶。

他的客人突然臉色一整，收起半個晚上的迷媚嬉笑，兩隻手擱在桌子上，正襟危坐了起來。小商人巡着她的目光看去，臨桌不知甚麼時候起坐滿了人，老少都有。上坐的長者不苟言笑，身旁的小老太太，一身銀灰薄紗旗袍。小商人覺得有點眼熟，半晌才若有所悟地哦了一聲。此地的名流，上海幫的紗廠鉅子，謠傳他靠岳父起家。

一頓飯下來，女人裝模作樣，心不在焉，頻頻向那紗廠老闆送秋波。小商人肚子裡暗自好笑，這女人也太不自量了。他匆匆付完賬，她醒了過來似的，又趕緊換回先前的媚笑，挾緊小商人的胳臂，搖擺走了出去。

有個女人遮遮掩掩地讓人拍了半裸藝術照，立意要把她將殘的身體展現在世人面前，撈取最後的風光。不幸她只平白出賣色相，連個名字都撈不上，她為此憤憤不平，向她姿色平庸的女友哭訴。女友對這等新聞，聽傻了眼，筷子停在半空中。

聽說在台北，大部頭的精裝書，不管內容如何，只要裝幀漂亮昂貴，就不怕沒有銷路。新北區的豪華公寓，精裝書與陳年洋酒並列，擺在客廳最顯眼的位置，主人因沾到墨水邊緣而沾沾自喜。

香港的商人，更為赤裸誠實，索性連這點充門面的偽裝都不覺得必要。

我曾經去過一個家，坐落在最高級的住宅區，白衫黑褲的老式女傭一臉悒悒地開了門。果真屋內陳設豪奢，傢具精美講究，一看就是歐洲名廠訂做的，整個配搭還算沒有暴發戶的粗俗。女主人的曾祖父當過滿清最後一任外放英國的公使。

經常開宴會的寬敞客廳，糊着攀枝花卉的牆紙，空蕩蕩的，連一幅畫都不掛。我的眼睛找不到可供逗留品賞的焦點，只好打量我們的女主人。二月的雨夜，她穿了一條白絲長褲（有很長一陣子，女人認為穿長褲可以顯得年輕，有一個祖母級的女人，就終年一條名牌牛仔褲）女主人夜裡家中會客，抬着塗抹得像面具的一張臉，啟動兩片紅唇，不露齒地和同去的人輕聲細語。

她腳下一雙三寸高的玻璃拖鞋，使我想起一位女作家的評語，她對大陸友誼商店櫥窗裡，綴飾珠片紅絨半跟拖鞋，一口咬定為姨太太穿的。

「歡場女人下了床一套，跟着拖鞋出來會客，方便！」她說。

參觀浴室也成了那晚的節目之一，女主人引以為豪地把我讓進去。浴室還是以金色為主調，鍍金的水龍頭、掛毛巾的金掛鉤、冷冷的鏡子鑲着金框。於是我發現了女主人設計的抽水馬桶座，一圈蝴蝶，被壓死在馬蹄形的座上，淒艷美絕，我看不下去了。

出了浴室，穿過她的臥房，閃亮的銅架床、嚴嚴關閉着的壁櫥。這是一個沒有書的家，連一本臨睡前的床頭書都沒有。

後來她和我們一起出門，帶我們去見識她也有股份的夜總會，同去的有一位是週刊的記者。女主人喚來一臉悒悒的女傭，立在壁櫥前，由女傭幫她挑選外套，最後為她披上一襲白色的狐皮，整個晚上，這是和她舊家庭出身唯一吻合的動作。

我在這樣的地方尋找愛情。

在我三十二歲以前，我找同類的男人，愛着不可能的愛。

讀大學時，我在城南的小巷，分租了一個小房間，窗口對住一顆細瘦的石榴樹，我搬進去時，樹上已經結了兩個紅了半邊的石榴，有月光的晚上，垂掛的枝影，映在窗上，是幅幽靜的國畫。

屋前的小院子，鋪滿一粒粒小石子，人踩在上頭，稀索出聲。一起瘋的朋友當中，有一個學藝術的，如果來了，找不到我，他會挑一顆最大的石頭，刻下記號。

我的窗口偶而會發現他從郊外採回來的白色小野花、從書店偷來的《契可夫小說選》。那回七星山首次下雪，大家奔走相告，我們在山腰迎面相逢。雪點像白鹽似地灑在我們髮上，他很誇張地圍了一條母親為他織的棗紅圍巾，把我一起裹住，像天涯相逢的兩個人，緊緊擁抱。

我們抱了一瓶酒，坐在故宮博物館的城牆，想像是坐在千里之外的萬里長城，星空下，滿嘴黃沙，似有二胡的嗚咽從遠處傳來。

他敏感、近乎神經質，永遠不快樂，他帶我半夜潛入植物園看荷花。盛夏的夜，皮膚像包了一層錫紙般難受，池塘的睡荷正舒手探足，開得欣然。他在一旁形容秋風一緊，荷葉枯萎後的襤褸，我捶打他，罵他大煞風景。

我們去到鬧市中的噴水池，夜深得連水都噤聲了。他繞着水池邊緣，走了一圈，擺出跳水的姿勢。我笑他虛張聲勢，沒想到他真的躍入水池，只賸一雙鞋被我握在手裡，他在及腰的水中立了一回，一語不發地走回家，一身濕。

應該發生的事發生了，對象卻不是我，是一個圓臉傻笑的女孩。兩個人有了肌膚之親後，神色很是不同，又是一夥人在下霜的寒夜小巷，沒有目的地走着，人家院子裡的淒楚的狗叫聲，使我做出現在已不記得的動作，一定是極為不堪，他對我直皺眉。

從少女時代開始，我就留了一頭長髮，走在路上，任風飄揚。從故鄉木橋騎着腳踏車衝下斜坡，長髮海浪一樣的翻飄，我有飛馳的快樂。

這半年來，我的心情惡劣得可以，每天扛着重得幾乎要把人沉到地下去的頭，走來走去。終於走進威靈頓街一家叫「蕊」的髮型屋。頭頸、手腕戴着金鏈子的剪髮師，用跳舞一樣的步伐來到我身後。由於不能面對鏡子裡的自己，我把臉埋在只有在美容院才會翻閱的幾本婦女雜誌，聽到自己的聲音在向這蘭花一般的男人挑戰：

「我想改變一下，你看哪個髮型適合？」

開始有頭髮從我的肩膀滑落。再抬起頭來，鏡子裡換了一個人，我所不認識的。

以後我逢人便訴苦，都是髮型師的錯誤，我扶着像剛摘下的鳳梨的頭，歇斯底里的笑着。

然後我站在從大二以後一直沒再見面的朋友面前，那天我穿了一件白色的印度棉布洋裝，腰身束得緊緊的。他瞟了我一眼遮掩不住的鬆弛的肩膀，轉過頭去。

「妳是誰？我不認識妳……」

便再也不肯多看我一眼。

我需要一個肩膀，任我依靠。

一旦他人走開了，我的中心也立刻被抽走了，我癱軟在那裡，必須重又找尋我的位置。

去看畫展、聽音樂，總以為顧延就坐在身邊，轉過頭去和他說話，才發現他並不在。

顧延無所不在，他充塞我全部的思維，每次電話鈴響，總以為是他打來的。我心甘情願任由他支配我的心神和時間。半天沒聯繫，心虛懸着，知道要見他，就可以安心的等，每一分鐘都覺得充實。

我把這感覺告訴顧延，他先是一語不發，脫下沒打領帶的西裝上衣，似乎一下子熱了起來。他穿着一件紅藍條紋相間、皺得一塌糊塗的襯衫。他垂下肩膀，倚着「騎師」酒吧的柱子，開始向我坦白，一邊在口袋裡掏東西。

顧延要把他破產的心靈掏出來，擺在桌上，無賴地咧咧嘴，要我對他沒有幻想。

川劇的老藝員身懷變臉的絕技，一轉身，瞬間之內，可以換上一張完全兩樣的臉。

男人欺騙女人，讓女人死心塌地的愛戀着他，也許不可饒恕。男人有意無意地把女人引誘到一個地步，然後向她毫無保留的坦白，以為她經受得起，掀開自己最不堪的內裡，一副不願負責任的表態，更是一種殘忍。

我已經不可自拔。我的痊癒，必須經過另一個人來完成，這是像我這類不獨立的女人的悲哀。多時以來。顧延忍受我的喋喋不休。我身子向前傾着，目光炯炯，迫使他面對我內裡的慌亂，無所依憑。

茫茫眾生，我選擇了他，向他投奔，找尋庇護。他是一座橋，緣着他，我可以復甦，重新活過來。

傳聞中，顧延身旁圍繞着一群女人，從過氣名人的孫女、女學生、到不快樂的已婚婦人。然而，我應該不同於那一般只向他索取情愛的女人，我有一個更深沉的理由；印度神話裡，力大無比的巨人握着鐵槳攪翻大海，為的是尋回跌落海底的寶石。

我是企圖找回我的創造力。

有一天，顧延說，他希望飄浮在海上，自我放逐，不知所終。他家中小小的書房，牆角一隻塵封的皮箱，他說裡面裝的全是有關船的設計參考書。搬來了幾年，箱子始終沒打開過，不知哪裡弄來一張未上漆的設計桌，桌面粗糙，顯出極少使用的痕跡，攤開一張蒙上灰塵的藍圖，鉛筆描繪的線條，日子久了，漸漸模糊難以辨識，顧延幾乎從來不進他的書房。

他的辦公室長長的，像一條走廊，面對一個圓形的荷花池，春夏交替，池裡開着一種淡綠色的荷花。他的門永遠開着，路過的同事隨便進來抽一根煙、談一會天氣，辦公室永遠浮散一股煙草味，天花板上的吊扇徒然地轉動着。

在這兒，他們敞着門，相互傳遞聽來的政治小道消息，津津有味地揭發同事間的隱私；人事組一位半老的外國女人，和兩個男人住在同一屋頂下，年紀大的是她的丈夫，年紀輕的是她的情人，三個人相安無事。樓上某個行政官的妻子，最近到業餘劇團負責劇務一職，其實是趁機找男人鬼混。

外籍古董商在山頂家中的浴室，全身纏繞電線，離奇死亡，傳聞他的死和某個素有同性戀癖好的官員有關。顧延不久前還看到他，牽着一條老到皮肉鬆垮的狼狗在散步，牠生產過多的肚皮幾乎垂在地上，鼻子乏力地在雞冠花叢中吸嗅。

顧延的放縱更為徹底，下班後，他拖着因放任而一無所懼的身體，光顧灣仔的酒吧，有時喝到天亮才醉醺醺地摸回家，把頭往水裡浸上一浸，提起公事包照樣去上班。他的一心想模仿殖民地英國官員派頭，留了一把山羊鬍鬚、咬着煙斗的頭頂上司，對他也無可奈何。

經過兩次失敗的婚姻，顧延不再相信愛情。他抬着一張醺酒過度而浮腫的疲倦的臉，俯向來和他過夜的女人。他同時和幾個女人輪流來往，為了安排不同的時間和不同的女人上床，顧延大費腦筋。

每當聽到愛情這字眼，顧延伸出舌頭，嘲弄地扮着鬼臉。

他的床旁立着一面沒有鑲框的鏡子，垂掛一個紅絲布縫綴的血盆大口，伸出一條腥紅的長舌。六〇年代美國普普藝術的產物。他惡戲地擺弄那條長舌，自我嘲笑一番，最後還是趴向床上為激情所扭曲的肢體，重複前一個晚上的動作，從一個身體流浪到另一個身體。

從前的西藏有一種風俗，農奴見了貴族，要低頭、扯耳朵、吐舌頭來表示自身的卑賤。

我掩書歎息。

秀菱又在承受生之熬苦。我們倚着窗，坐在四十八樓的餐廳，外邊是沒有人敢說會看厭了的海景。她曾經送我一本「The Passages」間接促動了我辭去安全但浪費生命的工作。

我到舊金山去散心，坐在一家牛排餐廳喝加州白酒。女人單獨在餐廳進食，而不被投以怪異的眼光的，全美國就只有舊金山這城市。

金髮的侍者和我攀談了起來，他說他很快要成為小說家，一等到打工存夠了錢，就關起門來寫書，我聽了，傾斜的身子坐直了，遇見了同類的驚喜。

問他寫哪一類的書，他說他構思了一個很精彩的科幻小說情節，肯定將列入暢銷書之林。他的自信多半來自年輕。

回到香港，我一再自問，我的生活圈子狹窄，像一隻繭中的蛹，我也許能寫些疲倦的、不快樂的中年女人。不過，像法國的新小說女作家莒哈絲，寫了一輩子的愛的煩倦、亨利．詹姆斯重複描繪他熟悉的上流社會……

秀菱絕不是那種一手夾着香煙、一手端着酒杯，倚在柱子旁，與一屋子的人大談文學藝術的那種類型的女人。

她其實只是一個缺乏安全感、典型的中產階級婦女。她說他的兒子令她失望，她「投資」在這孩子身上的，都落空了。

「投資」二字聽來大為刺耳。為了擺脫母親過分殷切的期盼，兒子跑到偏遠的澳洲農場，穿上過膝長靴養豬餵雞。來信說，他的日子單純平靜。

在香港的母親，乞求無效，活在可怕的空虛中。她自覺一無所有。

「看人家活得興高采烈……」

「也許再回學校唸書，多拿個學位？」

「我的處境很尷尬，不是年輕得可以從頭來起，又沒有老到願意放棄一切……」

秀菱說。

「如果像妳，又好了，妳可以寫，我只會一樣：說話。」

我以寫作試着驅逐心中的魔障，而她，真的一無憑靠。她是那種一天當中，除了睡覺，無時不刻活在自覺中的那一類受苦的人。

我曾經瘋狂地愛上一個年紀比我大很多的離婚男人，沙。

他養了一條名種的德國狼狗，長長的腿，很神氣，他與狗一起翻滾、縱躍，帶牠踩着晨露消失在林叢、雲層裡。

週旋權貴，是他的工作之一，每晚奔赴開不完的宴會。

有次他告訴我，不知道是真心還是藉口，他說如果我們生活在一起，必須去和李將軍、王特使這一班人應酬交際，對我是多麼不公平！

我那時還很年輕，對成人社會充滿了好奇，女人的虛榮心，使我一心想爬上去，擠入他置身的場合開眼界。

沙住在一棟大得令人艷羨的房子，公家的，屋前凸出玻璃圍着的陽台。就在這陽台，沙捧着我的臉，伸出舌尖，輕點我顫抖的唇的四周，弄濕了，再吮吸。

那天晚上，我穿了一身黑，悼念自己即將逝去的貞潔。

「我拎了兩隻皮箱，就住進來了，」他說：「一切都是現成的，連廚房的碗盤、刀叉。」

當客人稱讚他屋子的擺設，沙就擺出一切都不屬於他的漠然。

他咬着煙斗，在壁爐熊熊的客廳晃來晃去，了無牽掛。

他厭棄人群，又害怕孤單，找出種種名目，呼朋引友嬉鬧一晚，換來的是以後幾天低落的情緒。為了除夕夜的氣氛，沙在花園走道點起兩排紙燈籠，把不慎折斷的鮮花，放在日本陶碗裡，讓它在水面上飄浮，一朵朵，無根的，一如無常的人生。

沙有一身垂垂老去的、柔軟的肌肉，手摸上去，感覺到一道道皺紋之間埋着的淺溝。

最近我扶着一位年紀很大的老婦人過街，她已經老到肌肉與皮囊分離的地步，我以為抓住她的臂膀，其實抓的是她的鬆鬆的皮。

當年，我一點也沒為沙的垂老而心驚，我敞開胸脯，讓他吮吸我鮮色的血，試着令他再生。

我很浪漫地把沙的衰頹與黃昏、詩、與故鄉聯想在一起，一種萎暗的、下墜、鬆弛的美。

盛極一時的故鄉，我來不及目睹它的榮光，而是在一片廢墟中長大。每當我不知如何自處的時候，我就去坐在郊外廢棄的磚窯，秋日的天空很高，葦花怒放，一片白。

陽光下磚窯的陰影，拖得很長，我吃驚的發現。

沙，我的情人，一如故鄉，在沒落中逡巡，遲緩地掙扎。黑夜襲來之前，最後的一抹晚霞，異乎尋常的嬌艷。

「如果我年輕二十歲，我們可以從頭來起。」

沙說。我卻以為擁有他最好的幾年。

電影「大西洋城」，廢棄多時的鐵銹色碼頭，鏡頭一搖，舊傢具堆得擁擠不堪的房間，纍贅的花邊、五顏六色的羽毛、乾瘠的果子，床上輾轉的過氣臃腫的女人，把絲質的床單弄出一團團皺紋。

一個過去的文明集中在那張床上，那個沒有窗的房間。真正面對頹敗衰微，聞到那股腐爛的倦怠、生活的煩悶，還是在十幾年以後。

那個時候，我是繃得滿滿的弓，鼓着風的帆，我就緒待發。我是下游的磐石，可供他憩息。沙卻只願隨波逐流，一切無非是這樣，我扯住他的衣領，要求他面對他不願面對的自己，他一心一意想要逃走，他太疲倦了。

我不懂，何以沙必須花這麼大的力氣，才能拂拭擋在他的面前的陰影，我天真的以為，愛的力量可以使人恢復生命的困頓與秩序。沙被我誘惑，我自願奉獻，他卻拚命要逃出我的拯救，活在一種擱延之中，他沒有心力前往，又不能回頭面對那千瘡百孔的過去。

現在回想起來，只有我一個人在戀愛，自始至終，沙都沒有參與。

我立在陰暗的陽台抽煙，那個一廂情願地戀愛中的我，使我惆悵。我為他找出千百個不能接受我的理由。那個冬天的深夜，我們別離，街燈把一株樹的枯枝，映照得更為光裸寒冷，沙重複他的無能於愛。淚水滑到我冷涼的頰，像塗了一道油漆，我一無表情，只覺得從腳底冷了起來。

步入中年之後，時間在我臉上銘記的痕跡愈來愈明顯，我抖動着開始變形的下巴，回想那一段歲月，實在是人間最大的奢侈。

外出旅行，我選擇人跡罕至、文明曾經燦爛過的古國，穿着涼快的夏衫，造訪陽光普照的冬季。緬甸的蒲甘，雨季來臨前的平靜，我是個心中無佛的朝聖者，匍匐前進，佛塔在左、在右，在前在後。從中世紀的神廟壁畫走出，瘦瘦的馬車在荒郊的村路上迂迴彳亍，一寸寸步入暮色，迎着晚霞染紅了的天邊，不是愴然淚下的情懷，而是一切靜止之前的怡然。

落日斜墜着，在轉為墨黑的佛塔，襯起一片暗紅的輝煌，許久以來，我有了寫詩的想望。

佛教信徒在幽黑的石窟採光，頂上彎曲的拱樑，等於是釋迦佛祖的兩排肋骨，我久久凝望，想到沙、我的愛人微駝的胸背，躺下來時，中間呈現凹處，肋骨清晰可見。

穿行於阿旃陀、艾羅拉石窟，只有在印度，才容許佛教、耆那教、印度教的神廟並列，宗教藝術史家論斷，耆那教之所以衰微，與它創教的哲學太過入世有關，神廟的建築雕刻，反映出耆那教太過瑣碎、嚴整、缺乏想像力，預言勢必被取代的命運。

反之，印度教天馬行空的幻想，煽起精力無窮的信徒對未知世界的追求，花了百年工夫，把一整座龐大的石山挖空，雕成渾然天成的神廟，除非有宗教的狂熱在支撐，否則非人力所能及。

印度教的氣勢，至今不衰。

除了洞窟內的雕像，戶外的雕刻，大都是淺淺的浮雕，印度終年烈日，深刻的雕像，投下長長的陰影，不符合信徒的美學。

今年我把自己放逐在無際的戈壁灘，奮力綻出沙漠的野草，使我獲得了人生的徒勞。盛唐絲路的駱駝隊，只是歷史的記載。我踩在交河、高昌故城，震驚於人類之文明可以消逝得如此不留痕跡，徹底絕滅到這種地步。

故鄉磚窰秋天的葦花、蒲甘的落日佛塔、印度人力雕琢整座山的神廟，仍是滋潤人心的遺址，沙漠烈日下的高昌、交城，赤裸到只剩龜裂的黃泥土丘。水源被敵人切斷之後，所有的生靈在沙漠乾涸等待死亡。

千年之後，還在乾涸下去。有一天，兀立的土丘也終將倒塌，夷為平地，到那個時候，烈日下的陰影也終將消失。

旅行回來，我又回去坐在辦公桌前，等着老去，無聲無嗅地死去。我捧住因中年而過分盛妝的臉，更多的歲月從我指縫間流淌過去，我一無所成，為等待而等待。

如果我下決心引退，把自己關到屋子裡，整天蓬頭垢面，對着白紙囈語連篇，我將如何來對付那種可怕的隔絕孤立感？

我在去留之間猶豫。我坐不住，站起來滿室疾走，煙一根根抽着，牙齒被熏成難看的黃、膚色暗淡、兩眼閃爍，找不到凝聚的焦點。

我要求顧延懂得，同情我的自我厭棄與自我撕扯，他咧咧嘴，說我找對了人，然後他雙手抱在胸前，閒閒地站在那兒，他已看準我跳不出他的手掌心。

說穿了，我也許只是在玩一種男女之間的遊戲，了解與同情也許只是一種掩護、藉口，最終的目的是在索求對方的身體。

我開始動搖了。對於一個放任的浪子，他是絕對可以勝任完美的。顧延有一雙專家的手，他毫不吝嗇地供給逸樂，這是唯一證明他存在的動作。

像泥濘的沼澤摔跤的兩個人，各出奇謀，終結之後，他像一尾魚迅速地滑開，變回兩個不相干的個體，被拋擲開來的我懷疑是不是真正的接觸過，因為我比先前更覺得空虛，孤單與寒冷。

顧延對他的女人一視同仁，包括我在內，他玩弄種種花妙技巧，卻是沒有心的，不知是他不願給、或者根本就沒有。

顧延不懂我何以如此需要溫馨柔情、需要安慰，是不是小時候我父母沒給過我足夠的關懷，我突然淚流滿面，那時我是坐在中環一家會所的餐廳，我控制不住眼淚，索性掩面哭泣起來。好長一段時間，我一直想哭、狠狠地痛哭一場，沒料在眾目睽睽之下，我終於哭了出來。

秀菱決定暫時離開香港，參加京都寺院的靜修，每日唸經、靜坐。細細的皺紋爬滿了她眼眶四周，她被自己追逐得太累了。

她邀我一起去，我搖頭。我只能留在此地，與自己對抗。

一九八五年十一月十一日於香港

（選自《夾縫之間》，香江出版公司，一九八六年一月初版）

人棋

劉錦城

這街燈下的棋檔頗有特色——檔主是位「獨臂俠」，一隻手，騁馳在三個棋盤上，教人想起三國時代呂布力敵劉、關、張的梟勇。

棋盤的楚河漢界，都用工整的小楷寫了絕妙的聯語。

左邊那盤寫的是：「觀棋不語未必君子，落手無回始是丈夫。」本來是尋常的棋壇對聯，加了「未必」這個否定詞，似乎鼓勵看熱鬧的棋迷公開討論戰局，又好像批評世間那些「明知不對，少說為佳」的明哲保身者。

中間一盤更妙：「人情似紙張張薄？世事如棋局局新！」這些家喻戶曉的勸世文，重新標點之後，清楚顯示檔主深信友誼與希望俱在人間。

右首那盤是舊句新組合：「過河卒子當車用，回頭已是百年身」，不知是檔主自己的感慨，還是對棋客的告誡？

「將軍！」獨臂的檔主清脆地喊着。右盤的對手乖乖地獻了一隻馬。

「再將軍！」對手又無條件奉上一隻車。

「又再將軍！」一連三招，檔主穩操勝券，卻還安慰無法招架的對手，「你再想想有沒有辦法救駕？」

右翼棋客還未正式投降，左路的對手已展開總攻擊：他連續叫了五聲「將軍」，差不多殲滅了檔主所有戰鬥力量，正在沾沾自喜的時候，冷不防被對方兩隻深入禁宮的過河卒子殺個措手不及。

兩個棋盤的戰事解決了，圍觀的目光都集合在中央那局，乍看起來，這棋局平靜而沉悶。那位棋客為求突破，把己方的一隻「車」放進檔主的「馬」口。

「如果獨臂俠吃了這隻車，就有殺身之禍！」一位上年紀的棋迷失聲叫道。

檔主卻不假思索，用馬把車吃掉。

對手立即反撲，獨臂俠陷入被動的劣勢。

一位鄉音未改的棋迷對獨臂檔主的表演非常不滿，批評道：「棄車入局呀！你以為是盲車？這樣差勁，就別學人家擺擂台了！」

棋迷們議論紛紛，檔主卻集中精神去應付對方的連珠殺着。當對手一口氣叫到第二十一次「將軍」的時候，檔主把己方「元帥」頭上的「士」升高，為埋伏在「元帥」旁邊的「砲」造了一個砲台，連消帶打地回敬了一個「反將軍」！

「嗬嗬，死局！」那鄉音未改的棋迷，倒戈相向，挖苦貪勝不知輸的棋客，「你走開，我來替你報仇！」

他意氣風發的蹲下，檔主出其不意地打了他一拳，說：「還以為誰在呱呱叫？原來是你！」

他莫名其妙，傻兮兮地瞟着檔主的獨臂。

站在檔主身旁的魁梧漢伸出手掌按在鄉音未改的棋迷的肩膀，吆喝道：「你這個傢伙，甚麼時候來香港的？身份證呢？」

「飆奇？是你！」他認出魁梧漢，驚喜交雜，忽然又有所醒悟，握着檔主的獨臂說，「這位棋王，莫非是阿榮？」

獨臂俠笑着對捧場的棋迷說：「對不起，他鄉遇故知，今晚提早收場。」

龐飆對那人說：「大澤，阿榮今晚的生意，被你搞垮了，這一餐宵夜，你的！」

容光榮說：「今晚的收入不錯，我請客。」

大澤摟着他們的肩膀，邊走邊說：「你兩人跟我來，帶你們去一個地方，大吃大喝，誰也不用掏腰包。」

三人來到一處鑊氣濃郁但人客疏落的大排檔。

「財叔，」大澤先跟司廚的打個招呼。他是東主，頭髮花白，弓着背，瘦長的雙腳踏着一對笨重的大木屐，皮包骨的手艱難地提着大鐵鑊，使出「抛鑊」的招式。

「澤哥，隨便坐，財嬸在洗碗。」財叔聲音細小，但充滿熱情。

大澤走過去，對洗碗的女人說：「飆嫂，妳看，我帶了甚麼人來了！」

「大澤，我多次警告過你，再別叫我飆嫂，你卻死口不改！就算是財記老實人不計較，我也不好意思。」財嬸越說越氣，往大澤身上潑髒水。

大澤沮喪地說：「阿飆阿榮，人家翻臉不認人，我們走！有錢何處沒酒菜？」

財嬸這時才發現龐飆與容光榮，破口罵道：「哎呀！你們兩個死人頭，怎麼肯死來見我？」

她口裡雖然罵着，但眼裡卻因重逢的喜悅而淌着淚。

財叔聽着妻子哭罵，心裡一怔——她平日雖然口沒遮攔，粗聲粗氣，但「死人頭」這三個字，向來只是對丈夫的暱稱，從不會用在外人身上。莫非這兩個「死人頭」就是……

「財記，你這死人頭還站在那兒幹甚麼？還不過來見見這兩個死人頭！」她呼喝着，把龐飆他們安置在一個清靜的角落。

財叔拖着大木屐走過來，友善地哈着腰；他的背脊本來就弓弓駝駝，此刻更顯得搖搖欲墜。

財嬸用枱布替丈夫抹去臉上的油污，滿心歡喜地對他說：「死人頭，這個龐飆，就是我以前在鄉下的死人頭；這個容光榮，是龐飆的死黨，也是我的死黨。」

龐飆很大方地跟財叔握手，兩人臉上，全無敵意。

「哎呀！阿榮你這個死人頭，你的手……」她發覺了容光榮的斷臂。

容光榮輕描淡寫地說：「前年在地盤開工，被吊機打斷的。妳呢？甚麼時候來香港的，也不通知飆奇和我。」

「還好意思問我？」她罵道，「你和龐飆自從死了來香港，就把我和龐小飆忘得一乾二淨！要不是我改嫁了財記，申請來了，這輩子也難再見你這兩個死人頭！」

「紅梅，過去的事，妳還勞氣？下個月就要生孩子了，小心惱壞身體。」眼看龐飆他們被罵得垂頭喪氣，財叔陪笑打圓場，「龐先生，容先生，你們別介意，紅梅這人我清楚，罵兩句便沒事。」

財叔親手炮製了幾個小菜，紅梅殷勤地為大家斟酒。

酒精與溫情，在龐飆與容光榮身上產生了不同的作用。

容光榮跟財叔一見如故，滔滔不絕地發表回憶錄：從紅梅、龐飆與他三人一起讀小學、放牛、撿豬屎、捉青蛙、釣魚蝦，說到龐飆與紅梅結婚；從如何偽造證件、盜公社的船、偷渡成功，說到與龐飆一起當建築工人日賺二三百元的風光日子。

財叔是位好聽眾，每當容光榮說到高興處，他頻頻點頭，嘴裡附和——「啊，是這樣的。」信手夾些菜色放進演講者的碗裡。

容光榮有點醉意，調子由激昂變得傷感：「斷臂之後，建築行業又吹淡風，吃了幾個月『穀種』，我們就做小販，白天我幫飆奇賣咖喱魚蛋，晚間他陪我擺棋檔。誰叫你自己當了過河卒子？還不是一步一步往前走，有一日過一日……」

龐飆無言地呷着紅梅不停為他傾注的酒。八年的日子，眨眼便成了往事，他心裡默默地追憶。八年前，他與容光榮決定離鄉別井，紅梅也是挺着大肚子對他勸酒話別。

「本來，我是打算和小飆一起申請來的，但你爸爸不同意，小飆是他的命根。」紅梅見龐飆滿臉蒼涼，下意識地提起他們的兒子。

「紅梅，我不配做小飆的爸爸，也不配做妳的丈夫。好端端一個人，上有父母，下有妻兒，我卻偏要逃來香港。自己捱苦是活該，最無辜是誤了妳的青春。」龐飆內疚地說着，他的手本來想伸去捉紅梅的手，卻驀然神經質地退縮。

「飆，我和你離婚，是不得已的事。如果我們不脫離關係，我怎能申請來香港呢？公社幹部對你的印象很差。」紅梅說着，龐飆難為情地睨了財叔一眼。雖然，近幾年他與紅梅完全斷絕書信來往，甚至前年她辦離婚手續，改嫁財叔，他也是事後才知道。但紅梅這麼一說，就難免有利用財叔過橋的嫌疑。

財叔顯然是聽到紅梅這番話的，但卻假裝全神貫注地聽容光榮發酒牢騷。

紅梅看見龐飆神情閃爍，也只好換個話題：「喂，容光榮，你還發表甚麼謬論！你聽我說呀，去年你老媽去世，你怎麼不回去？」

容光榮一臉茫然，不知如何回答。

龐飆說：「紅梅，妳別罵他，好不好？斷了臂，又不是甚麼出人頭地，哪裡敢回去見人。何況，我們偷船逃港，犯了大罪，回去被抓，不槍斃也終身監禁。」

紅梅並不接受這解釋，反而罵得更起勁：「誰說誰偷盜的就不能回鄉？還不是虛榮自尊作怪！容光榮，你老頭子常對我說，『等到阿榮發達，衣錦榮歸，我也骨頭打鼓了。』容老頭只得你這個寶貝兒，你說心痛不心痛！」

「紅梅，有家歸不得，已是傷心事，妳還落井下石？」龐飆求情。

「不！罵得好！她這樣罵了，我心裡反而覺得舒服。」容光榮推開龐飆。麻木抑或受責，他寧願選擇後者。

「你這死人頭龐飆，你與阿榮蛇鼠一窩，還說我是落井下石！其實你比阿榮更壞，起碼就多了一條拋妻棄子的罪。」紅梅口裡罵着，卻夾了一件甘腴的燒鵝肉，放進容光榮的碗裡，「吃啦，死人頭，眼齜齜望着我，找死！」

財叔很欣賞妻子的率直爽快，他宅心福厚地笑着，說：「我有一個提議，不知龐先生容先生會不會嫌棄？這大排檔本來是我和朋友合夥的，他最近移民外國，我一個人能力有限，要請好夥計實在不容易，我希望你們來幫手。」

沒等兩人作出決定，紅梅已搶着說：「你們兩個死人頭，還不快說多謝！」

財叔打趣說：「以後，我們三個死人頭，就一起打天下了。」

* * *

紅梅為財叔產下了一個男嬰。三個男人來到醫院，圍着紅梅和那小生命，心中都有說不盡的喜樂。

財叔小心翼翼地餵紅梅吃雞湯，紅梅撫着他的耳朵，說：「阿財，你的耳朵怎麼長得這樣細小，你看着孩子的，差不多跟你的一般大小。」

龐飆看見他們兩口子這般親熱，有點兒尷尬，連忙把注意力移往小孩子身上。

紅梅是明眼人，看透了龐飆的心事，她放開財叔的耳朵，接過他手上的雞湯，說：「阿財，我自己來，你去看看你的寶貝香爐躉。」

紅梅就是紅梅，心裡想到甚麼，口裡就說甚麼，從來不計較吉利不吉利。

財叔伸出裂紋縱橫的手，輕輕地撫弄孩子的小臉蛋，不由自主地學着妻子說：「香爐躉，寶貝，香爐躉……」

容光榮覺得「香爐躉」這稱呼很不吉祥，他打斷財叔的興致，說：「財哥，替孩子起了名字沒有？」

「還沒有。阿榮，你讀書最多，動動腦筋。」財叔說着，用手指頭去鑒賞兒子的大耳朵。

「何必傷腦筋，他哥哥叫小飆，他就叫小財吧。」紅梅嚥下口裡的雞湯，嚷着。龐飆心中有些不悅：既然離了婚，就應該劃清楚河漢界，又何必把姓龐的跟姓丁的糾纏在一起。

「好，就叫丁小財吧。我叫丁財，兒子叫丁小財，就好像你叫龐飆，兒子叫龐小飆。」財叔卻樂意妻子把他與龐飆之間的距離拉近。

「小飆之所以叫小飆，是有原因的，」龐飆申辯着，「我出生的時候，狂風驟雨，飆，就是風風雨雨的意思。小飆，我希望下一代少捱風雨，安安定定。」

「呸！丁財的兒子叫丁小財，又怎樣會犯着你這個死人頭？」紅梅把手中的雞湯交給容光榮，用手指頭指着龐飆的腦袋說。

「我也不同意叫小財，」容光榮最討厭明哲保身，他這時挺身而出，與龐颯站在同一陣線，說：「小颯，風調雨順，當然是好事。但小財呢，在香港，誰人不想發大財？哪有人願意小財的。」

站在一旁的護士小姐，忍不住插嘴道：「俗語說，小財不出，大財不入；既然小財出世了，大財還不滾滾而來？」

「多謝妳，姑娘。」財叔說着，從唐裝衫袋掏出一個小紅封包，雙手交給護士小姐。

「我也多謝你！你想廉記請我去喝咖啡？」護士小姐微笑謝絕，把小紅封包放在丁小財身邊，說：「小財財，利利市市。」

丁小財張開眼睛，感受到大家對自己的慈愛，安祥地吮着嘴角。

「颯，你看！小財的眼睛跟小颯的一個模樣，黑的多，白的少，精精靈靈的，像我。」紅梅笑着說。

龐颯也笑了，忘掉了剛才為孩子起名字時惹起的小風波。

＊＊＊

龐颯容光榮到大排檔工作後，紅梅又邀他們來丁財家中住。

這是一間山邊石屋，地方寬敞，空氣清新，鐵絲網圍着的小花園種了雞蛋花和葡萄樹，一隻能言的八哥鳥整天「財記財記」叫着。在喧囂的都市中，難得的一份恬靜。容光榮一口答應。但龐颯卻猶豫，他覺得，跟以前妻子的新丈夫住在一起，有公雞鬥敗的感覺。

「龐飆，我來香港，還不是為了跟你們一起，你何必要避開我們？」紅梅這樣說了，龐飆再沒有選擇的餘地。

「從今以後，有飯大家吃，有工大家做。大排檔的財政由我管。阿榮阿龐各人月薪暫支二千，但是除零用錢外，一概由我代為儲蓄，我會按月替你們匯錢返鄉下養老人家。你們男人都是這個死樣，身上有錢便發癢，不是去賭狗馬賭麻雀，就是去玩女人……」

容光榮打斷了紅梅的訓令，說：「我人格擔保，飆奇和我來港後，除了偶然投注六合彩之外，根本就沒有賭過，更不會去玩女人。」

「你們玩過女人也好，沒玩過也好，既往不咎，總之你兩個死人頭今後一切都得聽我的。」

龐飆覺得奇怪：記憶中的紅梅，優柔寡斷，凡事拿不定主意。沒想到分別數年，她變得精明能幹，活像個男人。

這間屋兩房一廳，財叔紅梅佔一間房，龐飆容光榮合住另一間房。

家裡添了小財後，丁財就對紅梅說：「我怕孩子吵，搬去跟阿飆阿榮一起好了。」

紅梅明知丈夫壓根兒不是怕孩子吵，但也樂得他與阿飆阿榮有說有笑。

財記大排檔的生意漸漸好起來。

財叔早上帶着龐飆容光榮一起去街市採購各式用料。晚上龐飆學幫廚；容光榮負責招呼人客——他在這地方熟人多，棋迷都常來光顧；紅梅掌櫃，打點一切；那個丁小財，還未滿月，就跟着大夥兒來到大排檔。

小財滿月那天，丁財在酒樓擺了幾圍酒席，宴請親友。晚有兒媳的他，三杯到肚，忽然悲從中來，握着龐飆容光榮的手，說：「紅梅說得好，你我都是財記的主人。我年紀大了，將來，將……將來……我有甚麼冬瓜豆腐，大排檔就靠你們，紅梅小財也拜託你們……」

龐飆容光榮都知道丁財言出由衷，但卻不曉得如何安慰他。

酒席散後，紅梅提議去看搞笑電影，想沖淡剛才財叔的傷感。

但財叔偏偏反對，理由是明天要開工。

容光榮也嚷着要回家睡覺。

紅梅望着進退維谷的龐飆。

丁財拍了拍龐飆的肩膀，說：「飆，你陪她去。」

紅梅敏黠地察覺到，丁財近來常常為她與龐飆單獨相處而製造機會。她滿肚子不高興地說：「要去，大家一起去。否則統統滾回家。」

這晚上，丁財不能入寐。

「財哥，不舒服？」容光榮問道。

「我是天生賤骨頭，習慣了三更半夜收工，今晚早上床，反而睡不安寧。」丁財坐起來燃了根香煙，「習慣成自然，這話一點也沒錯，我十一歲就開始抽煙，慣了，紅梅再兇，也兇不掉我的煙癮。小財出世後，你猜她怎樣嚇唬我？她說我再抽煙，會影響孩子的健康。煙是不能戒了，我乾脆搬來你們這房。」

容光榮問道：「你不是怕小財吵嗎？」

丁財望着熟睡呼呼的龐飆，說：「其實，這些都是藉口。我獨睡了五十多年，床上多了個女人，很不習慣。總覺得自己老老朽朽，渾身油膩暈腥，怕弄污了她。」

容光榮奇怪地問：「那麼你何必結婚？」

丁財慚愧地說：「我很自私，我只是想着留下香火，將來有人來墳前拜祭。」

「如果你的思想真的這麼保守，為什麼要等到這把年紀才結婚？」容光榮的發問有如處理象棋殘局，抽絲剝繭。

「年輕時，生活不安定，哪裡敢想到成親？等到積了些錢，跟人合作搞小生意，已經四十多歲，獨來獨往慣了，就懶得去考慮討老婆的事。前年回鄉掃墓，一位遠房親戚說，『阿財，你年年回鄉祭祖，真孝心；但你有沒有想過將來誰上你的墳？』」丁財說到這裡，停了下來，使勁地吸煙，一時間找不到合適的字眼表達自己當時的心境。

「無後為大的淒涼，使你打消了獨身的念頭？」容光榮問道。

丁財最喜歡跟容光榮交談，因他善解人意。

「對了，被你說中了，」丁財弄熄了煙蒂，說，「沒想到這樁婚事挺容易，紅梅跟我才見了一次面，大家就談攏了。」

「她當時有沒有提出甚麼要求？」

「有，她要我替她搞手續申請來香港。我說，妳是我妻子，我當然會申請妳來跟我一起生活。但我也有一個要求：她得跟我生孩子，她也答得爽快：我是你妻子，當然要替你生兒育女。」丁財越說越激動，「結婚以後，我才知道，娶得一個中用的妻子，並非只能生孩子這麼簡單。她做人講原則，辦事有主見，刻苦耐勞，你們親眼見的，快要生孩子了，還出來幫我洗碗……我真想不通，這樣一個好妻子，龐飆怎麼捨得……」

丁財說到這裡，外面傳來紅梅的腳步聲。

「你們這些死人頭，天快亮了，還胡說八道！」她輕聲罵着，伸手按亮了電燈。

龐飆連忙把頭埋在枕頭裡，枕頭卻早已被淚水濕濡了。

丁財與容光榮面面相覷——糟糕！這傢伙一直在裝睡。

＊　＊　＊

一連下了幾天的大雨，財記的生意有些退減。丁財一有空閒便用手捶着腰背，他的膝蓋、小腿，早已貼滿了辣椒膠布。

「財哥，趁空閒，明天我陪你去看醫生。」龐飆說着，用手去替他按摩着脊骨。

「老毛病，幹這一行，最容易患風濕，天氣變，骨頭就疼。」丁財若無其事地說。

「死人頭，你不舒服，回家休息好了。」紅梅看着憔悴的丈夫，心疼地說。

丁財軟弱無力地揮動着雙拳，強作歡顏地說：「沒事的。只要天氣好轉，白額吊睛老虎，我也可以打死。看醫生？我這輩子甚麼古怪精靈都看過了，就沒有看過醫生。」

丁財的嘴巴雖然硬，但敵不過紅梅連哄帶罵，終於由龐飆陪着，乖乖地去看醫生。

「我早就知道看醫生是麻煩事，照X光啦、抽血啦、左測右測、折騰了大半天，還不能得出個結果，反而教人心裡煩悶。」丁財回到家裡，沒頭沒腦的吐苦水。

紅梅看他臉色蒼白，也不敢再跟他計較，只是溫和的安慰他：「爸爸，你就聽醫生話，好好在家裡休息，等檢驗有結果再說吧。」

「爸爸」！這稱呼何等親切，丁財生平第一次被人這樣叫喚，他望着妻子懷中的小財，心中翻滾起一股暖流，但是，這暖流隨即消失，代之而起的是莫名的恐懼。為了掩蓋內心的恐懼，他握着兒子的小手，說：「小財，爸爸打敗仗，要看醫生，不過，爸爸很快就會轉敗為勝的。」

孩子被這突然的騷擾嚇驚了，哇的一聲哭起來。

這一天，大家都留在家中陪丁財。

醫生答應丁財，一俟檢查報告送返診所，便馬上通知他。醫生的年紀與丁財差不多，但差得遠的是：這醫生執業以來已經替數以萬計的病人看過病，而丁財卻是第一次看醫生。

家裡的電話每一次鈴響，都由紅梅親自接聽。但到了黃昏，還沒有消息。

「香港的醫生都是大忙人，架子又大。我看還是打電話去問一問，或者，你帶我去診所走一趟。」紅梅有點心煩，悄悄跟龐飆耳語，「我擔心丁財有大問題。」

自從久別重逢，這是紅梅與龐飆最接近的一次，她剛才說話時，嘴巴差不多貼着他的臉，那陣陣灼熱的呼息，使他心裡發毛。記得新婚的時候，晚上睡覺，她就常常這樣咬着耳朵說私房話。

龐飆雖然明白，此刻的耳語，絲毫沒有親熱的成分，但他還是機械地避開了她。

搬來與丁財他們一起居住，龐飆暗暗在自己心中築起了與紅梅隔絕的長城。他常常警告自己：「龐飆呀龐飆，你可千萬別勾引紅梅，作出對不起丁財的事。她是你妻子的時候，你一點也不珍惜，一句以事業為重，便輕易別離。如今她已經是別人的妻子，你一碰她，便是卑賤的姦夫淫婦了。」

龐飆覺得臉上火辣辣的，他用掌心使勁地在被紅梅的呼息噴熱了的部位亂拍一通，走過去跟丁財說：「財哥，我想打電話到診所問問醫生。」

丁財正在閉目養神，他慵倦地張開眼睛，輕輕地說：「好，反正悶在這裡，像等候宣判似的。」

話剛說完，電話就響了。

「是，我是他太太……」紅梅緊張地答話。

三個男人都瞪着她的嘴巴。

她的嘴巴抖顫着，豐滿的上唇盛載着幾顆大淚珠。

「是的，是，我馬上來。」紅梅掛斷了電話。

丁財木愣愣的坐在床上，張開嘴深沉地呼吸着，他沒有勇氣去問妻子。

龐飆容光榮一看形勢就知道凶多吉少，哪裡敢作聲？

看着這三個被嚇得目瞪口呆的男人，紅梅很快就回復冷靜。她吩咐道：「阿飆你留在家中陪阿財和小財，阿榮跟我一起去診所取報告。」

「醫生說我是甚麼病？」丁財看紅梅的神色已不像剛才聽電話時的凝重，小心翼翼地問道。

「現在還不知道。不過，醫生寫了封介紹信，明天你要到醫院作進一步檢查。」紅梅很鎮定地回答。

從診所返家途中，紅梅的腳步越來越飄浮，她覺得自己快要倒下去。

容光榮幾番伸出獨臂去扶掖她，但她拒絕。

「癌？我不相信骨頭也會生癌！」她喃喃自語。

「妳不打算讓財哥知道？」容光榮問。

「阿財是老實人，本來我是不該瞞他的，」紅梅無限悽惶，「但你叫我怎忍心把死刑的消息親口告訴他呢？」

醫院為丁財詳細檢查後，要丁財簽字接受雙下肢切除手術。

「為甚麼要鋸腳？為甚麼要鋸斷我的腳？」丁財痛苦地吶喊。

「你患了骨癌，癌細胞正集中在你的雙腿，切除了，可能有希望。」醫生解釋。

「不！我不是生癌，我不要鋸腳！」

紅梅再也沒法掩飾內心的悲戚，哭啼啼地說：「阿財，你聽醫生吩咐吧。」

「不！我寧願死，我死也要全屍。」丁財伸開兩臂，在空中狂亂擺舞，像一個沉淪苦海的遇溺者，想要找尋救命的木頭。

但他抓着的只是容光榮的空袖子。

容光榮的獨臂很有力地攙着他，說：「我也缺一隻手，我不是生活得很好嗎？」

這句話給丁財帶來了一絲希望，他無奈地說：「阿榮，你是聰明人，我就聽你的。」

手術並沒有幫助丁財脫離厄運。

兩個月後，他走了。在妻子哭泣中，在兩位相逢恨晚的好友惋惜中，他安祥地走了。

他臨終有三件事吩咐：

遺體火化，骨灰帶返家鄉安葬。

家裡那隻八哥，是他多年的好朋友，但如果他們不喜歡他，可以拿去郊野公園放生。

捐兩部貨車給龐飆容光榮所屬的公社，作為盜船逃港的贖罪。好使他倆能時常回鄉與親人團聚，順便到他墳前上香。

＊＊＊

龐飆與容光榮，陪着孤兒寡婦，帶了丁財的遺灰，誠恐誠惶地回到家鄉。

他們當年偷渡的罪孽，早已被時間沖淡，更何況有兩部貨車表示悔罪之意。

過了河的卒子居然能返回老巢。容光榮龐飆把丁財的骨灰埋入黃土的時候，不禁感激亡友的苦心安排。

此行雖然說不上衣錦榮歸，但能夠重溫親情，總算給三個傷心的知己，帶來了些微的歡慰。

但這些微的歡慰很快便消失。

在回港的列車上，除了小財偶爾啼哭，三個人都默然不語。

鄉人的閒言閒語也太過傷人——

「龐飆容光榮在香港窮得要露宿街頭，幸好紅梅去解救了他們。」

「紅梅這女人真能算。先是與龐飆假離婚，挑了個患絕症的老財主，佔了財產，又跟龐飆破鏡重圓。」

「這個丁小財，天曉得是龐飆的，還是容光榮的。」

「那可憐的丁老財，敢情是被兩個窮小子氣死的。」

回到家裡，那八哥鳥早就絕水斷糧，有氣無力地叫喊：「財記，財記，肚餓餓……」

龐飆一邊展開救飢工作，一邊解嘲地說：「幸好那些謠言驅趕我們提早一日回來，否則八哥一定會餓死。」

紅梅說：「阿財那死人頭，如果知道我們此行招來這麼多言語，一定很不高興。」

「算了吧，那些鄉人真沒有振作。跟我們拉得上關係的，便無厭的求財索物；沒有關係的，討不到好處，眼紅了，胡謅一番，落得個痛快解恨。誰管你高興不高興，又不要負責任的。」

「我龐飆拋妻棄子，逃港貪圖榮華富貴，他們奚落我，我無話可說，但財哥善良忠厚，卻遭我們牽連。」龐飆氣憤地朝空中打了兩拳，咬牙切齒地說：「太豈有此理了。」

八哥也學舌，喊着：「豈有此理！」

「一張嘴，兩層皮，說壞話，無定期。死人頭，你就由他們說吧，窩囊甚麼？」紅梅說着，在丁財的遺像前上了炷香，「財，我們回來了，總算平平安安回來了。你保祐小財快高長大，保祐那兩個死人頭勤勤力力做事。」

「勤勤力力有甚麼用？」龐飆餘怒未息，自言自語說，「財哥辛辛苦苦熬得的血汗錢，還不夠塞那些講壞話的嘴巴。」

「嘴巴是他們的，良心是我們自己的。人家怎樣說，何必理會。」紅梅說，「阿榮，你還記得吧，我跟龐飆結婚的時候，也不是滿城風雨？都說你跟龐飆合用一個老婆！我紅梅雖然結過兩回婚，配不上貞節牌坊，但做人一點也不含糊。我是龐飆老婆時，就專心一意做龐飆老婆。改嫁了丁財後，你們又何曾在我身上撈過甚麼油水！如今丁財走了，我再嫁人也好，做尼姑也好，嫁回給龐飆也好，嫁給容光榮也好，愛怎樣就怎樣，還怕他們眼紅！」

當天晚上，兩個男人關上房門，打將起來。紅梅喝開房門，容光榮的鼻子早被打破，淌着血。

紅梅摑了龐飆一記耳光，罵道：「你這死人頭，兩隻手欺負一隻手，算甚麼好漢！阿榮，你別怕，我為你撐腰。告訴我，他憑甚麼打你？」

容光榮沒有理睬她，默默抹着鼻血。龐飆內疚地把紙巾塞進容光榮的手裡。

「死人頭，你們為甚麼打架！」紅梅揪着龐飆的耳朵說。

「還問甚麼？還不是為了妳！」龐飆慪氣地說。

「哎呀，兩個死人頭，甚麼時候學壞了？爭女人，打架！」

「妳弄錯了，不是爭風呷醋。是我勸飆奇跟妳重新開始，他不但不依，反而要我跟妳……」容光榮申辯。

「你們當我是甚麼貨色？你推我讓！我還嫁不嫁人？要嫁誰？我自有主意。要你們來討論？要你們用武鬥解決？還不滾去睡覺！明天要開檔做生意呀，死人頭。」

紅梅擔心兩人會重燃戰火，守在他們房門外。

裡面沉寂了好一會兒，又輕聲地爭論着：

「阿榮，如果你還是我的好兄弟，你就別再迫我跟她復合。潑水難收，就像下象棋，舉手不回，你為甚麼偏要我吃回頭草？」

「當日你們離婚，是迫於無奈，命運如此，無話可說。財哥在生的時候，我何曾有過半句話鼓勵你跟她來往。如今財哥走了，你們從頭再來，合情合理，我相信財哥是不會見怪的。」

「正因為財哥是老好人，我才決心不再惹紅梅。我們答應過他，以後每年都回鄉替他掃墓，要是我與紅梅再結婚，鄉下那些閒嘴巴就有話柄了。」

「為了害怕別人的閒言語，就要逃避自己所愛的人，我真不明白你為甚麼這樣婆媽。」

「愛？難道一起睡覺才算愛嗎？」龐飆有些激昂。紅梅在外面聽得停住了呼吸。「你坦白答我，你是不是從小也愛着紅梅？」

紅梅聽不到容光榮回答。

「是了吧，」龐飆滿意地繼續説，「我們三個人是不是一直都相處得很好？是了吧。紅梅後來改嫁財哥，還跟我們住在一起，四個人之間有沒有出過麻煩？沒有。將來的環境，不管怎樣變遷，我們都是知己。不過，我總希望你娶她。」

紅梅聽到這裡，恨不得馬上衝進去，質問龐飆，為甚麼要容光榮跟她結婚。

容光榮好像代她發問：「為甚麼？」

「只要你娶了她，我們就可以依舊和平共處。」龐飆答道。

「不結婚不可以嗎？」

「孤男寡女，不是長久計，我們會被謠言淹死的。」龐飆說，「再說呀，小財沒有父親，怪可憐的。你仁慈又平和，當小財的繼父最好不過。」

「小飆呢？」容光榮問道，「小飆比小財更淒涼，有父母等於無父母。」

「我會盡量想辦法申請小飆出來。我們這一代生不逢時，動亂消磨了我們的青春。我從前走錯了棋，放棄小飆，自己求榮。我現在想得通通透透，我知道我只是一隻過河卒子，小飆才是主子，我犧牲自己，將來第二代就有希望。」

「飆，你做人跟你下棋一樣，只考慮自己該如何如何走，總不肯站在對方想問題。過去我們是不是走錯了棋，現在下結論，為時尚早；你犧牲自己去栽培小飆，我也不反對。但我看不出你跟紅梅復合之後，對小飆、小財，對你，對紅梅有甚麼害處？」

「下棋我不是你的對手。但是，這局棋我絕對有決策的自由，你不是我，你當然不知道我心裡怎麼感受，總之，我覺得我與紅梅維持現狀，遠比再結合好得多。」龐飆的語氣低沉，但充滿了決意，「旁觀者的七嘴八舌，從來不曾左右你下棋時的部署。同樣，不管你怎樣囉嗦，我也不會改變主意。如果你不是希望我離開你們，那末你以後就別再提我與紅梅的事。」

「……」

房內迅速回復平靜，兩個男人像牛鳴似的打着鼻鼾子。

＊　＊　＊

那隻八哥近來改了口，不再喊「財記」了。

「奇怪，八哥明明是你照顧的，它怎麼卻整天叫『阿榮』？」容光榮問龐飆。

「這有甚麼奇怪的？」龐飆陰陰陽陽地笑着，「紅梅一開口就叫『阿榮』，八哥從來就是她的應聲蟲。」

「死人頭，你又找死了，」紅梅嗔罵道，「我整天罵你們死人頭，為甚麼它又不學？」

「死人頭，死人頭。」八哥叫道。

龐飆樂了，他把一片豬肉擲向八哥。

大家都笑了。

小財也「爸爸、爸爸」的嚷着，要容光榮抱。

龐飆假裝滿肚子不高興地說：「我龐飆就是命苦！八哥是我餵的，但它只識叫『阿榮』；小財見了我，就嚷『怕怕』，見了阿榮卻叫『爸爸』；我和阿榮在財記大排檔同樣是賣力氣，人客偏要他『老闆』叫我『夥計』。

「看開一點吧，我和紅梅都當你是大阿哥。」容光榮說着，一隻手臂靈巧地抱着小財搖來搖去。

＊　＊　＊

風雨夜，山邊一帶都停了電。

黑暗的石屋裡，黃油油的燭光晃動着，一切都顯得更黑暗。小財很不習慣。雷電連二接三的打在地上，小傢伙嚇得躲在媽媽懷抱，還要容光榮不停地輕拍着他的小屁股。

龐飆在容光榮耳畔說：「這是天意，看來今晚你們三個人就只好睡在一起了。」

「打雷閃電，你要去死就去吧！」紅梅輕輕地罵着，往龐飆身上狠狠地踢了一腳。

這一腳，踢得龐飆乖乖地躲進房裡睡覺去了。

小財含着媽媽的乳頭，矇矇矓矓睡着了。

紅梅嘗試把他抱回房裡，但他馬上醒覺，又喚着「爸爸」。

經過多次的失敗，紅梅只得叫容光榮陪他們一起進房裡睡。

容光榮耐心地撫拍着小財，孩子終於在母親開敞的懷裡甘甜入睡。

他輕輕地挪開小財，用毛巾蓋上了紅梅裸露的乳房。

正要離去的時候，紅梅卻一把摟着他，悄悄地說：「榮，留在這裡陪我。」

「不，」他推開她。

「死人頭，難道你要吵醒小財。」紅梅更緊密地摟着他。

容光榮差點兒透不過氣，求饒說，「我快被妳勒死了，放開我……」

紅梅沒有放開他，卻把蠟燭吹滅……

＊＊＊

一個月後，容光榮告訴龐飆，他要跟紅梅註冊結婚。紅梅更坦率地說，她已替容光榮懷了孩子。

龐飆把紅梅的手交到容光榮的手中，輕輕喟：「恭喜」之後默然離去。

紅梅擔心他一去不返。

容光榮有點兒懊悔。

但是，大排檔開始營業之前，龐飆趕回來。

「甚麼？你們這麼驚奇的望着我，怕我去尋短見？」龐飆說着，掏出一對金戒指，「送給你們的。」

「你去了半天，就為了買這東西？」紅梅問。

「我去電報局，跟小飆通了長途電話，他快來香港了。」

紅梅與容光榮異口同聲地說：「真的？」

（原載《香港文學》第十六期，一九八六年四月五日出版）

關於一場與晚飯同時進行的電視直播足球比賽，以及這比賽引起的一場不很可笑的爭吵，以及這爭吵的可笑結局

顏純鉤

兒子三個月大的時候我來香港，臨走前那一夜，我把圓滾滾的襁褓抱在手裡，仔細端詳那一張很像我的粉嫩的臉，想起從今以後天各一方，不禁心如刀割。那時我便暗自發願：不管甚麼時候，我都要好好疼惜自己的兒子，永不責罵他，永不打他。

這個輕率的諾言當然和我的無數諾言一樣，沒有實現的機會。

實際上，當他跟着母親也來了香港，而且一天天長大起來，慢慢地令人難以置信地有了自己的獨立思想以後，我們之間的衝突也日漸增加。

心理學家說：父子之間的衝突有時源於父親對兒子的妬忌。我不知道我妬忌兒子甚麼，也許他長大了，我老了，這令我不安。

起初多半是我教訓他，他不服教訓這一類的衝突，後來矛盾廣泛起來，便超出一般日常細故的爭執。我心想我們也面臨全世界共同苦惱的一個問題了，我們有了「代溝」。

那一天吃晚飯，電視上正播映足球比賽。

關於吃飯看電視的問題是我們長期不能解決的一個爭端。這當然也得歸咎於我凡事缺乏原則的弱點。在我心情好，或者以我的眼光看來節目也不錯的時候，一切都進行良好——吃飯看電視兩不誤，而在相反的情況下，我們就有麻煩。

公司裡的同事對香港隊和中國隊的這場比賽已經心懸了好幾天了。去年在北京，同樣的對手引致空前的群眾騷亂，而起因不過是香港隊把一個很難控制的皮球很合規矩地放到中國隊的球門裡。

這樣，球賽就開始了，晚飯也同步進行。

本來好好的，太太先多嘴問了一句：「誰踢贏了？」

太太對足球的認識和對大亞灣核電廠的認識差不多，屬於半個世紀前山東著名土包子軍閥韓復榘的那個水平，我擔心她會說：何不每人發一個球給他們，免得傷和氣。

我白她一眼。

太太不服氣，又問：「誰會贏？」

這問題倒搔到癢處了，我和兒子不約而同靜了片刻。

「當然香港隊會贏。」兒子說。

太太端着飯碗，冷眼瞧我。

我本來想說，誰贏了都不會導致我加薪水，但也許因為兒子偏幫香港隊，而我那時的情緒開始有點煩躁了，便說：「中國隊。」

「去年都輸了，今年怎麼會贏？」兒子自以為是地說。

我漫不經心地扒飯，漫不經心地瞄着熒光幕。孩子嘛，何必同他一般見識。

「香港隊好厲害，中國隊準輸。」兒子再肯定一次。

「說得也是，輸了一次，再怎麼樣都心虛一點。」太太居然附和起來。

看樣子如果我不開口，中國隊必輸無疑了。我便朝太太吼道：「你又懂甚麼了？你看看清楚，哪一邊是中國隊？」

太太看看熒幕，果然一頭霧水，於是即刻閉嘴。

兒子乾脆不吃飯了，氣定神閒說：「我打賭香港隊贏。」

「打賭？憑甚麼打賭？你輸了怎麼辦？」

「我贏了又怎麼辦？」

孩子那種倔強模樣又令我煩躁起來了，我想了想說：「你贏了，怎麼看電視都可以，你輸了從此不准看電視。」

兒子大眼睛轉了轉，說：「不行！我贏了，不准你看電視，我輸了，我也沒得看。」我仔細斟酌了一下，不得不承認我開出來的條件太便宜自己。畢竟是自己的兒子，他不蠢。

暫時我們相安無事，飯也吃得快了一些。熒幕上球賽如火如荼，兩邊兵來將擋，水來土掩。有一次香港隊一個穩守突擊，單刀直入無人之境，大腳起處球撲龍門。千鈞一髮之際，只見守門員一個魚躍撲救，抱球在手，嚇得我差點沒叫出聲來。

孩子兩眼發直緊盯熒幕，嘴角抿得緊緊，那種執着的神情令我彷彿看到年少時的自己。

我想萬一自己輸了，永遠沒電視看，那苦況必不是凡人如我可以忍受的，心頭便也七上八下。又想果真不幸輸了，或可以忍痛買一個小電腦作生日禮物送他，以交換看電視的權利。要賴皮是不行的，身為人父，不可做這種壞榜樣。

要是孩子輸了，那當然好辦。孩子嘛，也不必太和他認真。況且他最終還是會請出他的靠山來，而太太必又搬出青少年心理學之類的書，證明適當看電視對青少年心理健康，減少功課壓力的好處。如此這般，最終還是大家一起看電視，皆大歡喜。

正想得顛三倒四，球場上峰迴路轉，香港隊門前兵馬混戰，球在人縫中滴溜一鑽，神差鬼使般衝進龍門。

電光石火的剎那，我和兒子居然都沒有喊叫起來，我是有點懷疑自己的眼睛，兒子是看傻了。及至電視上重播慢鏡頭，解說員氣急敗壞語無倫次，我才深深舒一口氣。

「誰輸了？到底是誰輸了？」太太也沉不住氣了。

再看看兒子，陰沉着臉，一言不發盯着熒幕。我知道他根本不是在看球賽了，他像我剛才一樣，看到輸賭的惡果。

「還沒完呢！你高興甚麼？」

「誰說我高興了？還沒完呢！有甚麼好高興？」

「不過是夠運氣！」兒子不屑地說。

「咦，很多比賽都是這樣嘛！是要碰一點運氣嘛！去年在北京……」

「去年那可是清脆玲瓏的好球！」兒子瞪大眼睛，「這個怎麼比？」

「比不比，反正一球定輸贏。」

「你贏了嗎？你贏了嗎？」兒子咄咄逼人。

「你看吧！中國隊現在全力防守，密不透風，贏定了。」

「沒膽鬼！贏了一個球就縮進烏龜殼，有甚麼本事？」

「怎麼罵人了？斯文一點！」

「斯文個鬼！斯文怎麼剛才吃裁判黃牌警告？」

「咦，那是比賽嘛！你怎麼不講理？」

「你想香港隊輸，我就是看不過眼。」

「比賽本來就有輸贏，輸了能怪人嗎？」

「你是香港人，不幫香港隊，你就不對！」

「咦，你也是中國人，你怎麼不幫中國隊？」

「我們現在住在香港，是香港人！」

「香港也是中國的一部分，這你都不懂？」

「反正香港是香港，中國是中國。中國有甚麼好，廁所臭得要死！」

「廁所臭？你不也是從那地方來的嗎？」

「我怎麼知道？是你們要在那臭地方生我的，我沒叫你們在那地方生我！」簡直蠻橫起來了。

「你他媽的給我閉嘴！甚麼叫臭地方？」

「偏不閉嘴！偏要說！」

「你看看你教育出來的好兒子！你聽聽他怎麼和我說話！」我對太太怒吼。

「又不光是我一個人教出來的？你沒有份？」

「這就是你的心理學！簡直他媽的混蛋！」

「你罵人！你不講理！」兒子即刻指控我。

「我罵你又怎麼樣了？我能把你生出來，把你養這麼大，我就能罵你！」

「又不是你生我！是媽媽生我！」

「沒有我，你媽媽生個屌蛋！」

如此這般有理無理的爭吵一直進行到球賽結束。中國隊贏了，我也贏了。我不理睬兒子，把一點剩飯拿到廚房倒掉。

再回到廳裡來，卻見兒子哭了。

「沒出息的東西！這也值得你哭？等我死了你再哭也還來得及！」

兒子乾脆撒潑了，把筷子掃到地上。

「你給我撿起來！」我大喝一聲。

兒子瞟我一眼，大概是我臉色鐵青，便不情不願地撿起筷子來，一邊嘟噥着：「中國那麼好，你怎麼又到香港來？你又不回中國去？」

我聽了一怔，一時竟不知說甚麼好，想了想說：「我回去，你還不是得跟我回去！」

「我偏偏不回去！我偏要在香港！」

「不回去是你的事，把你餓死你就舒服了。」

「我餓不死！我去找社會福利署，我自己去打工！」

「不知羞恥的東西！連老爸老母都不要了！你行！你現在就去！現在就給我滾出去！」

兒子有些猶豫，卻還嘴硬：「你不是要回中國嘛！你怎麼不回去？」

「我回不回去是我的事！」我突覺有點累，吵得太兇，對我脆弱的支氣管不利。

「也是你自己說的，甚麼文化革命，上山下鄉，害死人！這不是你說的？你不是要回去嗎？回去嘛！」

我剎時惱羞成怒，使勁一拍桌子，大聲罵道：「你也配跟我說這種話？你知道文化革命是甚麼？沒有文化革命還沒有你呢！要不是文化革命，你媽是你媽，我是我，你會從天上掉下來？文化革命不好，我們傻傻地吃苦，傻傻地流血，傻傻地送命，可是總不能因為文化革命不好把中國從地球上搬走吧！你看看你自己，叫你去吃點苦流點血你肯不肯啊？你們只要吃好的穿好的，在演唱會上吹哨子，把個頭髮電得像妖怪，上街走一點路就受不了了，電車不坐要坐的士。你問問你媽媽，挑百幾斤重的擔子要爬幾座大山？你問她稀飯調鹽吃是甚麼味道？現在香港好景，做父母的日做夜做，供養你們享福，把你們一個個養得像白老鼠，將來哪一天環境惡劣起來，恐怕還是我們這種灰頭灰臉的田鼠長命一點。中國人，誰不想中國好？中國完蛋了你會長命百歲，你會中六合彩？你到底算不算中國人？恐怕在你看來，是不是中國人都無所謂了，只要有電子遊戲機打，有電視看，做誰的龜兒子也無所謂了，在街上隨便找個人，只要給錢管飯，跟他回家去也就得了。我怎麼養出你這樣的好兒子來？祖宗牌位擺歪了？叫我回去？我不是沒想過啊！你問問你媽媽，你們剛來那陣子，借了一屁股債，有四五年我們沒進過電影院，那時候就想回去了。還不是為了你，說甚麼這裡社會安定一些，教育好一些，好嘛，教出你這個不認祖宗不認爹娘的混蛋來了。我沒說香港不好，如果不是這裡好，我暖被窩裡不睡要跑到蠔殼堆上翻觔斗？可香港好了我們也想中國好是不是？我們在這裡好吃好住，也想你叔公、姨婆他們好吃好住是不是？起碼他們好了，我們不用往鄉下寄那麼些錢，起碼每次回去不用馱得像驢子一樣是不是？好，不說這些了，說球賽吧！不過是球賽是不是？去年那些鬧事的，也不過是借一場球賽來出出氣罷了。我剛才也是和你鬥氣，鬥鬥閒氣罷了，我年青的時候也喜歡鬥氣，你這是得了我的遺傳了。怎麼好的東西沒傳給你，壞的你倒學得十足？鬥鬥閒氣也沒甚麼不好，日子過得太悶了，變個花樣發泄發泄，喝一點冰水就好了。這也不是甚麼大事，看看電視罷了，看電視要發這麼大的火，說這麼多的話，明天我咳嗽起來，又得看醫生了。我知道香港隊輸了多少傷了你的心，說實話，我心裡也不高興，可中國隊輸了我們也不見得高興嘛！既然中國人要跟中國人比賽，輸贏也就像自家人開枱打麻將一樣，完了也就完了。剛才我們打賭，難道你輸了真的一輩子不叫你看電視？就算我我也受不了嘛！我們以後還是要看電視的是不是？本來是不需要哭的，男兒有淚不輕彈，哭得太多，叫人誤會你女人型。我還不想我生個兒子女人型呢！我知道你哭也不單是為香港隊，多半也為打賭輸了，怕以後沒電視看是吧？反正以後我們還是照看電視這可以了吧？好了，我已經說得太多了，我得歇一歇，怎麼一口氣說這麼多話？明天如果不犯咳嗽，也就謝天謝地了。見鬼了，為一個球吵成這個樣子，一個哭了，一個要看醫生。好了，叫你媽媽把雪櫃裡那個哈密瓜拿出來切吧！」

吃了哈密瓜，我們又看電視，看完電視，我們按時上床睡覺。臨睡前突想起，這樣草率地了結一次打賭，對孩子身心的健康成長可能有潛在的消極影響，但吵都吵完了，又不能把孩子從睡夢中拉扯起來再從頭來過。到了明天，甚麼都忘記了，明天又有明天的煩惱，還是就此放手吧！畢竟這種無原則的事我也做得太多了，再來一次也沒甚麼大不了。

做人大體上也就是這麼個樣子吧！

（原載《香港文學》第三十七期，一九八八年一月）

險過剃頭

林蔭

現在已是凌晨兩點鐘了。亞才駕着的士，由郊外駛回市區。

平日，他在凌晨一點鐘左右便收更回家了。可是，馬季將至，他必須儲備一些私己錢作為賭本。要不然攤大手板，要求老婆給錢賭馬，難乎其難了。

剛才在機場接了一個旅客去錦繡花園，回程他取道吐露港公路。他搖下玻璃，沿途海風颯颯，好不愜意。

這時節，他突然發覺前面不遠處，有一輛私家車在緩緩地行駛，在單車徑上，幾個人影在追逐着一個人影，一聲聲「救命」的叫聲，迎着夜風拂至，淒厲得令人悚然。

他嚇得心在撲通撲通地跳，不由自主地把車速放緩，並且大力地按響汽車笛聲。

在橙色的霧燈下，他依稀見到一個人影倒地，幾個影子竄上路旁緩緩地行駛中的私家車裡。跟着，私家車箭似地絕塵而去。

亞才驚魂甫定，把車子駛近過去。停下車，鑽出車廂，走過去察看。

他發覺一個身材瘦削的男人，在單車徑上，奄奄一息地倒在血泊之中。

他蹲低身子，看見血從這男子的面部、頸部、胸部泉水似地湧出來。他驚悚得渾身哆嗦，腦袋有點眩昏。

「請——請你——」那男人突然伸出血淋淋的手，捉住亞才的手，氣若游絲地説：「請你把證物鎖匙交我老婆……」説着，想伸手往褲頭的小暗袋掏鎖匙，可是，只見他頭顱一側，頓時氣絕過去了。

亞才望望自己被他一握後染滿血漬的手腕，雙手不禁顫震起來。這當兒，他電光石火地掠過一個可怕的想法：我手染血漬，要是警察此時趕到現場，我豈不是嫌疑最大，最低限度要花一番唇舌解釋。

這樣一想，他連忙站起來，準備跑回車上去。突然，他又想起死者説過的話，於是，他蹲低身，伸手往他的褲頭暗袋摸索，果然掏出一條掛着小圓牌的鎖匙。他拿了鎖匙後，連忙鑽進車廂裡去，迅速駕車離開現場。在車內，他轉頭顧盼公路前後，周遭靜悄悄的，沒有其他車輛經過，他不禁深深地吁了一口氣。

他駛到一個隱蔽的避車處，把車停了下來，在車尾行李箱內取出一罐儲備的清水來，小心翼翼地把手腕上的血漬洗乾淨。然後，到公共電話亭打電話報警。

翌日，晚報刊登了這宗驚人的仇殺案。警方懷疑此案含有桃色成分。

死者徐釗，職業經紀，與妻住沙田大圍××號某樓A座。據鄰居稱，死者與妻似因感情問題經常發生齟齬。死者死前一晚，鄰居曾聽見其屋內傳出吵鬧及打架聲。

據死者親人稱，死者妻子最近結識了一黑道青年，兩人過從甚密，形影不離……

看完報紙上的報道，亞才不禁搖頭歎息，想不到夫婦反目，竟然引致殺身之禍。

但是，徐釗臨死前要他把一條小圓牌刻有××保齡球場的貯物櫃的鎖匙，託他交給他的妻子，為甚麼呢？

亞才大惑不解地在暗忖：貯物櫃裡的會是甚麼？難道他愛妻至死不渝，垂死還要把收藏起來的鈔票、金飾交給不愛自己的太太？亞才這樣想着的時候，腦海裡曾掠過一個意念——如果裡面貯存的是鈔票、首飾，自己神不知鬼不覺地入了私囊，馬季時豈不是「彈藥」充足？

可是，當他看見老婆飯前向祖先神位虔誠地上香禱告，求神庇祐老少平安時，他那貪念頓時消失了。

於是，過了一個月，待死者入土為安，一切平靜下來了的時候，他按照報紙上刊登的地址，找上門去。

按過門鈴，俄頃，一個赤着身子，頭髮蓬亂的青年從門縫裡粗聲粗氣地問：「找誰？」

「找徐太太！」他說。心裡有點兒怯。

「沒有徐太太！」那青年晦氣地「彭」的一聲把門關上。亞才怔了怔，再按門鈴，片晌，門縫再開，一個身穿褻衣，一臉慵倦的女人厭煩地瞟他一眼問：「我是徐太太，甚麼事？」

「徐先生有一條鎖匙在臨死前託我交給你。」說完，亞才把鎖匙從門縫裡遞進去給她。然後，匆匆離去。

晚上，亞才把的士泊在路邊，在大牌檔吃飯的時候，旁邊一片電器店的電視正播映晚間新聞：今天下午，××保齡球場發生貯物櫃爆炸案。當場有一男一女被炸傷，送院後證實死亡。該兩名男女涉嫌與一個月前的仇殺案有關，女死者乃仇殺案死者的妻子……

亞才愣住了，含着一腮子飯無法嚥下去。

（選自林蔭：《鍍金鳥》，香港藝苑出版社，一九八九年版）

望海

陳寶珍

一幢幢巨大的長立方體夾着近海一條馬路勢如破竹的排過去，各種顏色的玻璃幕牆在陽光下閃耀，路中間，天橋向上躍起，拋出一個優美的弧度，又向着另一條平坦的馬路落了下來。馬路的一邊，仍舊是一棟棟幾十層高的商業大廈和住宅樓宇；但另一邊，大廈列就的長城卻被幾座四層舊樓截斷了。舊樓向着交通繁忙的大道，展示着被歲月薰得灰黑的外牆；綠漆剝落的窗框和窗玻璃上，是為了防風雨黏上的，「乘號」似的牛皮膠紙。這一切使它們看來如同一排健康牙齒中蛀蝕得特別厲害的壞牙，又像一群軒昂的紳士旁邊立着的衣衫襤褸的侏儒。

漆黑狹窄的樓梯，緩緩爬出一個衣櫥的頂端來。然後那背着衣櫥的男人，呼喝了一聲，把褐色的、半人高的衣櫥卸在行人路旁一個內容複雜的家具雜物堆裡。他一揚手，從腰間拔出一條毛巾來，一不小心，把身旁一張發黃的舊藤椅帶翻了。他一手扶起它，一手抹着汗，一面又對那正把一對梨木鑲雲石面，快要散架似的高腳几舉上貨車的夥伴說：「真要命！這樣的樓梯！不是見它木質好，也許還可賣幾個錢，真的要把它劈了才搬……」

一

老伴正要到樓下打麻雀的時候，門就響了。

他緩緩的離開躺椅站了起來，探頭向陰暗的走廊張望。他看見老伴給她開門，聽見她們低聲的談了點甚麼，然後她瘦削的影子穿過陰暗的走廊，逐漸擴大明朗，終於微笑着站在他面前，她看見他高興的笑着。

他的確高興。一天一天長長的日子難得有人來，老伴忙完了家務不是獨個兒躲到後面去唸經就是到樓下去搓麻雀。她來，即使光坐着，屋裡也就不顯得那麼冷清了；同時，剛才從電話裡聽到她愉快的聲音，感到她這段日子以來，並沒有自己想像那麼不快樂，他放心了。

她看來很愉快，新理的短髮和一襲粉紅色的棉質裙子把她襯得精神奕奕。他笑着指指旁邊發黃的舊藤椅，示意她坐下來；然後自己按着躺椅的扶手，緩緩的彎下身去。她伸手想扶他，他立即堅決的擺擺手，她就只好注視着他，以便在他坐不穩的時侯扶他一把。他坐穩了，舒服的靠住椅背。她也坐了下來。

「這陣子精神好嗎？」她問。

「好！沒事啦！幾個月了，都沒有復發！」他輕輕拍着自己的胸口，帶點自豪說。他口齒還是那麼不清，她只能憑他的表情、嘴唇的動作和一些斷續的，發音不準的詞語，加上想像，拼出一個完整的意思來。不過，習慣了以後，聽起來就不那麼困難；況且這句他常說的話是不必猜就可以知道的。每次說完，他都帶點慨歎說：「真好彩呀！」

也真的算是幸運吧！

長長的走廊彷彿老走不完。她急步小跑，有點兒恨身上那件讓人邁不開步子的旗袍。腦袋裡一片空白。

他蜷伏在重重的白色下面，閉着眼。

「每天吃兩包煙，怪不得你的肺弄成這個樣子了！」當值的醫生訓斥完鄰床一個黑瘦同時不斷咳嗽的老人，又轉過來對她說：「他年紀這麼大了，突然昏過去準是爆血管。要有心理準備他隨時會去的！年紀大啦！」

可他卻醒過來了。眼珠緩緩轉動，打量着周圍，最後停在她臉上。她腫着一雙眼，笑着，喊着他。

「法國醫院的電腦掃描我看過了……他會半身不遂，說話也會不大清楚的。」同一個醫生又冷冷的說。

她望着白牆，白色被鋪包圍中，他那似乎皺縮變黃了的臉，想到這個活潑的老人將要囚在失去一半活動能力的肢體中度過餘生，眼淚就又幾乎忍不住了。然而他臉上卻慢慢呈現一種鎮靜的，不以為然的神色，甚至還抖抖伸出那可以動的右手，輕輕拍了拍她的手背。

他做了一個好長好長的夢。彷彿飄浮在茫無邊際的大海上，盈耳是海浪的轟鳴聲，巨浪伸出無數的爪纏住他，舉着他向岸邊撲去，又驀地拖着他往後猛退。他感到很累很累，手腳都不聽使喚了。有一陣子，他想閉上眼睛沉沉睡去，任由海浪把他拋上拋下，他感到巨浪的背後就是一片更寬闊自由而平靜的海洋。海洋在呼喚他。他放鬆了全身，睡意像霧無聲的裹向他；意識朦朧了，他快要睡去，可是，在巨浪把他再拋向前又往後拽的一剎那，他忽然看見了一片閃亮的白色沙灘。他看見老伴——她的庶祖母在沙灘上踽踽獨行，那個沉默的，甚麼事都擺在心裡的女人。他又看見她，她好像還很小，高興的獨個兒在沙灘上撿貝殼玩。突然，她抬起頭來，環視一下荒寂的沙灘，就抽抽搭搭的哭起來，一面哭，還一面喊着爺爺、爺爺。一焦急，睡意的濃霧散去了。他困難的集中起全身僅有的半點氣力，向着沙灘爬去。可他的四肢為甚麼這麼沉重？一個巨浪遮天蓋地的直劈下來，他被捲到海底，隨着大量黑色的海沙往上升……忽然，他彷佛飛進了一條黑暗的隧道；前面有一點亮光，耳畔是細碎的，清脆的鈴聲。不曉得飛了多久，他終於慢慢的睜開眼睛。

醫生的話他聽得一清二楚。那比死還要可怕，他想。但他立即聽到心底裡一個聲音說：「沒可能的！別信他！你身體一向這麼好！」幾乎是同時，另一個聲音反駁說：「他是醫生，你不信他信誰？八十多歲的人了！那個晨運時常碰到的『外江佬』不是常說甚麼七十三、八十四、閻王不請自己去？你總算把命撿回來了，還能指望跟未病以前完全一樣嗎？」「死不了就證明你身體還不太壞，吃藥，再從頭學站、學走路。一定要做的還能做不來？」

即使是在他咬緊牙齦，堅持每天苦撐着練習站起來，坐下去；試着拖了僵硬的一條腿往前挪動的時候，這兩個聲音還是常常交替出現的。

現在，他總算能丟了拐杖。雖然走路也只能一小寸一小寸的往前挪，跨過門檻時就必須兩手扶着門框，使勁的把腿提起來，但總比整天躺在床上強得多了。

「是甚麼？」他指指她帶來的擱在他面前桌子上的一盒東西問。

「是素餃，趁熱吃了吧！」她站起來想打開盒子，然而他已經一手按着盒，一手拽着紙盒外面的尼龍繩，一面說：「一塊兒吃！」可是他拽了兩三下還不能解開活結，她伸手想去幫他，但他又是一擺手，然後更使勁的再拽了兩下，結就解開了。她走到碗櫥拿了兩雙筷子，兩隻碟子；又從那擱在花梨木雲石面高腳几上的暖水壺倒了兩杯茶。他們就開始吃起來。

她喜歡看他，從前倒好像沒有留意他的臉竟是那麼好看的：純白的短髮整齊的貼在頭頂上，深刻的紋路從額上向臉孔兩側瀉下來，那些整齊勻稱而有力的線條到了眼角就忽然變成兩張開向雙鬢的扇子，扇子下面又是直直的一度一度往下奔，匯入頸部深深的皺摺中。帶點灰的小眼睛嵌在浮腫的上眼皮下宛如兩個小小的半月，半月下面是兩個大大的眼袋。鼻子和嘴兩旁各有深深的向兩旁斜出的紋路。他咀嚼的時候，皺紋全都有韻律地牽動；如果他笑了，皺紋就都一下子向上揚了起來。

可是，那些紋路卻忽然停止了牽動，並且慢慢往下拉，拉出一個嚴肅而帶點憂慮的表情來。「辦好了嗎？」他問。她夾着餃子的手在半空中停了下來，但她馬上爽快的答：辦好了——盡量不帶一點感情。

「那就好了！那個衰仔，哼！」他激憤地說，後面那幾個音節意外地來得格外準確。她馬上低下頭去，但又重新抬起頭來，看着他的臉，低聲說：「爺爺，不要惱他，不是他的錯！」本來她的意思是：這並非誰對誰錯的問題，但一開口就說成這樣。

他默默放下筷子，一臉的皺紋靜止着，眼裡慢慢的透出一種很複雜的神情來——有一點驚訝，一點不解；一點責備，還有一點憐愛，彷彿在說：到了這時候，你還幫着他，不是他的錯，難道是你的錯不成！你這個傻孩子！但終於還是沒有說出來。其實一開始他就看不上毅，第一次相孫女婿之後他就曾經這樣對她的父母說：「論職業呢，教書也算是正當職業；但人品和相貌就差點了；耳後見腮反骨相，人也木木獨獨的，問一句答一句，茶也不會替人倒，老像想着甚麼似的，不像個會照顧人的人！」但當着她，卻不敢說些甚麼，他知道她跟自己同樣倔強，弄不好，說不定她一賭氣就馬上嫁給毅。後來他們倒是真的很快結了婚。不久就聽說毅失業，問她；她說不是失業，是因為要準備一批展品開展覽會，辭了工。他半信半疑的沒有再問甚麼，倒是更覺得嫁給毅確實委屈了她。毅可以丟下她，獨個兒跑到美國去也就是很好的證明。

她也知道他不喜歡毅，還為此暗暗生過氣。他並不了解毅——直到現在，她還是這樣想。「毅是個耽於藝術的人，生活上的小節幾乎完全不能自理；蝶蝶看來是賢妻良母型，也許你們才是『最佳拍檔』吧！恭喜你們！」

毅的老友婉，在賀卡上寫了一段這樣的話。

然後是一段漫長的路，從市區蜿蜒的伸入郊區，路的盡頭是元朗一間古老的村屋，白天她在區內的津貼小學教書，下午回來料理家務。

關於那座村屋，她現在記得最清楚的是傍晚闖進來的蝙蝠。幼時在家裡的一些繡片上看過這象徵福氣的小動物；長大了，讀過「黃昏織滿蝙蝠的翅膀」等詩句，卻從沒有想過現實中的蝙蝠模樣這麼駭人。起初看見時還嚇得尖叫，但慢慢，她也學着毅，拿起木板來，拍的一下打下去。怎麼能不這樣呢？毅不在，蝙蝠也一樣闖進來，而毅在家的時間並不多。事實上，那幾年過的也可以說是「等」的生活。

等毅從市區回來。

等毅從自己的工作室，滿身油彩或者滿手陶泥的鑽出來；趕緊放下手中的任何事，把冷了的飯菜熱出來。

之後是等領事館的消息，等毅寫信回來，或者在漆黑冷清的睡房裡等着不一定會來的長途電話。

那個秋天的陽光特別溫柔。毅的手和唇像陽光。

「我先去了，你盡快申請來。」

非去不可嗎？不是說一九九七之後還有五十年不變？但毅說：共產黨的話也能作準？沒聽過文革時那些藝術家的遭遇？文革是不會再來的了！「來不來是另一回事，幹我們這行的，能到外面瞧瞧總是好的。」

毅沉默了一會，又說：「我才不像阿劉他們那麼傻，滿腦子民主回歸——帶着民主的觀念當作回老家的禮物？不等於已向『秦城』，預約一個席位，作他們的永久的居所！」毅笑起來時愛把眼睛向上一翻，彷彿把全世界都不放在眼內；但左頰一個淺淺的笑渦又把他的笑容裝點得天真和俏皮。

漆黑，她剛從一個漆黑的夢中驚醒過來，那一片茫無際涯的汪洋還在腦海翻騰着，電話鈴就響了。

「蝶嗎？收到你的來信了！領事館過不了也實在沒法；忍耐點吧！只好待我搞到居留證再申請你過來了……這樣吧！暑假你申請旅遊證件到加拿大二姐處，我過來見你，我們再想辦法……」毅的聲音隔了半個地球傳過來，顯得那樣的不真實。但她還是打點好一切，走了一趟。她沒敢把計劃告訴家裡任何人——包括眼前這位從小疼她，甚麼都依她的老人。等成功了再寫信告訴他們好了，她想，然而毅竟說：

「……我不能過來接你，因為我的簽證過期了。況且我等一下要聽一個講座，聽完還要訪問那個講者。這樣吧，你讓二姐夫駛車送你過來。到了邊界，拿二姐的證件晃一晃就可以過去了。你跟二姐又這麼相像，他們不易發覺的。你讓二姐夫把你送到我住的地方，自己洗個澡，睡一覺。冰箱裡有吃的，餓了你煮來吃，等我回來！今天晚上，我們就可以見面了……」

可她忽然委屈得想大哭一場，這種等的生活要到甚麼時候才結束呢？在香港，她倒還有職業、親人和朋友……

她自然看不見他的表情，但不知怎的，她腦中總是出現這樣的景象：他聽到電話的另一端傳來一句我不來了，我們離婚吧！有點錯愕的喂了一聲，發覺電話已經掛斷，呆一會。聳聳肩放下聽筒，就若無其事的去聽那見鬼的講座去……

該怎麼說明他們離婚的原因？就說是因為她不能再等？輾轉聽來，穀彷彿對誰說過：這幾年，也的確苦了蝶蝶，實在不能讓她再等了！將來等我有了成就再報答她幾年來對我的支持吧！不能讓她再等！就是因為這樣，他才瀟灑得如此不近人情？她說離婚——而且還是在氣頭上的——他就馬上答應？有幾次她真想打電話質問他：你本來就想跟我離婚的；我說離婚，你求之不得啦！是不是？但退一步想：這樣吵吵鬧鬧又有甚麼意思呢？況且，離婚又是自己先提出的，想起這點心中一股怨怒就會化成洶湧的淚水。至於報答，她倒是從沒有想過的，拿甚麼來「報答」她呢？王寶釧苦守寒窰十八年，竟天真得以為一襲鳳冠霞帔就是最高的獎賞。

有時她真的不知道自己怎麼熬過了回來之後的幾個月；特別是剛回來不久，他就病倒了。然而生活畢竟又在一大堆麻亂的回憶和現實的上面伸出另一支從前沒有想像過的軌道來……

一雙夾着素餃的筷子顫顫的伸到她面前，餃子正好搭的一聲掉進她的碟裡。

她看看他。那雙帶點灰的小眼睛已消盡了驚訝和責備，剩下的是無盡的愛憐和一絲悔意。「她已經夠苦的了，實在不該再招她。」他一面想，一面指着盒子對她說：「多吃一點！多吃一點……」

二

他睡房裡的傢具都經過多次重新排列組合，就像他的生活一般。那褐色半人高的衣櫥是近兩年才添置的，放在用了幾十年的老衣櫥旁邊。

她扶他在床沿坐下，問：「累了嗎？要不要睡一會？」

「不累！」他說，同時指指旁邊的摺椅叫她坐。

他那雙不靈活的手慢慢拉開了抽屜，翻出那些舊的錢幣、玉鈕扣、信件……來讓她看——像小孩子展示自己的玩具。雖然已經退休二十多年，但他仍保留辦公室裡處理文件的習慣；抽屜裡所有的東西都是有條不紊的，甚麼東西擱在甚麼地方，他都記得一清二楚。一個墨綠色的文件夾夾着她讀教育學院時編的學生報。翻開那些發黃的紙張，重新讀着自己寫的文字；那時的生活和思想都變得陌生遙遠。她幾乎記不起自己曾是那麼敏鋭，那麼關心周圍的一切。那時寫的書評，都是認真閱讀了幾次才寫的，但有些書的內容已經完全忘掉。生活的道路彷彿真的越走越窄：教小學並不需學術研究，管理那個家她倒花了全部的心思。烹飪也是從頭學的，專揀毅愛吃的菜做。結婚不久，朋友都説毅長胖了，毅指着她，笑説：「你不知道嗎？這是蝶蝶的御夫絕招，把老公餵得中年發福似的，好等別的女孩子看不上他！」那時她還笑着搥了他一下。但在精神上，㲋會不會因為她始終不完全懂得欣賞他的創作而感到不滿足？為甚麼從前倒沒有想到這點。

他有點擔心的望着正在出神的她，然而沒有説甚麼；只是收起了學生報，拍拍她的手，用顫抖的手給她遞過一本相片簿。於是她看到很久以前的他和自己，還有很久以前的這房子和在這兒生活過的人。那時一切傢具都顯得比較光潔和有秩序。他穿着整齊的西服，結了領帶。精神奕奕的站在臨街的那列窗前，背後是寬闊的海和各種的船隻。她還記得小時候他常抱着她看「火船」。颱風襲港時那些海浪竄得老高老高。她又看見他坐在長方形餐桌前，旁邊是穿旗袍的她的親祖母；照片的前景是桌上整套的西式茶具，背景就是花梨木碗櫥和兩側雲石面的高腳几，几上還放着大花瓶。母親穿着長旗袍，抱了剛滿月的她，坐在西式雙人床的床沿，旁邊有一隻枕頭，鑲了花邊的淺色枕套繡着深色的 Good Morning。

「瞧你，像隻小貓！」他笑着説。

她笑笑，翻過一頁。一個穿鬆身短裙的小女孩坐在床上舉着個大蘋果。真像賣廣告，她想。然後小女孩從床上一骨碌走下來，滿屋子跑着，抱起一隻黃白的大花貓，捉着牠的爪子教牠寫字。貓被鉛筆和她的手夾痛了，尖叫一聲，掙扎着跑掉；她就在後面追，貓急了，嗖的一聲竄到高腳几上。哐啷——几上的大花瓶摔了個粉碎。

她嚇得哇哇哭起來。他從午睡中驚醒，忙走過去，又是抱又是哄的：「哦！乖，不怕，不怕，沒有被碎片扎着就好了，不要哭哦！」祖母邊掃着碎瓷片邊嘀咕：「這麼好的對瓶，硬是這樣打碎了一個；頑皮得沒個女孩子樣，真該好好的打一頓……。」他卻在她耳邊低聲說：「不打蝶蝶，打花貓，好不好？」

有時，他也會給他們幾個小孫孫講故事：張保仔啦，海盜皇后啦；而說得最多的，還是「三年零八個月」的往事。

「日本仔頂可惡的，動不動就把人從樓上摔下去，捉人去打去灌水……那時經過日本憲兵的站崗，要向憲兵鞠躬，你鞠躬時，他也鞠躬；不然就是兩巴掌打得你滿天星斗。好！鞠躬就鞠躬吧！每次走過，我就跟自己說：看看鞋子乾不乾淨！於是就彎下身去了，那個死日本鬼才真的向我鞠躬……」

他述說的，大部分是驚險和艱苦的經歷，他們幾個小孩都常常聽得張開了小嘴；但那些故事對在安穩中成長的他們來說無疑是太遙遠了。香港淪陷留給他們的具體事物不過是大人們不知從哪兒翻出來，給孩子當玩具的軍用手票。同時，早在她出生之前，他已結束了祖傳的生意，成為政府部門裡的「師爺」。「甚麼叫師爺？是不是戲裡面戴着四角有穗的帽子，有兩撇鬍子的那些師爺？」有一次她這麼問，逗得他哈哈笑了起來。「對啦！爺爺回到寫字樓就是穿那些衣服的。」

記憶中和現實中的他一樣是那麼仁慈。但好像有一段時期，她曾簡單而意氣的嫌他缺乏「民族意識」！

如果當時接到毅的電話，只說聲好，就由着二姐夫把她送過去，那麼她生命中會多了點別的甚麼經歷，但卻很可能失去了跟他相對着回憶過去的這些下午。如果不是他突然病了，她真的從沒有想到有一天他會離開的；也不會像現在般常陪伴他。她自己也不明白為甚麼她計劃到毅身邊的時候竟完全沒有想到他；這一點，她想起來就跟想到那簡單而意氣的自己一樣，感到非常慚愧。

其實細細想來，他已經失去了不少，彷彿越往前走，生活中就越是減去了人所重視的東西——祖傳的事業在戰爭中一夜之間失掉，然後親人一個個的離開；來了退休的年齡又失去了可以寄託精神，打發時間的職業。現在連健康也失去了。為甚麼他還那麼愉快，那麼平靜淡然的談起過去的生活？是不是有一天她也會這樣淡然平靜的談起失去的一切，談起毅和那幾年共同生活的日子？

「你的腿怎麼了？」

「斷了！」

「為甚麼？為甚麼會斷掉的？」

「別這樣！你不能笑笑嗎？親愛的，瞧你這大驚小怪的勁兒！要是我也像你一樣，只看着我的壞腿，那麼我就一天都活不下去了！」

一個電影的片斷驀地從腦中跳出，雖然她清楚記得對話的是兩個女子；但她卻忽然產生了這樣的錯覺：最後一句話是由他說出來的。

不過，他顯然沒說過甚麼，當她抬起頭來看他的時候，他正在怡然的搖着比較活動自如的一條腿，在回憶中徜徉。

三

她泡好茶，從廚房穿過長長的陰暗的走廊回到廳中，他卻已經在臨街的窗旁坐了好一會。今天，他似乎想得特別多特別遠。他有點累，但單調的生活也幸而有各種各樣的回憶豐富着。她小時候的事情一件一件的在眼前湧現。從小她就是個愛玩愛問的孩子，也特別愛看街景。尤其是當她聽見那種樂聲，就總會放下手中的一切，搬來一張椅，跪到椅上看。那時他就會立刻走過去，扶着她，跟她一起看着那長長的行列自遠而近，又逶迤而去。

「爺爺，那些包着頭，穿白色衫的是甚麼人？他們為甚麼哭？」

那車是給誰坐的？那些人為甚麼要走路，不坐車子？車前面那張大相裡的是誰？」

她總是問個不停。有一次還把枕套套在頭上扮送殯，給先前的老伴打了一頓。先前的老伴過世的時候，送殯的行列也是老長老長，從萬國殯儀館慢慢流向跑馬地天主教墳場。她那時是八歲吧……

「爺爺，喝茶！」他接過來，呷了一口，把杯擱在面前的桌上，然後笑着指指窗外。

於是，她就像往常一樣，趴在綠漆剝落的窗框上往外看。窗外，是向前挪動了並且縮小了的海，把這座原來築在海邊的四層舊樓遠遠拋在一叢三四十層高的大樓後面，從他們坐着的地方，僅能看見兩座大廈之間熒光屏大小的一幅山和海。一艘船剛好從一邊大廈後面走出來，露出了全身又馬上消失在另一邊大廈的後面了。

外面的街景也平凡，不外是大廈、馬路和車子；但看久了就會發現一幅色彩鮮明的圖畫：大廈棕紅色假雲石外牆下面是一條被三行「綠洲」分隔成的多線行車路。綠洲上，夾竹桃夾着法國梧桐，開了白花的蘭草旁邊是紫紅色的，不知名的花草；還有一小片翠綠的草坪。灰黑的柏油路上奔馳着各種顏色的車輛……。

她回頭看了看他。他今天好像有點累，然而剛才倒還興致勃勃的問她有沒有交男朋友，勸她找個好人，再結婚。

「再結婚？也許。但這不是唯一的路。」她在心裡對自己說，然而在他面前，她也不過笑笑，點點頭。他還在那兒搖着腿，想着，不時拿起杯子來呷一口茶。他在想甚麼呢？她猜不着。

窗外，還是那一小片灰灰的山和海，沒有船經過，但是她知道那些高樓後面，海仍在湧動着，有無數的船隻——正在啟航的，將要泊岸的；滿載歡樂的風帆，蕩漾着辛酸的舢舨；龐然的巨艦，輕巧的快艇——各佔了海的一角，組成了巨幅的，豐富而永遠變動不息的畫面……

最後幾張摺椅都搬到貨車上，跟車的關上了「尾板」。一瞬間，貨車就混在馬路上那色彩豐富的車流中。

行人路在對面棕色大廈的陰影中寂然。

風吹着馬路中間那小片草坪上的草。

四層高的舊樓靜靜的站在陽光下。

被歲月薰成灰黑的、綠漆剝落的窗框和窗上的牛皮膠紙都隱沒在藍色尼龍布和竹棚的包裹中。鑽土機發出一串轟響，碎掉的磚石和着塵土，從機嘴處四散開來……

（選自陳寶珍：《找房子》，由李焯佳、李植悦、何良懋於一九九〇年出版）

扇子事件

王璞

擦汗是去夏的事
扇子的事
而扇子給隔壁的女房東借去了
據說她回來收藏
秋蟬脫殼最後的一聲慘叫

——洛夫

我記得很清楚，當那面扇子飄然地落到海裡去的時候，我只是輕輕地「啊」了一聲。過後，那艘大船就開動了。洪夏站在甲板上，他的臉上一片茫然。

那種懊喪的心情一直保持了好多年，我一直在想：「真是的，他怎麼會愚蠢得那麼老遠地把扇子拋給我呢？他可真蠢！」

我給洪夏寫的好幾封信都提到了這件事。最後一次，他生氣了，在信中寫道：「你真庸俗！」

再過後沒多久，便傳來噩耗：洪夏失蹤在呼倫貝爾大草原上了。

有人把他的遺物帶來給我。不知為甚麼，我老是覺得會在其中發現那把扇子，在當時的種種感覺之中，這種要發現扇子的感覺最為強烈。每年春天，我都會把那些東西拿出來仔細翻找，這個習慣哪怕是到了香港也沒有改變。臨來香港時，我只從洪夏的遺物中挑了一把電工刀和一件背心帶上。這樣，尋覓的範圍大大縮小，但習慣卻沒法改變了，這種每年夏天翻查舊物的習慣。

友鵬說，這是一種從古代拜物教遺傳下來的嗜好，這是他有一次看見我翻弄那些東西時說的。但他並不去打聽這些東西的來歷，也不問我在翻找甚麼，他對自己的丈夫地位具有完全的自信，而且，現在他一心想的都是怎樣移民。家裡四處擺滿的盡是些移民參考，移民雜誌，有關移民的剪報；他自己則從南半球飛到北半球，又從北半球飛到南半球，為了尋找一塊既經濟又有發展前途的樂土忙得不亦樂乎。

所以，現在我不得不獨自去逛那些古董店了，我也不知道我為甚麼喜歡逛古董店，我並無意收藏甚麼，而且對古董毫無研究。我喜歡的大概只是那種含蓄而肅穆的氣氛，古董店的櫃台總是比現代化的華麗櫃台來得安心。不錯，這裡的光線似乎常常顯得不足，但在那靜靜的陰暗之中，自有一股夢幻般的傲氣在。

就是在這種氛圍中我看見了那把扇子，那是一把包着紫邊的圓扇，扇面大概是絹紗製成的，當年一定曾經雪白過，現在卻有點發黃，上面的墨跡，因為年代久遠，已經不很清晰，但仍然看得出來是一些古裝仕女，在園林中嬉戲。左上方寫着幾行字，大概是題詞，旁邊則是一方玲瓏的小印。

扇子靜靜地躺在櫃台裡，在一些印石和一些玉雕小擺設中間，顯出一種格格不入的困惑。

老闆走到我面前，問道：

「小姐想挑一件玉器嗎？」

「不，」我指着那扇子說，「我想看看這把扇子。」

「噢。」老闆一面取出扇子交給我，一面從容不迫地說：「你小姐可真是位識貨的人！」

他又指指那方小印興致勃勃地說：

「看看清楚！看看清楚！」

我便把面孔湊得更近些。

「是黃道周的印呀，這把扇子稀奇就稀奇在這方印上！您看看清楚！」

我淡淡一笑：「怎見得這印是真的？莫非這扇子有一百多年歷史了？」

「當然啦！」這位面色發青的小老頭憤怒地叫道，「小姐您這就是說外行話了，兩百多年歷史的扇子都有呢！」

於是他走上前來，做出一個要收回我手中這把扇子的姿勢，明明是對我這位主顧失去了信心。

但我把手一縮說：

「不，這把扇子我也許是要買的，請開個價！」

「五千元。」他靜靜地說。

「甚麼？」

「五千元。」

「沒搞錯吧？」

「不會錯的，它值這個價。你再看看這方印！我原是要賣六千的，看見你小姐是真心喜歡，我才……」

「但我喜歡的那把扇子，卻沒有印。」我說，慢慢地放下了這把扇子。

確實，那把掉到海裡去的扇子，並沒有印。沒有印也沒有畫，不過，我記不大清它的底色了。那年我和洪夏在巷口的一家雜貨店買下了它。在那種時候，一把絹紗圓扇真是一件大大的奢侈品，洪夏花了八毛錢，這筆錢對於他簡直是一筆巨款，意味着許多有趣的事物和遊樂，但洪夏把扇子遞給我時，笑得特別高興。

我卻始終不能明白，為甚麼洪夏會在臨別的一刻，以那種愚蠢的方式把扇子送還給我。扇子是我送給他的臨別禮物，因為我再也想不出別的能讓他永遠記住我的物件。一切的東西與那扇子相比，都似乎太俗。

有時我想：是否洪夏在扇子上寫了甚麼字，或是畫了甚麼畫？想要把它留給我呢？抑或是那時他便有預感，知道我倆從此生離死別，想要借助於這把扇子保留住我倆的一段情。

但是那把扇子卻像一隻受傷的小白鳥似地飄向水中，沉落下去了。

友鵬就在這時從溫哥華回來。他興沖沖地一見面就說：「我已經看好了一座樓，又便宜又靚。」從這時起他就不停地談論這座樓。樓前的花園，樓後的車房，樓旁的街道、商店、鄰居，還有樓的歷史，它的第一位主人和第二位主人。偏偏這座樓的歷史又不很平常，雖說它的樓齡不過五年，卻已兩度易主。這兩位房主都不是等閒之輩，其中的一位，拐彎抹角地與那巴拿馬的強人諾里加沾上些關係，因而至今被困在巴拿馬……

「可是，」我說，「股票的指數卻在下跌。」

「下跌就下跌好了！」友鵬很豪邁地說，「我們不是差不多全拋出去了嗎？所以就得抓住時機，就比如在溫哥華買房子……」

「你最好去看看熱淋浴器的龍頭，好像有些毛病……」我說。

友鵬不滿地轉過頭來看看我，「你怎麼盡打岔？我覺得你對移民這件事一點也不熱心，真的，你老是打岔，你心裡在想些甚麼，我真不知道。」

「可是，沒有移民之前，我們總還得活下去吶！去看看熱淋浴器吧！友鵬！」

友鵬搖搖頭，走進了衛生間。

但是沒過幾分鐘，他就急沖沖地一頭奔了出來：

「哎呀！」他衝我高聲說，「剛才你一打岔，我都把溫哥華那座樓的主要細節遺漏了，剛才我說到了諾里加是不是？」

「好像是。」

「怎麼好像？明明是告訴過你，那第二位房主因與諾里加有牽連而急於將房子脫手。所以，我們必須抓住這個有利時機，當機立斷。」

「是呀是呀！我不反對。」我說，雙手捧住頭，「可是，你別老是喋喋不休地談這座樓好不好，你這座樓把我吵得頭都大了，我們試着談點別的事行不行？」

「別的事？甚麼事？」友鵬問。

「比如說……比如說，一把扇子。」

「扇子?!」

「可不，你把眼睛瞪得那麼大幹嘛？一把古董扇子，前天我去上環一家古董店看到的，那真是漂亮。」

友鵬聳了聳肩膀：「你還有這份閒心，有時候，我真不懂得你。」

「有甚麼不懂的，移民歸移民，生活還是得照舊。你不是也愛跑去古董店嘛，那把扇子確實漂亮，帶紫邊，有黃道周的真蹟印章。」

「多少錢？」

「五千。」

「五千？你瘋了吧！八大山人的印章也值不了這麼多錢。」

「你別激動，」我說，「可以還價嘛，老闆說……」

「放他的狗屁……一把扇子！你不要聽他的。」友鵬說，懶懶地向洗手間走去。

關於扇子的故事，就是這樣闖進了我們的生活，我實在不知道在前面的敘述中，我將這把扇子的來龍去脈講清楚了沒有，會不會令人覺得迷惑難解？的確，在生活中，常常有些簡單的事難以說清，越是簡單的事越是令人感到困惑。正是基於這個道理，我不得不反反覆覆向友鵬闡述那把扇子對於我的重要性，自從那天在上環那家古董店看到它之後，我便再也丟不下它，可是那方印和那五千元的開價，令它更像是一個夢。在溫哥華與呼倫貝爾草原之間徘徊的一個淒涼的夢。

終於，有一天，在辦好溫哥華買房的某一道手續之後，我和友鵬走在中環的一條馬路上，我忍不住挽住友鵬的手道：

「怎麼樣？現在我們去看看那把扇子吧！」

「也好。」友鵬說，「也好。」

他顯得有點悶悶不樂，因為他覺得房子的價錢還不夠理想，那位諾里加的朋友突然從巴拿馬飛回，令得友鵬的如意算盤大大打了折扣，當我們走到一家古董店門口時，友鵬突然一仰額頭說：

「不行，我還得到溫哥華去一趟！」

「到了。」我溫和地說，「友鵬，就是這一家。」

「噢！」友鵬說，瞪着眼睛打量門口那隻花瓶，就好像他生平第一次見到這種花瓶一樣。實際上，每家古董店門口差不多都有這麼一隻花瓶，只不過它們的花樣大小不一樣，這家的花瓶是景泰藍的，有一人來高。花樣呆板，顯得有點俗氣。

「這花瓶，」友鵬說，「還可以。」

面色發青的小老頭走了過來，殷勤地招呼道：

「隨便看隨便看！」

「我要看看一把扇子。」我說。

「扇子，有！有！」

顯然他已認不得我了，他把我領到櫃台前，指着裡面的一排扇子說：

「隨便撿隨便撿！」

我把它們掃視一遍，立刻發現沒有我要的那一把。

「我想要那把有黃道周印章的圓扇。」我說。

「圓扇？」他很驚奇似地反問，「黃道周印章？沒有這樣的扇子哪！」

「就在兩個星期前，我在這裡看見過的，不記得了嗎？」

他緩緩地搖頭。

「不是這一家吧？」跟在我後面走進來的友鵬說，「也許你記錯了。」

「不會不會。」我又看看面前的小老頭，明明是這副尖尖的腦門，這頭稀疏的白髮嘛！

「是不是賣掉了？」

「讓我來想想，想想！」他說，一隻手拍着頭做誇張的思考狀。

「是的。」他終於說，「賣出去了兩把扇子，一把是摺扇，一把是六邊形絹紗扇，但都沒有黃道周的印章。」

「不，」我說，「明明是一把圓扇，上面有畫有印，您開價是五千元。」

「不會的。」他笑了，「我哪會開那麼高的價！我這裡的扇子從來不會賣到三千元以上，這點我是記得的。不瞞您說，我做古董行也有幾十年了，五千元以上的扇面，只賣過兩把，一把是吳道子的，一把是石濤的，都是既有畫又有字又有印的。哪裡會為了一個印就要五千，您太太一定是記錯了，記錯了！」

「絕對不會！」我說，「難道您認不出我了嗎？」

他張開口，像個弱智人的樣子盯住我看了一會兒，慢慢說：「不認識——」

「對不起，」友鵬突然插嘴道，「那我們去下一家再看看。」

他不由分說地挽住我的胳膊就走。

「你！」我低聲叫道。

但是他毫不理會，拉着我一直走出了這條街口才放慢腳步。

「你應當去好好休息一下。」友鵬溫柔地說，「要不，這次你陪我一起去溫哥華吧！」

「你是甚麼意思，友鵬！」我問道，「難道你也不相信我嗎？確實有過那把扇子。我不會弄錯，因為……因為……」

「我知道我知道！」友鵬體貼地握住我的手，憐恤地望着我，「我們一起去溫哥華吧，現在氣候正在轉暖，我們可以去看看五大湖。」

這時我們正走在一條上坡的石階路上，據說，這是香港碩果僅存的最後一道石階路了，皮鞋走在上面，發出驚天動地般的「的的」聲，時間正是寂靜的午後。

「友鵬，」我停在其中一級石階上，對友鵬說，「咱們不如去呼倫貝爾草原看看，我想我一定要去看看。」

「你說甚麼？呼倫貝爾？」

友鵬驚恐地搖着我的手看着我的眼睛，我倆挨得是那樣近，以至於我能清楚地看到他的暗褐色的瞳仁，在那瞳仁裡，有一張驚恐惶亂的面孔。

我想那面孔一定就是我的了，這大概是不會錯的吧？

（原載《香港文學》第七十七期，一九九一年五月五日出版）

細節

鍾玲玲

周對她這份工作是愈來愈感到愜意了。當然，在這份愜意的工作裡頭仍然免除不了不快樂的部分，因為嚴格來說所有工作都是令人不快樂的。周曾經是那樣的不快，她不斷地說着：「希望你能明白……」、「對不起，是我錯了……」、「你可以原諒我嗎？」這樣的話。周說話時投入的程度，令人以為她原本便是這樣的一個人，以至令人忽略了對她內心所造成的傷害。周曾經一度不識時務地經常向她的朋友、她的同事訴說着她內心所受到的困擾，但到最後都因為被譏為不值一哂的雞皮小事，而令周感到無限的羞愧。周開始覺得倘若她必須在這個社會謀取生活，必須和別人建立關係，她就必須作出某種讓步，以便達到一致的和諧。周愈來愈感到和諧在生活中的重要性。當她出席一次友人間的聚會而發覺大家竟能融洽相處，當她回到家中發覺母親並沒有因為過分的操勞而暴跳如雷，當她回到辦公室看見每個人都向着她微笑，她就會偷偷地舒出一口氣來。

事實上周對她這份工作是愈來愈感到愜意了，她一方面為這種感覺感到高興，另一方面卻為這種感覺而感到萬分的懊惱。她覺得她實在是有違自己的意願，她到這個世界上來原是為了吃苦，而並不是為了享樂，她為自己日漸生活在快樂的情緒當中而感到萬分的羞恥。周一直認為世界上最大的罪惡莫過於別人在吃苦，而自己在享樂，周竟愈來愈把這種情操給遺忘了。周過去曾經為工作上的需要經常地出入電視台電台諸地而感到萬分的苦惱，她過去的舊相識如今大多成為了傳播界的頂尖人物，有些成了電視台的重要決策者，有些成了極具影響力的雜誌編輯，有些成了電影界的新秀導演，有些成了最有希望的作家，周一方面很為朋友的成就而感到高興，而另方面她實在是難以辨認他們如今是否仍然是她的朋友。周曾經好幾次在廣播道上遇見他們，而她之所以到廣播道去通常只是基於幾個微不足道的原因，可能是訪問一個剛成新聞人物的藝員，又或者只不過是到公關部收取幾張綜合節目的照片，但對周來說，都成了一項十分艱巨的工作。有一次周正匆匆忙忙地趕上廣播道，而她仍然能夠清楚地看見張正從電視台步行出來。據周當時的估計，他應該是正想步行到離電視台不遠的豪華住宅中。張的事業目前正如日方中，在電視台上舉足輕重，周不久前還在報章上看到他擁着妻子拍的一張照片，照片旁的說明寫着：「張××雖則春風得意，但愛妻之情依然不減」。像這種語帶雙關的說明文字對周來說實在是太熟悉了。每星期當中她起碼要寫十張八張像這樣的圖片說明。有一次日本的紅歌星谷村新司來港演唱，周就在照片下寫：「看谷村新司的台風，其歌藝自可想像」，結果總編輯問她這說明是甚麼意思，而周則臉紅耳赤，自覺做了一件天大的錯事，私底下常以這件事來警惕自己。

周認識張已經是十多年以前的事了，並不是甚麼相熟的朋友，說清楚不過是一同唸過幾首詩，一塊喝過幾杯酒的友誼罷了，並沒有甚麼特殊的感情又或者難以忘懷的事。但周是一個奇怪的人，她記得有一次在一個人多的聚會上，張的妻子正坐在他的身旁，當時正是被他極力追求的對象，張竟突然向對坐的周說：「昨天我從公共汽車上往下望看見你，你手上拿着盛滿藥水的瓶子，臉色非常難看，所以便沒有叫你。」

周還記得當時坐在左手邊的李這樣回答他：「你把這件事說出來難道一點也不覺得羞愧嗎？你坐在公共汽車上，而別人正臉色難看地手裡拿着一隻盛滿藥水的瓶子在下面走，這樣說出來難道一點也不覺得羞恥嗎？」

而現在李已成了電視台上重要的新聞編輯了。有好幾次周在看電視的時候瞧見李正坐在上面講話，而所說的都是一些十分重要的話題。周還記得當年自己如何每天從佐敦道跑到深水埗替外婆取藥的情景。但未幾外婆死去，周不再需要每天從深水埗趕回來佐敦道讓外婆急着吃藥了。外婆死那天周恰巧地不在家，她在外面派傳單回來的時候衣服被雨水全淋濕了，由於外婆已死，周的母親那晚上便破例地沒有罵她。

周一直記着這件事情是毫無理由的。那天她看着張迎面而來，她怔怔地站在廣播道的中央，就像一個傻子那樣。幸好周終於在適當的時間及時地清醒了過來，她起初側着身子，後來用背貼着豪華住宅粗糙花紋的矮圍牆上，她對張冷眼旁觀，竟發覺雖在四顧無人的景況底下，那張臉上依然難以自制地流露出一副得意的神色，周在這同時便立刻原諒了他。離開報館以後周原一直為某藝人的緋聞事件憂心不已，她認為干涉別人的私生活是一件侵犯人身自由的事，訪問將會在異常痛苦的情況中進行，但此刻她已經完全地把這個人的憂慮給遺忘了。她突然地感覺到自身的卑微，一切都沒有甚麼是可以憂慮的了。她不再在乎張或李或其他在這城市裡被日益重視的舊相識如今是否仍然是她的朋友，她甚至認為即使沒有朋友，也不再是那麼可怕的一回事了。

周既對她的工作感到愜意，往後的事情便明顯地好辦得多了。最近周的工作單位上更新來了兩位新同事，一位姓方，一位姓戴，使周覺得再沒有任何理由再為工作上的事情擔憂了。姓方的同事比較年輕，比較漂亮，性情也就比較熱情開朗，面對任何問題都能流露出一副滿有把握的神色，處處令周覺得實在是後生可畏。姓戴的年齡與周差不多，由於她的外表看來敏感虛弱，周起初有點怕她，相處下來周又發覺她實質上是成熟溫厚，性情倒不是沒有轉彎的餘地，二人竟又親近了起來。一天晚上二人湊巧在一個時間下班，周正想對她說再見而戴竟然說出了希望與她同在英皇道上散步的心願，周覺得既沒有拒絕的理由，二人便相偕地散起步來了。在散步的路上戴對周說出自己心中的恐懼和困惑，她對周說：「我擔心不能勝任這份工作。」周淡然地回答：「你相信我，事實上是勝任有餘。」戴不信任地說：「你不用欺騙我，你們都比我做得好。」周平靜地說：「我們比你做得好也是應該的，你新來，不應該馬上和我們比較。」戴想了一下並沒有再說甚麼，周馬上便安心了下來，自覺已安慰了對方的靈魂。但不久戴又說：「但我擔心永遠趕不上你們。」周突然急遽地說：「怎麼會呢？你的學歷比我們要好得多了。」戴劇烈地顫抖着，吃驚地說：「你怎可以說這樣的話？」周抓了一下戴的衣袖，心中深悔昔才無端魯莽地刺激了戴的情緒，但此時已經來不及了。她老實地對戴說：「我說的是實話。你太傻了，傻得跟我以前一樣。」戴好奇地問：「真的嗎？但你看來是這樣的快樂。」周說：「怎麼見得我快樂了？」戴停下來認真地回答她：「我看過你的手掌，我知道你是快樂的。我很敏感，你的聲音也告訴我你是快樂的。你知道活到我們這種年紀已經很難交新朋友了，但是我們可以嘗試一下，說不定我們可以交個朋友。」

回家後周徹夜失眠，她有幾位相交十多年的朋友，但她們從來便沒有說過周快樂，雖則快樂的情緒對周來說是愈來愈濃烈了，但周從來便不同意自己是個快樂的人。但此刻戴對她說她是快樂的，單從她的聲音便可以聽出來了，這番話着實是令周感到無比的困惑。她想如果她真如戴所說的是一個快樂的人，那麼她心內隱藏着的愁苦，她對人生的絕望，她對人類苦難的憂慮又是甚麼呢？如果她是一個滿足於現狀的人，她又豈可以再承擔別人的苦難呢？周覺得自己不快樂而另一個人對她說她是快樂的，她將要如何處理這個永遠解不開的謎呢？周最近更尤其不快樂，她有一份愜意的工作，她在辦公室內與同事們相處融洽並輕易地贏取她們的友誼，但周卻覺得自己不快樂。幾個月前她與同事們和劉一塊到暹邏燕窩吃午飯，劉是周相交十多年的好朋友，彼此有着深厚的了解。席間劉突然紅着腮子臉帶笑容地對周說：「我警告你，以後你把我寫在文章內必須先得我的同意，免得損害我的形象。」

當時周嘴裡沒有說些甚麼，但內心所受到的傷害，她相信是永遠無法彌補的。她不相信劉竟會貿然地說出這樣的一句話，她是這樣的毫無分寸，照這麼說來，她們一直認為的彼此了解，看來也不過是一廂情願，毫無根據的。為此周失眠了好幾個晚上，她反覆細讀惹起劉極度不滿、有損形象的文章，看看自己是否真如她所說的曾經無意間在文字上對她做成了一種損害，以至不獲原諒。這不過是一篇文字輕率的文章，其中說及了一段少女時期的友情和一段朦朧的戀愛，明顯地看出作者不過是急於交稿，並沒有甚麼特殊的含義。每當周想起劉當眾說：「不要損害我的形象」馬上便會如萬箭穿心的一般，並且有隻巨大的鐵錘子急遽地敲擊着她的腦袋，有一種將要崩裂的感覺。平靜下來後周開始明白劉之所以如此決絕不外是拒絕承認過去，過去她們二人與簡曾經有過一段十分曖昧的戀情，周明白過來後不禁嚎啕大哭，她深深覺得劉之所以決絕完全是由於簡的緣故。

自此事以後周立意不再寫作，因為寫作對周來說必須是她感情的抒發，她經驗的重整，她對她的父母、她的朋友、她的同事、她周遭的人的一種致敬。但這件事明顯地傷害了她，她受到了創傷，她的傷口亦同時提醒她避免在朋友間再做成嚴重的傷害。

但周的不快樂顯然是不明顯的。周愈來愈感到和諧在生活中的重要性。倘若她必須在這個社會謀取生活，必須和別人建立關係，她就必須作出某種讓步，以便達到一致的和諧。她是愈來愈對她的工作感到愜意了，當然在這份愜意的工作裡頭仍然免除不了不快樂的部分，因為嚴格來說，所有工作都是令人不快樂的。

（選自《香港小説精選》，北京：人民文學出版社，一九九二年十二月版）

父親

伍淑賢

小貞十三歲那年冬天，有個難題：媽媽帶了兄弟姊妹回鄉，剩下患哮喘的爸爸跟她，過聖誕新年。

小貞未見過爸爸年輕的樣子。她一出世，他就老了。她不知道爸爸生她的時候有多大，只知道他是個瘦而高的銀行出納員，賺幾百塊錢一個月，養六個孩子一個老婆。小貞心中，父親，就等於窮和病。

那是七十年代初的冬天。是粵語片《冬戀》上映的一年。小貞記得走過金門戲院，見到幾張劇照。蕭芳芳和謝賢坐在一家咖啡室說話，後面朦朧的掛了串暖黃的聖誕燈。小貞每天等巴士時都看幾遍，心很舒服。

媽媽不在家，小貞每天三點三放學後，得趕回家附近的街市買餸。通常買碎魚肉和豆腐。回家洗好，四點九務必出門，去中環某銀行大堂接爸爸回家。他最近常頭暈，不敢獨自上街。小貞有時覺得他過分謹慎，卻明白他不想出事。校服來不及換了，反正也換無可換。校褸校裙是小貞最體面的行頭，拜年也是穿校服去的。

行行行行，終於到了紅磡碼頭，上了往中環的小輪。對面海華燈初上，亮起幾個幾個串在一起的英文字母，小貞見了開心。中環是個好地方，她天天去接父親，現在很熟了。有叮噹電車看，有華衣靚飾的女人，有告羅士打餅店的忌廉餅蛋撻香。小貞看着海水，盼望長大了也能在中環上班，天天吃熱蛋撻。

爸爸常常給小貞出難題，所以媽這麼討厭爸爸，待他一轉背就罵。今天的難題是：沒錢回家。爸爸口袋只剩五毛錢，小貞只得五仙，坐船兩人總共要六毛。在畫棟飛樑的宮廷式銀行大殿裡，父親低頭小聲問她：

「掏掏校褸袋，或者有一毛或五仙？」

「沒有呀。」小貞抬頭。

「看見櫃枱的馬主任嗎？他認得你的。你過去跟他說，爸爸不舒服，想買藥油，麻煩他借一塊錢，記着說我明天還他。」

「嗯。」小貞走過去，耳卻聽到爸爸推開旋轉門出去。

那馬主任認得小貞，手在打算盤，眼卻等她過來。

她默立一回。馬主任也不問，掏出兩個一元硬幣，放上櫃枱，挪張白紙蓋住。小貞全看到。

她從沒問人討過錢。大堂的雜役正啪啪啪的熄燈，一盞一盞的滅，由明而暗。

「馬先生，我爸爸請你借一塊錢，明早還。」

馬主任揶開白紙，小貞只拿了一元，轉身走。

爸爸在外面廣場的銅像下等她。晚風吹他身體，褲管逆風，突出兩枝柴桿瘦腿。小貞把一元給他，拖住他左手，朝天星碼頭走。

過馬路的時候，爸爸用力握住她的手。從小到大，爸爸過馬路都是這樣，怕孩子衝出馬路，怕孩子給車撞死。他的手緊得像上了鎖。

「今天頭暈嗎？」小貞看他的臉色不特別差。

他搖頭，斜躺在小輪木椅上，閉目養神。小貞開始盤算，明天早上有沒有錢坐車上學。又後悔剛才沒多拿馬主任第二塊錢。呀，爸爸也沒錢，明天他怎過海上班？她悶悶伸長了腿。

校服裙下沒有絲襪。冷得她又縮回來。旁座的女人，手袋平正擱在膝上，黑漆皮鞋尖鑲朵金花，深肉色絲襪，小貞估計必暖和極了。順勢向上看，女人卻乾巴巴盯住她。

小貞不知怎辦，便也閉目養神。右手仍讓爸爸握住不放。

她竟見到自己開口向旁邊的女人要錢。

「小姐，可以借斗零嗎？我們欠斗零才夠錢坐船。我們天天坐這班船的，明天一定還給你。」她專心致志說完每一句，不看女人的臉。

「喂，到啦。上船啦。」有船員拍醒小貞，小貞又拍醒爸爸。兩人走上顛顛顫的甲板。小貞慶幸沒跟那女人說過話。

由碼頭走回家，平常人要十五分鐘，爸爸起碼半小時。這段路，他有三個固定的休息點，好站着喘順氣，再走。第一個是寶其利街口的生果檔，第二個是蕪湖街的洋服舖，第三個是馬頭圍道的涼茶店。這三家店的人，都叫他培叔，都很樂意跟他聊幾句，雖然明知培叔有時沒氣答每一句。

待回到家，吃過，洗擦妥當，天已大黑很久。小貞攤開功課，思想。爸在沙發上休息，頭側向騎樓外的天空。輕輕的樓下傳來鍾偉明講武俠小說聲，隱約刀劍交戟。到有叫賣裹蒸糭聲傳來，小貞才合上功課。爸爸已上床睡。她忘了給他搥骨，也忘了打算錢的事。

爸爸睡小貞的下格床。很久，小貞給爸爸吵醒，他大口大口喘氣，從下面打拍她的床板。

「爸，你不舒服？」

他不能答，只拉住她雙手。用力扯氣。雙手緊得像鋼鎖。

「不用怕，不用怕。沒事的。」小貞想想，這才記起屋裡再沒有第三個人。

「我去叫隔鄰張師奶，好嗎？」小貞知道打九九九可以免費叫十字車去醫院，但家裡沒電話。張師奶有。

爸猛搖頭，拉住小貞不放。小貞幾乎想大喊張師奶了，又不敢。只好坐在床上看他喘。這樣過了好多分鐘，氣扯順了，才鬆了手。眼睛卻睜得很大，看住小貞。

小貞怕他冷，把棉被直拉到他頷下，又怕被重，壓住他胸口，便用雙手輕輕托住棉被，剩半吋空隙。自己蹲在床頭睡到天亮。

小貞比爸爸要早出門口。她將爸爸的衣服全翻過了，確定他沒錢。只有打開自己的匯豐銀行錢箱，掏了兩張五元紙幣出來。一張放在飯枱面，一張自己袋好，下午買餸。

出門口的時候，她叫醒爸爸。

「今天還上班嗎？」

「嗯。」爸爸的眼神很柔亮，像鹿。

「五點半在大堂接你。」

「嗯。」他又閉目養神，撫掃心口。

小貞只提他枱面有錢，廚房開了煉奶，梳已抹上髮乳。

十二月中了，小貞讀天主教中學，在好荒僻的新區，坐巴士要坐到終站。校長很喜歡過聖誕。每年，小貞和幾十個同學都要上台唱詩歌。小貞今天下午便曠了兩節課，給校長拉了去練歌。校長今天很兇，因為她們不專心。聽說港督夫人在聖誕前夕要來看她們唱歌。

小貞一點不怕校長兇。她看通了，校長總是在演出之前造造聲勢，同學便怯，便不敢亂來。她們把一個半句翻來覆去的唱，校長大發脾氣，指住前排一個高年級的同學：

「你還叫 Grace 呢！一點也沒 Grace。看你的鞋襪，像後山木屋區跑下來的野孩子。」

琴聲起，那個叫 Grace 的女生又入錯了。校長站起來，舉起一把摺椅，作勢要向那女生擲將過去。音樂老師停了手，其他人呆望，Grace 垂頭，看自己的鞋襪跟野孩子有何相干。小貞心裡高興，因為今次沒人哭。

校長沉默了一會，逕自出去了。各人即散，跑回課室，該上課的上課，該測驗的測驗。

三點三打鐘，小貞準時回家。在巴士上卻頭痛，像感冒，便躺下來歇歇。心卻默唸了十多遍：四點九一定要起來，四點九一定要起來。

她跑到銀行大門口的時候，天星碼頭的鐘，剛敲響七點。她估計爸爸可能已走了。但萬一他等呢？冷風吹開她校褸的兩翼。遠望見到銀行的銅門已關了，附近的銅像下也沒人影。她開始留意，有沒有男人暈倒在地上。

在大門口來回踱了幾次，都不見人。正想拐過去另一邊試試，赫然見父親坐在側門的台階上。

「你來了。」他抬頭，聲啞，可能坐着見冷。

小貞聽見他的聲音，已說不出話。馬上扶起他走。他腳步浮。

「你暈？」

「坐得久，腳麻。」

「為甚麼不自己先回家呢？」小貞用整個上身支持他的重量。

「不夠錢坐船。都還了給馬叔。」

「很冷吧。」過馬路時，他抓住她的手又像鋼鎖。

「嗯。別哭。家還有蝦子麵吧？今晚灼蝦子麵吃。」爸喘了幾分鐘才陸續説完這三句話。小貞想，上天不再讓他呼吸就好了。呼吸真是太辛苦。

今天，爸爸又給小貞出難題：他要去工展會。工展會在紅磡碼頭對面的一片荒地。有好多繽紛的攤子，有雪糕和蝦片吃，有塑膠全盒賣。門口有斗大的「廠商」大字，用兩個圓圈圈住，紅紅發亮。但工展會很擠。那種擠，是全體人必須同時前進同時轉彎的擠法。小貞希望他支持得來。

晚上六點了，爸爸催促她穿上衣服，快快出門。

「爸，今天星期天，又是工展最後一天，人很多哩。你可以嗎？」

「可以慢慢走。」

小貞於是入廚房，從匯豐錢箱掏出五塊錢。只剩些碎銀了。

「走吧。」小貞換了條藍斜布褲，套上校褸。

「廠商」兩字跟往年一樣紅。入口處最搶眼的，仍是香港館、冠南華、紅A、白花油、甄沾記。其他的招牌，小貞得瞇起眼才看得清楚。

他們行到冠南華，可能是最後一天的關係吧，貨好像很亂，卻還有五六個濃艷的工展小姐，笑着招呼客人。小貞手拖住爸爸，眼卻留戀新娘禮服上的龍鳳珠繡，大紅棉被也很亮麗。爸爸照例扶住櫃枱休息。小貞很仔細看工展小姐的眼部化妝。原來她們眼蓋上下各劃了一條黑線，睫毛也是用膠黏上去的，眼蓋上抹了藍彩，怪不得看起來那麼大。她看完了，發覺爸爸已坐在一張凳上休息，必是工展小姐好心讓他坐的。

「你累啦，我們回去吧。」小貞害怕在公眾場所爸爸出事。

「多逛一會。對面有雪糕賣，快去。我在這兒等。」

她巴不得他這樣説，便擠去對面，攤檔前一排立滿大人小孩。這攤子年年一樣：枱面有十多廿條窄長的空隙，只要用一毛硬幣滾到空隙裡，可賞價值三毛的雪糕夾心餅一塊。小貞想起牙齒咬入冰凍雪糕的感覺已十分受用。聚精會神，果然兩發兩中，得了一塊雲呢嗱和一塊朱古力雪糕。朱古力的馬上撕開吃了。另一塊拿着，給爸爸看。他咳，不吃冷。

回到冠南華，不見了爸。

小貞問一個工展小姐，那個高瘦的男人呢？不知呀不見呀。工展小姐在落妝，一隻眼大一隻眼小。小貞問她借了把凳，站上去張望。手裡的雪糕餅放入褸袋。

小貞不慌。爸爸不是小孩，不會給人拐。或者上廁所去了。或者去逛紅A，他說過想看全盒。她也知道工展會有個中央廣播系統，必要時可以請工作人員喊爸爸的名字：女兒在哪兒哪兒等你，請去跟她會合。不過從來只有大人喊孩子回來的，未聽過孩子喊爸爸回來的，不知道工作人員信不信她，肯不肯喊。

工展小姐落完妝，兩隻眼睛一般小。問：「妹妹，不見了家人嗎？要不要工作人員？」小貞搖頭，問：「男廁在哪？」循着找去。

廁所偏處一隅。小貞站在門口，等了一回，看了幾遍，都不見。再好辛苦擠進去紅A的展館，也沒有。想，不如折回去冠南華看看吧。那裡，人已開始收拾，一張張繡金的龍鳳被攤開來再摺好裝箱。小貞還未見過這樣精緻的金繡銀繡，呆看了好一回。被上日久封積的細塵飛揚到她頭上，也不曉得。

「喂，妹妹，你爸爸是不是叫吳祖培？」有穿制服的男人拍她肩問。

小貞點頭，跟那人去大門口的辦公室。

爸爸就在裡面，沒甚麼事的樣子。手裡拿住個相架。

「你爸爸見了一幅人家陳列的舊相，一定要買。人家不肯賣，他不肯走，跟着又哮喘發作。人家叫我們去，幾乎要叫十字車了。他不肯去醫院，說有家人在冠南華等他。」

小貞把相架拿來看。是幅黑白人像，一個眉目清秀的廿多歲男子。一看就認出是爸爸年輕時。

「呀，謝謝你。」小貞向穿制服的說。

「先生，你的病得小心呀。人多的地方不要去了。」穿制服的說。

小貞扶他出去，也不問甚麼。

幾乎到家了，父親問她校褸口袋為甚麼濕了一大片，她才記起那磚雪糕餅。拿出來，還完整哩，但淌水。

「人家怎麼又肯讓你拿走相片呢？」她用布把相架上的灰塵抹去。

「我扮哮喘發作，他們便害怕了。」爸爸躺下來休息。

（選自《素葉文學》月刊，一九九二年第十一期）

漂泊

陳少華

入夜的春風路，「春風」頻送。一街鶯歌燕舞，一街穿紅戴綠。喜歡獵艷的人，都知道春風路是一處寶地。

俞榕匆匆轉入春風路，打算抄近路趕往海關回香港。他無暇也無心去留意這些濃妝艷抹的女人，步履疾速。倏忽，從金輝大酒店裡奔出幾個女人來，亂哄哄四散外竄，有的又與站在門口的一些女人嘀咕了甚麼。於是，那些女人又撩起裙子，都匆匆地跑掉了。不用說，今夜邊城有行動，要拘捕那些賣春的少女。

俞榕下意識地走上街側的小道。忽然，有一隻手塞進他的胳膊下面，有一個很低沉的聲音在他的耳畔喃喃地說：「先生，請你救救我，我不能離開你。」

俞榕知道這是一個女人的聲音，他不敢正面注視她，他知道這時候發生了甚麼事。女人又開口了：「我知道你是香港人。香港人無論如何都與這裡的人不一樣。」頓了一頓，「我叫呂茜，也是香港人。」

這最後的話，不能不給俞榕一種震驚。他不得不側過臉來小心地瞧了一瞧這求救者的容顏。

這個叫呂茜的女人，三十出頭了，脂粉的功效似乎無法遮掩她那深鎖的憔悴姿容，即使是不易令人注視到的手掌，也失去了一份光滑油亮的柔性，甚且有些許粗糙悄悄地爬出那顯然被塗上一層潤滑脂之類的粉飾物。

迎面走過來兩個警察，對着俞榕和呂茜的神情緊張地盯了好一會兒，最後還是叫他們停下步來，要求出示身份證明文件。

「茜，我的身份證好像在你的手袋裡。」俞榕完全為了維護這個女人，故作姿態地說。

「不，剛才吃飯時已拿給你，應該在你的銀包之中。」呂茜也靈活地接上話頭。

他們把各自的身份證拿出來，都是真真正正的香港人。

警察有點尷尬地說：「對不起，打擾你們了。」

終於，他們轉上建設道，前面是海關了。

俞榕問呂茜：「怎麼跑到這邊來撈了？」

「你救了我，要不要我為你作補償服務？」呂茜說，話中含着的是一絲無奈的報恩語氣。

「我救助你並非意在圖報。」俞榕淡淡地說，「我是有家室的人。」

「或許我對你的看法市儈了一點。請你原諒我。」呂茜顯得有點感激地說。

「你回香港嗎？」俞榕問。

「我也回香港吧。看來今晚這裡不會有機會的了。」呂茜像在回答，更像在自語。

於是他們一同朝海關走去，把邊城璀璨的燈光拋棄在身後。

俟他們坐在火車車廂裡，俞榕說：「今晚的火車人不多。」

「是呀，又不是假期或週末。」呂茜這樣回答。

於是他們又開始了談話。

不知是呂茜意識到俞榕必會問起她的身世，還是她自覺可以，或者說必須向俞榕訴說她的身世。她忽然對他說：「你有沒有興趣聽一聽我的故事？」

俞榕拿眼睛望着呂茜，便點了點頭。

於是呂茜便說起來了：

「我二十歲那年出來做事，在筲箕灣一間士多舖當售賣員。老闆光着前額，常拿色迷迷的眼光瞧着我。有一晚收工的時候，他忽然把拉好的鐵閘門用鎖頭倒鎖，於是我便成了他懷中的寵物。

雖然自此他對我另眼相看，但我卻越來越討厭他那說話時便噴着很濃重的香煙氣味的口氣，他抽煙抽得很利害。終於我在出了那一期的糧之後便自動失蹤。

我萬萬沒有想到，我竟這樣懷有了他的骨肉。我去尋找『撒瑪利亞會』，那些姑娘們鼓勵我要堅強地生活下來。人在最脆弱的時候，有一絲溫暖，便會意識到青春的寶貴，因而我沒有走上絕路。

家裡人容納不了我，說我敗壞了他們的聲譽。幸好婆婆諒解我，認同我是上當受騙。於是她收留了我。舅舅常年行船在外，或許婆婆的諒解也包含着一份想找個伴兒驅除寂寞的心思吧。

我們的生活一直很苦，一直苦到孩子必須上幼稚園。有一天我帶他去幼稚園，有一位母親問我：『你想不想找份兼職的工作？』我當然想，但有誰要？

其實這才是我不幸的開始……」

火車到了九龍塘站，俞榕本來要在這裡轉地鐵回家。她問：「你下車嗎？」

「無所謂，到紅磡再轉巴士也可以。」他答。

「那最好你能聽完我的故事。」她說。

火車又開行了，她的故事又繼續下去：

「這份兼職工作的薪水很高，環境也很好，不是在半山，便是在九龍塘，做甚麼你猜得出的啦。本來我的潛意識有一些不自願和不樂意，但當我每天都有了很優厚的收入之後，我又這樣安慰自己：當初那個禿着前額的士多老闆又給了我甚麼呢？

這樣的工作實在像吸食鴉片一樣令人深陷難拔。其實我之所以落得今日的地步，還不是看不透生活的本來面目所致。這種僱主總是經常更換的，道理很簡單，沒有一個僱主願意花太長時間面對一張相同的臉孔。

終於，我到了完全沒有僱主的地步。那個當初引薦我的人說：『去深水埗一帶吧，相信那裡還可以找到僱主。』但我已知道去深水埗一帶將意味着甚麼，我拒絕了。

有一天去邊城，走過春風路的時候，竟遇見一個不想忘掉我的舊僱主，他在那金輝酒店裡有主事權。難得他好心收留我：『在這裡當一下散工吧，以後再說。』雖然他關照了我，但我又當然必須為他付出無價的服務。」

俞榕一直沒有出聲，只當一名認真的聽眾。當他們踏出紅磡火車站，站在隧道口的天橋之上，他才認真地對她說：「你不可以去找一份真正的工作嗎？」

「孩子大了，正唸書，需要多一點的錢。婆婆老了，眼睛也老嚷着瞧不見東西，看醫生又常常花費不菲。一個三十出頭的女人找一份工作有多少收入，花得開嗎？」她這樣淡靜地說。

俞榕似乎聽出了她的聲音有點變，擰轉頭，見她的眼角有一抹閃光的東西在顫動。

他們分手道別的時候，俞榕說：「不知我能怎樣幫助你？」

「今晚你已幫我渡過了一個難關。但願我們以後還能見面。你是個大好人。」呂茜說。

俞榕走了幾步，忽然又回過身來：「明天還去春風路嗎？」

「風平浪靜時，還得去。不然日子怎麼過呢？」她很平靜地說，彷彿像在跟一個路過的人打一聲招呼。

一九九四年五月

在碑石和名字之間

董啟章

在碑石和名字之間，我如春夜潮濕而微涼的風般巡遊。這個地方，我從前已經來過，而且不止一次。每一次來到這裡，我也帶着康乃馨、玫瑰和滿天星，還帶備澆花用的水，但其實我無須帶來水，因為我總會有充足的眼淚。然而，雖然我並不是第一次來到這裡，也不是第一次在種着檜樹的土地上灑下眼淚，但對於碑石和名字之間的事情，我仍然一無所知。為此，我覺得有點慚愧。

你想知道，在碑石和名字之間有些甚麼？這個，我也很想知道。也許，你根本不想知道，或是你根本沒有想過你想不想知道，因為你從來就不曾產生過「在碑石和名字之間可以有些甚麼」這個念頭。你是對的，我不能怪責你。你每一次來到這裡，也不過是丟下一些鮮花、消耗掉幾支蠟燭和一頓早餐的熱量、把一瓶蒸餾水分別倒在花瓣上、弄髒了的手上和你的口腔內，然後你會咀嚼一塊西餅或是燒肉，在離去之前遺下一堆垃圾。但你們沒有留下名字。你們漫山遍野、浩浩蕩蕩而來，然後又像鬼魅般消失得無影無蹤，對碑石和名字之間的事情不假思索。這是因為，你們還未曾認識碑石的沉重，也沒有察覺名字的重要；你們像一陣陰風，匆匆的在矮小的碑石間颳過，然後又回到那更巨大的碑石叢中去繼續輕浮而擁擠的生活。

「在碑石和名字之間」是一個很孤獨的問題，它在世界上無數的問題之中最不受重視。也許原因是，這是一個不屬於此世界而屬於彼世界的問題，而彼世界的問題，便只有留待我這種再沒有甚麼比世界的問題可以思考的人來表示興趣了。

在這個子夜時分，只有我會穿過碑石間狹窄的通道，偶然在碑石前停留，在漫天星輝和一輪殘月之下唸出碑石上語音或鏗鏘或含混的名字。尾隨着我的，是歷史的陰影；但卻只是陰影，而不是歷史本身。也許，歷史本身便是陰影，造成這陰影的實體早已經消逝，投下這陰影的光源卻繼續永恆而單調地照耀。長長的陰影伸延至時光中很遠很遠的地方，隨着不斷地拉長而變形，歷史只不過是死亡的餘音。

讓我試試說：在碑石和名字之間，存在着的是故事。

第一塊碑石：第一個名字

慈母方慧芬之墓

生於一九三六年八月三日

終於一九九零年十二月二十日

女淑君立

今夜方慧芬的碑石前一如往常，平靜如水，就像她的一雙澄亮的眼睛一樣，連黑夜也沒法在上面撩起一絲紛擾和錯亂。能夠像方慧芬一樣的人並不多，他們縱使有輕柔的名字，貼上祥和的照片，他們也往往在死後多年還聒噪不安。

我想跟她談談，但名叫方慧芬的只是微笑，彷彿流露着平安，又彷彿是疲倦。我知道很久以來，甚至在她的生前，也沒有人叫她方慧芬了（大概除了醫務所的護士和人民入境事務處的人員外）。她習慣的名稱是「媽媽」，雖然字詞和世界上所有的母親的稱呼一樣，但每一次聽在耳裡，她也認出這個是她獨有的名稱，一個沒有另一個人能夠僭奪、能夠冒認、能夠堪佩的名稱。她認為「方慧芬」反而變得庸俗而沒有個性了，就算世界上再沒有第二個人叫做「方慧芬」，她也覺得「方慧芬」和成千上萬的名字沒有兩樣，是那種在領取身分證時從廣播器中以單一的語調讀出來的名字。

所以，方慧芬漸漸地也不太認同這塊刻着「方慧芬」的碑石是屬於自己的事實。她只是在那裡微笑，但她彷彿忘記了自己在那裡。只有在有人來到碑石前，喊出一聲「媽媽」而不是「方慧芬」的時候，她才會自恍惚、安祥而又疲倦的笑容中甦醒，回復她在世界上獨特而唯一的存在。縱使，她已經不再存在於這個世界。

一個敏鋭而好奇的掃墓者在經過方慧芬的碑石前的時候，一定會察覺到碑石上沒有刻上方慧芬的丈夫的姓氏。如果他有一點推理能力，他大概會得出以下的結論：方慧芬沒有丈夫，但她卻和某個男人生下一個女兒。而如果他有一點想像力，他的腦海中會出現以下的圖景：方慧芬在深夜站在上海街的某個角落，向道上單身夜行的男人擠眉弄眼，一個滿身酒臭的男人上前摟着她的腰跌跌撞撞地步上樓梯。但這個自作聰明的掃墓者完全的弄錯了。方慧芬不曾幹上那種職業，但她的確曾經愛過一個男人，並且為他生了一個女兒，但那個男人拋棄了她。懲罰這個男人的唯一方法，便是不給他留下一個姓氏、一個名字。

我常常想像着這個男人的模樣，也許他在另外的一個女人的兒女身上留下了他的名字，但我更願意相信他沒有。他在喪失名字的孤獨中死去，這是他應得的下場。

第二塊碑石：第二個名字

廈門葉公濟民字誦賢之墓

生於公元一八九八年七月一日
終於公元一九七五年十月二十一日

昭文　婉雅　耀輝　雅君
孝昭武　媳　孫耀文　敬立
昭傑　麗容　耀峰　雅琴

望着擁有細小而鋭利的眼睛的葉濟民老先生，我總覺得他會記起很多事情，說出很多他曾經見證的歷史故事。

於是我問葉濟民老先生說：「你可記得你出生那一天的事情？」

「當然記得！」他有點造作地眨着雙眼，毫不猶豫地回答。

「那一天發生了甚麼事情？」

「那一天我哭了。」

「為甚麼哭？」

「每一個人出生的時候不也一定會哭嗎？」他雙眼的末梢擠出了深刻的魚尾紋，彷彿在取笑我的無知。

但我沒有惱他，很耐心地問第二個問題：

「你記不記得一九一一年十月十日的事情？」

「當然記得！那一天我爹的驢車在路上輾死了一隻母雞，當時我正坐在驢車上，雞血在輪子上磨蹭了很久才褪去。」

我點點頭，裝出很滿意的樣子，然後又問：

「你對一九三七年七月七日的事情可有印象？」

「當然有！那一天我最小的孩子掉到池塘去了，她是我唯一的女兒。」

我忍不住發出了一聲感歎，但葉老的神情和談及被輾斃的雞時沒有兩樣。我決定改變一下問問題的方法。

「你有沒有想過要活到一百歲？」

「為甚麼？為甚麼要活到一百歲？幹嗎要呆這麼久？那時候連我的曾孫也要出世了！活這麼久有甚麼意思？」

我有點氣餒了，沒有再問他關於日子的問題，只是跟他微笑。

葉濟民瞇起眼睛望向天際，彷彿遙望着未來，但他只不過瞧見了呱呱墜地的自己。

第三塊碑石：第三個名字

胞妹陳碧霞之墓

生於一九六六年五月十九日
終於一九七九年七月十八日
胞兄偉基立

雖然春天已經來臨，但晚上的碑石還是陰冷異常。一個只穿着單薄泳衣的少女抱着雙肩瑟縮在碑石旁，她柔軟的長髮正在滴着水，水聲在粗糙的麻石上有規律地打出啲嗒的聲響，像計時器。

「冷啊！妹妹！」我趨前説。

「對！很冷！」少女抬頭望望我，聲音微微戰顫着。

我早就留意到美麗的陳碧霞的照片。十三歲是一個女孩子剛剛開始成長的年頭，脱離稚嫩，變得成熟和具有吸引力，就像謎語將要揭開一樣，神秘而教人興奮。照片中的陳碧霞斂含着無數可能性：她可能會嫁一個好丈夫、可能會在選美會獲勝、可能會進入大學攻讀法律、可能會在商界大放異彩、也可能會成為時裝模特兒、或是演奏家。但在一切可能性露出端倪之前，她凝固了，落入一個永恆的笑靨中。

「冷啊！」我脱下自己的外衣來，想給她披上。

「這有甚麼意義？你還未理解這裡的事情！」她拒絕了我，眼神中有一種十三歲女孩不應該有的悲哀。

「你就是這樣忍受着冷在這裡坐了十五年？」

「十五年？誰知道多少年？一年和一百年、一晚和另一晚又有甚麼分別？」她的語氣中有點忿忿不平。

「我也曾經有過一件這樣的泳衣啊！像你這個年紀的時候！背部開着大弧形，大腿上圍着摺疊花邊的花布泳衣。」我嘗試安慰她説。

「但你不曾有過永遠穿着它的滋味！」

「但你不可以改換另一個形式嗎？你剛才不是要説衣服已經沒有實質嗎？你不是真正的穿着泳衣啊！」

「真正穿着的泳衣倒可以脱下來，沒有實質的泳衣，無論怎樣掙扎，它也裹着你的身體。尤其是當你已經沒有身體，它便把你裹得更緊。」

「那是因為，你沒法從那一刻解脱出來？」

「對！那一個夏天，我拿了成績表，考第三，滿心高興，爸爸還送了這件新泳衣給我。然後哥哥和我到沙灘游泳，那一天的陽光燦爛極了，灼得身體也忍不住要跳動。我們游向浮台，哥哥在前面，我在後面。後來四周便陰暗下來了，我開始覺得冷，一直到現在。不！不是一直。現在就是那時，那時就是現在。我知道我死了很久，已經有十五年，哥哥來看我的時候，我察覺到他已經是個中年人了，但其實我不過是剛剛才死去。我還在窒息，還浸泡在冰冷、陰暗、鹹澀的海水中。十五年？這有甚麼分別？我知道這就是永恆。如果我們死後不是立刻被消滅，我們便是這樣囚禁在永恆中，沒有時間，沒有上一刻，也沒有下一刻，沒有已經做過的事情，也沒有將會做的事情，沒有可能性，因為有太多可能性，所以等於沒有可能性。我現在跟你說話，彷彿一個字接着另一個字，一句接着另一句，彷彿說了一段，時間便過了一段，但這只是假象，因為我甚麼也沒有說過，而我甚麼也已經全說過了。你不要以為你和我同一年出生，你活得長些便比我年長些，對人生的理解多一些。也許你真的比我更理解人生，但這裡的不是人生，也許它是比人生更根本、也更恐怖的東西，因為它是人生的終極。」

她激動地擺着腦袋，水繼續從她的髮尖滴下。我掏着手想讓水點滴在掌心，但水點只打落在碑石上。它是來自碑石的。

第四塊碑石：第四個名字

張富聖名約翰之墓

生於一九四五年九月九日
終於一九七八年六月二十八日
弟貴敬立

這已經不是我第一次看見張富，但我還是禁不住打從心底裡害怕接近他的碑石。他總是喜歡屈膝坐在碑石前，把頭顱放在大腿上。從他的前面穿過通道，便必定會碰到他的腿，也可能會因而碰到他的頭顱。

以頭論頭，張富的頭顱是頗令人稱心的。如果你經過張富的碑石，而且不期然地駐足凝望，那必定是因為那展示着張富的頭顱的照片。張富的頭像的吸引之處，並不在於他的臉容特別俊朗不凡，而是在於如此正處壯年的男子的頭像實在不該在這種場景出現。這種男子應該在沙灘上當救生員，或是騎着電單車在高速公路上風馳電掣，或是擎槍在水警快艇上與走私客周旋。張富的確曾經擁有過一輛電單車，是電單車把他送到這裡來的。在一宗交通意外中，他身首異處。

張富雖然擁有一顆不錯的頭顱，但把它放在腿上而不是置於脖子上，再好的頭顱也會教人心寒吧！

「你一定想問我為甚麼要這樣。」張富用雙手捧着頭顱把臉轉向我，他的聲音嚇了我一跳；我還以為摘了下來的頭顱沒法子說話。

「你不用奇怪我為甚麼能說話，你不能用從前的標準來衡量這裡的事情。你一定會以為我和那女孩子一樣，還依戀着那生前最後的一刻，彷彿持續自己死亡時候的形象，便可以和前生保存着某種聯繫。你這樣想便大錯特錯了。我之所以這樣做，並不是因為我想浸沉於苦難之中，而是因為我喜歡這個方式。真的！老實說，這比從前好多了，能夠把沉重的腦袋摘下來，實在是一種解脫。你有騎電單車的經驗嗎？你該知道電單車頭盔是多沉重和令人難以透氣，把腦袋摘下來，有點像終於可以把頭盔摘下來的心情一樣；當然這只不過是比喻，除了頭盔和摘下腦袋的暢快根本不可以同日而語。我沒有騙你，真的，現在這樣真的比從前更好，只要能夠這樣想，你便會覺得輕鬆，甚至有點兒快樂起來。」

張富的頭顱開始在他的大腿上發出笑聲，嘴巴張開、臉部的肌肉抽搐着。更富現實性的是，連帶他的胸膛也作出了相應的配合，前仰後翻起來。

「你這配合是怎樣做出來的？」在慌張中，我問了一個幼稚的問題。

「沒有了身體，還有甚麼做不出來？我告訴你，現在真的比從前好多了，你不信可以過來試試啊！」

他笑得太劇烈了，腦袋兒一骨碌的從雙腿間滾到地上，他連忙彎身去摸。

我趁機走開了，拐到前面一行的碑石去，心中猶有餘悸。我想問張富：你還有過去嗎？你還有未來嗎？沒有過去或未來，你又怎樣說可以更好或是更壞？但我沒有勇氣說出來，我知道他也沒有勇氣去聽。

第五塊碑石：

黃門陳氏之墓

生於西元一九二零年七月八日
終於西元一九八四年十月十四日
郭氏立

聽說，沒有人知道黃門陳氏是誰，也沒有人見過任何形式的黃門陳氏。她彷彿是死人中的死人，逝去得比逝去的人更遠。她不單沒有名字，也沒有照片或畫像，亦沒有籍貫。沒有人知道她來自哪裡，只知道她埋葬在這個地方。甚至連她的出生年份也值得懷疑，只有她的卒逝之日確鑿無誤。聽說，從來也沒有人來到黃門陳氏的碑石前燃點蠟燭、插下鮮花，而這個郭氏，也許只不過是一個善心的相識，慷慨地為黃門陳氏辦了一頭冷清的喪事。也許郭氏像黃門陳氏一樣，是一個生前隱沒於人海，死後湮沒於塵土的無名女子。

黃門陳氏可以算是一個名字嗎？失去了名字，黃門陳氏還可以擁有故事嗎？我真的想給黃門陳氏編一些故事，關於八年抗戰的、關於淪陷三年零八個月的、關於大陸內戰的、關於文革的、關於六七年暴動的、關於太平盛世的，但沒有了名字的扣連，黃門陳氏成了歷史的孤魂野鬼。歷史不會記下所有人的名字，但沒有名字的人絕對沒法進入歷史，甚至是自己的歷史。有名字的，還能夠以變幻而欺騙性的故事存在；沒有名字的，縱使給她編造一個故事，故事也會棄她而去，把她丟在莫以名狀的荒野。

黃門陳氏，命運甚至不能以悲慘視之，因為她與命運脫了節。一定要說的話，也只得說：命運只能如此。

第六塊碑石：第五個名字

未婚妻李茵之墓

生於一九六二年一月四日
終於一九八七年九月二十六日
未婚夫志榮立

未婚妻李茵永遠也沉湎於作為未婚妻的快樂中，她的快樂建基於那未來的婚姻。過去的事情，你知道它永遠的失去了；未來的事情，就算事實上它永遠不會來臨，你也往往可以看見它就在眼前的某處。因為未曾來到，所以亦不曾失落。雖然對李茵來說，已經沒有所謂未來和過去，但她還老是向人重複着：「我明天要結婚了。」

「我明天便要結婚了，心情實在緊張呢！可以坐下來陪我一會嗎？」未婚妻李茵向我揮手說。

我在她的旁邊坐下來，她那充滿熱切盼望的眼睛使我難受。

「我明天要結婚了，你不替我高興嗎？」李茵有點天真地問。

「那，恭喜你啊！」我勉強擠出笑容。

「謝謝你啊！想不到明天真的要結婚了！」她臉上還泛起紅暈，像個靦覥的新娘子。

「你的未婚夫，他現在還未曾結婚嗎？」

未婚妻李茵的臉色一沉，幽幽地說：「他已經娶了另一個女人。」

「啊！對不起！」我這才察覺自己的殘忍。

「有甚麼關係呢？反正我明天便要結婚了！小姐，你結過婚了嗎？結婚是怎樣的呢？和丈夫睡在一起有甚麼的感覺？」

「我已經結婚，還有一個三歲大的女兒。」

「啊！你真幸福！」

「你才真是幸福呢！」

「謝謝你！我明天要結婚了！」李茵臉上又露出無法壓抑的笑意。

我站起來，跟她告別了。未婚妻李茵擁有一塊未來時式的碑石，所以，她亦成為了最快樂的碑石主人。

第七塊碑石：第六個名字

愛子周家穎之墓

生於一九七五年八月十日

終於一九八一年一月十一日
父母立

周家穎不在他的碑石前面，他一定又是跑到哪裡去玩了。每年到了這個清明前後的時節，周家穎便會格外興奮，因為四周也比平常熱鬧許多。大家也出來坐在碑石前面，或是靜靜沉思、或是交頭接耳、或是吵嘴打架，而周家穎的細小身軀穿插其中，總愛在人家不在意的時候偷偷拔去人家的鮮花，然後把鮮花插到別的碑石前面去。小小的周家穎喜歡令擁有太多鮮花的人擁有得少一點，令擁有得太少、甚至是沒有的人擁有得多一些。周家穎年紀小小，卻常常懷着一個追求均衡的念頭，由是他常常對這裡老人和小孩子的數目的懸殊差異而感到不快樂，也不喜歡到新擴建的白鴿洞般的骨灰場那邊去。他覺得大人們要擠在那連小孩子也鑽不進的小方格中實在太悲慘了；他喜歡寬大的空間，所以在這裡他樂得自由自在。有時候在外邊玩得忘了形，連父母來看他的時刻也錯過了，不過，他的父母當然並不知道。當他回來看見自己的碑石前插着一大束鮮花，他便會興高采烈地把它們分給那些在碑石前枯坐的鄰居。他把玫瑰送給未婚妻李茵，把百合送給少女陳碧霞，把毋忘我放在黃門陳氏的碑石前，把菊花留給葉濟民公公，把蘭花贈予方慧芬，然後把滿天星插在張富無頭脖子的洞上。所以，大家也喜歡周家穎這個孩子，也很羨慕他能夠對永恆茫無所知。

不過，有時候周家穎覺得悶了，他便會想到城中帶一些孩子回來作他的玩伴。

第八塊碑石：第七個名字

劉美珍女士之墓

生於公元一九三二年三月三日
終於公元一九八二年十一月三十日
樂生園仝人立

劉美珍是這裡唯一一個每天也露面但卻從不說話的逝世者。有人說她生前是個啞巴，有人說她是吞腐蝕性液體自殺的，所以弄到死後說不出話來，也有人說她把聲音連同生命一起義無反顧地拋棄了。怎樣也好，劉美珍現在只剩下名字，而沒有故事；沒有故事的名字空洞而教人坐立不安，就像一本沒有內容的書一樣，因為缺乏內容而不能再被視為一本書。

看看劉美珍塗滿了厚厚的脂粉的臉龐，我覺得應該替她說說她的故事，以免她的名字像脫落的書頁一樣隨風拂捲，形同廢紙。

於是作為劉美珍的我說：「我是一個風塵女子，樂生園是我混飯吃的地方。我年輕的時候還混過娛樂舞廳、豪華大舞廳和怡香園等大小世界。別問我因何緣故淪落如此，也不用想像我曾經擁有過怎樣的美好風光。正所謂：神女生涯原是夢，悲慘與歡愉同樣只是過眼雲煙。這一生中曾經沐浴於我的溫柔香澤中的男人猶如銀河星數，但當中總有幾顆狀若天狼，而使我有恍如織女的幻覺。然而，等待總是落空，比不得牛女相會，縱使短暫，但卻確切有期。有時候聽些古老戲文，想些古老故事，便巴望自己是傳奇中的青樓女子，雖同屬賣身為食、賣笑為飲，但格調和氣節怎樣也高尚些。設若偶遇文人墨客、或是微服而行的王侯將相，如不能因而脫離苦海，至少也有機會留名於詩文野史，傳為佳話。但現實中的我卻隨着年華漸衰、姿色漸褪而幾經遷徙，和幾個老姊妹從大舞場墮落到小舞廳，和幾個同樣衰敗潦倒的老主僱把剩下的歲月廝磨殆盡。在昏暗的燈光和混濁的空氣下，沒有人看見牆壁上的油漆已經剝落、桌枱殘破不堪、燈罩裡面堆滿了腐死的飛蛾，也看不見彼此臉上鬆弛的肌膚和深陷的皺紋。我的下場很簡單，一點也不悲壯，一點也不惹人哀憐。我想贏取一個老頭的感情，卻反過來給他騙了我的錢，一生的積蓄頓成泡影。結果我吞了一瓶天拿水，喉管腸肚全爛了。自此我便沒有再說話，我的故事也隨着我的肉體爛掉。」

樂生園劉美珍終於有了一個故事，但這個故事只是我隨意給她的名字配上的。我相信世界上總會曾經有過如此這般的一個故事，只不過這故事可能是屬於另一個名字的吧！在無數脫裂和散佚的名字和故事之間，我們可以隨意配對，把這個故事和那個名字的勾連、把那個故事和這個名字聯串，而許多孤單漂泊的名字和故事便有了歸宿。至於哪個才是真名字真故事、哪個是假名字真故事、或真名字假故事、或是假名字假故事，這又有甚麼重要性？

劉美珍始終沒有說出半句話，但我們已經聽到了她的故事，並且替她的名字感到安慰。

第九塊碑石：第八個名字

天津馬長征之墓

生於一九六零年五月四日

終於一九八一年七月十三日

表兄禮賢立

馬長征之所以孤獨，並不是因為他不能說話，也不是因為他沒有故事，而是因為他自覺是一名異鄉人。而且，他年輕而充滿憧憬；年輕而充滿憧憬的人往往不肯承認自己屬於這個地方。

「你們根本不了解我！」馬長征在我經過他前面的時候說，他還帶着很明顯的大陸口音。

「你認為我怎樣才可以了解你？」我停下來，注視着他那北方人的臉孔。

「聽我的故事吧！」

「你不是已經說過很多遍了嗎？」

「對！我的確已經說過千百遍了，但從來也沒有人認真地聽過，你們也把我當做外來者！」

「我從來也沒有這個意思啊！」

「那麼你便坐下來，再聽我說一遍好嗎？」他懇求着。

我沒有辦法，只好坐在他的旁邊。

「請不要懷疑人家輕視你好嗎？你的故事，我牢記在心，你不信我可以說一遍給你聽聽。」我嘗試令他恢復自信。

「你真的可以說嗎？」他狐疑地斜睞着我。

「真的。從開始的時候說吧！你在天津出生，父母也是共產黨員，參加過長征，後來回到老家天津，生了你，為你取名長征。」

「對啊！」他表示滿意地說，脫口便是普通話。

「你六歲那一年文革爆發了，那時候你正適齡入學，學校便停課了，幾年間你不是在弄堂玩耍便是到大街上看遊行和批鬥，甚麼書也沒有唸過。」

馬長征滿懷感觸地搖搖頭。

「你父母預兆到不祥的事情，託你在香港的舅父把你從內地帶出來，後來便傳來了你父母自殺身亡的消息。」

我瞥見馬長征偷偷地拭去了一滴眼淚。

「你在香港重新上學，發奮用功，但你年齡比同班同學大，廣東話發音又含混不清，常常遭到譏笑。你終於也完成了中學，在一家出入口公司當文員，又在夜間進修會計課程，並且在班中結識了第一個香港女朋友。」

馬長征的眼眸中閃射出一線光芒。

「那一天你和你女朋友以及夜校的同學在天亮之前攀上鳳凰山看日出。清晨小草上的露水令你失足，在太陽的第一絲光線在水平線上綻射而出的時候，你正躺在岩石坡上，額角流出一行晨曦更濃艷的血水。」

馬長征在旁邊嗚咽起來，好一個大男孩。

「你說得真好！比我自己說得更動聽！尤其關於我墮崖的一幕，沒有人能描述得比你更具體了！」他在抽泣中吃力地說。

「其實，我一點也不了解你。」我沮喪地說。

「不！你了解一些連我也不了解的東西，我從來也不知道原來我可以這樣死去！」

我按了按他的肩膀，站起來，他連忙拉着我的手，說：

「你明天可以再來說我的故事給我聽嗎？我想了解自己多一些。尤其是文革那一幕，可不可以描述一下我父母自殺的情景？」

我沒有說甚麼，掙脫了他的握捏，逕自轉身走開。

馬長征在後面說：「請你再來說說我的故事！拜託你！」

我異常內疚，覺得自己欺騙了他。

第十塊碑石：第九個和第十個名字

開平石公滿福諱康和之墓

生於丙戌年正月初十亥時西元一八八六年二月十九日
終於丙辰年六月初三寅時西元一九七六年七月十一日

石門歐氏帶銀之墓

生於壬辰年十月初五卯時西元一八九二年十一月七日
終於丙辰年六月初三寅時西元一九七六年七月十一日

世叔　秉祥
　秉威
孝世邦　男孩秉耀
　秉和
世華　秉輝
旺男　俊文
媳貴英　德昌
金好　曾孫德偉　跪立
小秋　詠琴麗娟　詩韻
女
愛春　女孩詠媚麗華　凱韻
婿仲民　芷芬麗芬　美珊

第十一塊碑石：第十一個名字

愛妻方淑君之墓

生於公元一九六六年十月二十九日
終於公元一九九四年一月二日

夫銘懷
女欣如
立

我還要說一個故事嗎？我還要繼續把每一塊碑石及銘刻其上的名字之間的故事逐一說出來嗎？當我在深夜盤桓於碑石和名字之間，我發現故事原來是多麼輕易和隨意，而且隨意得教人覺着不安和危險。說故事把我們自苦難中救贖，但又令我們陷於萬劫不復之地；既是立意高尚，但亦欠缺道德；彷彿揭示真相，又似肆意欺騙；時而撫慰，時而打擊和刺痛；一方面賦予說故事者權威，另一方面又令說故事者慚愧自責。

若果你認為我在敘述第十一塊碑石、第十一個名字的時候變得抽象，甚至是無可救藥地自相矛盾，那是因為我實在沒法再當一個巡遊者、一個述説家。巡遊得在這裡終結，述説得在此刻停頓；一切又回到巡遊起步之前、述説開始之先。我依然重複問自己發出同一個問題：在名字和碑石之間，究竟存在着甚麼？有可能是故事嗎？

讓我再把名字數算一次：方慧芬、葉濟民、陳碧霞；張富、（黃門陳氏）、李茵、周家穎、劉美珍、馬長征、石滿福、石歐帶銀。還有，方淑君。我還記得他們的名字，我還能看見他們的碑石在我的眼前排列，但我已經記不起他們的故事。明天我又會把他們的故事再説一次；第一次，再一次，也是最後一次。

我向你披露了他們的歷史，他們的幻想和魔障，但我還未曾提及自己。來到第十一塊碑石的時候，我知道我不能再隱藏自己了。於是，我有了一個名字，我的名字叫做方淑君。你大概也會期待，我會接續下去説説我自己的故事。但「方淑君」是我嗎？「方淑君」這個名字盛載的是我的過去嗎？當我已經脱離以過去、現在和未來的方式存在的世界，我還能夠負上「方淑君」這個名字嗎？還是，「我」所剩下來的，便只是「方淑君」這個名字而已？除此之外，已無其他？

也許這是真的，如果我們存在，我們只存在於碑石和名字之間，而在碑石和名字之間，甚麼也沒有。

你還要我説我自己的故事？我不是已經説過了嗎？我的故事，不就是我的話語所組成的、在名字和碑石之間的眾多可能的存在嗎？我還有甚麼別的可以說？

我可以說的，只是：這是一個春天的夜晚，但空中萬里無雲，星星如霧靄般濃密，浩浩茫茫，黃道猶如一縷長煙。已經是清明的日子，天將要放亮，掃墓的人群將會紛沓而至，祭奠我們這些只能藉名字創造記憶的故人。有男子將會喚我「淑君」，有孩子將會喊我「媽媽」，我將會自記憶和想像中復生，無論記憶有多少想像的成分。只要有人給我說一個故事，甚至只是故事中的一個零碎的片段，就算只是在心底裡的無聲思量，名字和碑石之間便會生出無限的空間，而哪裡有我，哪裡便是我。

在清明的早上，在黑夜最後的庇蔭下，我流着淚，至少我有着流淚的樣子，喊了一聲「媽媽」。一個故事又再展開，惶恐跌撞，有如脆弱的新生、衰靡的殘年。

（原載《香港文學》第一一九期，一九九四年十一月一日出版）

胡馬依北風

草雪

大馬主高迪帆今天特別神采飛揚，他有兩匹新馬將要初試蹄聲。他身穿白色西裝，十年不變的一派歐陸紳士氣息，陪伴在側的惠倩玲，似乎受到他感染，也作一身淑女打扮，不再賣弄她的性感。高迪帆瞟了她一眼，覺得她從善如流，可惜她一開腔，卻仍掩飾不住那種電視台小明星的淺薄和媚俗。高不禁又想念起伊芙蓮。

不過世事很公平，伊芙蓮可沒有耐性像惠倩玲那樣每逢賽馬都在旁侍候，陪他緊張，陪他興奮。雖然伊的父親在法國正是做養馬配種的生意，但伊不愛馬，猶如此際天要下雨一樣，是無法改變的事實！

正巧今天出賽的兩匹新馬——凡鈴和流蘇——都是從伊芙蓮父親的馬匹中選購得來。高迪帆平生就只愛馬和女人，但馬能替他賺錢，女人只會替他花錢，相比之下，但覺馬如妻，女人如妾。單是和伊芙蓮辦離婚已經損失慘重，她嫁來香港不到兩年，已歸心似箭，無奈懷孕產子，使她遲疑了一年多，結果還是要走。高迪帆很痛心，但男人公私分明，他和前度岳父仍有生意交易。

娛記在偷拍惠倩玲與高迪帆的合照，但她絲毫不介意，高今天對她說，他的兩匹新馬若能奪標，他可贈予她其中一匹。惠倩玲揀定了流蘇，她深覺高待她不薄，得意忘形，甚至恨不得被攝進電視台的鏡頭；她對今天的賽事加倍緊張，想像着成了「馬主」之後，怎樣對記者慷慨陳詞說：流蘇成就了我和高公子的愛情！

第一場賽事開始了，一出閘凡鈴便明顯地墮後，高迪帆氣定神閒，因為心裡有數，去年暑假，他購入凡鈴時這馬正病情危殆，但前度岳父說此馬堪稱傳奇，出身貴族血統，一歲時已價值一千萬港元。高迪帆志在賭一賭運氣與眼光，可憐惠倩玲卻心跳加速，直冒冷汗。

惠倩玲並非自作聰明，高迪帆一言既出，說若兩匹新馬皆能報捷，即以一馬相贈，言外之意，即暗示肯與她成婚；但惠倩玲的蠢俗，卻在於未能明白，自己的婚姻幸福竟就由畜牲比賽的成敗而操縱，她在高迪帆心中根本毫無地位。

但人各有志，倩玲之志不在地位，她只盤算着流蘇的身價屬於幾多位數字，不過，當下燃於眉睫的，還是凡鈴能否勝出，她緊張得咬牙切齒。跑至中段，凡鈴已不再遙遙墮後，可惜牠身形細小，夾於馬群中仿如隱形，久久未見牠冒出頭來。惠倩玲以為大勢已去。豈料跑至末段，突見額上有星印身材嬌小的凡鈴飛竄而出，勢如破竹地超越兩匹熱門馬。策騎凡鈴的韋寶，這一剎那委實百感交集，他根本不願凡鈴奪標，無奈它一領前，便越發不受駕馭。

凡鈴兀自快步如飛，衝過終點後，且回首傲視後至的同群。高迪帆只頷首微笑，他深覺凡鈴的脾氣跟前妻伊芙蓮一模一樣，含着銀匙出世，來到香港，斷不能虎落平陽被犬欺！

惠倩玲喜不自禁，既取得勝券的一半，遂引頸期待流蘇出場。流蘇是一匹肥碩的白馬，在沙圈亮相時，昂頭闊步，十分神氣。高迪帆望一望流蘇，又回望一下惠倩玲，覺得她們很相似，不禁曖昧一笑。

流蘇跟凡鈴不一樣，一出閘便已搶出，跑至一千米，雖有點減速，卻依然領前，惠倩玲心裡祈禱：「拜託，我的一生幸福全賴你的四蹄了。」一抬眼，發現轉入爆炸彎之際，流蘇霎時挨塌內欄，人馬皆墮。

下墮的尚有惠倩玲，好一場美夢成了泡影！流蘇果真戰死沙場。高迪帆臉色紫黑，向惠倩玲瞪了一眼，彷彿正因她選擇了流蘇便剋死了牠。馬迷意見紛紜，慨歎這匹法國馬不能適應香港，惠倩玲也有同感，香港世道艱難啊！

（選自《明月逐人來》，中國人民大學出版社，一九九四年版）

嘔吐

黃碧雲

在一個病人與另一個病人之間，我有極小極小的思索空間。此時我突然想起柏克萊校園電報大道的落葉，以及加州無盡的陽光。是否因為香港的秋天脆薄如紙，而加州四季如秋。在我略感疲憊，以及年紀的負擔的一刻，記憶竟像舊病一樣，一陣一陣的向我侵襲過來。

我想提早退休了，如此這般，在幻聽、性格分裂、言語錯亂、抑鬱、甲狀腺分泌過多等等，一個病人與另一個病人之間，我只有極小極小的思索空間。從前我想像的生命不是這樣的。

那時陽光無盡，事事都可以。

落葉敲着玻璃窗。

最後一個病人，姓陳，是一個新症，希望不會耽擱得太久。我對病人感到不耐煩，是最近一兩年開始的事情。病人述說病情，我漫無目的，想到一瓶發酸牛奶的氣味，一個死去病人的眼珠，我妻扔掉的一塊破碎的小梳妝鏡，閃着陽光，一首披頭士的歌曲，約翰·連儂的微笑，我以前穿過的一件破爛牛仔上衣，別着那枚銹鐵章，我母親一件像旗袍的式樣，自己的長頭髮的感覺……

「詹醫生，你好。」

「我如何可以幫你呢，陳先生？」

病人是一個典型的都市雅痞，年紀三十開外，穿着剪裁合適的意大利西裝，結着大紅野玫瑰絲質領帶。恐怕又是另一個抑鬱症，緊張、出汗，甚至夢遊、幻想有人謀殺等等。我解掉白袍的一顆鈕釦，希望這一天快點過去。

病人忽然墜入長長的靜默。

另一片落葉敲着玻璃窗。

「我見過你的，詹醫生。」

「哦。」

病人咬字清晰，聲音正常。

「在一間電影院，大概已經是兩、三年前的事。那時放映的是《碧血黃花》。你當時可能剛下班，穿着襯衣西褲，而且身上帶一種藥味。我已經記不清你的臉容，因為當時很幽暗，電影已經開始了。」空氣漸漸的冷靜下來，而且感覺冰涼。畢竟是秋天了吧，每逢我想起葉細細，我便有這種冰涼的感覺。

那天我剛巧接到一個病人跳樓自殺的消息。他來看我已有五、六年，有強烈的自殺傾向，這次結果成功，我可以闔上他的檔案了。然而我的心情很抑鬱，於是去看了一部六十年代的舊電影，在幽暗的電影院裡，碰到葉細細，她走過來，緊緊捉着我的手說：「是我是我是我。」我一怔，道：「是你。」她已經走了，依稀身邊有一個男子。

「細細失蹤了。」

不知能否說葉細細是我第一個病人。我第一次見她的時候，是一九七〇年。當時我還在柏克萊的醫學院，在一次校內的反越戰示威，警察開入校園，用水炮及警棍驅散示威的學生。我在拉扯間受了傷，頭被打破，小縫了十多針。母親知道我在校內惹了事，便到加州來找我，半迫半哄的把我拉回香港放暑假。我傷了頭，逼得剪掉了長頭髮，母親又扔了我的破牛仔褲，我只有穿新衣服，儀容便由此整齊了很多，母親才敢帶我去見她的朋友。母親本來是一個小明星，年輕時跌宕不羈，後來嫁了我父親，父親死後，母親繼承了父親幾間製衣廠，也似模似樣，算是有好下場，不過，她的舊友並不全像她這樣幸運。她的一個金蘭姐妹叫葉英，跟了一個黑人導演，到了美國，後來黑人扔了她，她帶着一個混血的女兒，再回香港覓食，偶然在電視肥皂劇裡當閒角，又到夜總會裡唱歌，一夜被人姦殺。她的女兒當時在場，受了很大的驚嚇，忽然患了一種病，便是不斷的嘔吐。葉英死後，母親暫時照顧她的女兒，把她帶回家來，是一個骯髒瘦弱的小女孩，皮膚微黑，頭髮是黑人那種蓬鬆，雙眼非常非常大，如此靜靜的看着世界，充滿了驚惶與好奇。她看見我，也不言也不語，忽然輕輕的碰一下我的手，拿着我的掌，合着，便在其中嘔吐起來。我雙手盛着又黃又綠的嘔吐物，酸臭的氣味一陣一陣的襲過來，我也不期然的作嘔。這個小女孩，九歲，在我手掌裡嘔吐，全身發抖。她的母親被姦殺，而她只是靜靜而驚惶好奇的目睹性與死亡，我在此刻忽然記得毆打我的黑人警察的面容，是否因為如此，我差點亦要嘔吐出來。

這是我第一次見葉細細。以後有關葉細細的回憶總是非常痛楚。

那個夏天葉細細在我家暫住。傭人洗乾淨她，為她換上了碎花紗裙，頭髮束起，結一隻血紅大蝴蝶。葉細細待我，卻有一種非常詭異的，近乎成人的性的誘惑的親暱。她見着我，總拖着我的雙手，小臉孔就埋在我雙手間，如同在此嘔吐，低低的叫我的名字：「詹克明，詹克明。」她從不肯叫我「哥哥」、「叔叔」或其他。她又要與我玩騎馬，讓我緊緊的抱她。晚上就哭鬧，要與我同睡。我拗不過她，也就撫她的背，哄她入睡。她有時夜半會發病，渾身發抖，然後嘔吐，嘔得我一臉一身。漸漸嘔吐的酸餿之氣，成了我這個夏天的生活的一部分。隱隱的，猶如一種難以抗拒的刺激，細細又喜歡在我身邊講話。編很多的故事，小嘴唇如蝴蝶，若有若無的吻我的耳後。我反正心裡沒多想，也由着她，她又喜歡用小手抓我的背。

夏日將盡，每天的陽光愈來愈早消失。空氣蘊藏冰涼的呼吸。我也要收拾行裝，返回柏克萊。母親亦為葉細細找了一間寄宿學校，將她安頓，又為她掌管葉英留下來的一點錢財，一筆小錢，足夠供細細上大學，算是盡了金蘭姐妹的情誼。起程在即，我也不再與細細廝混，日間到城裡買點日用品，幾件衣服，行李箱，幾件隨身用的電器，先在家擱着，晚上又與幾個中學同學敘舊話別。這天夜裡母親在姐妹家玩小麻將，傭人因丈夫生病，告了假。我回到家已經近深夜，家裡靜悄悄的，只聽到園子裡細碎的蟲鳴，以及一片落葉，輕微清脆的聲音。我想細細已經睡了，便返回房間，開燈。燈沒有亮，大概停了電。陽台有月色，淡淡地照進房間來。我挨挨摸摸，想找一個手電筒，忽然聽到了伊伊呵呵的聲音，同時一陣強烈的酸餿味，陣陣向我襲來，我站在房中央，輕輕道：「細細，細細。」也尋找嘔吐聲音的來源。走向了我的行李箱，並不見細細，但卻分明聽到了聲音。我打開行李箱，在衣服、電風筒、手提錄音機之間，看到了葉細細，小貓似的，伏在那裡嘔吐。不知是那種挑釁的酸餿氣，還是那伊伊呵呵的聲音，我大力的拉她出來，喝她：「葉細細，你是男孩子我便打死你。」細細便看着我，在黑暗裡，她黑暗的皮膚就只像影子——生命如影子，忽然她開始打我，不是小女孩撒嬌那種，而是狠毒的，成年女人的失望與怨，抓我，咬我，甚至踢我的下體。我一手揪起她，狠狠的刮她的臉。她一直掙扎，以致大家精疲力竭，我渾身都是抓痕，她滿嘴是牙血。月色卻非常寧靜而蒼白。這血腥，酸餿，人的氣息，在荒誕寧靜的夜，令我突然想哭泣，我便停了手，細細還在掙扎；微弱的抓我，我便在我的藥箱裡，在針筒裡注了鎮靜藥。

這是我第一次為她注射鎮靜劑。她沒有反抗，只是非常軟弱的靠着我，低聲道：「不要走。」

我為她抹臉，洗澡。她靜靜的讓我褪去腥餿的衣服。在黑暗裡我仍然看見她萌芽的乳，淡淡的粉紅的乳頭，如褪色紙花。我其實也和幾個女友做過愛，但此刻看見她的孩童肉體，也停了手，不敢造次。鎮靜藥發作，細細就在浴缸裡，伏着，沉沉睡去。我輕輕的為她洗擦肉體，莫名其妙同時感到恐怖的親暱。

這也是我第一次接觸她，同時想避開她。

再見細細已經是幾年後的事情。

那是一個秋天。我才知道香港有影樹，秋天的時候落葉如雨。陽光漸漸昏黃與暗淡，年光之逝去。現在的我與那個來自柏克萊，長了長頭髮的青年，已經隔了一種叫年紀的東西。年紀讓我對事事反應都很平淡，雖然細細還能牽動我最深刻而沉重的回憶，但我只是淡然的問我這個「病人」：「她又怎樣失蹤的呢？」

「我們住在同一層樓宇，兩個相對的單位。我沒有她公寓的鑰匙。她堅持要有她私人的空間，我只好尊重她，但我連續幾天按她的門鈴，總是無人接應，我又嗅到強烈的腐爛氣味，心底一寒，便報了警。消防員破門而入。她的客廳很整齊，跟平日一樣。書桌上還攤着一本《尤茲里斯》，不知是甚麼作家的書，只是她喜歡讀，桌上還擱着咖啡，印着她喜歡的深草莓口紅。只是客廳的一缸金魚全死了，發出了強烈的臭味。她的床沒有收拾，床邊有一攤嘔吐物，已經乾了，但仍非常的餿臭，令我作嘔及登時流汗。家裡的雜物沒動，不過她帶走了所有現款、金幣及旅行證件。」

「有沒有反常的物件呢？」

「唔……桌上還釘了一大堆聘請啟事，接待員、售貨員、金融經理，其實對她沒用，她是個正在行內竄紅的刑事律師……」

「她是自己離開的，陳先生。」

「但不可能。她是這麼一個有條理的女子……鋼鐵般的意志，追一件案子熬它三天三夜……每天游泳，做六十下仰臥起坐，絕不抽煙。她不是那種追求浪漫的人……」

「葉細細是一個可怕的女子。她的生命有無盡的可能性。」

我再見葉細細，她已經是一個快十三歲的少女，手腳非常修長，胸部平坦，頭髮紮成無數小辮，縛了彩繩，穿一件素白抽紗襯衣，一條淡白的舊牛仔褲。見着我，規規矩矩的叫：「詹克明。」她仍然不肯叫我「哥哥」或「叔叔」，我見得她如此，亦放了心，伸手撫她的頭：「長大了好些。」她忽然一把的抱着我，柔軟的身體緊緊與我相貼，我心一陣抽緊，推開了她。

當年為一九七三年，我離開了燃燒着年輕火焰的柏克萊大學城，心裡總是有點悵然有所失。我回港後要在醫院實習，並重新考試，學業十分沉悶。香港當時鬧反貪污、釣魚台學生運動，本着在柏克萊的信仰，我也理所當然的成了一份子：沒有比自由更重要。那天我在同人刊物的大本營，相約與同志往天星碼頭示威，抗議港英政府壓制言論自由。港英當局發了通牒：誰去示威便抓誰。在去示威的途中，我縛了頭帶，手牽着同志的手，右邊是吳君，左邊是趙眉，迎着一排防暴警察，這時候我腦海裡漫無目的，想到了柏克萊校園一個黑人警察打傷我以前的表情，約翰．連儂的音樂，大麻的芳香氣味，葉細細的嘔吐物，她的萌芽的乳，及加州海灣大橋的清風。記憶令我的存在很純靜，我身邊的吳君，此時卻說：「他們都走了。」我回身一看，果然身後所有人都走了，只剩下我們數人，面對着防暴警察。

他們開始用警棍打我們了，在血腥及汗的氣味裡，我想起了葉細細。

有關她的聯想與記憶，總是非常痛楚。

她與母親來拘留所看我。母親怕我留案底，自此不能習醫，因而哭得死去活來。細細只站在她身邊，一眨一眨她的大眼睛，微黑的皮膚閃閃發亮，肩膊有汗，如黎明黑暗的一滴露珠，她一直沒作聲，離開前緊緊的捉着我的手。

回家後我得臥床休息，整天頭痛欲裂，吳君和趙眉偶然來看我。趙眉是一個溫柔羞怯的女子，來到我家，總是拘拘謹謹，反而是我逗她說話，只是她總來看我，攜着百合、玫瑰、鬱金香，先在我房裡坐得遠遠，慢慢的坐到我床沿來，有時唸一首她寫的詩。我握着她的手，感到了着實的親密溫柔。我也首次生了與一個女子結婚的意思。

細細還在寄宿學校。偶然回來。一個週末下午，趙眉來看我，走的時候就在客廳碰到葉細細。我聽得聲響，便想到客廳裡作介紹，但已聽得細細在問：「你是誰？你為甚麼來看詹克明？」我到客廳裡看見趙眉，非常驚懼而無助，細細雙眉挑得老高，在打量趙眉，趙眉匆匆低頭說：「我先走了。」便風似的去了。

細細和我在客廳對坐，她戴上黑眼鏡，點一支煙，而我頭痛欲裂。空氣如水，靜靜的淹沒。她良久方問：「你愛她嗎？」我十分煩惱，不禁道：「為甚麼女子總愛問這樣的問題。」她忽然走近我，扯起我頭上的繃帶，咬牙切齒的道：「你好歹尊重我們一些。」然後她放下我，收拾她的手提大袋，回到房間去。細細畢竟長大了，不是那個在我手掌裡嘔吐的小女孩了。我竟然有點若有所失。

細細後來失了蹤。我的頭傷痊癒，細細的學校打電話來，發覺細細離校出走，已經二、三天。母親現在老了，很怕麻煩，想脫掉葉細細監護人的身份，正跟校長糾纏，我立刻四出尋找葉細細，趙眉陪我，去哪裡找呢？城市那麼大，霓虹光管如此稠密，連海水也是黑的，密的，像鉛。城市是這麼一個大秘密。這時我才發覺，我根本不認識香港。

我找遍了細細的同學，一個女同學透露：一個男子將細細收容在一間空置的舊房子裡，在深水埗我和趙眉便踏着彎彎曲曲的街道去找她，而我又不慎踩到了狗屎，幾個老妓女在訕笑。吸毒者迎上來向我拿十塊錢。單位在一間鐵廠的閣樓，晚上鐵廠在趕夜班，一閃一閃的燒焊，「嗶」的着了一朵花。我踏着微熱的鐵花，感到眼前的不真實，便緊緊的捉着趙眉的手。趙眉也明白，安慰道：「一會便好了。」

單位沒人應門，裡面一片漆黑。外面是天井，可以從天井跳入單位去。我叫趙眉在外等我，便賊似的貓着腰，潛入單位裡面。我立刻嗅到熟悉的嘔吐物餿味，這種氣味，讓往日的日子在黑暗裡回到我眼前。外面是慘白的街燈。我歎一口氣，道：「細細。」在黑暗裡，看不清楚細細的黑皮膚，但我知道她在。一會一個修長的影子迎上來，緊緊的抱着我。她全身發抖，腸胃抽搐，顯得非常痛楚。細細臉上有明顯的瘀痕：「為甚麼呢？細細。」我低低的説。細細抱着我，在我耳邊微弱的道：「我愛你，詹克明。」這是我所知道的，最荒謬的愛情故事了。我抱着她，慘白的燈光照進來，像一盞舞台的照燈。她在我耳邊道：「你可以愛我嗎？」我只好答：「你知道嗎？你有病，葉細細，讓我照顧你一生，我是你的醫生。」她道：「但你可以愛我嗎？」我只重複道：「你有病，葉細細。」細細竟狠狠的咬我的耳朵，痛得我不禁大叫起來，外面的趙眉立刻拍門。細細又陷入歇斯底里的狀態，我只好打她，趁機開門給趙眉，二人合力制服了她。

那夜我又為她注射了鎮靜劑，自己卻無法成眠，便到客廳裡，打開陽台的門，看山下的維多利亞港，半明不暗。我抽了一枝又一枝的煙，被捕之後同志紛紛流散。趙眉和我只變回普通的情侶，她甚至喜歡弄飯給我吃。我將來會是甚麼呢？一個精神科醫生，每天工作十六小時。我的一生是否如此完成呢？我只是十分迷惘。此時細細靜靜的走進客廳來，坐在我面前。我不理她，繼續抽我的煙。她抱着她自己，也沒動。巨大的黎明就此降臨了，從遠而近。細細慢慢解掉她的睡袍。她的聲音很遙遠而平淡：「他們就這樣解掉媽媽的衣服。」這是我第二次看見細細的裸體，非常非常的精緻，淡淡巧克力色。細細又拿起我的手，輕輕的碰她。她的臉、她的肩、她的胸前、她的乳、她的肚皮。不知她上次出走遭遇了甚麼，她渾身都是瘀痕，只是她絕口不說。如今我碰她，很奇怪，並不色情，只是讓我碰到她成長的諸般痛楚。她讓我的手停在她的膝上。然後、在劃她的小腿。一劃，便劃出淡淡的白痕，一會便沁出鮮紅的血。她手中不知何時拿了一把裁紙刀，邊道：「他們這樣劃破媽媽的絲襪。」然後葉細細這樣倚着我，道：「你要我嗎？像他們要媽媽一樣。」我閉上眼，道：「我可能，葉細細。」我歎一口氣，便做了一個決定：「你不能再留在我身邊。你要去英國寄宿，不然我還給你你的錢，我離開我們家。」

葉細細是一隻妖怪。她有病。

「你知道她有病嗎？」我如今才仔細打量我這個病人，只是奇怪的，覺得非常的眼熟。他那種低頭思索的姿態，一臉無可奈何的表情……如同讓我照到了鏡子。

天色開始昏暗。我的登記護士下班了。

「我是她律師樓的同事，你知道，她很吸引人。她的思維跟行動都很快；高跟鞋跳躍如琴鍵。跟她合作做事，像坐過山車……我們一直都很愉快。直到我第一次和她做愛。」病人此時也仔細的打量我：「你不介意吧？」

「唔。」

「她開始叫一個人的名字。聽不清楚她叫甚麼，後來我仔細聽清楚，姓詹……詹甚麼明。然後她開始咬我。不是挑情那種咬，是……想……咬掉我……我很痛，實在很怕，不知如何是好。而且……哎……每次做愛她都嘔吐。完事之後她便嘔吐，像男人有精液一樣。很可怕。」

「你有沒有離開？」

「沒有。此外她一切都很好。她很溫柔，又很堅強。我炒金炒壞了，她去跟經紀講數。她借錢給我。去旅行她訂酒店，弄簽證，負責一切。我家的水龍頭壞了，她來替我修理。我跟她生活，感覺很好。雖然如此，我時常覺得無法接近她。」

「你覺得很好，她呢？」

「我不知道。我真的不知道。」

「這樣，你為何要來找我呢？」

「因為現在我想離開她。」

葉細細離開之後，我的生活得到表面的平靜。我開始在政府醫院工作實習，和趙眉結了婚，很快有了孩子。香港經濟開始起飛，每一個人在賺錢的過程裡有無限快樂。因此昔日的戰友更作風雲散。吳君當了一個地產大王的助手。小明當了諧星。還有的進大學教書，都開始禿頭，長肚子。這種生活非常沉悶，我卻無法擺脱它。我除了當醫生，我甚麼也不會做，我甚至不會打字，或使用吸塵器。工作、女兒花了我絕大部分的時間，我的頭髮在不知不覺間斑白。有時下班回來，很累很累的抱着女兒，在她睡床邊朦朧睡去，依稀聽到了披頭士的音樂，我在柏克萊城張貼標語，懷裡卻是葉細細，才九歲，受盡了驚嚇。這一次和我眼前的一切沒有關係。

窮極無聊，我決定自己開業，好歹賺點錢。在山頂找了一間小房子，窗外有落葉，迎着西。趙眉嫌租貴，地點又偏遠，但我堅持租下，因為在此，很像在加州，可以看到窗外金黃的季節。

細細在英國期間，回來度過幾次假；她住在曼徹斯特。我總是避着她，與趙眉、女兒一起見她。她看來亦很正常，衣着趨時，像任何一個美麗的黑人混種少女。她那種流於俗套的青春美，反而讓我心安。因為她正常，我便不會受她誘惑。反正這些青春美女，一毛錢一打，每年港姐選舉都大把大把的任人觀賞評點，此時我行年三十六，年近不惑，對於皮膚的美麗，只讓它僅止於皮膚。細細有同年紀的男友，相伴而遊，她與我之間，似乎就已圓滿結束。

後來母親心臟病猝發逝世，細細回來奔喪，在喪禮中招呼親友，張羅飲食，竟也十分周到。我並不悲痛，只是十分沉重，吃了鎮靜藥，只得一個軀體，心底有一種很徹底的疲倦。趙眉跟女兒自然也不知道，女兒如常撒嬌，趙眉如常哄護。母親遺體火化時，我和細細就站在火化爐外面等。遠處見到濃煙，也不知是哪一個屍體。細細伸手握着我的手，她的手很溫柔而堅定，就像當年趙眉的手，跟她小時候不大一樣。然後她低低的問我：「詹克明，你對你的生命滿意不滿意？」我一怔，看着那燒屍體的濃煙，在空中漸漸散去。暮色蒼茫，此時我內心非常哀傷。

我和細細晚上相約在中環一間意大利館子見面。我診所關了門，特地回家換衣服，洗了澡，穿了一雙新襪子，才去見葉細細。因為心情有點緊張，抽了根煙，出了家門，又覺得不好，折回家，擦牙。如此折騰，自己也覺得好笑。細細早到，見得我，站起身來迎我，大家都非常禮貌而客氣。她將蓬鬆的頭髮束起，戴了一雙長及胸前的吊墜耳環，穿一件銀紅的絲襯衫，非常的俗艷。我們開始交割她母親款項的問題，有信件，要她簽署。她亦年滿二十一，母親和我已經完成了我們的責任。細細決定放棄大學二年級的課程，回港定居，她討厭英國。我們叫了冰凍的新酒，噌點意大利芝士。細細說她在意大利被打劫的情況，一會又談到巴賽隆那的米羅博物館，布拉格的城堡與水晶，相對起來，我的工作就很單調，愈來愈像幼稚園教師。她聽了，靜下來，很嚴肅的問：「有沒有像我這樣的女病人？」我笑：「沒有。」她又問：「有沒有碰她們呢？」我老老實實的答：「沒有。」她忽然又問：「你是個好男人嗎？」我想想，道：「那麼要待別人來評定。」她堅持：「我問你。」我只好答：「我想我是。」她便說：「我懷孕了。」

這是我第三次接觸她的裸體。麻醉師為她注射麻醉劑的時候，她拉着我的白袍，問我：「詹克明，你可否愛我呢？」我一怔，反應很慢的，道：「葉細細，我不可以。」但她已經失去知覺了。我到手術室，拿着鉗子與吸盤，充當一個護士，我的舊友非常熟練的張開她的陰道。她很快的流了血。細細堅持要我在場，不知是一個陰謀還是一個誘惑。她的血就像是生命的傷害，很多很多的湧出來。鉗子非常冰冷。我抬頭看見手術台的燈。吸盤抽出了胎兒，在膠袋裡盛了一攤血肉，來自細細體內，我輕輕的碰一下她的胎兒，猶有溫熱。此時我忽然想與她有一個孩子。

她的身體很虛弱，我便把她接回家去。告訴趙眉她做了腸胃的小手術。也事有湊巧。趙眉患了急性胰臟炎，要入院住幾天，做點小手術。一下子我身邊有兩個親密的病人，實在分身不暇。有一天實在累極，下午沒有預約，便提早關了診所，回家休息。小女兒到趙眉母親家裡去。下午的家靜悄無人，細細想來已經休息。她有點低血壓，體力恢復得很慢。回家我又聞到一陣淡淡的酸餿氣息，回憶一陣一陣的向我襲過來。這許多年了，此情此景都似曾相識，但其實那些日子都不會回來了。盛夏炎炎，我感到了一陣冰涼。

倒了一點威士忌，加很多很多的冰，就此在客廳睡了，醒來是黃昏，眼前卻有一個黑影，我以為是我自己死亡的影子，心裡一驚，便醒過來了。細細以背向我，正在喝我剩下的威士忌酒，想來酒已暖了。我不動聲色的看她，她穿着白色絲質睡衣，沒穿睡褲，只有一條白絲小內褲，皮膚黑亮，腿上卻一滴一滴的承接了眼淚。細細哭了，我不敢驚動她。不知她為何而哭，或許只是為了生存本身：如此風塵閱歷。鐳射唱機開動，隱隱傳來貝多芬的《莊嚴彌撒曲》。《彌撒曲》恐怕是貝多芬最莊嚴而哀傷的曲子了。此時我亦感到了與葉細細有一種非常莊重的接近。好一會，她的淚停了，開腔道：「你為甚麼不愛我？」把我嚇了一跳。我伸手揩抹她膝上的淚水：「你知道，愛情並不是一切。我是你的醫生，我時常都是。」細細低聲道：「對你的愛情是一種病吧，我渴望病好。」我說：「你渴望，便得着。」——多麼像耶穌基督，我幾乎要笑出來。她轉身看我：「詹克明，你可否令我幻滅？不再愛你？」我慢慢的撫摸她：「可以。我原來是一個不值得的人。」我輕輕的撫她的乳：「你長大了，不再追求不存在的事情。」這樣她便吻我了，唇那麼輕而密。如玫瑰色的黃昏小雨。她褪去她的睡衣，她的皮膚如絲。我只是怔怔的讓她擺佈，我心裡卻非常清楚，我們愈接近幻滅了。我很想進入她的身體，同時我內裡卻升起一種欲嘔吐的感覺。此刻我突然明白細細的嘔吐；感情如此強烈，無法言語掌握，只得劇烈的嘔吐起來。細細緊貼着我的身體，如此豐盛廣大，如雨後的草原。我無法不進入她，如同渴望水，睡眠，死。她在低低的呻吟，說：「我希望做一個正常的人，詹克明。我不要再愛你了。」我一動，便說：「好。」她的淚一滴一滴的流下來。她剛做完手術，內裡非常的柔軟敏感而且痛楚。她額上沁了一滴一滴的汗。我想退出來，她緊緊的纏着我：「不要走。」她的臉孔扭曲，卻又笑着，分不清是痛苦還是甚麼，非常詭異。我緊緊的按着她的肩膊（她的肩非常瘦削而又堅硬），劇烈的動起來，也不管她的痛楚，此時我若有小刀還是手槍，我會毫不猶豫的殺死她的。我不知道為甚麼。我很快便射了精，而且從來沒覺得這樣疲乏，幾近虛脫。她看着陽台外的夜色，一城的燈細細碎碎的亮起來。我感到十分難堪，立刻穿回衣服。她赤裸着，抽根煙，神情十分冷漠，猜不透，我十分懊惱，大力的捏自己的臉孔。她便邪惡地笑我：「就像一個失節的女子。這年頭，即使是女子，也無節可守呀。」我隨手拿起水晶威士忌杯，摔個稀爛，便大步走出家門。

我沒開車，獨自走下山去。路上急走，只看着自己的腳步，也沒多想。到了城中心，下班的人潮已開始散去。有人在地車站口賣號外：「中英草簽號外！中英草簽！」抬頭仍然看見銀行的英國旗。主權移歸了，世界將不一樣。我走過中環的中央公園，有學生在表演街頭劇，鼓聲咚咚作響，在現代商廈之間回聲不絕，如現代蠻荒。一個戴面具的學生道：「我一覺醒來，英國變了中國……」這世界跟我認識的世界不一樣了；不再可以決定自己的命運了，在情慾還是政治層面均如此。但以前不是這樣的。在柏克萊，在六十年代……以前不是這樣的。

我不敢再回那個家，在酒店住了幾天，再接趙眉出院，趙眉十分虛弱，倚着我身上，十分的信任，連我也覺得安全，畢竟是一個妻。我也緊緊的挽着她。還沒有進家，已經嗅到一陣焦味。我急步進門，大吃一驚，那張我和細細在上做愛的沙發，我在加州時用的行李箱，以前我穿的舊衣服，細細兒時的玩具，都擱在客廳裡，燒個焦爛，天花板都熏黑了。我急怒攻心，就在客廳裡瘋狂地將遺骸亂踢踢傷了腳。我要告她、用木棍打她、殺死她。但其實我知道，我永遠不會再見到她了。

細細走了。她決定不再愛我，做一個正常的人。

我在盛怒中忽然流了眼淚，此時我體內升起一陣欲嘔吐的感覺，強烈得五臟都被拆個稀爛，我衝到洗手間，只嘔出透明的唾液，眼淚此時卻不停的流下來。

我的過去已經離棄我了。

此時我突然心頭一亮；在黃昏極重的時刻，眼前這病人和年輕的我如此相像，低頭思索的姿態，一臉無可奈何的表情。

「為甚麼你想離開她呢？」我問。

「我想……她有病。她看起來卻一切都很正常。大概是去年冬天吧，聖誕節假期之前，她和我都留得比較晚。我埋頭在寫報告，抬頭已是晚上十時。我去找她吃飯。她在影印，我站在她身後，一看，她在影印的全是白紙。我叫她，她便開始伏在影印機上嘔吐。好可怕。嘔得影印盤上全是又黃又綠的嘔吐物。她在嘔吐間，斷斷續續的告訴我，很厭倦。不知道她厭倦些甚麼。」

「那天後她就拒絕與我做愛。」

「那時她開始有病吧。很奇怪，她在很突兀的時刻嘔吐，譬如與一個客人談價錢，在法庭裡勝訴，或在吃東西，看色情刊物等等。」

「我為了她的嘔吐想離開她。」

「她失了蹤你應該很高興。」

「我應該是。但我……」

那次在戲院裡碰到細細是她走後唯一的一次。我輾轉知道她當了兩年的空姐，因為涉嫌運毒被起訴，所以停了職，後來罪名不成立。她就到了倫敦唸法律。她決意做一個正常人，正常的職員。有一個正常的男朋友。間來挽着手去看電影，她的使命便從此沒有我的份兒，我想理應如是。但那天她在電影院來將我的手緊緊一握，我在電影院裡非常迷亂，連電影裡的六十年代也無法牽動我。電影還未完我便走了。

此時天已全黑。我們二人在小小的枱燈前，兩個影子，挨湊着，竟然親親密密。我脫掉白袍，要送我的病人下山。我關掉空調，病人猶坐着不動，我不禁問他：「我還有甚麼可幫你的呢？」他才答：「我應否去找葉細細呢？」「啪」的我關掉了燈。一切陷在黑暗裡。我說：「她已經離棄你了。」聲音如此低，就像跟我自己說：「不用了吧，她會為她自己找尋新生活。」

病人與我一起離去時，我才發覺，他跟我的高度相若，衣着相若，就像一個自我與他我。我們都是細細在追尋的甚麼，可能是愛情，也可能是對於人的素質的要求，譬如忠誠、溫柔、忍耐等等。我們不過是她這過程中的影子吧。病人也好，我也好，對她來說可能不過是象徵。我們二人在車裡都很沉默，很快我們便下了山，病人要到中環去赴一晚餐的約。快要抵達目的地時，他忽然問我：「詹醫生，你和細細有沒有做過愛？」紅燈一亮，我登地煞了車，二人都往前一衝：「沒有，」我說。「為甚麼？」他更答：「因為細細有一次說，她曾經有過你的孩子。」綠燈亮起，病人不等我回答，便說：「我到了，謝謝，再見。」便下車去了。我呆在那裡，不知他的話是何意思。是細細的幻想還是真的。我這生或許沒有機會知道了。我亦不明白我自己。

我分明與葉細細做過愛（她的內裡非常柔軟敏感而又充滿痛楚），我竟要騙他。我如此懷念六十年代，現在我的生命卻如此沉悶而退縮。香港的主權轉移，到底是為甚麼。收音機此時卻播起約翰．連儂的《幻想天堂》來。美麗的約翰．連儂。美麗的加州柏克萊。美麗的葉細細。金黃色的過往已經離開我。我身後的車子響聲徹天。我此時感到整個世界都搖搖欲墜，難以支撐。我便下車來，在車子堵塞的一個紅綠燈口，想起我的前半生，我搖搖擺擺的扶着交通燈杆，這前半生就像一個無聊度日的作者寫的糟糕流行小説，煽情，做作，假浪漫，充滿突發性情節，廉價的中產階級懷舊傷感，但畢竟這就是我自己，也實在難以理解。而這時候其實已經是冬天了。秋日的逝隱在城市裡並不清楚，新夜裡我感到一點涼意，胃裡直打哆嗦，全身發抖，我彎下腰去，看到灰黑的瀝青馬路，我跪下，脾胃抽搐，就此強烈的嘔吐起來。

（原載《溫柔與暴烈》，香港：天地圖書，一九九四年版）

與天使同住

關麗珊

當決定寫信給安琪的時候，我緊張至雙手微顫，想了一整晚，也沒有寫下一字。

安琪擾亂了我的生活，令我無法正常工作，更影響我的社交圈子。我不知道安琪看到這封信有何反應，深恐事情越弄越糟。但我沒有其他選擇。

「安琪，

請你冷靜地看這封信，最低限度，仔細地看完這信。

安琪，我不懂得怎樣措詞才讓你明白，你不應該存在於這個世界，你寫了許多小說，無疑是出色的，然而，現今社會已不需要文學作品，我們不可跟整個社會步伐抗衡。你知道嗎？這完全是供求的基本問題。

昨天，我接到麥荷門找你的電話，他接受了你的投稿，會刊在他的《前衛文學》上。還有更荒謬的事嗎？

《前衛文學》把麥老太的五千元花光了，雜誌停刊、復刊、停刊再復刊，一次又一次把麥荷門的錢虧蝕，一個男人的三十年黃金歲月，就只有這本雜誌，要說前衛的話，這名詞只是尖刻的嘲諷。

安琪，我是最佳銷量的時裝雜誌編輯，我選登的服飾，讀者都爭相追捧，無論是透明塑膠上衣，還是把垃圾袋穿在身上，他們都會趨之若鶩，你明白讀者要看甚麼？你知道社會不斷轉變嗎？

安琪，你令我筋疲力竭，別再將時間浪費在你的文學創作之上，我們的生命無法承受如此虐耗。假如你堅持寫作的話，寫浪漫愛情小說好了。你讓我好好地工作好嗎？沒有我，雜誌社隨時可以換一個編輯，但失去這份工作，我不能以你的作品生存下去。

越寫越是紊亂，我難以將腦海所想的用文字整理出來，然而，安琪，我知道你會明白。

可怡」

「可怡小姐：

你是誰？你為何給我來信？

我不明白你的信，奇怪，你何以接到麥荷門找我的電話？你是你，我是我，我根本不認識你，幹嗎你老是我們我們的寫，教人感到莫名其妙。

麥荷門是充滿理想的人，難道這世界已擠迫至連理想也容不下？《前衛文學》一定辦下去的，剛得到諾貝爾文學獎的大江健三郎，不也在寫着艱澀難明的小說嗎？你不能抹煞閱讀文學作品的讀者權利。《前衛文學》在大江得獎前一年已翻譯及介紹他的作品，不就是做到「前衛」的原意嗎？

我無意為麥荷門說話，他的確有不能改變的缺點，但是，三十餘年以來，他明顯地改進了，他不再是衝勁有餘能力不足的青年，他對文學熱忱未減，然欣賞能力不斷提高。時間會過去，生命始終會走到盡頭，麥荷門跟他的雜誌相濡以沫，無恨無悔。你呢？祝

快樂

安琪」

「安琪，

你明白不明白，這是現實世界，我的房子月租七千，雜費連管理費八百多元，加上衣服、食用及交通支出，我每個月起碼要萬多元，還有許多非經常性開銷。我們生活在資訊發達的商業城市，再沒有人肯花時間心力去閱讀文學作品，若我們追不上時代步伐，只有被淘汰。

上星期五，你把我的男朋友嚇跑了，你問他村上春樹的《世界盡頭與冷酷仙境》跟《挪威的森林》在手

法和意念上有何相異之處？你問他對普魯斯特的《追憶逝水年華》感想，你問他西西的《哀悼乳房》的寫作手法。你甚至要跟他討論昆德拉！

我跟他開始了不過是三兩個月之間的事，但我是喜歡他的。他認真地把你的問題記下，但無法找到答案。他給我一張心理醫生名片，而這類卡片我已收到五張。安琪，我們為了你分手，我覺得很難過。

安琪，枱面有一疊時裝及生活雜誌，你的書及雜誌我已拋掉，請你冷靜處理，流行雜誌有它的好處，它讓讀者接觸新穎美好的事物，增加他們的情趣及品味。安琪，你說得對，時間會過去，生命始終會走到盡頭。我希冀的只是簡單輕鬆的生活。

可怡」

「可怡小姐，

再次收到你的來信，微感驚訝！我想，需要冷靜的是你，我總想到你在寫信的暴躁表情。（一笑！）

我終於明白我們的關係，你的男朋友連紅酒和白酒也分不清，你怎跟這麼欠缺生活趣味的人溝通？我是有心給他難題，這個人在不懂而強撐的時候，會做出許多有趣的表情，你可有留意？

失去了我的書刊，讓我感到十分哀傷，它們所佔的空間如此小，你也容不下？你放在餐桌的雜誌，我無意翻閱，流行的訊息只在刺激消費，難道裙的長短，顏色的深淺，就是由三數個知名設計師控制嗎？

你也少看為妙，我發現你的衣櫃有橙色及銀色的衣服，我不想穿這些上街。最後，今期的《前衛文學》有兩篇非常精彩的小說，相信你一定喜歡的。祝

愉快

安琪」

——我已經無法忍受下去，我想，再寫信也解決不了問題。

——其實，你的問題並不如你想像般嚴重。我跟你說過，多重性格失常症，Multiple Personality Disorder 並非可怕的心理症狀，宋小姐，從回信看來，安琪有她的完整性格，她的字跡及言詞跟你完全不一樣，她有自己的想法行徑，然而，怎樣看她也是可愛的女孩。

——可愛？她昨天把燙熱的咖啡潑在我的上司身上。她把我的男朋友嚇跑了，也差點令我失業。我不知道為甚麼會患上這種失常症，我只想安琪消失。

——嗯！這也不是太壞的情況，在外國的病例，有患者半夜跑到馬戲班做馴獸師，一個懦弱怕事的書呆子，突然發現自己的頭在獅子的嘴巴內。

——你的幽默是療程的一部分嗎？

——我希望你放鬆一點，也許安琪是你的潛在性格，或者，安琪是你真正追求的方向，安琪的性格

並沒有跟你背道而馳，宋小姐，你也想把咖啡潑在上司身上吧！

——沒有，我再討厭我的上司，也不會這樣做。

——思想並不一定反映在行為上。宋小姐，你有接觸文學作品嗎？到底麥荷門跟《前衛文學》是哪一回事？

——初上中學的時候，我看過不少外國文學作品，往後，我只看流行小說。胡醫生，我不想再討論文學這問題。

——我從來沒有在報攤見過《前衛文學》。

——不知道我會否患上妄想症？胡醫生，其實，我看的心理書籍也不少，你知道，時裝雜誌總有一兩頁的心理遊戲。

——你在迴避問題。

——我在中二還是中三的時候，看過一本叫《酒徒》的小說，內容已經忘記得七七八八，但好像有個叫麥荷門的角色。那一晚，我的確接到麥荷門找安琪的電話，胡醫生，我的病情是否非常嚴重？

——那不過是普通名字，假如你坐在這兒，我再收到一個叫宋可怡或宋安琪的女子電話，我也不會驚訝。你有看過那本《前衛文學》嗎？

——有，但我把它們及安琪的書都丟掉了。

——下次帶給我看好嗎？

——假如安琪給我的話，我帶來給你好了。

——你會嘗試寫一些純文學作品嗎？

——神經病！嗯！對不起，胡醫生，我無意這樣說的。安琪的出現令我極度困擾，我只希望她及她的文學世界盡快消失，否則，我也不會花錢來跟你談話。

——你放鬆一點吧！你看，你的信如拉緊的弦，但安琪的信是如此氣定神閒的，我也看來米蘭昆德拉，這其實是一種鬆弛神經的方法。昆德拉會寫《笑話》的。

——你跟安琪一定可以談得投契。

——你的幽默感也不少。

——可以半價收費嗎？看在我的幽默感上。

——你付一半，另一半由安琪來付！公平吧！哈！

「安琪，

枱面有一盒我跟心理醫生對話的錄音帶。他是城中最著名的臨床心理學家，收費驚人，但我知道，他會治好我的病。

你以前在信中的疑問，只要把問號換上句號便是答案。這世界已擠迫至連理想也容不下。你的書刊，甚至你，我也容不下。也許，這是最後一封寫給你的信，安琪，你不該存在於這世界。

從小，我便是乖巧聰明的宋可怡，我有自己的過去及經驗。社會是適者生存，我充分掌握到好好地活下去的遊戲規則，你的出現，或者是我身體的毛病，你只是我腦海中虛構的人物，生活空間只在我的意念裡。安琪，我會讓你消失的。

昨天，竟然在信箱發現你的退稿，是一篇十萬字的長篇小說，出版社怎會替你出版呢？我現在心平氣和地跟你說，我有一份理想的工作，穩定的收入，也不乏追求者，已經足夠。生命總讓人不斷地失去，到想找回「失物」時，卻已忘記自己所失去的。安琪，那疊寫滿密密麻麻中文字的原稿紙被我用火燒掉，看着熊熊烈火，我感到非常興奮，你會明白失去而不復再的感覺，你該明白你將在我的思維裡消失——是生命的必然過程。

安琪，再見！

可怡」

——我相信她已經消失了。

——如你所想？

——是的。

——你肯定她已經不存在？

——我的信還在書桌上，她似乎沒有聽那盒錄音帶。謝謝你，胡醫生，你確是全城最好的臨床心理學家。

——假如，你患的是多重性格失常症，我並沒為你找出潛伏的性格，也不知道她可以控制你的程度。要是你的問題跟我所估計的不一樣，那我連病源也未找到。宋小姐，我看你最近所寫的一封信，你似乎不想安琪消失。

——你弄錯吧！我無時無刻要她離開，胡醫生，假若你的生活充滿空白時空，不知道自己做了些甚麼，這絕對是可怕及難以忍受的事。

——別緊張。雜誌社的工作愉快嗎？

——還可。

——上司待你如何？

——一般。

——假如，我現在給你一個願望，你想得到甚麼？

——生命是沒有假設的。

——只要我的能力做得到，你的願望都會成事。當然，你可以放棄這機會。

——免收我的診金，直至我完全康復為止。

——宋可怡小姐，你的思路清晰精明。你大概要花多少時間才能完成十萬字小說？

——胡醫生，我從來沒有寫小說的經驗，更沒有想過寫一篇十萬字小說要多少時間。嗯，醫生，你是言而有信吧！

——當然，不過，我怕安琪會替你支付診金。

——安琪已經不存在。

——安琪所寫的小說是關於甚麼的？或者，我應該問小說的內容，體裁及成績如何？

——我沒有看過便丟進火盆去。

——你不好奇嗎？或者，你不想我看一遍，再找出安琪跟你的問題關鍵嗎？

——我害怕看了那篇小說，受到安琪的影響，況且，我也沒有錢付你閱讀這十萬字的時間，你一小時工作時間可說是秒秒千金啊！

——我習慣工餘看小說的。

——我找找安琪有沒有保留一份影印本在家，要是找到的話，我很樂意拿給你看。

——還有麥荷門及《前衛文學》的資料嗎？

——沒有，他們彷彿只存在於安琪的空間。

——你曾說接到麥荷門的電話……

——胡醫生，假若我明白這些疑問，我不用躺在這兒跟你說話了。

——宋小姐，你現在的思維十分敏銳，分析力也強，我把你的情況跟你研究，好嗎？

——只要擺脫安琪，我不介意你用任何專業方法。

——多重性格失常症的患者，體內會有兩個或以上的完整性格，各有獨立的能力、思想、語言及生活習慣。以你跟安琪的個案來看，安琪是你意識之內的一部分，甚至她所做的只存在於你的腦中，沒有退稿、沒有麥荷門、沒有《前衛文學》、沒有十萬字長篇小說。她是你想做而不能做的化身，對於現實，並非每個人也可如願，否則，沒有心理學這回事，有人用藥物逃避現實，有人酗酒，也有人在精神上逃避，當然，我不肯定你的情況，我只以朋友的身份跟你聊聊這個問題。

——你要是不相信安琪及她所做的一切，我們也不用說下去。

——我當然相信安琪。你的上司，你的男友或你身邊的人，都曾跟安琪接觸，我為甚麼不相信？宋小姐，假如薪金一樣，你會選擇留在時裝雜誌社工作，還是考慮擔任《前衛文學》編輯？

——現實是沒有假如的，胡醫生，這是你能力範圍以外的假設選擇。

——你還會給安琪寫信嗎？

——有這需要？

——我不能絕對肯定，不過，你看作寫日記或寫信給我好了。文字也是抒發感情的其中一個途徑，你的信也越寫越好，說不定，下次可以寫長篇小說。

——再寫下去，說不定，下次可以寫《紅樓夢》。

——哈，這也說不定的。

「安琪，

儘管你已經消失，但我相信胡醫生的建議，繼續給你寫信。

我的上司快將移民外地，相信，我會升上執行總編輯的職位，以年資及工作表現來看，只要總編輯離職，我便有機會晉升，那時候，我的薪金足以讓我買一輛汽車代步，更可每年外遊，可說是非常理想了。

上次被你嚇跑的男孩再送花給我，他不求甚解地看了許多書，很可愛，以及出奇地有誠意，然而，生活並不需要明白村上春樹、普魯斯特、或任何一個作家。生命只需金錢、健康和愛。跟他一起，我感到再簡單平靜不過，知道喝哪一種酒，懂得說甚麼話，於生活又有多大意義呢？

平凡是福。我現在的生活是最美好不過，每天上班，下班，跟他看一齣港產笑片，吃一頓燭光晚餐。他說，收到雙糧花紅之後，跟我一起參加歐洲十三天團。他買了樓花，待入伙後，可以將這個三百呎的單位放盤出售，再買一個五百呎左右的單位。要是沒有遇上更適合的人，我會跟他結婚。

抽屜裡有一疊寫滿字的原稿紙，想是你以前寫下的短篇小說，題目很有趣，是《與天使同住》，可惜不是愛情小說，我不能刊在我編的時裝雜誌，若是愛情小說便好，我可以收回不少的稿費。算了吧，或者，胡醫生會有興趣看的，他不收取我的診金，這篇小說，或許留給他作紀念。安琪，這篇小說實在寫得好，完全超越了我的想像及能力，可惜，這個社會不需要這樣的小說，也不需要你。

我能夠預見自己可以達到的未來，不必在生活上感到徬徨困惑。安琪，這已經是最完滿美麗的結局，我從來不是苛求的人，我感到非常快樂。

可怡」

「胡醫生，

你好嗎？

相信你不會感到詫異，作為全城最著名的臨床心理學家，你會預計到閱讀這封信吧！

胡醫生，我把桌上的錄音帶反反覆覆的聽了許多遍，覺得新奇有趣，假使多重性格失常症的患者，把超過一種或以上的獨立性格驅走以後，只餘下單一完整的思想及性格便算痊癒的話，我想告訴你，我已經完全康復，謝謝你！

生命是純淨美好的，我清楚了解自己所追求的。胡醫生，你上次曾說你也看米蘭昆德拉，我想知道一個心理學家，怎樣看《生命中不能承受的輕》，你如何解決自己感受到的輕與重，每天面對着一個又一個需要你的病人，他們可能感到生命沉重得如西西佛斯每天推上山的大石，或者，無重量如隨風飄盪的鵝毛，你對他們可以做些甚麼？最後，你為自己又可以做些甚麼？

我現在的生活非常快樂，快樂的人大概不用找心理醫生的。然而，我還是感謝你曾給我的幫助。祝

愉快

安琪

P. S. 我早轉到《前衛文學》擔任編輯的工作，麥荷門快將退休，他也不用心理醫生，但假如你有興趣見他的話，大家可以出來喝茶，你要是跟他談文學，他必定說足三日三夜，你要作好心理準備。

P. P. S. 隨着這信一起寄來的《前衛文學》，是我負責編輯的第一本，內裡更有我的一篇短篇小說《與天使同住》，希望你喜歡。

用萬能夾夾上的支票，是我應該付出的一半診金，你還需要我送一塊「仁心仁術」的大鏡給你嗎？（一笑！）」

（原載《香港文學》第一二二期，一九九五年二月一日出版）

一件命案

東瑞

新聞主義

三日下午五時三十七分，一輛在九龍欽州街行駛着的、駛往海灣的貨車，司機忽然聽到後面一陣巨聲，似有甚麼物體從高空跌落。他迅速地將車子從塞堵着的車陣中駛離，停泊在馬路邊。很快從駕駛位開門，爬到後面的貨物上的帆布查看，赫然發現上面躺着一個奄奄一息的女子，正在昏迷不醒，司機叫王發，頓時嚇了一大跳，他趕緊跑入附近一家餐廳借電話打九九九。

五時五十一分，馬路上響起尖厲的警號；五時五十七分，一輛警車和一輛救護車開到了貨車停泊處。貨車車號是××八三八四五八。司機被通知協助調查。自殺的女子被送入醫院搶救。從她身上的身份證證實無誤：她姓呂，名親親，生於一九五五年七月八日，今年三十九歲。女子身材苗條，容貌娟好，出事時，上身穿着一件緊身T恤，下身則着名牌牛仔褲，右手無名指戴着一雙巨大的鑲鑽石戒指，脖子還有一條白金鏈。據搶救醫生急救之後，表示：她的右臂折斷，身體只是外傷，出血輕微。

據女子左鄰右舍猜測：女子深居簡出已多時。前一時期行蹤飄忽，舉止神秘，寓所不時有不同面目的陌生男人出入。至於是謀殺還是自殺，警方仍在調查中，未敢下結語。事緣該女子自被送入醫院之後，就一直昏迷不醒。醫生進一步診斷，她的頭部傷得較重，電腦波儀器呈不規則曲線，表示她有某種程度腦震盪。

十天之後女子第一次甦醒。筆者得緣被允探訪對話，取得最為真實的第一手資料。（本篇小說完全是真人真事，並附多項旁證，此處略。）

內心獨白

（天高風輕的下午，她幽幽地走到天台上。）我是被他們逼死的。被他們逼死的！不要以為我說着玩不要以為我在威脅誰。我就死給你們看，要你們逃脫不了良心的譴責，大半輩子不安。你們一個個都脫離不了干係，我的死，證明着你們說的，做的、寫的都是一派胡言，都那麼虛偽，都是在撒謊！人前你們都是正襟危坐、道貌岸然；人後在陰暗角落裡，你們的真面目就赤裸裸地暴露！

（她已走到天台邊緣，身子搖晃了一下，臉部突然出現猶豫神色。）可是，這樣輕易地死，未免還是便宜了這些人渣和騙子。他們照樣若無其事地風流快活，未必有女孩子能識破那些甜言蜜語。我真的很不甘心。我應該將一切內情揭露出來，至少給他們留一點不痛快……可，這是有用的嗎？

（想到此，她又輕輕地搖了搖頭，是否又否定了自己的這一想法？）

做人真累。這世道有哪一件事不是交易，不是在做買賣？縱然我把一切爆出來，又有誰會相信一個小女子的話？做官的照做他的官，在位的仍牢牢把着手中權不放。大男人們會說許多事都是兩廂情願，誰叫你作風也不檢點？誰讓你常常穿低胸裝引男人犯罪？

（她癡望地面，車水馬龍，行人腳步匆匆，突然嘴角露出一絲怪笑。）

他們生前忙忙碌碌、營營役役，到頭來還不是逃脫不了一死？一切名利都化為輕煙，所有恩怨都一筆勾銷？不必再擔憂甚麼了……

（她重心一歪，鼓起了勇氣縱身一跳。）

潛意識

像一株蒲公英隨風輕輕飄揚，大地的景物盡在眼下，沒有恐怖，沒有記憶，腦部過往塞滿了痛苦和仇恨，此時卻如藍天白云一片空白。死亡，果真是這樣美麗的事情？

那時自己必如銀幕上看到的，似一顆炸彈做自由落體，令地面發出了一陣巨響，而同時軀體也將地殼炸出一個大窟窿，自己也就那樣沒有終極目標地墮入去。否則面前不會出現大面積黑暗。

你為甚麼沒有宣佈沒有預告沒有通知就這樣大膽地闖了進來你難道真的是活得不耐煩

我這是臨時的決定但事前也醞釀了很久事緣世間有許多人面善根本不將我當人而只是把我當玩物一個個目的得逞就背信棄義我實在是被他們逼死的

造孽者仍在造孽仍在害人直到死期到來才懂得後悔而你本不該死但既死了念你是個弱女子就在此閉門思過吧

寫稿。投搞。交際。做愛。寫稿。投入。交際。做愛。兩角。三角。四角。一樣的西裝，不同的面孔。摟抱。接吻。上床。做愛。拍拍屁股走了。又來一個。摟抱。接吻。上床。做愛。又拍拍屁股走了。我愛你，親親，我可以使你一夜成名。只要我們一起上床。我愛你，親親，只有你了解我。我愛你，親親。做愛。交際。寫稿。投稿。出書。四角。三角。兩角。做愛。上床。接吻。摟抱。一個走了，又來一個，這兒是妓寨嗎？不是。他們是嫖客嗎？不是。但他們都在嫖。

殘花敗柳在墮地一剎，肉體四裂飛濺，真如天女散花了吧。但願他們都得上花柳。

對白

親親，你好些了嗎？你可要多休息啊。

我好多了，但昨天的事已記不起來。

你已在醫院躺了整整十天了。

醫生說我有腦震盪，那不就是神經病嗎？

不會的，你說話不是挺清楚的嗎？現在，我問你一些私人問題，你不介意嗎？

不介意。反正說不說都一樣的了。外面風言風語，對我是不公平的。

你為甚麼要自殺呢？

你認為我仍值得活？我活下去還有意思嗎？

你可明白生命對人只有一次，是十分寶貴的，金錢買不回來。我們理應珍惜！

我不同意，你說「金錢買不回來」未免太武斷了。這世道，很多東西可以用金錢買回來。比如，某些官銜，你捐個八萬十萬，就有人雙手捧送。比如，有錢可以買屋、旅行。有錢可以買到女子的貞操，像那部「不道德的交易」電影一樣。甚至，有錢也可以買人的良知和靈魂。推而廣之，沒有錢，只要有權、有勢也一樣可以為非作歹，進行許多骯髒活動。

話扯遠了，我們不討論這個問題。我只想問，外間對你有許多微言，你怎麼看？

人言可畏，我恨為甚麼自己如今又被救活？

親親，我慶幸你沒死。你應該振作起來。有真正愛你關心你的男朋友嗎？

跟我有過關係的男人我記不清有多少個，真正愛我的沒有一個。

啊。那是為甚麼？

他們有很多許諾。上床之後，都背信棄義了。這比妓女還不如。妓女出賣肉體之後還可收到一筆錢，我甚麼甚麼也沒有。

（醫生走來，阻止他們進一步談話。）

親親，下次我們甚麼時候再繼續？你可以打電話給我。

數線並行

男人潛入親親的家，將親親抱起，房門一關，隨着調笑聲之後是喘息聲和呻吟聲。男人說：「我太太不了解我。你的遭遇我很同情。」親親說：「只有我了解你，而你同情我最後是同情到上床。」男人說：「我只有你一個情人。」

男人和另一個婦人幽會，一把眼淚一把鼻涕，女的為他拭抹，他就將女的抱起入房。女的埋怨他：「聽說你外頭很多女人。」男人說：「也不過三四個而已，都是她們送上門來，怎能怪我，我愛的就你一個。」

親親。他知道這個時間打來的必是親親，就把電話擱起。「誰？」太太問。「那個女人老纏着我，煩死了！她要我跟你離婚，怎麼可能！」「那不是很可惡嗎？」「對，很可惡。」「你很可愛，親親。每次都想……死去的心又被你弄活。」「你別嘴巴甜。」「這是真的。每晚回家見到我那黃臉婆，我的心就涼了，像是活在墳墓裡。我們已沒甚麼感情可言了！」

荒謬主義

親親，你躍下來時腦部撞及硬物。造成很大創傷，我們要為你開刀。搞不好，腦部要掏空。失去部分記憶。你情願嗎？有誰——最好是直系親人——為你簽署同意書嗎？

我沒任何親人。我簽署就可以了。腦殼子裡有腦漿沒關係，反正過去的事都不堪回首，我要回頭做甚呢？我正好可將恥辱全忘記。

親親於是被麻醉，醫生和護士開始為她的腦部掏掏挖挖的，最初是用鋸而後用了很多器械。四方碟盛了一大堆滲白的腦漿，真是嚇人，一位護士受不住刺激，匆匆逃出手術室。

這腦漿已經變壞，至少有二分之一已受到嚴重污染。你們看，這一半已呈一派黑色，像是黑炭。一位醫生如此說。

看來非全部掏出處理掉不可，否則也等同廢物。另一個醫生附和道。

讓她變成植物人是不人道的。護士插嘴。

親親的腦內物質像刮子宮那樣被刮得十分乾淨。親親不能思想真好，可以忘記過往一切被侮辱與被損害的細節，活得無憂。親親沒有腦子是不錯的，從此對外界的刺激沒有敏感的反應。親親沒有腦，等於沒有頭，不必隨便伸舌頭，被懷着企圖的人用舌頭挑情打結。親親被掏淨了思維之汁，從此不會變得敏感、多情，既被人乘虛而入，又被認為兩廂情願，不必對自己的行為負責任。

沒有思維能力的親親，如今活在比嬰孩世界更純真的世界裡。你可以説她弱智，而弱智被強暴，強暴者罪無可赦。但你也可以説她失常，而失常者縱有過失，也可以無罪釋放。

原來，親親大可以不用自行了結的。

各種視角

A．男人叫風流，女人叫淫賤。這世界仍是男女不平等。明明親親是受害者，可是幾乎所有不利的輿論都對準了她。她真可憐。

B．親親是活該，她該明白這社會沒有不必付出代價就可以擁有的便宜事。她既急於成名，把自己送入虎口，又怪得了誰呢。

C．不要將天下男人都看死。世界上的男人並不一樣，不過親親遇到的都是一路貨色罷了。像我××，就不曾做這麼缺德的事。

D．人生充滿選擇。社會上的女性，一樣生活，一樣做事，也可以十分潔身自愛的。像親親這樣的，十分特殊。

魔幻主義

在這樣的環境生活久了，親親覺得不適，體內健康的生命之水一日日不知怎的，覺得不斷被吮吸，慢慢變得乾涸。她的腦部一直在萎縮，抵禦能力和分辨能力於是日益減弱。

窗外吹來的風是香軟的。馬路上的車子像是一雙雙在交尾的動物。街道上的雜聲，細細去聽，每一聲都在呻吟似的，包含着不可告人的淫穢。她屋裡的牆都裂開了，裂成的樣子酷似女人重要的三角部位。屋內的柱子，不知出自哪個工程師的下流主意，模樣簡直就是女人的巨腿。

難怪男人喜登門，難怪他們愛在這兒進進出出，不知有多少次了。

道貌岸然的君子也在看那些三級片。嘴角流着口水，然後發表道德文章。親親一想到此就更決意放縱自己了。

她終於變成一株幼嫩的樹，插於盆子裡。不能思想。迎風搖擺時，她枝椏下兩顆巨大的果實，就是她的乳房。來訪的男人總愛在這兩個渾圓的部分摸索一把……

那些來去的男人迷戀此地，不久都幻化了。有的變成蘑菇，有的變成站立的蛇、沒有殼的烏龜，有的成為張着無數利舌的植物，有的成為長春藤……而無論變成甚麼，那形態，都和男人象徵物相似。

其中那長春藤在此地生了根，不斷伸延，滿佈了全屋，最後將比較嫩的樹也纏住了，後者不能再動彈，連原先飽滿的果實也被纏住，最後僅剩空殼。

我們的世界到處都有這些充滿侵略性的動植物，我的一切就是被他們吮吸乾的……幼嫩的樹哀歎一聲，迎接了毒藤的最後擁抱。

男女的戰爭結局都如此？侵略性原來就是這樣無孔不入的？

評論

之一：親親的悲劇是男性社會的必然結果，必然選擇。一位女性要成名在商業社會是不容易的，她要付出肉體甚至生命的代價，而親親天才作品的怪誕成分，早就蘊藏着她生命的危機；她的輕生體現了、證明了優秀的文人都多少有着精神分裂、瘋狂特徵的理論。

之二：親親的自殺，正是因為她不能再突破的反映。她滿懷真純看世界，但我們的世界並不如她想像那麼真純。她多次受騙，感到失望……這是一篇優美的童話，她作品最好的一章。

寫實主義

「親親，身體沒甚麼了吧？」好友蘭為親親送行。飛機場上人聲鼎沸。

親親比從前消瘦了，但顯見經過了一個長時期的治療和靜養，精神很好：「謝謝你一直關心我。別人都以為我死了或瘋了……只有你在關心我，真正關心我。」

蘭告訴她，報紙雜誌對她「死」發表了很多言論，問她看到了沒有。親親輕輕地笑了一下，說：「我不想看。」蘭說：「有人還要搜集來出一本書哩。」

「出書可以賺錢嘛。由他們去吧。」

只餘半個小時飛機就起飛了。親親將蘭輕輕擁抱了，眼角有淚：「我移民的事，不必跟任何人提起……」

最後她又加一句：「讓我自動消失，也許這世界會安寧很多。」

蘭看到她蒼白的臉，彷彿看到了二十年前的親親，一點也不邪，反顯一派純真，似乎，以前甚麼也沒發生過一般。她以迷惘的神情，目送親親入閘，終於在我們的城市裡消失了。

（原載《香港文學》第一二三期，一九九五年三月一日出版）

第一篇日記

陳德錦

下午三時了，他還是坐在書桌上，寫不出一個字。他知道自己不習慣寫身邊瑣事——「日記？小學時不是天天都寫嗎？為甚麼現在執起筆來那樣困難？」把杯裡的咖啡呷盡，換了一個坐姿，在簇新的日記簿第一頁寫上了日期和天氣——「天陰，多雲」——他有一種突兀感覺，這就是我要持續下去——一年，十年，二十年——的寫作嗎？但支持他寫下去的一點信心使他很快地開始日記的第一句。

文學是個人的心路歷程，日記是作家內心思想最直率的表達。我的小說不一定能有人讀得懂，但我的日記……

他覺得這個開頭不俗，但有點着跡，不似日記。他馬上刪掉這兩行文字，再寫：「今天在街上遇見……」那個不見了三年的舊同事跟他擦身而過，手拿無線電話，行色匆匆，瞥見他時，寒暄了兩句，把名片塞在他手裡，說一句：「有空一起喝茶！」這些普通朋友的客套話，本來沒甚麼好記在心上的，不過他想起朋友從前的工作和日後職業上的變化，不覺有點奇怪，這位朋友那時同他在機構裡一起編輯工具書，下班後參加一些他不認識的佛教活動，而現在當了一份半消閒半談命相的雜誌的副總編輯。這位朋友還問他有沒有興趣為那份雜誌寫稿，面相八字風水玄機筆跡星座也可以，但必須有新聞性和趣味性。朋友說，雜誌正處於「起紙」階段，銷量和廣告有了保證，可以穩定地出版下去。他覺得朋友變了，從前朋友是個標準的文學青年，現在怎麼幹起這天淵之別的工作來？他怎麼適應的？他的生活過得是好是壞？

「這只是小說的題材，現在我不過在寫自己的日記。」

他安守本分繼續構想日記的第一句，但仍遲遲未落筆，開始有點煩躁，「忍耐！必須有一個好的開始！就是因為是第一則日記，所以才覺得困難。對，不要太過執著用字，自然！百分之百自然！這才是日記體！魯迅、巴金、丁玲、吳爾芙夫人、卡夫卡……哪個偉大作家沒留下日記？」他的信心稍為恢復，「讀者看不懂我的小說，這不稀奇。他們可以先讀我的日記，慢慢自然能明白小說的主題，明白作家和作品的關係如何重要。符號學，解構主義，讀者反應理論……全是騙人的舶來品，只要祭起現實主義的鮮明旗幟，這些勞什子全都變成垃圾！現在西方文學批評正走傳記學方向，連作家愛穿甚麼牌子的內衣都無所遁形！雖然傳記學家常常『揭人陰私』，但路頭畢竟是走對了。」

他第一本小說集出版後，因為得不到好評，十分苦惱。因此他判斷整個文壇都受到傳統的影響，不敢承認新作家和新作品。他同朋友喝酒，朋友安慰他，「一切讓時間去證明！」不知怎樣大家提到一位作家的日記，朋友打趣說：「就去寫你的日記吧，十年後我用它來研究你的小說！」

他停筆，打算到外面走走，看看「靈感」會不會在外邊等他。

又碰見那一家人在同一間食店吃下午茶。他們是一對夫妻和一雙子女，男人把頭埋在一本漫畫雜誌上，男孩嚷着要看，男人不理，只顧看那些誇張的打鬥動作。女人喋喋不休地教訓男孩：「測驗不及格還看漫畫！阿女你的功課也不好，回家快讀書！」她還說了很多柴米油鹽芝麻綠豆的話，都是向着孩子說的，卻又分明是說給男人聽，可是男人連耳邊風也感覺不到，沉迷於夢幻一般的漫畫世界，那裡有他的童年，他的想像。

這個世界幹嗎充滿了這一群人，無法溝通卻又被逼要溝通？但假如有一天，他們都不需要說話，不需要理解別人的想法，那是一個怎樣的世界？一個有良心的作家，幹嗎偏偏遇着頭腦簡單的讀者？即使我的書只有一個讀者，我就不算是白寫，可是他們需要甚麼？「精神食糧」？他幾乎不敢想下去。他能夠拿出甚麼去滿足他們？——超前衛的後現代小說？如何在生活中實踐佛教信仰？投資策略或銷售策略的致富捷徑？唉，生活，生活。

「靈感」是爽了約。他把日記簿擱在一隅，一個美好的星期日無聲地翻過去了。

（選自《世界華文微型小說名家名作叢編》，上海文藝出版社，一九九六年出版）

男花旦相親

海辛

儘管不在舞台演嬌滴滴、柔軟軟的花旦角色已九年，而他也在老父的古董店做經理，掌管店務，下邊有兩個職員，但過去十年的舞台旦角生涯，唔，特別是名劇《王寶釧》的女角寶釧、《白蛇傳》的白素貞、《梁祝恨史》的祝英台，她們的唱、唸，舉手投足，乃至關目表情，卻長期支配着他，揮之不去，磨之不平，使他看起來像個陰陽人。

最煩惱的，莫如老父只得他一個獨子，每天都在催結婚，好讓兩老抱孫，使猶虛的膝下，走動着小娃娃。

兩老不但在口頭上催，還見諸行動，找到荷李活道、雲咸街、摩囉街古董區最有辦法，也是碩果僅存的現代月老芬妮姨，替他物色對象。老父願付特高獎金，另外先付車馬交際費。九年來，芬妮姨至少介紹過四十個對象給他，大家閨秀啦、護士小姐啦、教書女士啦、女秘書啦……但是，芬妮姨都無法拿到古董店老老闆的那筆獎金。九年來，已由兩萬元漲至六萬。對芬妮姨來說，這仍是一個吸引的可望不可得的數字。

這當然是一眾女紅裝，見到可能將是自己丈夫的相親對象，竟是姐手姐腳，說話不男不女，關目搔首的樣子，桌上那杯相親茶還未喝到嘴裡去，便已抽身走掉。

為此，芬妮姨曾特別訓練花旦瑋，不，她把「花旦」兩字取消，以後不許他的名字上頭，戴着插着那些戲班頭飾；她要他講話學牛叫，雙眼不要溜盼，出手要快而有力。但是每到相親時，他就按捺不住故態復萌，把芬妮姨氣壞。

今年入歲。老老闆認為兒子已年屆四十，不能再拖，把月老獎金加到七萬，要芬妮姨快刀斬亂麻辦妥此事，讓兒子成家立室。

芬妮姨看見獎金數目，頓開心竅，找到做新片副導演的侄女搭橋指路，終於勝券在握地向老老闆表示——今天萬無一失了，只要花旦瑋（這趟她故意叫回花旦兩字）聽自己意思去做就成。

古董瑋說：「又要扮粗豪，講話如牛叫嗎？」

芬妮姨搖頭：「不用，你順其自然，顯露花旦瑋的本色就成！」

時間：炎熱的下午。

地點：灣仔酒家地下。

芬妮姨與花旦瑋早到，她和他坐在四人方桌邊，向街。酒樓的玻璃可以看見外面的一切——兩個穿着講究的中年男女，在外面爭吵。高大漢子發怒，竟掌摑女人，粗魯地摑了一巴又一巴……剛好走來一雙男女，男的抱打不平，向粗漢還以掌摑，罵他當街打女人太不該；漢子還手，他功夫了得；但抱打不平的男人更了得，三幾下拳腳，降服漢子要他向被掌摑的女人賠罪，使得街外觀熱鬧的人拍掌叫好……

抱打不平的短髮、白絲夏恤、縲布褲的男人，和同行的女子走進酒家，移近芬妮姨和花旦瑋。

「嬸嬸，」女子說，「我已帶來電影女武術指導姚菁年，跟瑋大哥相親！」

花旦瑋和女武指四目交投。

她們在桌邊的空位坐下來時，芬妮姨舉起大拇指稱許姚菁年剛才的見義勇為，打得，有男子氣概，又說：「你和我們花旦瑋是天造地設的一雙！」

花旦瑋說：「九年前，這戲班女武生和我這男花旦是情侶，因意見不合分手，大家互相恭祝找到合意對象！」

女武指笑笑說：「想不到，我們如今又憑媒相親！」

（選自《世界華文微型小說名家名作叢編》，上海文藝出版社，一九九六年出版）

輸水管森林

韓麗珠

我看見對面大廈的水管像一堆腸子，彎彎曲曲地纏在一起，盤結在一樓的檐篷上。那之前，它筆直地爬上樓頂，然後走進每所房子裡，如無意外，它會從廚房的窗子進入。

它從廚房的窗子進入，首先在天花板上縱橫交錯，跟着橫過廚房的底部，以碗盆底下為第一個終點。之後，它會沿着客廳的牆壁伸展至屋外，直至走廊拐角處看不見的地方。

這就是輸水管大概的路程。

我聽見水流沖過輸水管的聲音，唏哩嘩啦的，踏着異常湍急的步伐。我知道母親又在廚房內洗豬腸。母親常常都在洗豬腸。客廳近屋頂的地方是輸水管橫過之處，我曾嘗試在母親清洗豬腸時，把手按在水管上，觸手所及是水流的震動。

母親把豬腸洗淨，丟進鍋裡，煮成湯。那些東西我們碰也不會碰。那是外婆的食物。她只可以喝湯吃稀飯，不能正常進食，不能說話，不能走路，只能整天躺在床上。似乎她一出生已經蒼老得像一團枯萎的植物，無法挪動身子。而母親永遠頭髮蓬鬆，戴着眼鏡，在廚房裡忙進忙出，清洗豬腸。如一格凝定的鏡頭，存在於我的印象裡，背景是無數根粗細不等，慘白慘白的輸水管。

他住在對面大廈的單位內，那是一幢快將拆卸的樓宇，不少住客已遷走，剩下來的寥寥可數，遠處看去有無數個空置了的窟窿。每次他重複開關水喉的動作，我彷彿可以聽見水流經過輸水管的聲音。

他很胖，胖得體內的脂肪都快要從皮膚裡迸出來。他的身體那麼胖，以致在狹小的洗手間裡，連轉身的餘裕也沒有。他扭開了水喉，讓水柱汩汩地流到洗手盆裡，又拔走塞子。他關上水喉。他重新扭開水喉。我看不清他的臉。這胖子一定有點問題。輸水管響起了水流經過的聲音，如那人喝了一杯水，水流過他的喉嚨、食道，最後通過他的腸子。

他走出洗手間，燈熄滅了，變得一片漆黑，門「砰」一聲的關上。

門「吱呀」地打開了，母親的身影消失在巷子的盡頭。客廳背後是巷子，巷子的兩旁都是房間，外婆的房間在巷子的末端。那裡沒有燈。母親會把湯一口一口慢慢地餵給她喝。不久，她又把吃了的食物嘔得一地都是。我坐在客廳的沙發上，聽見外婆嘔吐的聲音，被她惹得也有點想吐。不知道誰開了水喉，水「轟轟」地走過輸水管，如她嘔吐時喉頭發出「格格」的聲音，待一會，母親會把稀飯再餵給她吃。

我第一次，也是唯一的一次進入她房間，是夏天，清涼得奇怪的夏天，那個陽光照射不到的地方，陰陰暗暗的。房間裡只有一個發霉的衣櫥，那上面都貼了貼紙，有撕下來的痕跡。她躺在床上，身上蓋着一條氈子。她轉過頭來，眼淚汪汪地看着我。眼睛一片混濁，眼白很黃，她的臉也黃，滿佈了棕色的斑點，像一張給人揉成一團的雞皮紙，那些深深淺淺的摺痕，撫也撫不平。似乎只要用力一扯，她的整張臉皮便會掉下來。

她的嘴巴哆哆嗦嗦地抖動，卻始終沒有發出一點聲音。我嗅到身體腐爛的氣味，這種味道瀰漫了整個房間，使人感到窒息。那天以後我沒有再走進去，只要想起那股氣味便覺得胃腸翻騰。

我沒有近距離仔細地端詳過胖子的臉，但我對於他在家中的一切活動瞭如指掌，他幾乎是我除了自己以外，最熟悉的一個人。客廳的窗子正對着他的廚房，每次我把頭探到窗前，都看見他在廚房裡，把水喉開了又關、關了又開，他總要在廚房內待上很久才離開。

今天我從房間的窗子看出去，見到他在廳裡，電視機開着，他家和我家一樣，近天花板處有一根粗粗的輸水管，他用雙手抓着它，整個人離開了地面，如樹林裡的猴子般，把吊在下面的身體晃來晃去。

我可以看見輸水管由樓頂曲折地通向他的廚房。每一所房子，都是輸水管中途經過的驛站。

我不止一趟做這樣的夢，夢中我置身在那幢將要清拆的樓宇，多條輸水管分佈在大廈的外圍，如白髮般垂直。我費力地扭開水喉卻不得要領，我看出窗外，輸水管變成了佈滿裂縫的乾枯腸子。裂縫逐漸擴大，露出埋藏在內裡的石塊沙礫和垃圾。多條腸子同時爆裂，水柱傾瀉而出。

我知道外婆的毛病在腸子。起初她還可以斷斷續續地吃下稀飯和湯，過了一段時間，她開始在飯後嘔吐，她能吃下的分量越來越少。直至最近已嚥不下任何食物。她的消化系統完全失去作用。我可以想像她的腸子塞滿了黃黃綠綠的食物渣滓。母親終於把她送進醫院。那天救護車停在樓下，幾個穿着白色制服，戴黑帽子的人走進來，把整個人像給榨乾了的外婆抬到擔架上，用橙色的毛氈蓋着。她這樣地離開家裡。

從此，我每天都要到醫院探望她，我曾提出嚴重抗議，可是母親的口吻完全沒有商量的餘地，她說：「說到底她也是你的外婆，弟弟年紀太小，我又要料理家務，你，非去不可。」

我記得是五月，因為天空不停下雨，上街總是要撐着雨傘，即使是白天，還是黑暗得像傍晚。

輸水管也是在那時爆裂的。下大雨的日子輸水管總是會爆裂的，那彷彿是一種徵兆，但這種徵兆毫無作用，儘管我們知道了也束手無策，無論是鹹水或淡水的供應都暫時停止。自從她進入醫院後，母親再沒有清洗豬腸，因而顯得無所事事。制水的幾天我聽不見水流經過輸水管的聲音，感到非常不慣。

我最初到醫院探望她，就是在制水的那幾天。經過對面大廈時，看見大廈入口處，靠牆佇立着一根啞灰色的巨大輸水管，水從輸水管下不斷冒出，形成了一個小小的湖。我走進去，從湖中看見自己，湖的範圍不斷擴大，好像深不見底那樣。

醫院白得幾乎使人睜不開眼睛。她住的病房裡，還有另外十多個病人，大部分老態龍鍾，輾轉反側地呻吟。天花板頗高，數根輸水管橫在那上面，顯得肆無忌憚。她一團棕色地蜷縮在病床上，像一具曬乾了的童屍，鼻子上插着兩條喉管，把流質食物送到她體內、鄰床的病人喉嚨處包紮着紗布，聲音沙啞地不斷喊痛。以往我總是認為她隱藏着某種邪惡的力量，如被詛咒的巫婆之類，雖然，我深知道那是沒有可能的事。可是在醫院裡，她彷彿隨時會不動聲色地死掉。好幾次我不由自主伸手去探她的鼻息，她卻突然睜開眼睛，茫然地環顧四周。清潔工人拿着掃帚走過，拖曳着一地垃圾。她從被子裡伸出顫巍巍的手，動作艱難而緩慢，用盡全身氣力，要拔掉插在鼻子的喉管。在她臉上無數摺痕中，我看見痛苦。她拚命得好像喉管就是要奪去她生命的敵人那樣。我被數隻蒼蠅不斷滋擾，只得用手不停驅趕，牠們撲到緊閉的窗子上，在玻璃窗旁繞來繞去，但找不到出路。喉管終於脫離了她的鼻孔，正在照顧鄰床病人的護士見狀，慌忙替她重新插上。

那裡有我前所未見的寬闊輸水管，暢通無阻地在天花板上伸展，使人無法想像它會出現淤塞或爆裂的情況。我已有許多天聽不見水流經過輸水管的聲音。

捱過了那半小時後，踏出醫院時我無比輕鬆，雨已經停了，空氣冰涼而清新。

令我意想不到的是，在短短數小時裡，對面大廈的水滿溢到街上去，慢慢地滲出來，我不自覺地走進去，水浸至足踝，感覺涼涼的。

制水到了第四天，我仍然聽不見輸水管的聲音，覺得像缺失了身體的某部分般心緒不寧，做任何事也無法集中精神。我走到客廳的窗前，卻看不見他在廚房內。我進入洗手間，把水喉扭開，半滴水也沒有落下來。把水喉關上，輸水管一片死寂。以往即使在母親不洗豬腸的時候，輸水管還是非常繁忙。樓上或樓下或隔鄰總有某人開動水喉，水流經過我家的輸水管送往別處。聲音高低快慢不一，我似乎能從中知道大廈內另一些陌生人的活動。我再扭開水喉，依然沒有水。對面大廈大部分的住客都搬到別的地方去，他住在哪裡？樓上或樓下或隔鄰是已經荒廢的屋子。起初我只是漫無目的地模仿他的動作，後來我彷彿感受到他所感受的，而另一些我無法說出來。

恢復供水之後，對面大廈已經被藍白間條的骯髒帆布覆蓋着，還架上木棚。那幢大廈因為排水系統出現問題而要提前拆卸。我不知道他們是何時發現輸水管的錯誤，是大廈建築之初還是輸水管爆裂以後。我只知道意外的發生出乎意料地正合時宜，居民不但沒有紛紛投訴，還興高采烈地遷走了。我再也沒有機會看見他重複開關水喉的動作。

我甚至再看不見對面的大廈，因為我們也將要搬到另一個地方去。新居還沒有傢具，牆壁也沒有顏色，因此顯得更寬闊。我們在那裡任意建設我們的想像，例如該在哪裡放一個衣櫥，組合櫃應安置在哪裡，是否安裝冷氣機，還有電視機的位置。弟弟站在兩隻窗子前，他說：「這裡有兩個房間，一間給媽媽和姐姐，另一間是我的。」我告訴他另一間是外婆的。可是母親輕輕地說：「外婆不會回來了。」

我再到醫院探望她時，看見她雖然還是精神萎靡，身體乾瘦，但已經可以坐在床上，還口齒不清地說起話來。我看着她只感到不可思議。感覺就像一具埋藏在古墓多年的木乃伊，突然從地底爬出來，會走會動會說話那樣。她顯然不知道我是誰，我也對她非常陌生。她無數次拔掉插在鼻孔的喉管，護士漸漸對這視而不見。我把帶來的稀飯慢慢地餵給她吃，完事後，雙方都感到異常疲倦。不久，清潔女工經過，她對着女工大喊：「阿嬸呀，我十多天沒東西下肚，求你做做好事，隨便給些甚麼我吃吧。」潔女工看了看我，給了她幾片麵包。她高興地說：「謝謝、謝謝。」我說：「你剛吃過，別吃了。」她轉過頭來，生氣地說：「我十多天沒吃過一點東西了。」然後把麵包塞進口裡。她吃過麵包後，重新皺上眉頭，眼淚汪汪地對正在探望鄰床病人的女人說：「阿姐姐，我十多天沒東西下肚，他們甚麼都不給我吃，你可不可以給我一些吃的？」那女人看了看我，給了她兩個蛋糕。她把兩個蛋糕吃下後，一個小孩走過來問她：「婆婆，你是不是很久沒吃過東西了？」她苦着臉，臉上的皺紋堆作一團，回答他：「是啊。」小孩得意洋洋地說：「你叫我一聲爺爺，我便把巧克力給你，怎麼樣？」

她終於向不同的人討了十二片麵包，兩個蛋糕和六塊巧克力。臨走時，我看見她的腹部像溺死很久的人那樣鼓脹起來，和她骨瘦嶙峋的身軀極不相稱。

我一邊踏出醫院，一邊盤算着要告訴母親，外婆康復得較我們想像中快，至少她已由不能正常進食、發展至胃口大得難以置信。弟弟雖然要失去他的房間，但我卻可以再聽見母親清洗豬腸時，水流經過輸水管的聲音，這無論如何都是一件令人興奮的事情。

可是踏出醫院後，我卻找不到回家的路。以往我總是繞過醫院背後，橫過馬路，跟着便可以沿着小路走回家。但我走到醫院背後的巷子時，卻發現那裡冷冷清清的，一個路人也沒有。一條沒有路人的巷子，使人懷疑那是閒人免進的地方。而且我走了很久也沒有走完。那天我忘了戴手錶。只見天色逐漸暗下來，我還在巷子中徘徊。我往回走，卻也走不回醫院入口。我看見多條蒼白的輸水管，在醫院背後的牆壁，不規則地分佈着，像樹木的枝丫，向四方八面伸展。我突然感到我身處在輸水管的森林裡，想起胖子抓着輸水管，把吊在下面的身體晃來晃去的動作，湧起要模仿他的衝動。但我知道牆的另一面是停屍間。我聽見水流來回經過的聲音，那讓我感到，另外的一些活人就在不遠的地方，而那時天色已經黑透，我仍然走不出巷子，如被困在迷宮般沒有希望。

那天我晚了三個多小時才回到家。走到客廳的窗前，看見對面大廈仍然被帆布覆蓋着。我雖然看不見內裡的情形，但我感到大廈的輸水管已不堪沙石垃圾的膨脹而全數爆裂，整幢大廈被水浸沒。

幾天後的晚上，醫院的人打電話來告訴我們，外婆死了。我們到達醫院時，看見原本屬於她的病床，被另一位病人佔據。我和母親進入醫生的辦公室，發現那和一般的辦公室沒有兩樣。我以為母親會哭得眼睛浮腫，但她表現出奇地鎮靜。

「需要解剖驗屍嗎？」醫生問。母親搖了搖頭。

「如果不解剖屍體，那你喜歡在死亡證上寫上甚麼死因？心臟梗塞還是肝硬化？這兩種都是常見的病症。」

母親說：「隨便。」

「那麼心臟梗塞吧。」

於是外婆的死亡證上，死亡原因的一欄便填上了心臟梗塞。然而她究竟是怎樣去逝，我始終都不知道。此後我再聽不見母親清洗豬腸的聲音。

外婆下葬之後，我們的新居卻可以入伙。在那個簇新的家裡，我看到甚麼都感到不順心。沒有用的東西太多，而可以活動的空間太少。更重要的是，新居的客廳並沒有輸水管經過。（後來我才發現、大部分新式的樓宇，無論從屋內看或從屋外看，都是看不見輸水管的，這實在是一件教人悲傷的事。）我找了很久，才在廚房裡找到一扇極隱蔽的門，打開那扇門，便看見一根圓柱體般的輸水管，還有其他幾根白色較細小的站在那裡。輸水管像某些見不得光的秘密，被埋藏在廚房內。

母親開始上班，弟弟到了一所寄宿學校去唸書。家裡大部分的時候甚麼人都沒有，而且一個房間始終空置着。客廳的窗子對着一座山，而從房間的窗子看出去，可以看見一堵灰色的牆。有時候，我會幻想自己正置身在醫院後那個輸水管的森林裡，對面大廈的胖子和我一起，如猴子般攀爬着輸水管。

我漸漸發現自己常常不由自主地走到洗手間去，重複開關水喉的動作。把水喉扭開了又關上，關上後再扭開，跟着飛快地跑到廚房去，打開那扇隱蔽的門，把耳朵貼在冰冷的輸水管上，諦聽水流經過的聲音，潺潺的，低沉而緩慢。

（原載《香港文學》第一三八期，一九九六年六月）

重複的城市

黃勁輝

我駕着的士馳騁於黃昏的鬧市中。看看腕錶：五時三十分。今天，我會在丙九路接載最後一個乘客。不錯！他是最後一個乘客。而且他會要求我駛往甲五路。在駛往甲五路途中，我們將會遇到搶劫案。這一切盡在意料之中。

紅燈轉為綠燈。我開動了引擎，路邊瞥見寫着「丙九路」的路牌。在一棟大廈的門口，他便出現了。他身形肥胖，一件白襯衫因為沾滿汗水而緊緊的貼在他胖胖白白的肌膚上。他向我的車子揮手。

上車後，我便問他目的地，雖然我明知他要到甲五路。我從倒後鏡看到他正用紙巾不停抹汗，那種噁心的汗臭充溢於車廂間。不過，我也沒有感到不快，還調校空調到 HIGH。他將會死在搶劫案中。這一點我知道。我想他也知道；不過誰也沒法逃避或者阻擋這件即將到來的事情。

街道兩旁滿是人潮，這裡是市中心。他要求在金鋪附近停車。他剛開車門，忽聽警鐘鳴響。發生甚麼事？他滿腹疑團。街上的行人忽然蜂擁狂奔。我雖然知道這是搶劫案；卻依然懵然搖頭。他好奇的心情，從那肥臃的身軀快速而笨拙的爬出車廂便可知道。我回頭，剛好見到金鋪門口停有一輛白色貨車，兩個持械的蒙面漢子把守在車子的兩旁，其他蒙面漢子或抱着一袋袋金飾或脅持着人質，正向貨車跑去。

他正把銀包放入褲袋，卻被面前的場面嚇得呆了。既沒有逃跑的意思，甚至連門也忘記關上。我大叫：小心！就在此時，我聽到清脆的卜一響，臉上有一種濕的感覺，然後看到他張大口轉過頭來，兩眉之間穿了個洞。白煙若柳絮般溫柔輕飄。緊接着是一條鮮艷如杜鵑的紅色小箭從洞口中激射出來。他便倒了下來。

我急忙開車。槍聲尾隨，車尾還有火花和中彈後痛快的呻吟。我急速的轉彎，離開可怕的甲五路。

忽見前面有一個彪形大漢，圓圓的頭顱長滿一根根鋼針般的鬍子。大字形的站在馬路中心，左手拿着一張類似咭的東西，在陽光照射下閃閃生光，另一隻手做了個停車的手勢。我駛至近處停下。他二話不說，便打開了司機位置的車門，一手除了我的安全帶然後強行拉扯我出車廂。我還未來得及了解發生甚麼事情，額頭出現一張證件：我是警察，借你的車子一用。多謝與警方合作。我的車子便在公路上消失了。我呆呆的獨立在路邊。在褲袋摸了包「紅萬」，向天吹了口煙，看着它慢慢的飄散直至消失於空氣之中。

回到家裡，我向妻子敘述今天的倒霉事。妻子安慰我不要多想，先到街外吃飯。我們一起走到地下飯堂。

這個飯堂很大，足可容納千人共宴；不過這裡的設計非常獨特。偌大的飯堂，卻連一張飯桌也找不到。這裡只有數百張長凳。長凳上坐滿了輪候的人。在眾多長凳前面是一面白牆。牆上有一個方形的洞口。雖然看不見牆後的光景，不過可以想像到裡面應該是個廚房。因為一碟碟飯菜會在洞口出現。然後大堂的喇叭會叫出號碼，輪候的人自然上前取走食物。這個就是輪候室。輪候室的兩旁是一個一個的房間，上面依着由A到Z的排列出現二十六個門牌。輪候的人取了食物便各自向自己所屬的房間走去。

這裡雖然坐了近千人；可是除了大堂喇叭的聲音，沒有人交談。妻子坐在我的身旁，我也沒有跟她說話。我漫無目的的遊目四顧，發現了一個熟悉的面孔：肥胖的身形。沾滿汗水的白襯衫緊緊貼在胖胖白白的肌膚上。眉宇間有一個五元幣大的血疤。那個人就坐在我的身旁，他好像發現我在打量他，他也轉過頭來看看我，神情木然。然後我們又避開了彼此的目光，呆呆的向着前看。

大堂宣佈：N八七。妻子神情冷漠的站起來取飯，眼角也沒有瞥我一眼。然後走入了寫着「N」的房內。N八七是我妻子的編號，同時也是她的名字。當我們來到這裡，都會有一個編號。由於我們沒有名字，不懂得識別我跟她跟他的分別。所以編號就成為了我們的名字——識別自我的工具。

N八七離開後，我更加留神觀察身旁的胖子。只見從褲袋中取出紙巾往臉上抹汗。當我正在猜測身旁的人是否那個死去的乘客，大堂的喇叭給了我答案：W四四四。最後一個乘客的名字正是W四四四。他用手按着凳子吸一口氣才站起來。身子隨着圓圓的肚腩向前一傾，雙手順勢向坐在前邊的一個禿頭的男人背上借力才站得穩。那個禿頭男人是座冰山，沒有任何反應。甚至連回頭看一眼也沒有。那胖子向我羞澀的一笑，臉上紅潤的脂肪堆成兩個小球掛在顴上，雙下巴驕傲的向上微昂。不知是甚麼原因，我冷酷的臉好像被眼前的烈日所熔化。我控制不了自己面部的肌肉彷彿也在微笑。

W四四四剛走了不久便輪到我了。我走到那個方形的小洞口時，W四四四捧着晚餐向「W」房走去。我們擦身而過，他又向我微笑。我瞥見他的晚飯是一碗白粥和兩條「油炸燴」。

我從洞口捧起食物，同時取了一張白色的咭紙。我的晚餐比較豐富：一碗白米飯，一碟白菜，半隻雞，一件薄餅，一個橙。我現在向着「N」的房間走去。不錯！是「N」的房間，就是剛才我妻子N八七所走的那間房。

推開房門，是一條長廊。兩旁坐滿一個個對着牆吃飯的人。他們之間有一塊木板隔開。雖然並排，彼此卻看不見對方。所以偌大的房間內沒有傾談的聲音，只有刀叉碰撞瓷碟和咀嚼吞嚥的聲音。蒼白的牆上貼滿黑底白字的貼紙，上面寫着N一 N三N五……另一邊廂則是N二N四N六……我循着數字數下去，在N一八四的位置坐下。

我一邊吃飯，一邊取出剛發的白色咭紙看。這是一張成績表，紀錄今天演出的表現。

N一八四

得分：四十八（N級）

注意事項：

（1）當最後一個乘客被殺，過分冷靜，沒有驚訝的表情。

（2）警察借車後，未能自然流露無奈的心情。吐煙時，製造不了憂鬱的格調。

（3）跟妻子的對手戲流於對白背誦，沒有親暱的效果。

閱後請立即撕毀，多謝合作！

我將成績表撕毀，夾了塊雞肉繼續吃飯。今天的表現還不夠好！我想。

「今天」，奇怪的觀念。「過去」又是甚麼呢？在我們過去的記憶裡，每天的經歷也是一樣的。我只模糊的記得，不知哪一天醒來，忽然來到這裡。之前的一切都記不起來。我不知自己從何處來為甚麼要來來這裡做甚麼？我只記得在「第一天」裡，不錯！是「第一天」。這天跟以後每個重複的「第一天」都有所不同。

在「第一天」裡，我醒來就感到自己睡在床上。四處漆黑，甚麼也看不見。我感到異常飢餓和口渴。水！水！水！我沙漠的喉嚨只懂迸發出這個字。忽然一道光照進來，我尖叫起來。只見一個凸眼鳥嘴綠毛三角臉人形的怪物，身穿一條連身的鮮紅長裙。牠把乾枯的食指放在鳥嘴示意我冷靜點兒。長長的指甲呈暗綠色。我吸了口氣，逐漸冷靜下來。原來我身處在一個密室內，這裡除了一張床甚麼也沒有。

——這是甚麼鬼地方？

——這裡，就是這裡。

牠的聲音蒼老、沙啞，是一把老年男人的聲音。我無法猜度牠的性別。牠身穿長裙；聲音卻是雄性的。腰肢纖細；但胸脯平坦。

——你是誰？

——你可以叫我做導演。（牠忽然裂開鳥嘴微笑。這種鳥嘴的開合動作和臉部肌肉的扭動姿態是世上任何鳥類也做不到的。頓了一頓，牠又繼續説話。）你又是誰？

——我？

——我告訴你：你叫Z一八四。你是的士司機……

牠便將情節告訴我，又給我一份劇本命我熟讀。牠要我仔細的背誦所有情節然後才給我食物。自那天開始，我便在這裡不斷演繹的士司機這個角色。而我也成為角色本身了。我的生存只有依靠不斷進行的角色扮演來換取食物。漸漸地，我已無法辨識「昨天」「今天」「明天」的分別了，也不知自己來了多久。我只有第一天的記憶，以後的，都不過是今天的不斷重複。

每一個今天的結束，我們都會收到成績表檢討表現。如果角色演繹得愈投入愈出色，得分便愈高。而且可以提高級數。例如我初來是Z級，現在已是N級了。如果級數愈高，生活享受便愈好了。生活享受自然指晚餐了。我N級的晚餐便比最後一個乘客的W級的白粥油條豐富得多了。

只聽嗚嗚嗚響，我們又要投入角色扮演的模式裡。我跟妻子回到家裡，看看電視，洗澡，做愛，然後睡覺。

太陽初升，我便起來，依着錶面指針的運行而運行。我到警署領回的士，然後一個一個乘客的接載。接近黃昏，我看看腕錶：五時三十分。今天，我會在丙九路接載最後一個乘客。不錯！他是最後一個乘客。而且他會要求我駛往甲五路。在駛往甲五路途中，我們將會遇到搶劫案。這一切盡在意料之中。

紅燈轉為綠燈。我開動了引擎，路邊瞥見寫着「丙九路」的路牌。在一棟大廈的門口，他便出現了。他身形肥胖，一件白襯衫因為沾滿汗水而緊緊的貼在他胖胖白白的肌膚上。他向我的車子揮手。

上車後，我便問他目的地，雖然我明知他要到甲五路。出乎意料的，他竟說：

——甚麼地方都無問題，就是不去甲五路。

我嚇了一跳。這是甚麼話？我急的剎停了車，後面緊隨的車子立即響號。他冷笑，勸我鎮定點兒繼續開車。我不由自主的開動了引擎。

——怎麼樣？我不依劇本說話，你便接不上話麼？（我默不作聲，心裡怦怦亂跳。）我有個新的發現：我是W四四四，我也不是他媽的最後一個乘客。我就是「我」自己，你明白麼？（我完全不懂作任何反應，這一切都超出了劇本的範圍。）我們為甚麼要依循那個他媽的鳥人導演的混帳劇本呢？我只說我想說的話，做我想做的事。我就是「我」自己。

他的聲音愈來愈大，臉蛋也紅起來。我有點兒害怕；但他的說話又好像很有道理令人激動。忽見前面的車子停下來，我也停了下來。我向外望，發現兩旁人潮四處奔跑，前面有一間金舖。金舖門口停有一輛白色貨車，兩個持械的蒙面漢子把守在車子的兩旁，其他蒙面漢子或抱着一袋袋金飾或脅持着人質，正向貨車跑去。不知不覺，我又駛回甲五路了。其實我除了懂得走這條路，不懂得駛往其他道路。

——喂！讓我證明給你看。只要我們不依劇本演繹，一切都可以改變的。我們可以做回自己。

他毅然下車，我仍然自然的慣常的遵照劇本的叫：小心！卜的一響，臉上有一些濕的感覺，然後看到他張大口的轉過頭來，兩眉之間穿了個洞。白煙若柳絮般溫柔輕飄。緊接着是一條鮮艷如杜鵑的紅色小剪從洞口中激射出來。但他沒有倒下來，他向着我大笑。

——這一切不過是一場戲！這一切不過是一場戲！哈哈哈哈哈哈！

忽然一個蒙面漢子闖過來，伸手一扯，除去了面罩。只見這人凸眼鳥嘴綠毛三角臉。竟然是導演！我跟W四四四嚇呆了，只見牠伸出暗綠色的尖指甲插在W四四四的腦門。W四四四肥胖的身軀如球般滾到地上暈死過來。

導演啟動他的鳥嘴，命令我依劇本駛走。並且告訴我W四四四瘋了。W四四四真的瘋了？我不知道；不過他的瘋言瘋語確曾引起我心中的一陣漪漣，只是很快我便忘記了。而且，自那次以後我也再沒有看見過他了。他被殺了？他被禁錮？他接受治療？我不知道，反正也不重要。「這裡」一切都早有安排。故事還得繼續演繹下去。角色已經固定下來，甚麼人演繹已不重要了。一個人走了，自然有另一個代替，生生不息。我關心的只是演技的提升和生活指數的提高，其他的一切都不再重要。逐漸地，我也忘記了W四四四，在一片不斷重複的重複中。

我駕着的士馳騁於黃昏的鬧市中。看看腕錶：五時三十分。今天，我會在丙九路接載最後一個乘客。不錯！他是最後一個乘客。而且他會要求我駛往甲五路。在駛往甲五路途中，我們將會遇到搶劫案。這一切盡在意料之中。

（原載《香港文學》第一六五期，一九九八年九月一日出版）

第二生命的開始

甘豐穗

一九四四年的深秋，日軍發動桂柳會戰前夕，逼近粵北，一支十多人組成的隊伍撤出連縣。這隊伍由印刷社的負責人丁澄率領，內中有一位女教師，一位銀行職員，一個就是我；其餘的全是印刷工人。

時局緊張，難覓舟車，我們都是年輕力壯的一夥，靠兩條腿，走了數天，渡過大北江，已隱聞背後敵人的炮聲。午後來到大鎮，歇在一個空置的兵營裡。傍晚正待歇息，兵營給包圍了。在一名軍官命令下，我們列隊接受搜身檢查。

郭蕙是女性，軍官着她將衣袋及背囊的東西，全傾出來。她傾出背囊裡的東西時，面色難看，手在抖顫，為的是背囊裡放着衣物外，還有一柄匕首。

走進兵營後，我有預感，那匕首會給我們帶來麻煩，便要求郭蕙將匕首交給我。她說匕首是粵北大捷，重創敵人得來的紀念品；我不是日本人，你又是戰區辦的報刊記者，留着應不會有問題的。

若一切如郭蕙所想，我與丁澄就不會被帶到獨九旅的參謀長跟前，接受反覆的詰問。

民房裡的燈光下，參謀長是個只穿線衫的漢子，目光如鷲，問我是甚麼身份的人，怎會出現在大鎮。我像寫新聞稿一般，如實詳述，並將我的證件給他過目。接着參謀長就反覆詰問我隊的行程，甚麼時日在何地停留多久。在日期與地點更反覆抽問。弄得我頭昏腦脹，氣上心頭我反問他，這樣的詰問是何意思？

參謀長被激怒了，厲聲說：「這詰問是必要的。你們在背村住的晚上，正是敵人的別動隊，自村後的山徑，繞過我軍背後發動前後夾擊的偷襲，攻陷了英德。對敵人的別動隊，我可以大意嗎？」

全沒想過，我們十多人竟被看作是敵人的別動隊，我冒了一身冷汗，剛才的記者氣勢全失。眨眼間，參謀長走出屋外。呆在一邊的丁澄，彷彿見到匕首擱在桌上，暗叫一聲，這回性命休矣！只等被拖出屋外，一聲槍響，劃破黑夜的天空。

片刻，參謀長回來，向我揮手說：「你們立即離開我軍的防地；今晚住的地方，找帶你們來的巡官去。」

多年後的一次相聚。我們都步入中年了。講起舊事，丁澄感歎說，他的第二生命，在離開大鎮兵營後開始。郭蕙則因幾乎害死十多人而致歉；說在大鎮死不了，她珍惜得來不易的第二生命。遇到逆境，無論有多大困難，或任何失落，都堅持、奮鬥；等待逆境的過去。

至於那柄匕首，我奮力一擲，看着它落在兵營後的大糞池上，擱着，沉下，以至消失。

按：本文發表於廉政公署與香港作家協會及多個機構合辦之《開拓人生路——百家聯寫》一書中。印行時間在一九九八年。

父親遺下的創傷

許榮輝

他把這個故事講給我聽時，語氣是很淡然的，故事也很簡單，但是我感到了人生的某種悲哀，就把它寫了下來。

這是一個有關我父親逝世，和我對父親逝世悼念的故事。

我跟父親的關係，足以反映父輩整整一代人的悲哀，或者說他們所背負的人生的沉重。

聽來叫人覺得誇大其詞，然而，至少就我的感受，確是這樣的。如果你先了解這一點，對我要講的事就會比較容易了解了。

父親一生（後來我知道是很坎坷的）跟我相處只有三個月。關於這一點，如果了解像我這樣的華僑家庭背景出身的人，也不會感到奇怪。在這裡就不贅述了。

總之，是只有三個月。

那年我十四歲。

這是一個還不能深刻體味苦澀人生的年齡。

但痛苦是可以追溯的，在往後的日子裡，當我對父親的生活了解越多，對這三個月生活的追憶，就越成為我錐心的痛苦。

事情得從這個日子講起。

那其實是個陽光燦爛的日子，母親跟我到陌生的機場接從似很熟悉、但其實是很陌生的熱帶島國回來探親的陌生父親。

（我對這個島國在概念上很熟悉，是因為我從孩提起，就知道父親在這個島國謀生，他是我們全家生活的希望。）

父親的瘦削和衰弱，是我無法想像得到的，只有在很艱難的環境下生活過來的人才會這樣。父親的背顯然駝了，顯得他更加矮小。父親到底是做甚麼工作，使他挺不起身來呢？當時，我有這麼個幼稚的想法。

母親把我拉到對她來說也很陌生的父親面前，要我對父親作第一次稱呼。

不知是不是我叫得太細聲了，我看到的是父親露出了一個很苦澀的笑，與其說他是在展露笑容，不如說是讓臉上的皺紋作一次皺摺。

父親是來休養的，大部分時間病懨懨地躺在床上度過。父親的回來給我們帶來了不祥的訊息。他其實已病弱得不能繼續在殘酷的生活戰場上征戰了。但是三個月的假期一到，他又啟程回到那個島國去了。在父親的觀念裡，那一定是因為「去」已是他的一個不可推卸的責任。

父親以後就很少再匯款給我們了，以他的衰弱的身體，恐怕他連自己的生活也照顧不了了。

我們沒有父親半點音訊，重洋阻隔在這種時候是很形象化的形容詞。

他是不是累得不想再提筆呢，或者他的境況已差得無話可說，不想讓我們知道甚麼了？父親呢？也許也不想知道我們消息，人生到了一個無能為力的時候，情況可能都是這樣的。

我十六歲那年，父親逝世的消息傳來了。

逝世時沒有親人在身邊。

其實在父輩那一代，很多人都是這樣的。

親情是最奇妙的事，它有着不可捉摸、無可抗拒的巨大力量。那個五月的黃昏，我放學回家，知道父親離開我們了，對着金黃色的夕陽餘暉，痛哭了起來。

父親從這個對他來說苦難重重的世界消失，不久就在我校服的口袋上留下了記號：一塊四四方方的黑紗布。母親在我們租來的那個小小房間裡，很小心的剪了一塊黑紗布，然後用扣針扣在我胸前的口袋上。

在苦長的人生裡，父親一直是那麼遠遠地離開我們的生活圈子，現在，靠了這塊黑紗布，他回到我們的生活中來了。

我在母親的眼神裡領會到這一點。

現在，我跟父親是這麼親近，我戴着它上學，走在熙來攘往的路上，坐在公共交通工具裡。有時坐在不是太擠迫，行進緩慢的電車上，我會敏感地感覺到從甚麼角落飄來了眼神，像是在垂詢：哪個最親的人離開了你了？

在繁忙的都市人中，這種能夠向我投來的目光，必然是慈祥、充滿憐憫的。

不！不！我在心裡會說，在血緣上我最親的人，在我出世時就離開了我的人，現在回到我的身邊來了。

我隱約感到母親為我換洗校服的次數多了。

母親往往在深夜的燈光下，以很肅穆的神情，把黑紗布整整齊齊地扣在我潔白的校服上，初時總是含着淚光。

父親的事情後來才逐漸知道多些。偶然，有被熱帶的陽光曬得黧黑的番客到家裡來坐，也許就在他們的歎息中，透露些許消息，而母親每次總是垂淚。

聽說父親在最後的日子裡是在冰廠裡工作，冰在熱帶的地方應該是很受歡迎的東西，可是年邁的父親在冰廠那樣艱苦的環境工作，他的生命的確是進入嚴冬了。

然而時光會把即使是最悲傷的情緒撫平。

母親也是一樣吧，她波濤般洶湧的情緒逐漸平復了。

可是我那時不知道，也不了解，母親的哀思正轉換了另一個形式來寄託情感，而這個情感永遠不會消退了。

情感是一件多麼奇怪的事。在父親生前，母親把對父親的感情掩飾得密密實實，生怕人家知道，但在父親逝世後，卻表現得轟轟烈烈而且持久。

老一輩人情感的表達不知是不是都是這樣曲折的。

我的確不知道母親的哀思裡，已包括了更深更廣的內容。

在母親的沉痛中，必定忽視了我的內心也有個情感世界，而且在我的那個年齡，這個情感世界又是脆弱和微妙的。

人的情感世界脆弱，會產生很多可哀的故事，但也是最動人的。

我知道，已經有種情緒在我的內心慢慢地滋生着，最初是不自覺，或者是怕去面對，但我終於不得不以恐懼、不安、內疚的複雜情緒去窺探。

是在甚麼時候開始滋生的呢？是不是在我那個年齡就會有這種情緒，或是我與父親的感情根本就很淡薄，或是在我的生活環境中，開始有種令我生畏的奇異目光投了過來，或是甚麼其他原因？

十六、七歲的年齡，對父親的哀思會消退得很快。

那時，我開始想，一個月後，我就不必戴孝了。我的確感到那一小塊四四方方的黑紗布，有着一種我可以覺察出來的重量。

我已不記得當我期待的日子過後，母親還是以專注的神情把黑紗布扣在我的校服上，我的感覺是怎樣的。細節我真的不記得了。但有一件事我卻記得清楚，我已經開始了一個很少人會經歷過的奇特的等待過程。

我已經不能從母親那裡確定我的戴孝期會在甚麼時候才結束，我就等待着這個結束期的來臨。

半年過後，我開始用我自己的方法，來解決我的情緒問題，辦法雖是笨拙卻是直接的。我出了家門，就會到一個偏僻地方，把黑紗布除了下來，裝在口袋裡，放學回家時，我又把它別了上去。我奇怪母親為甚麼不曾注意到這其中的變化，因為到了後來我已是馬馬虎虎地應付了。

但我記得那時的不安和內疚。我每一天都會問，我這樣做是不是很錯呢？

我已不記得我為父親戴孝維持了多長時間，一定是一段長得我再也記不清楚的時間吧。但我卻記得我終於拒絕繼續戴孝的那個週末的晚上。

已經是深夜了，是我早就該入睡的時候了，但我睡不着，我看見母親又專心致志地把黑紗別在洗得很潔白的校服上，那時不知是從哪裡來的一股衝動，突然開口說：「媽，我要戴到甚麼時候？」

你可以想像母親抬起頭來望我時，那麼一副愕然的神情。

「同學總在問我，說你戴孝戴得這麼久，這一次是為誰戴？」

我說着，忍不住哭了起來。

我為甚麼會這樣激動？少年時期的那種真實情緒我不復記得了。

母親發呆了很久，才慢吞吞地說：「那麼，就不要戴了。」

我那時無法明白，在母親看來，我不再戴孝，父親也就從我們的生活中消失了。

這聽來是一件微不足道的小事是不是？可是這是我們一家三口的傷痛。在成年後，特別是在體味了人生後，我總是覺得，只有像我們所經歷了那樣的人生，才會有那樣的感受。

想來，我的傷痛是最輕的，而我的父母傷痛卻是難以用筆墨來描繪了。

在我停止戴孝的一個星期後，母親突然病倒了，母親這次突如其來的病讓我留下了終生的記憶。

母親臉無血色地躺在床上。在她不能起床的幾天，簡直是我災難性的幾天。我不懂得照顧人，我只勉強煲了粥，煲了母親喜愛的麥片，可是整整兩天，母親滴水不入，她只瞪着茫然的雙眼問：「為甚麼會這樣呢？」

在長期貧困折磨下，母親的身體已是很羸弱，可是這樣的大病卻是從來也沒有過的。一直在支持她的意志力已經崩潰了。這樣災難性的崩潰就難以修復了。人可以很堅強，也可以很脆弱，我在母親身上看到了這一點。

不久我就輟學了。父親的逝世注定我要繼承他的苦難，因為以我那時困厄的處境，這樣的繼承是無可避免的。日後每當我聽說人生是公平的，我就會以淡淡的苦笑來回應，別說我所經歷的生活，就以我父母的人生遭遇，也往往使我不大能夠接受這種看法。

但我想我是性格溫和的人，我並沒有怨懟的情緒，我只是默默地努力來改善我的處境。

真正令我內疚和不安的是令母親受到一次情感的重傷。

（原載《香港文學》第一七一期，一九九九年三月一日出版）

好鞋子

鍾菊芳

我常常想，男人其實不明白，好鞋子是怎麼回事。男人更不會理解，何以女子朝思暮想不惜終其一生尋覓一雙好鞋子。

我父親是個鞋匠，是那種為人度腳訂造鞋子的鞋匠。從小，我就見過無數各式各樣的女子在父親的小店進進出出。

大約是小學一年級開始，我每天放學後，就在父親鞋店內做功課，做完功課無所事事，就在鞋店前玩放紙飛機之類。

媽媽是鞋店的收銀會計倉務總管兼市場策劃，她一定要我在她視線範圍內活動，因此我最遠只能走到鞋店兩邊各十六步左右的距離。

千變萬化女人腳

通常我就蹲坐在鞋店門前那兩級樓梯，有時發發呆，有時就無聊的看着那些女子的腳。

那時是七十年代初中期，父親的生意很好，來訂造鞋子的有很多是酒樓夜總會的歌女，有些是夜總會的舞小姐，有些是媽媽叫做「正經」的女子如教師護士之類，甚至有些電影明星；每逢有女明星來造鞋，父親就會招待她們到裡面的小廂房，然後放下房間的布簾，在裡面替她們度尺寸。媽媽總會藉故進出小廂房，問女明星們要電影贈券或打探些甚麼片場漏網新聞，趁機監視父親在度尺碼的手，有沒有移得高過腳跟節骨眼。

我發育得很遲，十歲前完全是小人國子民，蹲坐在父親店前的梯級，視線剛好落在來訂造鞋子的女子的小腿以下的部分，父親半跪着為人客劃腳形的一幅幅影像，就是我的童年。

許多女子的小腿，許多形狀不同的足踝，許多大小不一美醜香臭各異的腳。有些女子足踝以上是令人神魂顛倒的美人，一雙腳掌卻會又粗又奇怪又突兀；有些女子氣質高貴舉止雅潔，雙足卻生繭起疙瘩皮膚病瘡癬；有些女子其貌不揚，卻又有玲瓏精緻的雙腳。

女子們訂造完鞋子走時，步下店前梯級，經過我身邊時，多數會拍拍我頭頂：小明，再過幾年可以幫爸爸造鞋了。又或者揑揑我本來已經瘦削的面頰：老馮，你就這麼一個兒子，一定要他承繼衣缽呀，否則你老了我找誰呀。父親總會陪笑：嗯嗯，做這行沒出息，孩子一定要多讀幾年書。

女子經過我身邊時以嬌媚母性作招牌魚肉我的肉體，我則以僅有的瘦小軀體換取吸嘗她們身上的香水味或體味或狐臭味。這是我不算特別愉快也不算不愉快的童年。

生意愈來愈差……

小時候沒有想過，父親幹的算不算厭惡性行業，他好像沒甚麼牢騷。我讀小學三年級時，他已賺了好一筆錢，由媽媽決定買了兩棟房子。

然而鞋店仍是小小狹狹的，頂多在農曆新年前鬆鬆油漆。媽媽說，擴充店子不划算，人客來是付錢買手藝，店子大大的光鮮華麗的，人家會以為我們賺了很多，就會壓價。

父母是非常勤力的，每晚九時左右回到住所，我洗澡收拾書包就要睡了，父親還在造鞋模子，媽媽又要計數或檢查鞋料。家中客廳三分之二都是一卷卷的皮革，人造皮，帆布，鞋模，用以做鞋踭的木，工具，雜碎鞋帶之類，各種皮革味糊鞋子的膠水味，以至客人要求修改的舊鞋子中混和着鞋子主人獨有的腳臭味，每晚伴着我入眠。不到淩晨一、二時，父母都沒有空閒上床。一間小小鞋店就他們二人一手包辦。有幾年生意實在旺，父親實在做不來，才將訂單外發給其他鞋匠。

七十年代後期，我已經唸中學了，父親鞋店生意越做越差，媽媽立即改變路線，賣時款鞋子，兼營訂製，店子才能撐下去。而自上中學後，我也不會每天放學到鞋店蹲坐了，我開始打籃球，長高，聽流行音樂，玩結他，和玩暗戀。我的生活逐漸離開了一雙雙女子的足。

但父母卻沒有。又或者說，父親始終沒有。

媽媽因為店子訂造的客人少了，工作清閒了很多，一般只要父親留守在店內就可以了，她就去買賣股票。她運氣不差，賺了一筆，又去買房子。我唸中學二年級時，媽媽已經有四棟房子物業了，但我們一家三口住的，仍是我出生時住的那所又舊又小的樓宇。而父親，還是每天孜孜不倦的為各式女子試鞋，雖然不再怎麼造女鞋，他依舊活在女子足下。

然後，中三那年，我第一次失戀了。我發現我那長髮鳳眼的小公主，在學校水運會中露出一雙怪異的足，非常大的尾趾，非常小的腳拇趾，扁平，腳背削薄，看了十分噁心。

媽的雙足是怎樣的？

那夜我沒有吃晚飯，媽媽在晚餐後急急趕去搓麻將，我坐在小露台前，趁媽媽外出，獨自偷喝了一瓶啤酒。

父親自訂單由很少變為少得可憐後，每晚的娛樂就是喝啤酒和看電視，臨睡前摸一摸他那些造鞋工具。他的腹部也越來越圓滾，不夠四十歲已慢慢禿頭了。

他見我在露台喝啤酒，過來拍拍我肩膊，再遞一瓶給我。長大了，也該嚐嚐酒味。他咪咪嘴笑。

我第一次感到，原來父親是個溫和的人。他從來沒有打罵過我，總是陪笑的，對住客人，如何醜惡的腳，他都咪咪嘴，陪着笑。只有一次，我很小時，將一隻他剛完工的高跟鞋拋進抽水馬桶，給他叱喝了一番。我哭，其實是以哭為掩飾及抗議，但他卻以為我給他罵得怕了，立即哄我，一邊又忙着再趕工重做那給我毀掉的高跟鞋。倒是媽媽，拿着那又濕又髒的製成品，埋怨了我一小時零八分，更扣了我三元的零用錢。

我接過父親的啤酒，奇怪自己從不發現父親的溫和。

在那一刻，我忽然想起，我看過許多女人的腳，父親看過的，比我多更不知多少倍，然而，媽媽的腳是怎樣的？我怎麼從沒留意過，連一丁點印象也沒有。

爸，媽的雙足是怎樣的？我感到父親的溫和，讓我可以問這個突如其來的問題。

他一愣，沉默了好一會，然後喝了一口啤酒，再然後又泛起那慣常的咪咪嘴神情。你知嘛，我做女鞋二十一年了，十八歲開始造女裝鞋，到目前為止，還未見過一個女人，找到一雙滿意的好鞋子。哈哈，那個菲律賓總統夫人有幾千雙鞋子，我很明白，我想呢，她還是在找，找一雙滿意的好鞋子。每個女人都在不斷找，無論你怎麼依照她心意去做，她仍是不稱心，款式做對了，或者鞋頭不夠舒服，總有點不夠好，不夠十全十美。她們又總是覺得，自己擁有的鞋子裡，硬是欠缺了一款，明明剛捧了一雙她想要的回去，轉頭又老是覺得欠了另一款甚麼的，所以，哈哈，我才有生意做到如今。鞋子一雙就可以了，她們卻總是要尋尋覓覓，真是奇怪。

第二晚，媽媽自浴室出來時，我窺準時機，見到她一雙整齊略皮膚粗黑指甲修剪潔淨足趾平均腳底厚重腳背有些微靜脈曲張的腳。

女友漫漫原是赤足天使

我唸書成績好，上了大學選修土木工程，父母都很高興，父親幾乎流下淚，喃喃讚歎：好了，好了，有出息。

我交了幾個女朋友，她們各有不同面貌性格，但都有共同特點，一如父親所說，她們從沒有一雙稱心的好鞋子，總是在一個追尋好鞋子的過程中，上落起跌。

我對鞋子沒特別要求，球鞋穿得舒服就可以，出來做事後，買名牌鞋子，只要顏色款式過得去，不很合度的就買寬一點，從不覺得有甚麼問題。只是身邊的女友，老是有地方挑剔她們的鞋子，她們不是不知道，男人不怎麼注意她們的鞋子，比較細心的，也只會留意她們是否有雙妙曼的腳。她們似乎不為別人去找好鞋子，甚至不為自己，只是一雙腳不由自主的踏踏跑跑，要追尋一雙好鞋子。

現在的女友漫漫，回到家就赤着腳，好幾次在廚房踩到硬物刮傷腳底，還是堅持在家赤腳。她有瘦削的雙腳，腳趾整潔，沒有任何足踝怪疾皮膚病。我很喜歡她赤足走來走去的活潑樣子。

在我們決定結婚時，她鼓着腮煩惱着：如何找一雙舒適的鞋子，又好看又舒服，來襯露背婚紗……

（原載《明報·世紀》，一九九九年六月十三日）

咒

謝曉虹

每年一兩次的那種舊同學聚會，總沒有叫人意外的事情——除了這次姍姍略帶點興奮地對我說，前陣子又再次到筲箕灣的「真正好」吃牛排餐。

這無疑是一件奇怪的事情。這使那在我記憶中浮游多年的其中一片拼圖，在越飄越遠，以致我開始懷疑它的真實性後，再次得到確認。

我確實記不起是中學裡的哪一年，記不起那次同學聚會發生的任何一個片段，甚至記不起在哪裡……只記得聚會以後，大家隨心所欲地走進一所小小的茶餐廳，在那裡，我點了一份牛排餐。

我確信，那是一客具有某種神秘力量的牛排，以致那次以後，那種味道便化成另一種存在體，潛伏在我意識裡的某處，伺機折騰我，而原先存在過的那所食店，連同牛排的真正味道，卻徹底地消失了。

不知多少年以後，那份牛排的餘味才開始在我的神經裡發生作用。但我記得那一個下午，當我在辦公室裡打着一份關於罐頭食品的報價單時，那客牛排的餘味忽然從我的記憶中竄出，一股若有若無的味道在我喉嚨裡打轉，令我急切地希望再嚐到它。那個下午，我不下十次把「bean」，打成「beef」，漸漸竟還有點坐立不安起來。好不容易待到下班，因為實在記不起在哪裡嚐過那一客牛排，我唯有索性到超級市場買齊了材料，自己如法炮製。

那夜，當我把一塊香噴噴的牛排放進口裡時，我卻幾乎有想哭的感覺。我弟弟不知趣地向我問了一句甚麼話，我記得我大聲地喝罵了他。

我一向並不是饞嘴的人，為了一個嚐不到的味道，我為何會那樣的煩躁不安？當時的我確實一點兒也不明白。

我也不明白為何事後的記憶只剩下這一點點。我曾多番追憶小舖的四周環境，嘗試推測它的所在，但記憶這玩意兒就如浮沙一般，任何在它面前真正發生過的事情，一旦沒捉緊，便一下子埋沒在黃沙之下，最可怕的是，教人以為從未發生過。

某幾次我在街上走着，忽然往四周一看，似乎觸動了當年的一些記憶，但當我在大街小巷中轉了好幾個圈，又彷彿甚麼記憶也逃掉，只剩下身旁的朋友不明所以的看着我。有時連我自己也開始分不清，當年的事到底是現實，還是我自己的幻想。

但那一客牛排對我產生的誘惑卻在活生生的加強。它給我帶來那些突如其來的精神侵擾，已使我多次冒冒失失地犯錯。有一段日子，這種滋擾最是頻繁的時候，我的精神常常無法集中，我的食慾也大大減少，在一個月內便輕了十磅。

這一切使我不得不想起幼年曾長在我背上的那一顆毒瘡——縱使我母親多少次宣稱它其實並不存在。那一顆瘡曾像鬼魅般，在我身上顯示過它的力量。當它竭盡所能地發着癢的時候，我感覺到它那樣的鮮紅欲滴，正死死地伏在我背上，在我最難受的時候，彷彿還流出點帶鴨屎黃的膿水。我幼嫩的背上曾為此抓出了一道道血痕，然而它真正的所在，卻總似遠在萬里以外我的另一個身體上。有時我就當着眾人的面，失去理性地亂喊亂叫，在背上拚命地抓。那顆瘡確實使我出盡了洋相。

母親也曾帶我往醫生處。但在那老傢伙的近視鏡背後，我看見他雙目填滿了現代文明的偏見。他以一種因輕蔑而起的仁慈向我笑笑，我已知道，他不曾相信「它」給我帶來的痛苦。那次以後，無論多痛多癢，我再也不肯求救於現代醫學，反而漸漸相信起巫術這回事，認定它來自一種可怕的符咒。

大概不到一年，毒瘡似乎悄悄地消失了，我也就再沒有那些怪邪之念。有時想想，反而覺得一切都是自己童年那未成熟的心智產生出來的幻覺，平白使自己受盡了苦頭。然而那客牛排給我帶來的那種精神上的折磨，竟令我再一次產生童年那種恐懼。

回心一想，當年那種邪力不可能這樣輕易便把我放過。它可能被我日漸壯大的身體驅走後，又附在那客牛排中，伺機再進佔我的軀體。當我這樣想的時候，我彷彿真的感覺到牛排的餘味已化成當年的那顆毒瘡，黏在我意識裡的某處，同樣地含着膿，發着癢，而我卻永遠再抓它不着。

好幾次，我在夢境中回到舊地，那客牛排，在夢裡的特寫鏡頭下，顯得有點神化，而我竟似成了某邪教的信徒，被甚麼迷失了心智，追逐着一種慾望的滿足。有一次醒來，我的額角佈滿了汗水，第二天便發起高燒。

在夢與現實中進進出出，漸漸連自己也分不清哪一邊才應叫作真實，但那些夢境卻令我更相信，那所海市蜃樓般出現過的食店，也來自一種巫術，那塊牛排是一種植下符咒的邪物。

隨着年月，那種味道在我的心目中，混雜了許多神秘的成分，我也就再沒妄想，用真正的味覺去落實它。有了童年的經驗，我也不願意把這種似乎是小題大作的感覺告訴任何人，徒惹嘲笑。當然，我也從沒有想過，還有人會像我一樣，把那客牛排認真地記住，更沒有想到，在多年後，有人特意重回舊地，而且還能嚐到同樣的牛排餐。

記憶是最奇怪的一種大腦功能。經聚會中姍姍這樣一提起，彷彿我便從沒有忘記那茶餐廳的名字與所在，我敢斷定，她所指的，便是那一客牛排。而當日的事，隨着她抓住了一角，其餘的部分又似乎漸次浮現。於是我極其自然地笑着問她：「味道可還是一樣？」

事實上，我記得那日同往茶餐廳的五個人中，點牛排餐的只有我一個。因為那是下午茶的時間，只有我這慣常胃口特別大的，才會點一份比普通午餐分量還要多的套餐。而他們四個，起初還在笑話我，當熱騰騰的套餐一到，他們你一口我一口的，吃個不亦樂乎。現在想起來，我懷疑當時他們對那裡的食物讚不絕口，根本是因為他們都先嚐了一口牛排，是這令他們產生了錯覺。這樣推想起來，巫術之説也就更可靠了。

即使不是巫術，那所茶餐廳也必有些甚麼神秘的地方，使我——現在證明至少還有姍姍，在許多年以後，同樣對那一次的下午茶無法忘懷。但無論如何，在這次舊同學聚會後，我決定要回去找出那秘密來。

當我再次來到那茶餐廳的門前，「真正好」的招牌在我頭上，它那樣地真實，反而使我產生夢幻的感覺，疑心它其實是仿照我的記憶重建。

由於是午飯時間，餐室內坐滿了人，其中不少是幹粗活的工人。他們面前的食物與其他茶餐廳大同小異，可能由於牛排餐比較貴的關係，似乎並沒有人點，而與我抱着同樣心情的食客看來更不會有。

茶餐廳似乎確曾擁有同樣橙白相間的牆壁，那些高雅但不大協調的掛牆燈，白色的圓木桌⋯⋯我感到記憶與現實是那樣被動地等待着它們的重疊，直至，我發現那一次，我們的確就坐在同樣一張圓木桌。

「想不到小小舖子也有這樣的美味。」阿寶坐在對面的位置，曾這樣說過。冰冰坐在他左邊，執着吸管，不無誇張地說：「這裡的奶茶特別滑。」阿明很認真地點點頭，附和着說：「多士也特別香。」「你們怎能不剩一點點給我？」我奇怪自己說了這麼一句，分不清是現在的我，還是過去的我。

那年青的我以及當時的情懷，似乎都在當年遺留在這殘舊而平凡的食店中，現在才回到它的實體中。過去他們的說話、表情、感覺，我不止一一記起，甚至都能理解。我笑了，彷彿心裡有一團虛浮的東西，現在落了地。那種煩躁不安的心情變得非常踏實。我開始懷疑，也許是當年的我以某種精神的力量，把現在的我招引來這兒。

使我感到奇怪的是，我記起那日，當我們都圍着牛排，大口大口地把牛肉往嘴裡送，姍姍卻一聲不響地坐在一旁。我心中一涼——她並沒有嚐過那牛排！那為何她也會有這樣深的記憶？我記起，她低着頭，看着桌緣……她當時究竟在幹甚麼？那時沒有細想，現在卻不能沒有懷疑。她那天，似乎在那桌緣上刻寫着甚麼……我慢慢移動身體，居然在姍姍的坐處發現了一個年日久遠的字刻。

當我把重回舊地的事告訴姍姍的時候，她笑着問我：「味道是否一樣？」

「那已不太重要，因為我發現，當年真有人下咒。」

「誰？」我聽得出姍姍的聲音有點顫抖。

我笑了笑，沒有回答。

當我察看那桌子的邊緣，發現上面有一些歪歪斜斜，類似咒語的刻記。但細心一看，才發現是一個勉強可辨認得來的心形的圖案，旁邊還刻着「KIRK」——那是我的洋名。

一九九九年八月九日

（原載《香港文學》第一七八期，一九九九年十月一日出版）

迷路

陳慧

真而常常迷路。真而的記憶也是從迷路開始。很尋常，就跟大部分小孩子的經歷一樣——走到紅綠燈前，一家子停了下來，母親不知道要在手提袋裡翻尋一些甚麼，父親又背過臉去嘀咕了幾句，回過頭來，就不見了……真而一直沒有問，為甚麼你們沒有緊緊的拉着我呢？

至於真而，她跟隨另一對男女，上茶樓去了，據說還吃了半頓點心——這是父親的說法，真而真的記得嗎？一而再地聽父親母親說起這個事情，真而漸漸地就有了具體相應的畫面，以致後來每逢父母向親朋戚友提起，真而都能附和地說出當時是坐在酒樓大堂的那一張方桌上……

真而不是沒有想過，帶着她上茶樓吃點心的那對男女，才是她真正的父母……不過，既然落到如今的一個田地，也只好逢迎眼前這對男女的說法了。

接着下來的一次迷路，真而自己倒是記得清清楚楚。

為甚麼記得這麼清楚呢？母親也沒有常常提起，只因為迷路的序幕是母親的一句話：回家之後我打死你。

當時，母親非常生氣，說完「回家之後我打死你」就掉頭離去，留下真而在雜貨店門前，呆呆打量地上一袋六個因為沒被抓牢而摔破了的雞蛋。真而本該好好站在店門前，等母親自又濕又腥的魚檔提着大魚頭折回，只是母親的話實在驚怖——比成了孤兒遇上摎嗚更可怕。真而抹着眼淚淒淒切切獨上征途。沿路不停有熱心的師奶問真而，是不是迷路了？你別走遠呀，站在這裡等媽媽……真而想，你黑心，想我給母親打死是嗎？而就這樣又傷心又氣憤難平地愈走愈遠……

事情是如何結束的呢？真而只記得一個這樣的畫面——母女抱頭痛哭，坊眾動容。母親到底也沒有將真而打死，究竟是不是失而復得的戲劇效果？真而不知道。第二天，真而發燒，據說是受了驚的反應，於是連幼稚園也不用上。

真而在不知不覺間就有了這樣的一個印象——迷路也不算是太差哩；並且有了這樣一個模糊的概念——迷路，有時候，也真能解決一些事情……

在升讀小一之前，真而又偶發性地出現了幾起迷路事件。無非是到派出所去吃件蛋撻又或是在街角的小士多喝瓶可口可樂……母親頃刻尋到，有驚無險，皆大歡喜。至於入讀小學之後所出現的迷路事件，則往往是出於真而的精心策劃，並且印證了真而對迷路的一些具體看法。

真而的班主任姓廖，真而打從姓氏起厭惡這位熱情過餘的年輕老師。真而也不是沒有作出反映與投訴，只可惜，人愈長大，離那以啼哭達到目的的黃金歲月就愈遠，面對生活上比比皆是的事與願違——從收看哪一個電視節目到進食何種食物以至是否應該學彈琴——真而明白，電視劇的對白也不全是廢話，「人生來就是孤獨」就說得很對，雖然那藝員的語氣神態實在濫情。真而唯有自己為自己打算。

真而在短短三個月內飆高了兩公分，坐的位置也從第三列調到第五列再調去最後一列，好，真而想，距離廖老師愈遠愈好。然後就到了集會列隊的時候，真而站立的位置也不住地往隊尾調，最終成了龍尾。事情就發生在集會後列隊進入課室的時候，誰也沒有發現，走在最後的真而並沒有隨隊進入課室。

真而走進B班的課室去了。反正誰也不會特別留意坐在最後一排的人，

大概過了四至五天，廖老師才覺着事情的不尋常——為甚麼真而的課業冊老是誤放到其他老師的辦公桌上去？

校長召見了真而的母親，結論是真而的辨路能力實在是差。校長建議母親領真而去做一下智力評估。既然大家決定了真而有點笨，真而就決定笨下去笨給大家看……真而心中有數。母親老愛逛那種每件東西都賣十元的廉價貨場，真而覺得好無聊，十元一件，每件都差了那麼一點點……於是自己一個人溜

到街上看櫥窗看人來人往，看得有點累就蹲在街角，裝出一點徬徨，不消一回，母親準會來把真而領回。母親一直沒有發現真而是蓄意迷路的，只是她說，我實在有點累……以後真而就由警車送回家裡來。第一次出現中年男子將真而送回家門，大家也頗為吃了一驚，很快也就習慣。真而遂得到更大的自由，也更能體會遊蕩的樂趣。只因為她笨——說不清心裡那酸溜溜的姐妹們只好這樣想。

真而比同齡的女孩去過更多地方，也認識更多人。這令母親非常生氣，母親在電話裡大聲叫嚷：回家之後我打死你。真而記得，上次沒有被母親打死，是因為迷了路。誰知道這一次是不是真的會被打死？於是，真而決定找不上回家的路。這種事情發生在其他女孩身上就叫離家出走，於真而來說只不過是又一次迷了路。

真而在半年之後終於找到回家的路。回家的那個下午，工傷的父親躺在床上，半睡半醒，嗳，回來了？唔，回來了。母親從廚房裡伸出頭來張望了一下，轉過身去不知說了些甚麼，然後抓了一把米放在飯鍋裡。後來，真而又再多次迷路之後回到家裡來，可是母親再也沒有多抓一把米放在飯鍋裡。

晚餐的時候，真而才發現，家裡的電視機壞了。那頓飯吃得份外的靜。真而覺得實在呆不下去，偏偏母親這時候說，咦，蠔油用完了，真而想都不用想，我到王師奶家裡借一點回來……真而就那樣帶着空的油樽穿上拖鞋關上大門一去不返。

真而在一次又一次的迷路之間，認住了阿輝的家。阿輝是客貨車司機，真而就是在路上讓他兜回來的。阿輝住在公屋單位，一個人，家無長物，上街也不鎖門，那天回家發現真而溜了進來，一個人，坐在黑漆漆的房子裡，眼角隱約閃着淚光，阿輝想，也沒有甚麼大不了啦，真而就在阿輝的家住了下來。

本來也是相安無事的。有一天，阿輝放假，帶真而到大商場裡去吃薄餅，不知道為甚麼，阿輝忽然説了一句，你是不是應該去找工作？真而不動聲色，吃完那一角意式風情，就對阿輝説，我要上廁所。阿輝就那樣看着真而走到櫃枱前，取了鎖匙，還回過頭來朝阿輝擺了一下手，然後就搖着那根鎖匙牌，背着阿輝愈走愈遠……

真而從薄餅店裡溜走之後沒多久就遇上了傑。要是阿輝用心找找看，很快就可以把真而找回來，那間卡拉OK，正正就在薄餅店的上層。

真而離開薄餅店之後，在自動電梯前呆了一會，就有一個男的上前搭訕。不知道是不是哄真而，那男的一直説真而的歌聲像鄭秀文。雖然他這樣説，真而還是對他沒有多大好感。真而又上洗手間去。真而在卡拉OK迷宮般的甬道間轉來轉去，每個小房間的門上都有一扇小小的窗，真而就是從小窗內望看上了阿傑。真而推門進去，説，我找不到我朋友的房間，我在這卡拉OK裡迷路了……阿傑讓真而留了下來。

真而説，我非要跟你生一個孩子不可，抱一個孩子在懷裡，我就會記得回你家去的路。

後來阿傑常常跟人説起，當時，只覺得她是一個蠻特別的女孩，知道她常常迷路，心裡就軟下來……

孩子生下來，真而才知道，孩子要餵奶、孩子要換尿片、孩子要抱……而且，孩子常常無緣無故地哭。真而第一次弄丟了孩子，是在超級市場。真而說她在揀蘋果，就將孩子放在手推車上，後來揀好了蘋果，就往收銀處付款離去……。真而吃吃地笑着對阿傑說，想不到，孩子也有迷路的遺傳。

阿傑已經好久不曾回到家裡來，他帶着孩子住到別的地方去。真而咆哮，你迷路了是不是？你找不到回家的路是不是？阿傑說，星期三，上午十一點，你到中環萬邦行四零四室，張李黃律師事務所……

真而在十時四十五分就到達萬邦行，細心地看大堂牆上的水牌，五樓就有一間潘曾楊律師事務所。真而推門進去，說，你們是不是等着我在離婚文件上簽字？

阿傑在電梯大堂找到真而，真而怒不可遏，我在潘曾楊律師事務所等你等了一個小時。阿傑的聲音聽上去就讓人覺着難堪——真而，你別再躲來躲去好不好？

真而有些無辜，也有些茫然——我在躲嗎？甚麼是躲？我只不過是常常迷路。

迷路的序幕是

母親的一句話：

回家之後我打死你。

（原載《明報・世紀》，一九九九年十月二十四日）

莫明其妙的失明故事

潘國靈

一、失明

一名失明艇家陳喜帶在小便時墮海溺斃。

莫明翻報看到這則報導。他在腦裡構思起這一幅情景：一個盲人，深夜摸黑來到艇邊，向大海瞄準撒一泡脹在膀胱良久的尿，在得到紓解之際，突然一個馬步不穩，失足墮海溺斃。他想，這是否應該叫做「便溺」。

明明是一宗可悲的意外，他想着想着，竟噗哧一笑起來。一齣可悲又可笑的意外。這位社會觀察家想，不出數天準會有好幾篇說甚麼社會對失明人士缺乏關顧，服務不足之類的專題報導，人們對社會問題的知覺，經常是來自意外的。不過，再隔不多久，又像沒發生任何事，一如那個失明艇家在墮海時擊起的水花，很快就會在茫茫大海中消失於無形。

越荒謬，越可笑。不過，莫明想深一層，被高空擲物擊中是意外，交通失事是意外，心臟病突發是意外，「小便遇溺」，本質上也就是意外一宗吧。層出不窮的意外，每天都上演發生，幸或不幸的佔據了報紙一角，也不過惹來眾人的稍稍注目。就像此刻，莫明便將看完的報紙丟進字紙簍，又埋頭伏案做他的社會學研究。

莫明是一個社會學專家，工作是對社會現象抽絲剝繭進行分析，用一對冷眼和一副精密的腦袋。可這對冷眼一脫離了眼鏡即變成「廢眼」，也許「嗅書」的日子有功，莫明患上近千度近視。不過，他對於自己的大近視眼並不認為是一個壞處，反覺是一種學者象徵，是閱書無數的付出和後果，好像一些年長學者滿頭的華髮，並不是蒼老而是智慧睿智千錘百鍊的象徵。近視越深一度，他的智慧就好像越添一分。他最近在埋首完成一本叫《社會學視角》的書，以社會學角度來分析一些中下層生活實況，現只欠最後一章，他計劃末章以廟街這處帶幾分神秘色彩的地方為主題。

二、廟街

以廟街為主題，並不是莫明對廟街有甚麼特殊的感情。不過是一次他偶爾路經廟街，發覺廟街從社會學上有其可寫之處。

一條不長不短整整貫穿佐敦至油麻地的廟街，擾攘喧囂，可謂大千世界的萬花筒。固定商鋪、流動攤檔、食肆、占卜星相、江湖唱戲、娼妓、公園、廟宇，全都混雜一起又相安無事。單是街道兩旁的商鋪，就有麻雀館、老刀莊、老人院、茶餐廳、超級市場、水族館、煲仔飯店、燒臘店、蛇行、鐳射影音、舊書店、中西醫館、芬蘭浴、遊戲機中心、銅鐵銻鋼工程、粵曲茶座、粵樂研究中心等等等等。流動攤檔，隨便數數，有食檔衣飾黑膠唱片VCD日用品藝術品性用品等等，各有性格，不能盡數。平民夜總會之名，並非虛傳。

不，甚麼平民夜總會，擾攘喧囂，都是普通人的日常語言，莫明習慣向更高深的概念推進。

（從社會學角度，我看出廟街隱含一種亂中有序的混雜性。眾聲喧嘩，看似紛亂，一切卻又相安無事，看似無政府狀態，一切卻又井然有序。不錯，一條總是帶幾分黴爛氣息的殘舊街道，其精神面貌，卻可用眾聲喧嘩 (heteroglossia)、多元性 (plurality)、混雜性 (hybridity)、精神分裂症 (schizophrenia) 這些時興文化研究觀念來準確捕捉。

——《社會學視覺》，頁二〇〇）

就是以為可以將廟街套入一些概念理論，大有發揮，莫明就萌生起他名為「書寫廟街」計劃的念頭。他決定花一些時間靜心觀察這條香港堪稱一絕的街道。

三、廟街的占卜星相攤檔

再次來到廟街，特意選在週六晚上，廟街在週末晚上特別熱鬧，莫明腳步大也得收細腳步，免得踩着人家後踝。由油麻地廟街頭走起，經過許多流動攤檔，穿過榕樹頭公園，莫明聽說這裡偶有基督徒傳教，好像從甚麼論文讀來，都記不清楚了，其實，是一名學生看完電影《廟街十二少》告訴他的。這趟基督徒沒有碰上，在公園蹲着坐着打發時間的老人卻有很多。走出榕樹頭公園，在街市街一帶，泛起一街暗黃的燈光，散發自一整排為數若二十多的占卜星相攤檔，可為香港奇觀，原來更多平民百姓寧願聽江湖術士指點迷津，難怪基督徒都要回家早睡。莫明放慢腳步，看到一些攤檔坐着顧客，旁邊圍着幾個好奇的看客，一些在「拍烏蠅」，居士（他注意到他們是這樣自稱的）向路經的人招徠：「很靈的，贈你幾句，坐下」。

眼睛從遊離散亂落到占卜星相的焦點上。他看着看着，看得出神。不同攤檔都自稱來自不同派別，有湖南派華山派泰國派中西合璧派塔羅牌派等等等等。不少攤檔都掛上一些居士與名人的合照，有政客有明星有富商，董建華司徒華劉德華統統出籠，相中人言笑晏晏惺惺相惜，狀似熟絡的搭着膊頭，真不知真假。除名人合照外，攤檔也掛上大型面相圖手相圖，和一些宣傳標語。攤檔內用的工具，有龜殼、卦、命理書籍等，都頗為殘舊。一些居士穿上黃色道袍，或寫上符咒的衣服，攤檔色調以紅、黃、黑為主調，更加添幾分神秘色彩。莫明雖有一雙大近視眼，觀察力卻是訓練有素的。肚內一輪，一個想法已在腦中迸發。平常人看到的是一個攤檔，莫明看到的是一個舞臺。

（人家談起廟街的表演事業，例必想到這裡的江湖唱戲，文化想像中，電影《新不了情》即是一例。但其實，這裡的占卜星相攤檔，何嘗不是江湖表演——主角（protagonist），是居士；大配角，是自覺或不自覺的顧客；觀眾（audience），就是好奇地圍觀的看客（onlooker）。一個占卜星相攤檔，就是一個表演舞臺（stage），各有佈景（set）、道具（props），以建立其獨特身份（identity）。

——《社會學視覺》，頁二〇五）

用英文詞彙術語來想事情，中英夾雜，是莫明多年以來養成的習慣，這樣做彷彿想的東西更有根底似的。他自感這種把一個占卜星相攤檔看成是一個隱形舞臺的想法，很有一點洞察力，不自覺地輕托架在鼻樑上的那副沉甸甸的鏡片。

他自己也當起看客來。走近一個攤檔，一個年輕女子在問姻緣。莫明見居士在紙上「鬼畫符」的畫着人家看不懂的符號，只見年輕女子一臉期待。未幾，「鬼畫符」畫完，居士以自信權威的口吻對年輕女子說：「姻緣還未到，今年不成，明年吧。」年輕女子輕輕點頭，莫明看在眼裡，覺得她不像一個顧客，倒着一個聽教的女兒。不，是一個聽教的愚蠢女兒。他心想，不用甚麼占卜，但憑少女一眶焦灼眼光，就知她在等着姻緣的到來，空等的等。他想，這個世界「水魚」真多，天知那堆「鬼畫符」甚麼意思，卻是騙取愚者信任的好技倆。他又輕托架在他鼻樑上的鏡片一下。剛才忘了說，他這個托眼鏡的小動作，除了因為面部油脂分泌過剩之外，更是自覺得意時不自覺做的；自覺得意，可以是因自家驕傲而來，或人家愚蠢而起，兩者對他來說是差不多的。他在腦中已擬好題目，就是研究這些廟街江湖術士的討飯招數。

噢，不，我又差點與莫明的深層思想接不上軌。討飯招數是普通人的日常語言，莫明用的是專業名詞，叫「互動策略」。

（可以以這些命理居士為主體（subject），集中研究他與顧客的互動策略（interactional strategies），找出在眾命理居士的自我表演中到底有甚麼共通的互動策略，來吸引過客，留住看客，說服顧客。在這篇論文中，我將引用符號互動理論（symbolic interactionism），特別以歐文．高夫曼（Erving Goffman）在《日常生活中的自我表演》（The Presentation of Self in Everyday Life）表述的「生活戲劇理論」（Dramaturgy），來切入研究主題。

——《社會學視覺》，頁二〇六）

四、日常生活的舞臺

看到這裡，可能你有點一頭霧水了，可別怪我，要鑽進莫明深邃的學術思維，可要久經訓練，不大容易。幸好我也看過高夫曼這本名著，可以深入淺出略微向你解釋一下。

莫明將占卜星相攤檔當成是一個舞臺，居士看成是一個不斷在自我表演的主角，這一看法受到當代加裔美國社會學家歐文．高夫曼的啟發。高夫曼本身是一名戲劇論者，他在五十年代出版了一本備受注目的社會學著作——《日常生活中的自我表演》。在這本著作中，高夫曼用戲劇表演的比喻來解釋日常生活，通過戲劇模型來闡述人的行為。舞臺，不止囿於歌劇院裡，更在日常生活中，無所不在，只要當人處身於與其他人的交往情境中，人就無可避免地被置身於臺前。在其他人面前，每個人都不斷在表現自己，並運用特定的技巧，試圖導演與操縱他人的反應和置身的情境，來維持和表現自我形象或角色。每個人在試圖操縱他人的反應之時，亦同時受他人的操縱並成為其他人的觀眾。一人同時是演員也是觀眾。

說了這麼多，無非就是希望你明白莫明心中所想的。他認為居士、顧客，與及圍觀看客的交往構成一齣很精彩的即興戲劇，當中牽涉複雜的互動策略，雖然從意識上當事人未必完全清醒自己作為演員與觀眾的身份。他計劃對這些策略作微觀分析和描寫。如此說來，無所謂命理不命理，無所謂宿命、天機或任何超自然力量，信與不信，只在乎交往策略的成功與否。這與莫明傾向否定超自然力量的立場一脈相承，在社會學的字典中，一切有礙社會學分析的形而上學、神秘學、唯心論，都要剔除。既否定超自然力量，自然也不大相信上帝的存在，他絕對贊同社會學大師塗爾幹 (Emile Durkheim) 論述神是人按自己需要而建構的社會產物這一說法，還喜歡打個譬喻：「人信神，就好像母親膜拜兒女並相信自己是兒女所生。」又如朋友，一般人也許相信有唯心的、高尚的友誼情操，莫明卻不信這套，他寫過一篇叫〈友誼的功能主義〉一文，大意說，無所謂超越的友誼情操，友誼不過在社會結構中扮演某種功能而得以或必須維繫。大抵是這個緣故，莫明可稱得上是「朋友」的，實在聊聊無幾，有的都是在學術上互有合作的學者朋友。

五、沉默觀察者

莫明往後又去了廟街觀察了三趟。他表面是一個好奇看客，實則是一個沉默的觀察者，默默在腦中記錄命理居士和顧客的對話和交往過程，為要援引例子，有根有據說明居士口中的所謂命理預測，大部份不過從顧客的外表、特徵，譬如打扮、年齡等推斷出來。簡單來說，就是四個字——「以貌取人」。中國人叫人「勿以貌取人」，這真是張大眼睛說謊話。以貌取人的故事時刻發生。警察在街邊怎樣決定把誰停截下來查身份證？憑這人的氣味嗎？品格嗎？第六靈感嗎？統統不是，還不是靠外表。莫明也深明這套，光內在有料不成，還必須把文章寫得洋洋灑灑包裝得體。

不過，「以貌取人」也說得比較膚淺，不夠嚴謹，莫明在理論術語之門進進出出，運用自如，將顯淺道理以高明的層次表達出來。

（對顧客的外表進行符號解讀(symbolic interpretation)，是居士互動策略中的主要活動。一個人的外表攜有很多符號(sign)，諸如髮型、衣飾、談吐舉止、不經意的姿態動靜等，都在有意或無意間表現或流露自己。別人憑着獲得的印象，將一些標籤(label)和典型(stereotype)加諸對方身上。譬如看到一個西裝革履，穿白恤衫結領帶，看上去有幾分像行政人員的顧客，就「預測」他正在從商，或適合從商。遇到男子一頭長髮，衣着前衛甚或標奇立異的，就說他是藝術家或適合做藝術工作。

——《社會學視覺》，頁二一〇）

除了以貌取人外，莫明也發現居士的其他板斧，譬如說一些十分籠統幾乎放諸四海皆準的說話，或一些未來式無法驗證的空言預測。或者玩心理遊戲，求問姻緣的，十居其九是姻緣未到或姻緣不佳；求卜問卦的，通常都是不滿現狀；命理預測，與心理治療有一定程度的共通性。這都不足為奇，莫明覺得更可笑的，反而是給錢的顧客一邊聽着一邊點頭附和，鮮有質疑反駁。他看着聽着，反覆輕托鼻樑上那副沉甸甸的鏡片不知多少次。

一個姓黃的居士向一名面容帶幾分倦意的男子說：「你的身體健康只是一般，要多做運動呀！」男子點頭示意認同。

一個姓陳的居士向一名女士說：「妳在愛情關係上易生妒忌，是不是？」

女士帶點靦腆稍微遲疑的回答：「都算是吧！」

居士說：「要改改這性格，否則未來結了婚都不快樂，有機會離婚呀！」

一個姓李的居士向一個二十出頭的年輕人說：「到五十五歲可能有劫難。多做些善事，譬如捐錢去中國大陸，可以積福，會有所改善。」

年輕人說：「一定要中國大陸呀，其他地方可以嗎？」

居士回答：「可以，但大家都是中國同胞嘛，首選當然是大陸。」

也偶爾遇到一些顧客表示懷疑的，但都很少即場公然挑戰居士，通常發一兩個疑問就打完場，很少發難要居士「回水」，或拆穿居士的西洋鏡子。至少那些居士名人合照，就從來無人問其真偽。凡此種種，莫明記錄了許多。可能你想，記錄這些有甚麼作為呢？都是些無甚意思的說話。可你又有所不知，甚麼點頭認同，不拆穿西洋鏡子，唉，都是普通人的日常語言，莫明可有更深層的表述。

（正如高夫曼所說，在一般情況下的互動情境中，各方都在謀求一種「暫時性共識」（working consensus），這共識不代表意見上或價值觀上的一致，而更多時是為了避免發生公開衝突，而將自己真正的想法和感受隱藏，以保持表面的一致，即一種虛飾和諧。這正是居士與顧客的交往過程中的常態。顧客不時都點頭認同，遇着不大相信的時候，都只是以身體語言低調表達或合乎禮儀地發出疑問，安於情境定義之中。居士絕少推翻自己的說話，最多也不過作一些修改(adjustment)和協商(negotiation)，就可以圓滿解決，極少出現具爭議性的情況。有些情況，顧客更會主動向居士提供個人資料，所謂命理預測，變成是居士從獲得的資料中進行推理(inference)。大體上說，一場在占卜星相攤檔上演的戲，很大程度上是居士、顧客與圍觀看客的一種「合作性活動」(cooperative activity)。顧客即使心有不滿，所有怨言都在付了錢離開攤檔以後才一併吐出，這時構成交往的互動情境已經解散了。

——《社會學視覺》，頁二二〇）

說到這裡，我想你對莫明的洞察力也至少有幾分佩服吧。但他還不罷休，第三次來考察，他決定由沉默看客轉為一個主動的顧客。當然，做顧客就得付幾百塊錢，不過，幾百塊錢對莫明這些教授級人馬來說不過是個小數目，而且，這幾百塊錢也可以作研究開支報銷的。

六、違規實驗

社會學上有一種行為實驗叫「違規實驗」(breaching experiment)，顧名思議，就是故意做一些違規行為來看被影響者的反應，譬如回到家中故意扮成不是家庭一份子的陌生賓客，看看家人的反應。不是說笑，這是一個社會學家給他學生的功課，有些父母不明就裡，以為自己的子女發甚麼神經病，或目中無人故作挑釁，狠狠的把子女罵了一頓。

莫明計劃在命理居士身上進行「違規實驗」，打跛一般顧客不會公然挑戰居士的「合作性」做法。

他選了一個自稱華山派居士為目標，這名居士一身黃色道袍、頭戴道冠，攤檔掛上「華山派靈驗居士」的標語。看看價目表，華山居士的套餐餐單有：測字、測名改名、流年運程、風水、生肖、面相、掌相、紫微斗數八項，紫微斗數是最昂貴一項，五百元，莫明沒有議價就選了這項。由開始，莫明已表現出一副不好理會的樣子。

「好，紫微斗數最精準，先生，請問你時辰八字？」

「我怎麼要告訴你時辰八字，這是我的私隱，你不可以自己推測出來嗎？」

華山居士未料有此一着，一時語塞，停頓十秒啞口無言。不過，畢竟是跑慣江湖的，華山居士很快回過神來，說：「先生，看相的我一眼就看到你整塊臉，看掌的你攤開手掌就一目了然；可單單紫微斗數，就需要你提供時辰八字來算出你的命盤。先生你若不願意透露時辰八字，不如看面相掌相，也很靈驗的，面相二百，掌相二百，我合收你三百又怎樣？」

「不了，也不知靈不靈驗，看過面相再說吧。」莫明說。

談話間，莫明不時表現出一副輕蔑的態度，經常質疑華山居士的所謂命理預測。譬如說到莫明與家人的關係，華山居士說：「哎，你這種命與家人關係不大和睦，父緣尤其淺薄。」

莫明與家人的關係的確如居士所說，非常淺薄。小時候，莫明就非常痛恨父母親把一雙深度近視眼遺傳給他，以致由六歲起除卻睡眠時間一雙玻璃片就如影隨形不曾離開他眼睛半步，並隨年歲俱增而越加厚重，眼球越加凸出，鼻樑越加凹陷。父親去年大病了一場，在醫院躺了兩星期，莫明照樣去了美國開甚麼國際學術會議，真夠專業精神。雖然給居士說中，但莫明斷定他必是憑空猜測，在城市裡，十居其九父子關係都是淺薄的，加上看到莫明這人麻煩難纏，更斷定其與家人關係不和睦。

「我與老頭子不知幾談得來，你真瞎說。」莫明說。

「我也是依書直說，你眉薄稀疏，而且眉毛有間斷，親緣薄弱，與父母、兄弟的緣份淡薄。」

對話就在這種形式氣氛下進行着，華山居士雖知莫明故意留難，但想到有錢落袋，顧客為先，也不曾動怒，只是每次看鬧得僵了，就連忙打圓場說：「風水佬呃你十年八年，我華山居士卻是有話直說。若然不靈就不收你錢。」

華山居士見莫明難纏，也刻意說得專業，不說空泛話，儘量拋出很多專業面相名詞，諸如眉毛的福德宮、額角的官祿宮、鼻頭的財帛宮、眼尾的妻妾宮，諸如此類，好讓莫明感到他有根有據，並非胡說瞎扯。莫明心想，他們也來拋術語這套板斧，這也是他的「違規實驗」得出的反應之一。

「老兄，你的面形屬於國字臉，責任心強，踏實，但比較嚴肅，缺乏情趣。上停飽滿，慧根好，智力高，學習能力強。你雖不說，我猜你已達中年四十上下，正在行眉下至鼻的中停運。你中停發達，成就應該不錯，可惜生得一對下三白眼睛，兼眼睛佈滿血絲，正中面頰心性宮位置有暗淡死痣，恐怕有凶運劫數。」

「凶運劫數，我一直不知多一帆風順。」莫説反擊説。一方面莫明的「違規實驗」本就要故意留難，另方面聽到居士説他命帶劫數，以為居士存心藉命理之名予以詛咒，莫明更有幾分氣，破口罵道：「你們都是神棍，真是命理專家還要在廟街擺擋！」説罷即輕托已滑落鼻樑的鏡片。

一直沉着氣處之泰然的華山居士聽到這句辱罵，再也沉不住氣：「先生，若你不信命理，只信自己，又何來求問天理。説是凶運劫數，當然就是突發之事。信不信由你，你當心有眼光之災。我不收你分毫，不做你生意，過主，日後應驗了再來找我吧！」

七、眼光之災

這句「當心有眼光之災」，莫明聽了當然沒加理會，因為他根本就不相信甚麼占卜命理。他只當這又是以貌取人的例子，眼看他架在鼻樑上一副厚甸甸打圈圈的鏡片，就出此惡言。莫明心想，江湖術士，凡夫俗子，市井之徒，怎明白對知識份子來説，近視加深一度，就是智慧加添一分的道理。

資料搜集得七七八八，實地觀察也做得夠了，莫明便動手寫他《廟街命理居士的互動策略》那篇論文，計劃在兩週內完成。為着及早出版《社會學視角》一書，他一日連續工作十多小時。莫明不時感到眼睛不適，有時見到閃光，有時突然會有一排黑點的飛蚊迅速掠過眼睛，再凝神看清，閃光飛蚊又沒了蹤影，一切如常。照照鏡子，眼睛也的確紅絲滿佈。他沒加理會，只以為是趕寫論文疲勞所致，閉目養神一會又繼續工作。

不過，連日來他卻感覺好像視野範圍越收越窄，一般人的視野範圍角度是一百三十五度，他卻有感逐日遞減——一百二十度、一百一十度、一百度……他擦擦眼睛，將放在辦公桌上的論文移近眼前，論文每句每字還是看得清清楚楚。他於是又不加理會，心想，一定是眼睛疲勞引起幻覺，以往也有過這種經驗，但為着趕好論文儘快付梓成書，付出是值得的。他對自己說，待趕完論文，就要好好放自己一個長假，充電休息。

深夜二時，人家已溜進夢鄉，他還在伏案工作敲打電腦鍵盤。明明深夜時份，卻眼見閃光，突然一排黑點飛蚊又在眼前迅速掠過，這趟徘徊的時候較長，飛蚊徘徊了兩圈才散去。緊接這排飛蚊，一句說話如刀刃一樣滑過心頭——「當心有眼光之災！」

他原不信甚麼命理天機，但這句他看成是江湖術士的惡言咒語，竟乘他一個不留神在思想縫隙間撲閃出來，他為此也感到一點驚懼，渾身起了雞皮疙瘩。不過，受過高等教育的莫明不會輕易跌入迷信的圈套，他冷靜地從心理角度分析，那句「小心眼光之災！」儘管是無理之言，但對一個患嚴重近視眼的人來說，任何直指其眼睛的不測預言都可能刺中要害，以致影響心理，構成潛意識恐懼，心理繼而影響生理。不過，疲倦也好，心理影響也好，既然為自己的眼睛毛病找到充份的合理解釋，他就抖出一口氣，回復心平氣靜。

論文比預期進展得快，一個星期已寫到末處，只差「違規實驗」那結尾部份。但不知怎地，莫明每次寫到華山居士的一段，都感到筆桿如鉛，下筆維艱。「小心有眼光之災」這句話，出現的頻率越來越高，由最初在思想縫隙間撲閃出來，逐漸變得幾近盤據心頭了。

「小心有眼光之災！」

一百三十五度。

「小心有眼光之災！」

一百二十度。

「小心有眼光之災！」

一百度。

「小心有眼光之災！」

九十度。

「小心有眼光之災！」

突然間，零度。

視角缺損，一點一滴，直至零度，眼前全然一片漆黑。

莫明膠着座椅元神郤出了竅，被不好的兆頭拐走，張大眼睛造起噩夢來。他楞了楞，打了一個冷顫，看看眼前，論文還是原原本本的放在桌上，摸摸背部，背脊竟出了一身冷汗黏着衣服，胸口還有點發燙。他為自己的過度神經衰弱而感到羞恥，這太不像樣了。「不可能的，竟然給一個江湖神棍弄得神經虛弱。再不要想他，馬上完成論文，放自己一個長假。」莫明對自己說。

就在這夜，莫明一鼓作氣的把論文寫完，把廟街居士的互動策略寫得極之精彩，當然，由華山居士而引起的內心恐懼，他就隻字未提，這不屬於論文範圍以內。

論文完成了，莫明終於可以放自己一個長假。一個長假。

一個漫漫長假。

一個了無盡頭的長假。

一天，他一覺醒來，第一個動作，如常的戴上放在枕邊的粗框眼鏡。但如常的動作卻有不如常的結果。他感到面前的景象極之模糊昏暗，像網着一層紗，眼前景物完全失去深度和立體感，像全然壓在一個平面空間上。他極度慌張，心怦怦亂跳，以為一塊鏡片從眼鏡框鬆脫出來，胡亂的在被鋪上亂撥亂摸，未有發現，再用震顫的指頭敲敲眼鏡，兩塊鏡片卻原封不動的緊箍在眼鏡框內。他用手蓋上自己的左眼，影像還在，用手蓋上自己的右眼，眼前的畫面卻比潑墨還要漆黑，左眼全然看不見光線。他慘烈的喊叫一聲，好不容易，跌跌撞撞，才從床上掙紮起來爬到電話旁，撥了緊急救援電話。

原來，由一百三十五度退減至零度，不一定是一個逐步遞減的過程，可以非常突然，好像高臺跳水迅速下落，或如拔掉插頭截去電源。經檢驗後，醫生證實莫明左眼視網膜萎縮脫落，已失去全部功能，幸好右眼還有八成視力，但不排除未來也有萎縮可能。

近視越深一度，智慧越添一分，莫明可沒想到，竟有深至失明的一天。莫非真是亢龍有悔，物極必反。他跌入萬劫不復的境地，足有半年，他把自己牢牢關閉，與外間隔絕。雖右眼還有八成視力，但一時適應不來，這半年間，撞牆、跌樓梯甚麼狼狽情況都試過，度日如年。

——「說是凶運劫數，當然就是突發之事。」

——「信不信由你，你當心有眼光之災。」

——「日後應驗了再來找我吧！」

這些說話不時從莫明腦中閃出，回想華山居士的音容宛在，縈迴不散。

八、莫明結局

我本來對莫明這人十分欣賞，不，應該說，對莫明這人的社會分析力十分欣賞，總以為他是一個有前途的學者。他瞎了一隻眼睛，只要下定決心，應當還可當一個社會學單眼專家。不過，致命關鍵在於，他左眼壞掉後，連帶腦筋思維也出了變化，我就開始有點看不起他了。他不僅老想着華山居士的一派胡言，還真想過去找他看看有沒有破解劫數的方法。他時刻都活在驚懼中，生怕右眼一天也會步左眼後塵，一聲不響地，在陽光灑落床頭的一個早上，只感到陽光的溫熱而睜眼卻看不到白色太陽。他生怕右眼近視加深，那怕只是一度半度，每隔十數天就驗眼一次。

他變了，徹底變了。莫明不應是這樣想事情的。信甚麼命理天機，一切從醫學上都可以解釋。突然失明，不如一夜白頭，在現實生活中確有這類醫學病例。莫明，不過是突然失明的受害者。華山居士說話的「應驗」，不過是一個偶然性的或然率問題，而這個或然率，發生在患深度近視的人身上自然特別高。我以為莫明是有學識之士，原來不。

從醫學角度，某些疾病如急性遺傳視覺神經萎縮、眼底血管閉塞、視覺神經發炎、急性青光眼、視網膜脫落、糖尿上眼等，均有可能導致在短時間內突然失明，當中年輕人和老人的後天失明，一般又有不同成因。而對深近視者而言，尤其要小心視網膜脫落和黃斑點出血的發生。這些都是醫學知識，莫明應該認識這些以保着右眼才是，可憐他卻往命理天機方面想，將過往的價值信念拋到九霄雲外。一隻左眼，活生生糟蹋了一個出色的社會學家。

被高空擲物擊中是意外，交通失事是意外，心臟病突發是意外，「小便遇溺」是意外，「突然失明」，本質上也就是意外一宗吧。

他應該這樣想，這才合乎他一貫的邏輯思維。

往後，莫明的日子怎樣過，我不甚清楚，也不大有興趣理會。他的《社會學視覺》出版時，我倒有買下一本，還將部份剪輯出來，公諸同好。但往後日子，就不見他有甚麼論說發表了。日後，他到底會成為海倫凱勒博赫斯陳寅恪還是另一個陳喜帶，我不知道。不過我想，十居其九，他作為一個社會學家的生涯已劃上句號。這也許是我對他失去興趣的真正原因。

翻開他的《社會學視覺》一書，我讀到他序言裡一段文字——「社會學視覺，不是肉眼的視覺。任你肉眼如何精準，你未必就可洞察剖析社會，因為，你可能只看到事物的表像。社會學視覺，是一種透視的視覺，是看穿事物的表層，一種對社會的洞察力。這需得力於肉眼，但更根本而不可或缺的，是社會學的批判洞察力。」

這才像莫明的話。不過，現今的莫明大抵也不信這些了。可憐他整個人就此敗於一隻左眼。

但也不打緊，出色的社會學專家多的是，一雞死兩雞鳴，無論如何也不會好像熊貓老虎一類動物，瀕臨絕種邊緣。他去了，正好是排排坐食粉果的新紮博士上位之時！

（原載《香港文學》第一八六期，二〇〇〇年六月一日出版）